Wolfgang Trips
Die Offizin

Wolfgang Trips

# Die Offizin

## Historischer Roman
## aus der Frühzeit des Buchdrucks

Silberburg-Verlag

*Zu den Abbildungen:*

Einband (von links):
Porträt des Reichsabts Georg Lienhardt
aus der Roggenburger Prälatengalerie (Ausschnitt);
Druckwerkstatt im 15. Jahrhundert;
Ansicht des Klosters Bebenhausen,
Bleistiftzeichnung von Jörg Scholz, 2000 (Ausschnitt);
die unterlegte Schrift stammt aus einer deutschen Ausgabe
von Boccaccios »Von berühmten Frauen«,
die 1473 bei Johannes Zainer in Ulm hergestellt wurde.

Seite 5:
Federzeichnung eines Druckers an der Presse,
Albrecht Dürer, 1511.

Einbandrückseite:
Buchdruckwerkstatt Anfang des 17. Jahrhunderts
auf einem Kupferstich von Hans Merian (Ausschnitt).

Alle Abbildungen: Archiv Silberburg-Verlag.

1. Auflage 2005


Umschlaggestaltung: Frank Butzer, Tübingen.
Druck: Freiburger Graphische Betriebe, Freiburg i. Br.
Printed in Germany.

ISBN-10: 3-87407-668-7
Ab 2007 ISBN-13: 978-3-87407-668-5

Für
meine beiden Mädels
Babs und Marion

# 1452

Die Frühlingssonne stand hoch am Himmel und brannte mit für diese Jahreszeit erstaunlicher Kraft, als die beiden ungleichen Wanderer sich gegen Mittag endlich ihrem Ziel näherten.

»Jetzt ist es nicht mehr weit, mein Junge«, sagte Jakob Zainer zu seinem Sohn und deutete mit dem Finger auf die nächste Wegbiegung, die vor ihnen lag. »Nur noch ein kleines Stück, dann sind wir im Kloster.«

Der feiste Schankwirt aus Reutlingen schwitzte aus allen Poren. Er war solche Wegstrecken einfach nicht gewöhnt. Zum sechsundzwanzigsten Mal verfluchte er in Gedanken seine Frau Agnes, die ihm das alles eingebrockt hatte.

Johannes, der schmächtige, flachsblonde Junge an seiner Seite, schwieg weiter. Er hatte noch kein Wort gesagt, seit sie vor drei Stunden in Reutlingen aufgebrochen waren. Als er jetzt das Wort Kloster hörte, wäre er am liebsten davongelaufen, obwohl ihm die Füße höllisch wehtaten. Mit seinen sieben Jahren konnte er überhaupt nicht begreifen, warum er von zu Hause fortgebracht wurde. Er wusste, dass sein Vater das ebenso wenig gewollt hatte wie er selbst, doch seine Mutter hatte unerbittlich darauf bestanden. Das machte die ganze Sache nur noch rätselhafter.

Jakob kannte des Rätsels Lösung. Johannes war das jüngste der acht Kinder, die Agnes ihm geboren hatte und von denen nur noch vier, zwei Buben und zwei Mädchen, lebten. Die anderen waren schon im Säuglingsalter gestorben. Agnes hatte sich bei der Geburt ihres letzten Kindes geschworen, dafür zu sorgen, dass es diesem Kind einmal besser ergehen sollte als ihr selbst, der ungebildeten jüngsten Tochter eines reichen Weinhändlers. So hatte sie den kleinen Beutel Goldmünzen, den ihr ihr Vater hinterlassen hatte, lange sorgsam gehütet und bis zu Johannes' siebtem Geburtstag versteckt. Nicht einmal Jakob hatte davon gewusst. Andernfalls wäre dieses Geld längst vertrunken und verspielt gewesen, das er nun an einem Lederriemen um den Hals trug und das für den Abt des Klosters Bebenhausen bestimmt war.

Dort sollte der kleine Johannes von den Zisterziensern erzogen werden, Lesen und Schreiben lernen und ein gottgefälliges Leben führen, nach dem Gebot der Mönche: »Ora et labora« – bete und arbeite. Agnes wollte es so. Jakob hatte es erst vor zwei Wochen erfahren, an Johannes' Geburtstag, und hatte zuerst getobt, dann gebettelt und seine Frau angefleht, den Jungen zu Hause in der Schänke zu lassen, doch sie war nicht von ihrer Entscheidung abzubringen gewesen. Sobald der letzte Schnee getaut war, sollte Johannes ins Kloster gebracht werden.

Das letzte Stück des Weges durch das Goldersbachtal führte einen kleinen Hang hinauf. Überall regte sich schon das erste zarte Grün an Büschen und Sträuchern, doch weder der Vater noch der Sohn nahmen davon die geringste Notiz. Jakob wischte sich immer wieder den Schweiß von der Stirn, Johannes starrte unentwegt auf die Klostermauern, die mit jedem Schritt näher kamen. Er fühlte, wie sein Herz klopfte, und spürte, wie die Furcht vor dem Unbekannten nach ihm griff. Noch nie war er aus Reutlingen herausgekommen. Die Mönche, die gelegentlich in der Schänke eingekehrt waren, hatten ihm in ihren dunklen Kutten stets Angst eingeflößt.

Schließlich standen sie vor der Pforte des Klosters. Jakob klopfte schwer atmend mehrere Male mit seiner Faust kräftig an das zweiflügelige Tor, bis sich der rechte Flügel zaghaft öffnete. Ein junger Mönch stand vor ihnen und hieß sie freundlich willkommen. Er führte sie in einen kleinen, schmucklosen Raum gleich neben der Pforte, bot ihnen etwas Brot und Wein zur Stärkung an und erkundigte sich dann nach dem Grund ihres Besuches.

»Ich bringe Euch einen neuen Schüler«, erklärte Jakob, nachdem er seinen Becher mit einem einzigen Zug geleert hatte. »Deshalb würde ich gerne mit Eurem Abt sprechen«, fügte er hinzu und reichte den leeren Becher dem jungen Mönch, der ihn sogleich nochmals füllte und ihn verwundert ansah.

»Mit unserem Abt? Darf ich fragen, wer Ihr seid?«

»Jakob Zainer aus Reutlingen. Meine Frau ...« Jakob unterbrach sich abrupt.

»Was ist mit Eurer Frau?« Für einen Mönch war der junge Mann doch recht neugierig.

»Nichts. Sagt dem Abt nur meinen Namen. Er wird wissen, worum es geht«, gab Jakob barsch zurück und reichte seinen Becher erneut dem Mönch.

Nachdem dieser nochmals Wein eingeschenkt hatte, ging er, um den Abt von der Ankunft der beiden Besucher zu unterrichten.

Johannes kaute lustlos auf seinem Brot herum und nippte zwischendurch an dem Becher Wein, den auch er von dem jungen Mönch bekommen hatte. Dann fasste er sich ein Herz und wandte sich zaghaft an Jakob.

»Vater, bitte lasst mich nicht hier zurück. Ich will nicht bei diesen Mönchen bleiben. Bitte.«

»Nun jammere nicht. Deine Mutter hat es so entschieden. Du sollst hier lernen, beten und arbeiten – weiß Gott, dass es mir anders auch lieber wäre, aber sie will es nun einmal so«, erklärte Jakob und nahm einen großen Schluck Wein aus seinem Becher.

»Aber ...«

»Kein Aber! So ist es und so bleibt es«, unterbrach er seinen Sohn und gab damit zu verstehen, dass die Sache längst entschieden war.

Kurz darauf kam der junge Mönch zurück und bat die beiden, ihm zu folgen. Johannes staunte über die großen Häuser, während sie den Klosterhof überquerten, und wunderte sich, wo die ganzen Mönche waren, denn außer ihrem Führer war kein anderer zu sehen. Sein Vater hatte leicht glasige Augen und etwas Mühe, mit dem Mönch Schritt zu halten.

In einem kleineren Fachwerkhaus wurden sie vom Abt des Klosters empfangen. Hinter seinem reich verzierten Schreibtisch saß Reinhard von Höfingen, Abt von Bebenhausen, ein hagerer, vorzeitig ergrauter Mönch, der gleichwohl erst um die vierzig Jahre alt sein mochte. Mit seinen schmalen, wachsamen Augen musterte er seinen Besucher, den kleinen, wohlbeleibten Schankwirt in seinem schäbigen Wams, dessen gerötetes Gesicht den allzu hastig genossenen Wein und die ungewohnte körperliche Anstrengung verriet. Jakob atmete schwer, wischte sich immer wieder den Schweiß aus dem Gesicht und wusste nicht so recht, was er sagen sollte.

»Ehrwürdiger Abt – «, stammelte er zaghaft, doch sein Gegenüber fiel ihm sogleich ins Wort.

»Ihr seid also der Gemahl der lieben Agnes Zainer«, stellte der Abt mit leiser und doch durchdringend tiefer Stimme fest. Johannes stellten sich sämtliche Haare zu Berge, als er diese Stimme vernahm.

»Und das muss der kleine Johannes sein«, fuhr der Abt fort und wandte sich an den Knaben, der mit klopfendem Herzen neben seinem Vater stand.

»Ja, so ist es, Ehrwürdiger Vater«, antwortete Jakob.

»Nun, so lasst uns unter vier Augen reden. Warte draußen, bis ich dich rufe«, befahl der Abt Johannes. Seine Stimme besaß genügend Autorität, um den Jungen unverzüglich gehorchen zu lassen, und er ging schweigend hinaus.

Er hörte undeutlich die Stimmen seines Vaters und des Abts, die offenbar nicht einer Meinung waren; dann kam der Vater heraus, gefolgt von dem grauhaarigen Mönch.

»Sei anständig und gehorsam, mein Junge. Und sieh zu, dass du etwas lernst«, waren die Abschiedsworte Jakobs. Der Abt winkte Johannes zu sich, und bevor dieser sich versah, war sein Vater verschwunden. Mit Tränen in den Augen betrat er das Zimmer des Abts. Auf dem schweren Schreibtisch lag ein kleiner Beutel. Er ahnte nicht, dass darin die Goldstücke waren, mit denen seine Mutter für die Aufnahme in das Kloster bezahlt hatte. Am liebsten hätte er auf der Stelle kehrt gemacht und wäre seinem Vater nachgelaufen. Doch stattdessen hörte er die tiefe Stimme des Abts: »Willkommen in Bebenhausen. Danke Gott, dem Herrn, der dich hierher geführt hat. Gelobt sei Jesus Christus.«

# 1459

Der Tag begann wie jeder andere mit dem Morgengebet zur Prim, der ersten Stunde. Daran mussten selbstverständlich auch die Klosterschüler teilnehmen. Jetzt im März waren die Tage bereits merklich länger geworden, aber als die Glocke zum Gebet läutete, war es noch stockdunkel. Mit schläfrigen Augen leierte Johannes die sich stets wiederholenden Gebete herunter. Sein Magen knurrte, aber bis Mittag würde es nichts zu essen geben. Nach dem gemeinsamen Gebet konnte er es kaum erwarten, endlich in das Schulzimmer zu kommen, wo es ein kleines bisschen wärmer war als in der düsteren Klosterkirche.

Bruder Gisbert erschien wie immer als Letzter. Der Mönch, dessen Tonsur sich im Laufe seiner mittlerweile fast fünfzig Jahre zu einer vollständigen Glatze entwickelt hatte, war der fast allwissende Lehrer des Klosters Bebenhausen. Er brachte seinen Schülern nicht nur Lesen, Schreiben und Rechnen, sondern auch einiges über Musik und Astronomie bei – und vor allen Dingen Latein, die Sprache der Kirche und der Bücher.

Johannes war inzwischen zwar nicht der größte, aber der älteste der acht Schüler. Nicht nur deshalb genoss er die besondere Zuwendung Bruder Gisberts; er war sehr begabt und aufnahmefähig für alles Neue. Gisbert hatte längst erkannt, dass sein Lieblingsschüler etwas Besonderes war, und er förderte den Vierzehnjährigen, so gut er konnte. Am liebsten beschäftigte sich Johannes mit den kunstvollen Handschriften in der Klosterbibliothek, die er teilweise abschrieb oder nur studierte. So wurde er auch heute von Bruder Gisbert in das Scriptorium geschickt, wo er Bruder Benedikt und Bruder Anselm bei der Abschrift einer prachtvollen Bibel helfen sollte, die erst vor kurzem als Leihgabe des Mutterklosters Schönau in Bebenhausen eingetroffen war.

»Ach, da ist ja unser kleiner Gelehrter«, begrüßte ihn Bruder Benedikt, der ältere der beiden Mönche, die tagtäglich im Scriptorium arbeiteten und auch für die Klosterbibliothek zuständig waren. Er stand wie immer an seinem breiten Stehpult, unter dem sein mächtiger Bauch, der die dunkelbraune Kutte wie eine Kugel vorwölbte, kaum Platz fand.

»Gott mit Euch, ehrwürdiger Bruder Benedikt, und auch mit Euch, Bruder Anselm«, erwiderte Johannes mit gebührendem Respekt. »Wobei kann ich Euch helfen?«

Benedikt deutete mit dem Kopf zu Anselm hinüber.

»Bruder Anselm hat große Mühe mit dieser neuen Handschrift. Der Schreiber scheint nicht gerade begnadet gewesen zu sein, denn manche Stellen sind fast nicht zu entziffern. Deine Augen sind noch jung, und vielleicht gelingt es dir besser als uns«, meinte er.

Eine halbe Stunde später war Johannes bereits tief in die Handschrift versunken. Er hatte auf den ersten Blick gesehen, dass der Schreiber offensichtlich einen schlechten Gänsekiel benutzt hatte. Dadurch waren viele Buchstaben undeutlich, ineinander geflossen oder nur unvollständig geschrieben. Bruder Anselm stand an seinem Schreibpult neben Johannes und schrieb auf das Pergament, was der Schüler ihm diktierte. Die Original-Handschrift lag oben auf dem Pult, und Johannes musste sich in seinen Ledersandalen immer wieder auf die Zehenspitzen stellen, um die einzelnen Wörter zu entziffern, während Anselm ganz bequem dastand und schrieb. Zwischendurch verglich er seine eigene Schrift mit der des Originals, und sobald ein Pergamentbogen voll geschrieben war, nahm er sich einen neuen zur Hand. Das war mühselig, doch eine andere Art, ein Schriftstück oder ein Buch zu vervielfältigen, gab es nicht.

Anselm war nicht gerade der Schnellste im Umgang mit Federkiel und Tinte, und so konnte Johannes die prächtigen Abbildungen im Original in allen Einzelheiten studieren. Wenn Anselm mit seiner Abschrift fertig sein würde, musste der Abt höchstpersönlich entscheiden, ob nun auch noch die Holzschnitte kopiert werden sollten oder ob nur die beschriebenen Pergamente zu einem Buch zusammengebunden würden – beide Arbeiten konnten nicht in Bebenhausen selbst, sondern nur im Kloster Schönau gemacht werden.

»Johannes!«

Der Gerufene drehte sich um. Bruder Nikolaus stand im Türrahmen des Scriptoriums. Der Cellerar war eine Art Hausmeister; allgegenwärtig kümmerte er sich in erster Linie um das leibliche Wohlergehen seiner Mitbrüder, aber auch um viele andere Dinge, die in einer Männergemeinschaft wie dem Kloster erledigt werden mussten. Dass er sich in das schmucklose Scriptorium verirrte, war ausgesprochen selten.

»Du sollst zum Abt kommen. Unverzüglich!«, ordnete Nikolaus mit einer Stimme an, die weder Fragen noch Widerspruch duldete.

Johannes erschrak zutiefst. Seine Hände begannen unwillkürlich zu zittern. Zu deutlich war die Erinnerung an das letzte Mal, als er zum Abt gerufen worden war und ihm dieser mitgeteilt hatte, dass sein Vater gestorben war. Das mochte nun etwa zwei Jahre her sein. War vielleicht seiner Mutter etwas zugestoßen? Sie besuchte ihn immer nur zu Weihnachten, ansonsten hatte Johannes keinen Kontakt mehr zu seiner Familie. Und beim letzten Besuch hatte die Mutter schlecht ausgesehen, abgezehrt und von tiefem Kummer gezeichnet. Weihnachten lag bereits drei Monate zurück.

In banger Erwartung lief Johannes vom Scriptorium hinunter ins Erdgeschoss und überquerte mit raschen Schritten den Klosterhof. Reinhard von Höfingen bewohnte ganz allein das Abtshaus, wo er über ein großes Arbeitszimmer und einen eigenen Schlafraum verfügte.

Als Johannes das Arbeitszimmer betrat, staunte er wie schon beim letzten Mal über die prächtige Ausstattung dieses Raumes, die in krassem Gegensatz zur ärmlichen Möblierung des restlichen Klosters stand: einige mit kostbaren Schnitzereien verzierte Bücherregale, schwere Wandteppiche und Kerzenleuchter und in der Mitte des Zimmers der wuchtige Schreibtisch aus massivem Eichenholz, an dem der Abt saß und ihn offensichtlich bereits erwartete.

Mit gebeugtem Kopf blieb Johannes stehen und wartete, bis der Abt ihn ansprach; so war es ihm vom ersten Tag an beigebracht worden. Die Schüler durften nur reden, wenn sie dazu aufgefordert wurden, und das war noch eine der leichtesten Regeln, die zu befolgen sie dank harter Strafen und Züchtigungen schnell gelernt hatten.

»Johannes, wir haben beschlossen, dich schon jetzt zum Novizen zu machen«, sagte der hagere Abt mit seiner tiefen, monotonen Stimme.

Johannes fiel zunächst einmal ein Stein vom Herzen, als er das hörte. Die Sorge um seine Mutter war also unbegründet gewesen. Dann fragte er sich insgeheim, wer mit »wir« gemeint war.

Als hätte der Abt seine Gedanken erraten, fuhr er fort: »Bruder Gisbert hat mir erzählt, dass du ein sehr gelehriger Schüler bist und er dir als dein Lehrer eigentlich nicht mehr viel beibringen kann. So ist es nun an der Zeit, dich auf dein weiteres Leben in unserer Ordensgemeinschaft vorzubereiten.«

So schnell Johannes bei den ersten, lobenden Worten des Abts vor Stolz errötet war, so schnell wurde er nun wieder blass. Er war lange genug hier in Bebenhausen, um zu wissen, dass nun seine vergleichsweise angenehmen Tage als Klosterschüler gezählt sein würden. Der einzige Unterschied zwischen einem Novizen und einem »richtigen« Mönch bestand darin, dass der Novize noch keine Kutte trug. Erst wenn er vor allen anderen Mönchen das dreifache Gelübde der Keuschheit, Enthaltsamkeit und Armut abgelegt hatte, durfte er sie tragen. Ansonsten entsprach sein Tagesablauf, der nur aus Gebeten und Arbeit bestand, genau dem der anderen, der »richtigen« Mönche.

»Von heute an wirst du im Dormitorium bei den Brüdern schlafen. Du wirst zusammen mit ihnen beten und arbeiten und dich auf dein Gelübde vorbereiten. Bruder Nikolaus wird dir dabei helfen.«

Abt Reinhard wandte sich wieder den Schriftstücken auf seinem Schreibtisch zu, ohne Johannes weiter zu beachten.

Dieser drehte sich um und verließ schweigend und niedergeschlagen das Abtshaus. Novize zu werden, davor hatte er sich immer ein wenig gefürchtet. Doch was blieb ihm anderes übrig? Der Abt hatte entschieden, und eine andere Instanz gab es nicht, weder hier im Kloster noch irgendwo anders. Seufzend machte er sich auf die Suche nach Bruder Nikolaus. Nun würde Anselm die Handschrift wohl alleine entziffern müssen ...

Eine halbe Stunde später betrat Bruder Gisbert das Arbeitszimmer des Abts.

»Nun, ehrwürdiger Bruder Abt, wie hat er es aufgenommen?«, fragte er gespannt.

»Wie ich es von ihm erwartet habe – ohne Murren und Fragen«, antwortete Reinhard, für den irgendeine Form von Widerspruch überhaupt nicht vorstellbar war.

»Ich hoffe nur, dass es nicht zu früh für den Jungen ist«, wandte Gisbert ein.

»Aber du selbst hast mir doch berichtet, dass Johannes seinem Alter weit voraus ist.«

»Geistig schon. Aber körperlich nicht. Das dürfte Eurem Blick nicht entgangen sein.«

»Also dürfte ihm etwas Handarbeit nicht schaden«, stellte der Abt fest. Als er Gisberts immer noch zweifelnde Miene sah, fügte er noch hinzu: »Der Junge wird es überstehen. Vergiss nicht – vor dem Herrn sind wir alle gleich. Und in unserer Gemeinschaft muss jeder mit allen Arbeiten vertraut sein. Wenn Johannes sein Gelübde abgelegt hat, kann er unserem Kloster mit seinen besonderen Fähigkeiten dienen, doch bis dahin muss er sich der Bruderschaft erst einmal als würdig erweisen. Unsere erste Pflicht ist das Gebet, so wie es die Regel des Heiligen Benedikt verlangt. Erst dann kommt die Arbeit. Jede Art von Arbeit, nicht nur die im Scriptorium, wie du sehr gut weißt.«

Gisbert nickte zustimmend. Er dachte an seine eigene Zeit als Novize zurück und fand, dass Johann wohl Recht hatte. Zuerst das Gebet, dann die Arbeit; zuerst die Bewährung, dann die Belohnung. Johannes würde es schaffen – und dann sicherlich der beste Schreiber und Bibliothekar werden, den das Kloster Bebenhausen seit vielen Jahren gehabt hatte.

So änderte sich an diesem Tag, der wie immer begonnen hatte, Johannes' Tagesablauf von Grund auf. Auch nach Wochen und Monaten kämpfte er immer noch mit dem neuen Rhythmus, der ihm nun vorgegeben war – mitten in der Nacht zum ersten Gebet aufstehen, nochmals zwei Stunden schlafen, dann der eigentliche Beginn des schier endlosen Tages, von einem Gebet zum nächsten, und dazwischen die mehr oder weniger harte körperliche Arbeit. Bruder Nikolaus ließ ihn nicht aus den Augen. War die eine Arbeit getan, fiel ihm sofort die nächste ein. Johannes lernte das Kloster erst jetzt so richtig kennen, obwohl er bereits über sieben Jahre dort lebte. Vom letzten Winkel in der Klosterküche, die Bruder Stefan, dem Camerar, unterstand, bis hinauf zum Glockenturm der Kirche Sankt Marien – überall gab es ständig etwas zu tun. Die Gebete und Gottesdienste, die ihm anfangs eher lästig gewesen waren, entwickelten sich aus seiner Sicht nun immer mehr zu willkommenen Pausen, und mehr als ein Mal wurde Johannes dabei ertappt, dass er in der Kirche einnickte. Er wünschte sich nichts sehnlicher, als endlich sein Gelübde ablegen und wieder in das Scriptorium zurückkehren zu dürfen. Doch das Noviziat würde erst nach zwei Jahren beendet sein.

# 1460

In den Wintermonaten war Johannes hauptsächlich in der Küche beschäftigt worden. Bruder Stefan hatte rasch erkannt, dass der Novize auch mit Töpfen und Kesseln umgehen konnte, aber als das Frühjahr kam, schickte Bruder Nikolaus Johannes fast täglich hinaus in den großen Klostergarten oder auf die Felder in der Umgebung von Bebenhausen. Erst als dann schließlich gegen neun Uhr abends das letzte Gebet gesprochen war, konnte Johannes aufatmen und fiel todmüde auf seine Schlafstatt im Dormitorium. Bruder Anselm und Bruder Benedikt bekam er nur noch während der Gebete und Gottesdienste zu sehen, und im Scriptorium war er seit dem Tag, an dem ihn der Abt zu sich gerufen hatte, überhaupt nicht mehr gewesen. Er sehnte sich nach den Handschriften und Büchern, nach dem vertrauten Geräusch der Schreibfedern und dem Geruch der Tinte. Stattdessen lernte er Säen, Mähen und sogar Reiten, bekam von der Feldarbeit Schwielen an den Händen, wurde jedoch allmählich auch etwas kräftiger.

An einem heißen Tag im August stellte Abt Reinhard abends nach der Vesper seinen Mönchen einen neuen Novizen vor, einen großen, dunkelhaarigen Jüngling von etwa 16 Jahren. Er hieß Balthasar und kam aus Reutlingen, wo sein Vater, der Kaufmann Gregor Mauer, in den letzten Jahren ein beträchtliches Vermögen erworben hatte, das es ihm nun ermöglichte, seinen zweitgeborenen Sohn in die Obhut der Zisterzienser von Bebenhausen zu geben.

Das alles erfuhr Johannes noch am gleichen Abend, als der Neue, dessen Schlafstatt im Dormitorium gleich neben der seinen stand, sich von einer Seite auf die andere wälzte, während die Mönche ringsum tief und fest schliefen. Der dicke Bruder Benedikt schnarchte, als ob er alleine den halben Schönbuch umsägen wollte. Außer Johannes gab es im Kloster Bebenhausen zurzeit keine anderen Novizen, und Balthasar fasste schon an diesem ersten Abend Vertrauen zu seinem blonden Schlafnachbarn, als er ihm flüsternd von seinem Zuhause erzählte.

Johannes konnte sich kaum noch an seine Kindheit in Reutlingen erinnern. Er nannte dem Neuen seinen Familiennamen und war überrascht, als Balthasar wisperte: »Zainer? Du bist ein Zainer? Aus der Schänke am Marktplatz?«

»Ja«, antwortete Johannes leise. Erinnerungen an die stets verrauchte und meist vollbesetzte Schankstube tauchten auf, Bilder seiner Mutter, die tagein, tagaus am Herd in der rußigen Küche stand, daneben seine beiden Schwestern, noch Kinder, die ihr bei der Arbeit halfen. Und der Vater, der immer schwitzte, immer schrie und oft auch fluchte.

»Und wie lange bist du schon hier?«, wollte Balthasar wissen. Sein Flüstern klang irgendwie verärgert.

»Seit mehr als acht Jahren. Warum fragst du?«

»Weil wir – nein, weil mein Vater mächtigen Ärger mit der Schänke hat«, murmelte Balthasar zurück.

»Ruhe jetzt!« Die Stimme gehörte Bruder Nikolaus. Nicht einmal wenn er schlief, war man vor ihm sicher.

Johannes drehte sich wortlos auf die andere Seite. Seine Gedanken kreisten noch eine Weile um das, was Balthasar zuletzt gesagt hatte, doch dann übermannte ihn die Müdigkeit, und er schlief endlich ein. Zum ersten Mal seit Jahren träumte er von Reutlingen und von seinem früheren Zuhause.

Am anderen Tag konnte es Johannes kaum erwarten, bis es endlich Abend wurde. Balthasar war bei Bruder Gisbert und den anderen Schülern gewesen. Er selbst hatte Korn gemäht und es anschließend gedroschen, und so kostete es ihn einige Überwindung, so lange wach zu bleiben, bis das gleichmäßige Schnarchen von Bruder Nikolaus eingesetzt hatte.

»Balthasar, bist du noch wach?«, flüsterte er.

»Ja. Mir dreht sich immer noch der Kopf von dem ganzen Zeug, das dieser Gisbert heute erzählt hat.«

Doch Johannes ging nicht auf dieses Thema ein.

»Was ist mit der Schänke?«, wollte er wissen. Sein Bruder Günther hatte nach dem Tode des Vaters das Wirtshaus übernommen, aber was daraus geworden war, hatte ihm niemand erzählt.

»Dein sauberer Bruder hat Schulden bei meinem Vater«, erklärte Balthasar. »Und nicht nur bei ihm. Es heißt, er steht bei halb Reutlingen in der Kreide«, fügte er noch hinzu.

»Das glaube ich dir nicht!«, entgegnete Johannes spontan. Ganz so sicher war er sich allerdings nicht. Der um einige Jahre ältere Günther war immer schon ein Draufgänger gewesen, der sich von den Gästen nie etwas hatte gefallen lassen und oft noch bis spät am Abend in der Schänke gewesen war.

»Dann glaub, was du willst«, meinte Balthasar ärgerlich.

Johannes schwieg eine Weile und dachte nach.

»Wahrscheinlich muss ich dir glauben. Ich war ja schon ewig nicht mehr zu Hause«, lenkte er dann ein.

»Das ist dein Glück!«, kam es aus der Schlafstatt nebenan zurück. »Du kannst ja nichts für deinen Bruder.«

»Verstehen kann ich es trotzdem nicht. Die Schänke war doch immer voll«, sinnierte Johannes.

»Das ist sie immer noch, aber voll von Gesindel. Habenichtse und Trunkenbolde sitzen dort bis spät in die Nacht herum«, erzählte Balthasar. »Und verdorbene Frauenzimmer.«

Mit dieser letzten Bemerkung konnte Johannes überhaupt nichts anfangen. Außer mit seiner Mutter und seinen beiden Schwestern hatte er bislang noch nie mit Frauen oder Mädchen zu tun gehabt.

»Was sind verdorbene Frauenzimmer?«, wisperte er zu Balthasar hinüber.

Doch bevor dieser antworten konnte, erklang der wütende Bass von Bruder Nikolaus: »Das werde ich dir morgen erklären! Ich sage dir, was verdorbene Frauenzimmer sind! Und was mit ungehorsamen Novizen geschieht!«

Tatsächlich befahl der Cellerar Johannes am nächsten Morgen nach der Prim zu sich.

»Was glaubst du eigentlich, wo du hier bist?«, herrschte er ihn an.

Mit gesenktem Kopf und hängenden Schultern stand Johannes vor ihm und schwieg. Obwohl den Zisterziensern nicht das strenge Schweigegelübde einiger anderer Ordensgemeinschaften auferlegt war, gab es doch die Vorschrift, dass im Dormitorium nicht gesprochen werden durfte. Er und Balthasar hatten nun schon zum zweiten Male dagegen verstoßen.

»Du weißt, dass es im Dormitorium verboten ist, zu reden. Und du bist im Gegensatz zu Balthasar auch schon lange genug hier, um dich daran halten zu können. Denk darüber nach – du wirst zwei Wochen in der Gastzelle schlafen und mir dann berichten, ob es so schwer ist, nachts zu schweigen«, ordnete Bruder Nikolaus an.

Johannes war tief bestürzt. Er kannte die karge Zelle, in der nur eine harte Pritsche stand und die durchreisenden Mönchen zur Übernachtung diente. Es war das erste Mal, dass er im Kloster bestraft wurde. Er überlegte, ob er sich rechtfertigen sollte, doch die Miene des Cellerars zeigte ihm deutlich, wie ernst er es meinte. Deshalb nickte er nur stumm.

»Und jetzt an die Arbeit!«, befahl Nikolaus und wies mit dem Finger zur Tür.

Die verdorbenen Frauenzimmer hatte er mit keiner Silbe erwähnt, und auch Johannes hatte sie längst wieder vergessen.

Als Johannes abends nach der Feldarbeit ins Kloster zurückkam, schaffte er es, Balthasar in einem unbeobachteten Moment von seiner Strafe zu erzählen. Balthasar munterte ihn auf und meinte, zwei Wochen seien ja nicht allzu lang. Trotzdem ging Johannes nach dem letzten Gebet schweren Herzens in die kleine Gastzelle und warf sich dort auf die Pritsche. Er konnte nicht verstehen, warum der Cellerar ihn so hart bestrafte – nur wegen eines bisschen Flüsterns! Stundenlang wälzte er sich von einer Seite auf die andere, dachte an zu Hause, an Günther, an seine Mutter und die beiden Schwestern, die so nahe und doch so unerreichbar fern waren, bis er irgendwann einschlief.

Die zwei Wochen vergingen wie im Flug. Die Arbeiten auf den Feldern waren beendet, Kornscheuern und Vorratskeller wohl gefüllt. Bruder Nikolaus hatte zufrieden genickt, als Johannes ihm erklärt hatte, wie einfach es sei, nachts zu schweigen, und ihn dann in die Küche geschickt, wo Bruder Stefan hocherfreut war, seinen Gehilfen endlich wieder bei sich zu haben. Johannes machte sich sofort an die Arbeit, schälte Kartoffeln, schnitt Kohl und kümmerte sich um frische Kräuter aus dem Klostergarten, die Bruder Stefan für den heutigen Eintopf benötigte. Nach dem Mittagessen, das wie alle anderen Mahlzeiten schweigend im Refektorium eingenommen wurde, ließ ihn zu seiner Überraschung Bruder Gisbert rufen.

»Wie ich höre, hast du dich in jüngster Zeit sehr mit Schweigen beschäftigt«, fing sein Lehrer an. »Und wie ich höre, verstehst du dich gut mit unserem neuen Novizen.«

Johannes nickte stumm und fragte sich, worauf Gisbert hinauswollte.

»Nun, es gibt da ein Problem. Unser lieber Balthasar kann als Kaufmannssohn zwar ganz ordentlich rechnen und auch einigermaßen lesen und schreiben, doch Latein scheint ihm ein Buch mit sieben Siegeln zu sein«, erklärte Bruder Gisbert.

Johannes sah ihn fragend an.

»Da meine Zeit beschränkt ist, dachte ich mir, du könntest ihm dabei ein wenig helfen. Eine Stunde am Tag würde sicherlich genügen, um seine Kenntnisse voranzubringen.«

Nun hatte Johannes große Mühe, seine freudige Überraschung zu verbergen. Eine Stunde täglich, ganz alleine mit Balthasar – heute war anscheinend sein Glückstag!

»Ich – ja, ich – ich weiß nicht, ob ich das kann«, stammelte er schließlich unbeholfen.

»Bestimmt kannst du das. Latein war schon immer deine Stärke, und du wirst mich nicht enttäuschen.« Es klang mehr wie eine Feststellung als wie eine Bitte. »Meinetwegen könnt ihr gleich heute anfangen. Kommt nach der Vesper zu mir.«

Johannes zählte die Stunden bis zu den Gebeten der Vesper und ging anschließend mit Balthasar ins Schulzimmer, wo Bruder Gisbert die beiden Novizen bereits erwartete. Unterwegs hatte er Balthasar erzählt, warum sie den Lehrer aufsuchen wollten, doch zu seiner Überraschung hatte Balthasar schon von Gisberts Plänen gewusst. Der Mönch begrüßte die beiden und wies ihnen einen Platz im Schulzimmer zu. Johannes sollte zuerst mit Balthasar Vokabeln wiederholen, und Bruder Gisbert zog sich ins Scriptorium zurück, um sich dort seinen eigenen Studien zu widmen.

Endlich waren die beiden allein! Es war die erste Gelegenheit zu einem längeren Gespräch, ohne flüstern oder befürchten zu müssen, von irgendjemandem belauscht oder ertappt zu werden. Nachdem Johannes von seinen einsamen Nächten auf der unbequemen Pritsche erzählt hatte, nahmen sie sich vor, sich künftig nicht mehr von Bruder Nikolaus erwischen zu lassen – sie hatten ja nun dank Gisbert die Möglichkeit, sich ungestört zu unterhalten. Balthasar versprach Johannes, von jetzt an fleißiger Latein zu lernen. Bruder Gisbert würde seine Fortschritte bestimmt sorgsam überwachen, und er sollte keinen Anlass zu Beschwerden haben, wenn die gemeinsame Stunde mehr zum Reden als zum Lernen verwendet wurde.

Bruder Nikolaus war diese abendliche Unterrichtsstunde und die allzu enge Vertrautheit der beiden Novizen bald ein Dorn im Auge. Sie widersprach seiner Ansicht nach ganz grundsätzlich den Ordensregeln, die unter dem Begriff Enthaltsamkeit auch den Verzicht auf Freundschaften mit einschlossen. Es kam zu einem Streit zwischen Bruder Nikolaus und Bruder Gisbert, der damit endete, dass sich die beiden Kontrahenten schließlich im Abtshaus wieder fanden.

Abt Reinhard, der die beiden hatte rufen lassen, pflichtete einerseits Nikolaus bei, konnte sich jedoch den Argumenten Bruder Gisberts auch nicht verschließen, dass jeder angehende Mönch grundlegende Kenntnisse der lateinischen Sprache besitzen müsse; je eher Balthasar mit Johannes' Hilfe dieses Ziel erreichen würde, desto früher konnte er sein Gelübde ablegen. Dies gab schließlich den Ausschlag. Der Cellerar musste zähneknirschend nachgeben und sich mit Gisbert versöhnen, beschloss aber insgeheim, die beiden Novizen noch strenger im Auge zu behalten als bisher.

Im Spätherbst sorgte ein trüber, verregneter Tag dafür, dass Johannes endlich wieder einmal in das Scriptorium zu Anselm und Benedikt konnte, nachdem er seine Arbeit in der Küche erledigt hatte.

»Johannes! Das ist aber eine Überraschung! Ich dachte schon, wir sehen dich überhaupt nicht mehr bei den Büchern«, begrüßte ihn Bruder Anselm.

»Ja, das dachte ich auch. Was habt Ihr denn Neues in der Bibliothek?«

»Dort, der Stapel auf dem Tisch. Die sind vergangene Woche aus Schönau gekommen. Unsere Brüder möchten Abschriften haben, noch vor Jahresende – die denken wohl, sämtliche Mönche in Bebenhausen würden nichts anderes tun, als von Tagesanbruch bis zum Abend Bücher zu kopieren«, schimpfte Anselm.

Benedikt nickte. »Als ob hier die Tage doppelt so lang wären wie in Schönau!«

Neugierig sah Johannes sich den Stapel an. Es waren dreizehn Handschriften, prächtig gebunden und aus schwerem Pergament. Er nahm jedes Buch einzeln in die Hand und schlug es auf, um zu sehen, was es enthielt, da die dicken, mit Leder überzogenen Einbände nichts über den darin befindlichen Inhalt verrieten.

Das vorletzte Buch unterschied sich von allen anderen, die er bislang gesehen hatte: Es war auf Deutsch geschrieben, nicht auf Lateinisch.

»Was ist denn das?«, fragte er verwundert.

»Das sind Gedichte und Lieder, von Oswald von Wolkenstein«, erklärte Anselm und nahm ihm das Buch aus der Hand. »Das ist wohl noch nichts für dich. Aber bei den anderen könntest du uns sicherlich von Nutzen sein und uns bei der Abschrift helfen«, meinte er.

»Gerne. Nichts lieber als das – doch ich glaube, Bruder Nikolaus wäre darüber nicht sehr erfreut«, gab Johannes zur Antwort.

»Bruder Nikolaus!«, schnaubte Anselm verächtlich. »Ich werde mit unserem Abt sprechen. Ihm liegt sehr viel daran, die Schönauer nicht zu enttäuschen, und unser Bruder Cellerar kann sich ein anderes Opfer suchen.«

Bruder Anselm hatte offensichtlich Erfolg gehabt, denn am anderen Morgen forderte er Johannes nach dem Morgengebet auf, ihn ins Scriptorium zu begleiten. Unterwegs begegneten sie Bruder Nikolaus, der ihnen einen wütenden Blick zuwarf.

Als er außer Hörweite war, lachte Anselm verschmitzt.

»Das wurmt ihn jetzt gewaltig, den lieben Bruder Cellerar. Aber Abt Reinhard hat entschieden. Du wirst bis Ende des Jahres im Scriptorium arbeiten«, verkündete er.

»Weiß Bruder Gisbert schon davon?«, wollte Johannes wissen und dachte dabei an Balthasars Lateinunterricht.

»Ja, er weiß es, und er freut sich darüber«, antwortete Anselm.

Nach einer kurzen Pause fügte er hinzu: »Der Lateinunterricht wird weiterhin stattfinden, nur etwas später. Wir müssen das Tageslicht zum Schreiben nützen – Vokabeln und Grammatik lassen sich auch bei Kerzenschein lernen.«

Auf diese Weise verbrachte Johannes die immer kürzer werdenden Tage nun von morgens bis abends im Scriptorium und kopierte Seite um Seite der lateinischen Handschriften, meist Gebete und religiöse Texte. Wenn ihm die rechte Hand vom Schreiben wehtat, studierte er die prachtvollen Holzschnitte, mit denen die kostbaren Bücher geschmückt waren. Die beiden Mönche und er hatten sich den Bücherstapel geteilt, wobei dieses deutsche Buch, das Johannes so brennend interessierte, natürlich auf Anselms Schreibpult gelandet war. Doch er würde warten, bis sich eine Gelegenheit ergab. Nachdem ihm Anselm das Buch gleich aus der Hand genommen hatte, war er nur umso neugieriger auf dessen Inhalt.

An einem trüben Novembertag erschien Anselm dann eines Morgens nicht zum Gebet. Benedikt erzählte Johannes, dass der Bibliothekar schon sehr früh nach Schönau aufgebrochen war, um die ersten fertigen Abschriften dort abzuliefern. So musste Johannes nur warten, bis Benedikt das Scriptorium verließ, um den Abtritt aufzusuchen – und schon lagen die begehrten Gedichte und Lieder auf Johannes' Pult, gut versteckt unter den vielen Pergamentblättern. Abends konnte er das Buch bequem unter seinem Wams herausschmuggeln. Als er dann mit Balthasar beim Schein einer Kerze im Schulzimmer saß, zog er das Buch hervor und schlug es auf. Johannes war von der ersten Zeile an gleichzeitig fasziniert und abgestoßen. Oswald von Wolkenstein schilderte in seinen Versen seine zahllosen Reisen und Erlebnisse in fernen Ländern, blutige Auseinandersetzungen wie auch amouröse Abenteuer. Auch Balthasar las mit, denn das Buch war heute interessanter als lateinische Vokabeln. Gewisse Dinge waren ihm im Gegensatz zu Johannes, dem Unschuldslamm, wohl vertraut. Wenn Oswald eine seiner Angebeteten pries und ihr seine Gefühle offenbarte, konnte Balthasar Johannes vieles erklären, was diesem bislang fremd gewesen war.

»Bist du etwa schon bei einem Mädchen gelegen, oder wie das heißt?«, wollte Johannes wissen.

»Aber sicher doch!«

»Und?«

»Was und?«

»Wie ist es?«, fragte Johannes.

»Es ist – es ist – nun, es ist so, wie Oswald es beschreibt. Ein unglaubliches Gefühl«, erklärte Balthasar.

Doch bevor Johannes ihn weiter ausfragen konnte, hörte er Bruder Gisberts Schritte. Er schaffte es gerade noch, das Buch verschwinden zu lassen.

In der Nacht träumte er von Reisen in unbekannte Länder, und am anderen Tag legte er das Buch schweren Herzens wieder unbemerkt zurück. Immer wieder schweiften seine Gedanken ab, und er musste sich wiederholt dazu zwingen, sich auf die vor ihm liegende Handschrift zu konzentrieren. Bruder Anselm kehrte erst am späten Nachmittag zurück und brachte gute Nachrichten mit: Die gelieferten Abschriften waren in Schönau mit großem Lob bedacht worden, insbesondere die beiden, die Johannes angefertigt hatte!

Stolz berichtete Johannes am Abend Balthasar von den anerkennenden Worten des Bibliothekars, doch Balthasar zeigte sich nicht sonderlich beeindruckt. Er fürchtete sich offensichtlich vor der bevorstehenden Lateinprüfung durch Bruder Gisbert.

»Du wirst es schaffen«, versicherte ihm Johannes.

»Und wenn nicht?«, gab Balthasar skeptisch zurück.

»Dann legst du dein Gelübde eben später ab«, meinte Johannes.

»Das würde dich aber auch treffen.«

Beide wussten, dass Abt Reinhard unmissverständlich klar gemacht hatte, die beiden Novizen nur gemeinsam das Gelübde ablegen zu lassen.

»Treffen ist wohl der richtige Ausdruck«, sinnierte Johannes.

»Wie meinst du das?«

»Ich weiß nicht genau. Wenn ich an das Gelübde denke, frage ich mich manchmal, ob es richtig ist.«

»Aber du willst doch jetzt, nach all den Jahren, die du schon hier bist, auch endlich richtig dazugehören, oder?«, fragte Balthasar verwundert.

Johannes schwieg.

»Was ist los mit dir?«, fragte Balthasar.

»Ach, ich kann es nicht erklären«, seufzte Johannes. »Soll ich wirklich den Rest meiner Tage hier in Bebenhausen verbringen?«

»Es gibt auch noch andere Klöster. Größere, schönere, sogar in fernen Ländern.«

»Ein Kloster bleibt auf jeden Fall ein Kloster. Ich weiß ja nicht einmal, wie es draußen ist«, meinte Johannes mit sehnsüchtigem Blick.

»Du denkst an diesen Oswald, stimmt's?«

»Ja. Aber auch an die Schänke, an meine Mutter – und überhaupt, was soll ich hier?«

Balthasar schüttelte den Kopf.

»So darfst du nicht denken. Wir dienen hier Gott, wir leben für Gott, beten für die Menschen«, erklärte Balthasar. »Ich kann mir nichts Schöneres vorstellen. Und ich bin jeden Tag froh, dass mich meine Eltern hierher geschickt haben.«

Johannes nickte. »Wahrscheinlich hast du recht. Also, sehen wir zu, dass du deine Prüfung so schnell und so gut wie möglich schaffst!«

Sie wandten sich wieder ihrem Latein zu, doch auch in dieser Nacht ritt Johannes im Traum durch endlose Wälder, zu Schlössern und Burgen.

Eine Woche vor dem Weihnachtsfest stand plötzlich Bruder Nikolaus im Scriptorium.

»Johannes! Du hast Besuch!«, verkündete er mit einer Miene, die deutlich verriet, wie sehr er es missbilligte, dass Klosterinsassen mit der Außenwelt in Verbindung traten.

Der Angesprochene legte seine Schreibfeder zur Seite und sah hinüber zu Bruder Anselm.

»Ist gut. Aber bleib nicht zu lange weg – du weißt, wie knapp unsere Zeit bemessen ist«, meinte er mahnend.

Johannes stand auf und folgte dem Cellerar zur Pforte. Überrascht erkannt er seinen Bruder Günther, der dort auf ihn wartete, obwohl sich dieser seit dem letzten Mal ziemlich verändert hatte. Mit den langen schwarzen Haaren, die an den Schläfen bereits recht spärlich wurden, und dem deutlich erkennbaren Bauchansatz ähnelte er immer mehr dem verstorbenen Vater.

Schon am Gesichtsausdruck seines Bruders sah Johannes, dass etwas passiert sein musste.

Bruder Nikolaus stand mit deutlich missbilligendem Blick in der Türöffnung.

»Lasst uns allein«, sagte Günther.

»Ihr wisst, dass wir hier normalerweise keine Besuche unserer Zöglinge dulden«, hob Nikolaus an.

»Bitte geht. Geht einfach und lasst mich ein paar Minuten mit meinem Bruder sprechen«, entgegnete Günther. In seiner Stimme lag plötzlich eine unmissverständliche Schärfe, und seine Augen funkelten den Mönch zornig an.

Der Cellerar zog sich schweigend zurück. Sein letzter Blick auf Johannes ließ diesen jedoch nichts Gutes ahnen.

»Was führt dich hierher?«, wollte Johannes wissen, kaum dass Bruder Nikolaus gegangen war. Sein Herz schlug doppelt so schnell wie sonst – bestimmt war etwas Furchtbares geschehen. Warum hätte sich Günther sonst die Mühe gemacht, ihn in Bebenhausen zu besuchen?

»Es ist wegen Mutter«, antwortete Günther. »Es geht ihr nicht gut.«

Johannes musste schlucken. Mit belegter Stimme fragte er: »Du meinst – ?«

Günther nickte.

»Ich fürchte, ihr bleibt nicht mehr viel Zeit. Sie hat nach dir verlangt, immer wieder. Ihr Fieber will nicht weichen, und sie redet wirres Zeug. Aber andauernd fragt sie nach dir«, erklärte er schließlich.

Johannes konnte zunächst keinen klaren Gedanken fassen. Mutter. Seine Mutter. Sie lag im Sterben, keine vier Stunden von hier entfernt, und doch unerreichbar.

»Ich werde den Abt um Erlaubnis bitten, zu ihr zu dürfen«, sagte er dann. »Richte ihr meine Grüße aus – ich werde kommen, so schnell es geht!«

Günther musterte ihn aufmerksam.

»Du musst dich beeilen. Ich werde deine Grüße bestellen, aber du solltest wirklich keine Zeit verlieren. Sonst ...«

Der Satz blieb unvollendet, doch Johannes wusste genau, was er meinte. Sonst würde es zu spät sein.

»Ich gehe sofort zum Abt!«, verkündete er. »Ich muss zu ihr, egal wie. Morgen! Und nun sieh zu, dass du noch bei Tag nach Reutlingen kommst«, fügte er hinzu und reichte seinem Bruder zum Abschied die Hand.

Auf dem Weg zum Abtshaus kam ihm Bruder Nikolaus entgegen.

»Besuch beendet?«, fragte er hämisch. »Dann schnell zurück ins Scriptorium!«

Johannes schüttelte den Kopf.

»Ich muss zu Abt Reinhard. Sofort.«

Der Cellerar lächelte versonnen.

»Unser Ehrwürdiger Abt ist nicht hier. Er weilt in Schönau und kommt erst zum Weihnachtsfest zurück«, verkündete er.

Johannes war sofort klar, was das bedeutete – in Abwesenheit des Abtes führte der Cellerar das Kloster, und wenn er die Erlaubnis wollte, seine todkranke Mutter zu besuchen, musste er ihn darum bitten.

»Bruder Nikolaus, meine Mutter liegt im Sterben! Ich bitte Euch, lasst mich morgen zu ihr!«, flehte er, doch es war vergebens.

»Bruder Anselm wartet auf dich!«, herrschte Nikolaus den verzweifelten Jungen an. »Du hast deine Pflicht zu erfüllen. Gott wird für deine Mutter sorgen – und nun sieh zu, dass du ins Scriptorium kommst! Du wirst das Kloster nicht verlassen, bis ich es dir erlaube.«

Johannes drehte sich wortlos um und wankte wie betäubt zurück zum Scriptorium.

»Was ist mit dir?«, fragte Anselm, als er den Novizen mit aschfahlem Gesicht ins Scriptorium kommen sah.

»Bruder Nikolaus ist ein Schwein!«, brach es aus Johannes heraus.

»Hüte deine Zunge! Wie kannst du so von unserem Cellerar sprechen?«, herrschte Anselm ihn an.

»Er ist ein Schwein! Meine Mutter liegt im Sterben, und er lässt mich nicht zu ihr! Wenn doch nur Abt Reinhard hier wäre!«, schluchzte Johannes, der nun seine Beherrschung endgültig verloren hatte.

Betroffen legte Anselm ihm seine Hand auf die Schulter.

»Du kommst aus Reutlingen, nicht wahr?«

Johannes nickte mit tränenverschleierten Augen.

Der Bibliothekar überlegte kurz. Dann huschte ein Lächeln über sein Gesicht.

»Ich hab's!«, verkündete er. »Du wirst morgen früh in meinem Auftrag nach Reutlingen gehen, um Pergament zu kaufen! Solltest du dabei zufällig deiner Mutter begegnen ...«

»Wirklich? Das würdet Ihr für mich tun, Bruder Anselm?« Johannes konnte es kaum fassen.

»Und Bruder Nikolaus?«, fragte er besorgt.

»Den lass nur meine Sorge sein. Wir haben hier einen wichtigen und dringenden Auftrag, und wenn wir dafür noch Pergament brauchen, muss es jemand holen, jemand, der sich mit Pergamenten auskennt. Nikolaus wird es nicht wagen, sich mit mir anzulegen«, meinte Anselm und zwinkerte Johannes zu.

»Danke«, sagte dieser leise und wandte sich wieder der Abschrift zu, an der er vor Günthers Besuch gearbeitet hatte.

Als er am nächsten Morgen aufbrach, war es noch dunkel. Es hatte über Nacht geschneit. Johannes marschierte mit schnellen Schritten den Weg vom Kloster ins Goldersbachtal hinunter. Bruder Anselm hatte ihm genaue Anweisungen gegeben, wie er nach Reutlingen gelangen und wo er das Pergament bekommen würde.

Trotz der Dunkelheit fand er sich gut zurecht, und als der Morgen endlich dämmerte, hatte er die breite Fahrstraße von Tübingen nach Reutlingen erreicht. Die bittere Kälte drang selbst durch den dicken Umhang, den ihm Bruder Anselm mitgegeben hatte, und Johannes war froh, als er nach weiteren eineinhalb Stunden das Stadttor von Reutlingen erreichte. Wie lange war er nun schon nicht mehr hier gewesen! Nur noch verschwommen erinnerte er sich an die Gassen, in denen er als kleiner Junge tagsüber herumgestreunt war, und doch fand er den Weg zum Marktplatz wieder. Dort stand die Schänke seines Vaters, und dort würde er vielleicht eine warme Suppe bekommen und sich ein wenig aufwärmen können.

Auf dem Marktplatz boten heute nur ein paar Bauern etwas Gemüse und Geflügel an, das sie auf ihren armseligen Handkarren in die Stadt gebracht hatten. Doch bei dem kalten Wetter gab es nicht viele Kunden. Johannes schritt rasch über den Platz. Durch ein Fenster spähte er in die Schänke, und als er ein paar brennende Kerzen auf den Tischen sah, klopfte er sich den Schnee von den Stiefeln und ging hinein.

Es dauerte einen Moment, bis sich seine Augen an das schummrige Licht gewöhnt hatten.

»Hallo!«, rief er dann, um sich bemerkbar zu machen, denn außer ihm war niemand da. Er lauschte, rief nochmals und hörte dann schlurfende Schritte.

»Was willst du?«, brummte ein ihm völlig fremder Mann, der aus der Küche gekommen war. Er mochte etwa vierzig Jahre alt sein, vielleicht auch älter.

»Wo ist Günther?«, fragte Johannes verwundert.

»Was für ein Günther?«

»Zainer.«

»Was willst du von ihm? Etwa auch Geld?«

Johannes verstand überhaupt nichts.

»Nein – ich bin sein Bruder. Ich dachte, er sei hier«, erklärte er.

Der Bärtige grinste hämisch und meinte daraufhin: »Sein Bruder. So, so. Du scheinst deinen Bruder nicht oft zu sehen, oder? Der ist nämlich in Straßburg.«

»Was? Was sagt Ihr da? Er hat mich doch erst gestern in Bebenhausen besucht – wie kann er da in Straßburg sein?« Johannes war völlig ratlos.

»Er hat dich besucht? Gestern?«

»Ja, im Kloster. Er bat mich, nach unserer Mutter zu sehen.«

»So, so. Das ist ja interessant«, stellte der Bärtige fest. Er kam direkt auf Johannes zu und legte ihm die Hand auf die Schulter.

»Jetzt hör mir mal zu. Dein Bruder ist vor drei Monaten bei Nacht und Nebel aus Reutlingen verschwunden. Angeblich hält er sich in Straßburg auf. Mehr weiß ich auch nicht. Jedenfalls führe ich seitdem die Schänke hier. Und ich glaube nicht, dass er sich hier so schnell wieder blicken lassen sollte – bei den Schulden, die er überall hat.«

Johannes hörte mit offenem Mund zu. Schulden? Straßburg? Offensichtlich war doch etwas daran an Balthasars Andeutungen.

»Wisst Ihr vielleicht, was aus meiner Mutter und meinen, ich meine unseren Schwestern geworden ist?«, fragte er dann.

»Soviel ich weiß, wohnt die eine Schwester mit ihrem Mann in der Kreuzgasse«, antwortete der Wirt.

Mit ihrem Mann? Johannes konnte schon wieder nicht folgen, doch er beschloss, sich unverzüglich auf die Suche zu machen. Irgendjemand musste ihm eine Menge erklären.

»Habt Dank für Eure Auskunft«, sagte er höflich zu dem Wirt. »Dann werde ich jetzt in die Kreuzgasse gehen und meine Schwester besuchen.«

Johannes drehte sich um und verließ die Schänke. Bevor er die hölzerne Tür von außen schloss, hörte er den Wirt noch rufen: »Falls du Günther siehst, sag ihm, dass wir in Reutlingen auf ihn warten – wenn es sein muss, bis zum jüngsten Tag! Irgendwann wird er seine Schulden bezahlen.«

Erst als er draußen vor der Schänke stand, fiel ihm ein, dass er gar nicht wusste, wo die Kreuzgasse war. Bruder Anselm hatte ihm zwar den Weg zu Martin Ensslin, dem Tuch- und Pergamenthändler beschrieben, aber das half jetzt auch nicht weiter. Das Pergament musste ohnehin warten.

Johannes überlegte, ob er nochmals in die Schänke gehen sollte, um den Wirt zu fragen, und spürte die Kälte bereits wieder durch den Umhang kriechen. Er hatte seit dem Aufstehen nichts gegessen, doch sein Stolz und seine Neugier waren stärker. So ging er über den Marktplatz und holte sich dort bei einem alten Weib, das soeben ein mageres Huhn erstanden hatte, die Auskunft, die er brauchte. Schließlich hatte er die Gasse gefunden, mit dem großen Fachwerkhaus an der Ecke, wie es die Frau beschrieben hatte. Er fasste sich ein Herz und klopfte dort an die Tür, doch es öffnete niemand.

Das nächste Haus in der schmalen Gasse war eigentlich nur eine schäbige Hütte. Als Johannes klopfte, machte ihm eine junge Frau auf. Sie öffnete die wurmstichige Tür jedoch nur einen Spalt breit und fragte ihn, was er wolle.

»Ich suche meine Mutter und meine Schwestern. Die sollen hier in der Kreuzgasse wohnen«, antwortete er.

Die junge Frau öffnete die Tür etwas weiter und musterte den jungen Mann in seinem grobschlächtigen Umhang genauer.

»Johannes?«, fragte sie schließlich ungläubig.

»Marie? Du bist Marie?« Er konnte es kaum fassen, wie sehr sich seine Schwester verändert hatte. Sie war fünf Jahre älter als er und hatte immer lange, dunkelblonde Haare gehabt; auch an ihr Gesicht, das fast immer ein leises Lächeln trug, konnte er sich noch gut erinnern. Jetzt starrten ihn zwei glanzlose Augen aus tief liegenden Höhlen an. Maries Haare waren kurz geschnitten, und der Lumpen, den sie trug, war wohl früher ein Kleid gewesen.

»Komm rein!«, forderte ihn seine Schwester auf, ohne auf seine mitleidigen Blicke zu achten.

Beklommen musterte Johannes den Raum, in den die Tür führte. In einer Ecke stand ein offener Herd mit einer rußgeschwärzten Abzugshaube, daneben ein Tisch und vier wackelige Stühle. Auf der gegenüberliegenden Seite befand sich eine primitive Bettstatt, die Johannes an die Pritsche in der Gastzelle des Klosters erinnerte, nur war diese Bettstatt hier wesentlich breiter. Eine große hölzerne Truhe und ein hohes Gestell mit Geschirr, eisernen Töpfen und Trinkgefäßen vollendeten die Einrichtung. Es war armselig, aber wenigstens sauber, stellte Johannes fest.

»Wo ist Mutter?«, fragte er sogleich.

»Sie schläft. Und das ist gut so«, sagte Marie und bat ihn, sich an den Tisch zu setzen.

Sie bot ihm einen Teller dampfender Suppe an, die sie aus einem kleinen Kochtopf auf dem Herd schöpfte, und erzählte ihm dann nach und nach, was aus der Schänke und der Familie geworden war. Johannes löffelte schweigend die heiße, aber recht wässrige Brühe, die fast nach nichts schmeckte, und stellte zwischendurch ein paar Fragen. Während er Marie zuhörte, wurde es ihm immer heißer, und das lag keineswegs nur an der Suppe. Er spürte, wie eine ohnmächtige Wut in ihm aufstieg, als sie berichtete, was in den vergangenen Jahren hier geschehen war, während er sich nur ein paar Kilometer entfernt in seinem Kloster praktisch in einer völlig anderen Welt befunden hatte.

Nach Jakobs Tod hatte Günther die Schänke übernommen und zunächst wie sein Vater weitergeführt. Die Mutter und seine beiden

Schwestern, Marie und Anna, hatten ihn unterstützt, sich um die Küche und die Einkäufe gekümmert. Doch bald schon waren immer häufiger andere Gäste in der Schänke zu sehen gewesen als früher – fahrende Händler, Spielleute und zwielichtige Gestalten, die wenig aßen, dafür umso mehr tranken, fluchten und stritten. Oft hatte sich Günther zu ihnen gesetzt und den ganzen Abend gewürfelt, mal mit Gewinn, mal mit Verlust. Ganz allmählich hatte er angefangen, Schulden zu machen, zuerst beim Weinhändler, dann beim Bäcker und schließlich auch bei seinen Mitspielern. Bald hatte es sich in ganz Reutlingen herumgesprochen, dass in der Zainer'schen Schänke allabendlich Würfel-, Karten- und andere Glücksspiele stattfanden. Und natürlich waren auch »verdorbene Frauenzimmer« in der Schänke anzutreffen gewesen.

Als Marie dieses Wort gebrauchte, zuckte Johannes kurz zusammen, verkniff sich jedoch die Frage, was sie damit meinte.

Vor einem Jahr hatte das Verhängnis dann seinen Lauf genommen: Anna hatte sich in einen auf der Durchreise befindlichen Gewürzhändler verliebt und war mit diesem aus Reutlingen weggegangen, und kurz darauf war die Mutter plötzlich krank geworden. Nun war alles an Marie hängen geblieben, die kurz zuvor einen gewissen Bernhard Senft kennen gelernt hatte, einen jungen Müller, der die Woche über in Tübingen arbeitete. Als Günthers Schulden ihn dann schließlich gezwungen hatten, die Schänke zu verkaufen, hatte Marie Bernhards Drängen nachgegeben und diesen geheiratet. Das Haus in der Kreuzgasse gehörte Bernhards Onkel, und zusammen mit der kranken Mutter war das junge Ehepaar dort eingezogen.

»Und Günther? Wo ist dieser Taugenichts?«, fragte Johannes wütend und erregt.

»Er ist nach Straßburg gegangen und arbeitet dort für einen Buchdrucker«, antwortete Marie.

»Buchdrucker? Du meinst einen Buchbinder, oder?«, hakte er nach.

»Nein, bei einem Buchdrucker. In Straßburg gibt es mehrere davon. Günther hat es mir erzählt, und sie machen Bücher. Er heißt Manteler oder so ähnlich«, erklärte Marie.

»Wann war er hier?« Johannes sah seiner Schwester in die Augen.

»Vor zwei Tagen, spät am Abend.«

»Damit ihn seine Gläubiger nicht erwischen«, spottete Johannes. »Wie ein Dieb, bei Nacht und Nebel.«

»Er hat mir erzählt, dass er sich in Straßburg völlig geändert hat. Keine Würfel mehr, keine Schänken, so sagte er jedenfalls«, meinte Marie. »Er hat mir sogar Geld gegeben, für uns und für Mutter.«

»Marie! Marie!« Eine brüchige, schwache Stimme erklang hinter einer schmalen Tür, die Johannes bisher gar nicht bemerkt hatte.

»Ist sie das? Wie geht es ihr?«, fragte er flüsternd.

»Schlecht. Sehr schlecht. Sie bekommt kaum noch Luft und sie isst fast nichts mehr.«

»Kann ich zu ihr?«

Marie zögerte. »Warte hier. Ich werde ihr erzählen, dass du hier bist. Dann ist die Aufregung nicht so groß.«

Zwei Minuten später kam sie zurück.

»Du kannst zu ihr. Aber erschrick nicht – oder lass es dir nicht anmerken«, bat Marie.

Die Tür führte ihn in eine kleine Kammer. Unter drei dicken Decken und einem Schaffell lag seine Mutter.

»Johannes«, flüsterte sie kaum vernehmbar.

»Mutter.« Mehr brachte er nicht heraus. Er spürte, wie ihm die Tränen hochkamen, kämpfte aber mit aller Macht dagegen an.

»Bist du schon Mönch?«, wisperte sie.

Johannes nickte, in dem Wissen, ihr mit dieser Notlüge eine Freude zu machen.

»Kann ich etwas für dich tun?«, fragte er dann.

Sie schüttelte nur schwach den Kopf.

Er trat an die Bettstatt und streichelte ihr Gesicht, ihre eingefallenen Wangen.

Müde schloss sie ihre Augen.

»Ich komme bald wieder«, versprach er, und dann stürzte er aus der Kammer.

Unaufhaltsam brachen die Tränen aus ihm hervor, als ihn Marie in ihre Arme nahm, und es dauerte einige Minuten, bis er sich gefangen hatte. Dann löste er sich von seiner Schwester und sagte: »Ich komme wieder. Ich werde mich im Kloster erkundigen und eine Medizin mitbringen«, verkündete er schließlich.

»Ich glaube nicht, dass es dafür eine Medizin gibt«, sagte Marie leise. »Aber komm bald wieder. Ich fürchte, es geht nicht mehr lange.«

Wie betäubt lief Johannes zurück zum Marktplatz, nachdem er sich von Marie verabschiedet hatte. Es wurde allmählich Zeit, dass er an seinen eigentlichen Auftrag dachte. Dank Anselms Beschreibung fand er auf Anhieb das Haus des Tuchhändlers, ein prächtiges Gebäude, das nur durch einen großen Innenhof erreichbar war.

Martin Ensslin war eine stattliche Erscheinung. Sein tiefblaues Wams spannte sich stramm über den enormen Bauch, und er überragte Johannes um mehr als einen Kopf. Er hieß den Jungen herzlich willkommen, als dieser ihm Grüße von Bruder Anselm bestellt hatte, und führte ihn dann in sein Lager.

Johannes fielen fast die Augen aus dem Kopf, als er die unzähligen Ballen verschiedenster Tücher und Stoffe in allen Farben sah, die dort aufgestapelt waren. In der hintersten Ecke fand sich schließlich das Pergament. Ensslin griff zielstrebig in ein großes Regal und reichte Johannes ein paar große Bogen.

»Hier, das ist eure Sorte. Anselm verwendet seit Jahren nichts anderes«, erklärte der Tuchhändler.

Johannes prüfte die Stärke mit kundigen Fingern.

»Ja, das ist genau das Richtige. Gebt mir fünfzig Bogen.«

»Fünfzig? Das wird aber ziemlich schwer«, wandte Ensslin ein. »Bist du sicher, dass du das den weiten Weg tragen kannst?«

»Keine Sorge, das schaffe ich schon«, wehrte Johannes ab.

Während der Tuchhändler die Bogen aus Kalbshaut sorgfältig abzählte, sah sich Johannes ein wenig um und entdeckte in einem kleineren Regalfach etwas Seltsames. Es sah auf den ersten Blick aus wie Pergament, war jedoch wesentlich dünner und hatte eine glattere Oberfläche.

»Was ist das hier?«, fragte er neugierig. »So ein dünnes Pergament habe ich noch nie gesehen.«

Meister Ensslin lachte.

»Das glaube ich schon. Man nennt es Papier«, erklärte er. Er zog einen Bogen heraus und reichte ihn Johannes. »Du musst es fühlen. So glatt und dünn – und doch fest wie Pergament.«

»Woraus ist das?«

»Aus alten Lumpen.«

Als der Meister den fragenden Gesichtsausdruck von Johannes sah, fuhr er fort: »Du kannst es mir ruhig glauben. Alte Lumpen werden zerkleinert und eingeweicht. Dann schöpft man diesen Brei mit einem Sieb ab, presst das Wasser heraus und lässt das Ganze trocknen.«

»Kann man darauf gut schreiben?«, wollte Johannes wissen.

»Ja, und vor allem gut drucken.«

Johannes nickte und dachte dabei an die vielen Holzschnitte in den kostbaren Handschriften des Klosters. Bruder Anselm hatte ihm genau erklärt, wie die Holzschnitte gedruckt wurden, wenngleich das in Bebenhausen nicht gemacht wurde. Er gab den Papierbogen zurück.

»Wir werden wohl beim Pergament bleiben. Die Abschriften sollen ja am Ende genauso aussehen wie die Originale«, stellte er fest.

»Ja, da hast du Recht«, sagte Ensslin. »Komm mit in mein Kontor, dann zeige ich dir etwas Besonderes.«

Er rollte die abgezählten Pergamentbogen vorsichtig zusammen, klemmte sie unter den Arm, und Johannes folgte ihm in sein Kontor.

»Hier.« Der Tuchhändler zog eine Schublade seines schweren Schreibtisches auf, nahm ein Buch heraus und reichte es Johannes.

Diesem fiel sofort auf, dass das Buch wesentlich leichter war als die Handschriften, die er aus dem Scriptorium gewohnt war. Er schlug es auf und erkannte schon am Titelblatt, dass es eine Bibel war.

»Warum ist sie so leicht?«

»Sie ist aus Papier, und gedruckt, nicht abgeschrieben«, erklärte Ensslin.

Als Johannes ihn verständnislos ansah, fügte er hinzu: »Ich habe sie aus Straßburg. Dort werden Bücher neuerdings gedruckt – nicht mehr von Hand kopiert.«

Bei dem Wort »Straßburg« war Johannes kurz zusammengezuckt, doch nun blätterte er fasziniert in der Bibel, studierte die Schriftzüge und bewunderte die sauber abgedruckten und kolorierten Holzschnitte.

»Nun, wie findest du sie?«, fragte Ensslin.

»Es ist unglaublich«, antwortete Johannes und gab die Bibel dem Meister zurück.

»Erzähl ruhig Bruder Anselm davon. Ich bin überzeugt, dass auch euer Kloster bald die ersten gedruckten Bücher haben wird«, meinte er. »Sie sind zwar nicht gerade billig, aber im Vergleich dazu kostet eine handgefertigte Abschrift ein Vermögen.«

Das gab Johannes das Stichwort.

»Die Pergamentbogen für das Kloster will Bruder Anselm bei seinem nächsten Besuch in Reutlingen bezahlen«, sagte er.

Der Tuchhändler nickte. Dann wickelte er die Rolle mit den einzelnen Bogen sorgfältig in ein Leinentuch ein und gab sie Johannes, der ihm dankte und sich verabschiedete.

Als er mit dem schweren Bündel aus dem Innenhof trat, spürte er, wie sein Magen knurrte. Bruder Anselm hatte ihm ein paar Pfennige mitgegeben, damit er sich etwas zu Essen kaufen konnte, doch er beschloss, sich unverzüglich auf den Rückweg zu machen, um noch bei Tag ins Kloster zurückzukommen.

Das Pergament wurde immer schwerer in seinen Armen. Es dämmerte bereits, als die letzte Wegbiegung zum Kloster vor ihm lag, und als er endlich die Pforte erreichte, war er trotz der abendlichen Kälte schweißgebadet. Er lief sofort in die Bibliothek, wo er Anselm im Schein einer Kerze über eine Handschrift gebeugt fand.

»Geschafft!« Mit einem Seufzer der Erleichterung legte Johannes das Pergamentbündel auf eine Truhe am Fenster.

»Ich bin froh, dass du wieder zurück bist«, begrüßte ihn Anselm. »Wie ich sehe, hast du deinen Auftrag erfüllt.«

»Ja«, antwortete Johannes, doch seine Stimme klang niedergeschlagen.

»Deine Mutter?«, fragte der Mönch leise.

Johannes nickte, und dann erzählte er Bruder Anselm alles, was er erlebt hatte. Er berichtete auch von diesem neuen Papier und dem gedruckten Buch, das ihm Meister Ensslin gezeigt hatte.

»Dann stimmt es also doch!«, rief Anselm verblüfft aus. »Ich habe schon von dieser neuen Erfindung gehört, aber oft sind das alles nur Gerüchte und Hirngespinste.«

Johannes schilderte die gedruckte Bibel in allen Einzelheiten, das geringe Gewicht, das feine Papier und die gleichmäßige Schrift.

»Ihr müsst es Euch beim nächsten Mal unbedingt zeigen lassen«, meinte er.

Dann fasste er sich ein Herz und fuhr fort: »Ich muss so bald wie möglich noch einmal nach Reutlingen – und ich brauche eine gute Medizin für meine Mutter.«

Nun war es Anselm, der plötzlich niedergeschlagen wirkte.

»Das wird nicht gehen, fürchte ich. Unser lieber Bruder Nikolaus hat dich heute schon gesucht, und als ich ihm erzählte, dass du für mich etwas in Reutlingen zu erledigen hättest, wurde er fuchsteufelswild. Du sollst dich gleich nach deiner Rückkehr bei ihm melden«, schloss er.

Zehn Minuten später stand Johannes vor dem Cellerar, dessen Miene nichts Gutes verhieß.

»Was hast du dir dabei gedacht?«, fuhr Bruder Nikolaus den Jungen an, dessen eingezogene Schultern ihn noch schmächtiger aussehen ließen.

»Bruder Anselm gab mir den Auftrag – «, wollte Johannes zu seiner Rechtfertigung ansetzen, doch der Stellvertreter des Abts schnitt ihm das Wort ab.

»Das war nur ein Vorwand! Meinst du, ich durchschaue dein Spiel nicht? Warum sollte dich Anselm ausgerechnet heute nach Reutlingen schicken? Er hat dich noch nie irgendwohin geschickt! Und das, obwohl ich dir gestern ausdrücklich verboten habe, das Kloster zu verlassen!« Nikolaus' Stimme überschlug sich fast, und er hatte einen hochroten Kopf.

Johannes schwieg.

Das machte Nikolaus nur noch wütender.

»Du wirst lernen, zu gehorchen! So, wie du gelernt hast, zu schweigen«, brüllte er.

Eine halbe Stunde später lag Johannes wieder in der so genannten Gastzelle, in die ihn der Cellerar zur Strafe für seinen Ungehorsam geschickt hatte. Die Lateinstunde mit Balthasar war natürlich auch ausgefallen. Bis zur Rückkehr des Abts würde er hier schlafen müssen. Dann würde Reinhard von Höfingen entscheiden, was mit ihm weiter geschah.

Obwohl er von den beiden langen Fußmärschen hundemüde war, fand er keinen Schlaf. Zu viel war an diesem Tag geschehen. Seine Gedanken drehten sich immer wieder im Kreis, von seinem Bruder Günther, diesem Schuft, zu seiner todkranken Mutter und zu Bruder Nikolaus. Er hasste ihn. Dieser Hass war bestimmt nicht christlich, sondern eigentlich eine Sünde, und doch schämte er sich nicht dafür. War es denn christlich, wenn ihm Bruder Nikolaus verwehrte, die eigene Mutter zu besuchen? War das die hochgepriesene Nächstenliebe und Güte, von der die Bibel predigte? Für ihn war es unmenschlich.

Johannes dachte über die Bibel nach, und seine Gedanken schweiften ab zu dem Buch, das Meister Ensslin ihm gezeigt hatte. Er wollte unbedingt herausfinden, wie solche Bücher gedruckt wurden. In Straßburg wurde das gemacht, hatte der Tuchhändler gesagt. In Straßburg war auch sein nichtsnutziger Bruder. Er grübelte lange vor sich hin, fand jedoch keinen Ausweg. Zuerst musste er versuchen, seiner Mutter zu helfen. Nur wie? Bestimmt nicht, solange er in dieser abscheulichen Klosterzelle lag. Er wünschte, er hätte jetzt mit Balthasar reden können, oder mit Bruder Anselm.

Am anderen Morgen, als lange vor dem Morgengrauen der Tag im Kloster mit dem Ruf der Glocke zum ersten Gebet begann, schreckte Johannes hoch und wusste im ersten Moment nicht, wo er war. Er tastete im Dunkeln nach seinen Schuhen, schlüpfte hinein und stand auf. Es war stockfinster in der winzigen Zelle. Im Dormitorium brannten nachts stets ein paar Kerzen, die jeden Tag erneuert wurden, damit die Mönche den Weg fanden, wenn sie nachts ihre Notdurft verrichten mussten. Schließlich fand er die Zellentür und trat hinaus.

Die anderen Mönche waren bereits vollzählig in der Klosterkirche zum Morgengebet versammelt. Als Johannes als Letzter erschien, traf ihn ein zorniger Blick des Cellerars. Mit einem stummen Seufzer kniete er sich an seinem Platz hin und fiel in die allmorgendliche Gebetslitanei ein. Seine Lippen bewegten sich automatisch, doch seine Gedanken kreisten bereits wieder um seine dringendsten Probleme: Er brauchte eine Medizin, und er musste zur Mutter.

Nach dem Gebet schickte ihn Bruder Nikolaus zunächst in die Klosterküche. Für die Arbeit im Scriptorium war es noch zu dunkel. Bruder Stefan freute sich, als er Johannes erblickte, denn so kurz vor Weihnachten gab es in der Küche jede Menge Arbeit.

Johannes taten sämtliche Muskeln an seinen Beinen weh, und er war froh, dass ihn Bruder Stefan damit beauftragte, Brotteig zu kneten – dabei musste er wenigstens nicht viel laufen. Der Camerar hatte offensichtlich nichts von den gestrigen Vorfällen mitbekommen.

Als Johannes ihn beiläufig nach Kräutern und Teezubereitungen für Kranke fragte, die schlecht Luft bekamen, erklärte er ihm bereitwillig die heilenden Kräfte der Pfefferminze und der Kamille. Man konnte daraus einen Sud herstellen, dessen Dämpfe eingeatmet wurden.

»Man kann den Sud auch trinken, wenn man die Blätter vorher abseiht«, erklärte Bruder Stefan.

Johannes nickte und merkte sich genau, in welchen Gefäßen der Cellerar die getrockneten Heilkräuter aufbewahrte. Nachdem der Brotteig in der großen Wanne fertig durchgeknetet war, half Johannes noch beim Gemüseputzen, bis die bleiche Wintersonne endlich aufging. Dann machte er sich auf den Weg ins Scriptorium, wo die nächste Arbeit wartete.

Bruder Anselm empfing ihn mit besorgter Miene und wollte wissen, was Bruder Nikolaus am Vorabend noch alles gesagt hatte. Da Johannes nicht im Dormitorium erschienen war, hatte er richtig vermutet, dass ihn der Cellerar zur Strafe wieder in die Gastzelle verbannt hatte.

Johannes gab einsilbige Auskünfte und zeigte sich reuig und zerknirscht, so dass Anselm beruhigt war. Wenn Abt Reinhard zurückkehrte, würde sich die Sache schnell bereinigen lassen, versprach er dem Jungen, und dann widmeten sie sich für den Rest des Vormittags wieder ihren Abschriften.

Je näher die Mittagsstunde kam, desto unruhiger wurde Johannes. Er hatte sich seinen Plan genau überlegt, während er den Brotteig zwischen seinen Fingern durchgeknetet hatte. Als es Zeit für das Mittagsgebet war, an dem alle Mönche, Novizen und Schüler teilnahmen, auch der Camerar, verließ er das Scriptorium als Letzter, bog rasch ab in die Küche und schnappte sich dort die beiden Leinenbeutel mit den getrockneten Heilkräutern. Hastig aß er noch ein paar Löffel aus dem großen Kessel mit Gemüse, der auf dem Herd stand, und dann lief er über den verlassenen Innenhof des Klosters zur Pforte. Erst als er unten im Goldersbachtal die erste Wegbiegung hinter sich hatte, hörte er auf zu rennen und drehte sich kurz um. Das Kloster war nicht mehr zu sehen.

Am späten Nachmittag klopfte er in der Kreuzgasse in Reutlingen an die Tür. Als niemand öffnete, ging er vorsichtig hinein. Seine Schwester war nirgends zu sehen. Der Herd, der gleichzeitig als Heizung diente, war warm. Sie konnte also nicht weit weg sein. Johannes legte ein paar Holzscheite nach und sah sich nach einem Topf um, in dem er jetzt gleich den heilenden Sud bereiten wollte.

In diesem Augenblick kam seine Schwester zur Tür herein. Sie hatte gerötete, verweinte Augen, und sie war nicht allein – hinter ihr erschien ein hagerer, älterer Mann im Türrahmen. Heulend warf sich Marie in die Arme ihres Bruders.

»Sie ist tot! Einfach eingeschlafen – und jetzt ist sie tot«, schluchzte sie.

Auch Johannes konnte die Tränen nicht mehr zurückhalten. Er war zu spät gekommen. Hätte er die Kräuter doch nur früher gebracht!

»Wo ist sie?«, fragte der Alte ungeduldig.

Marie trocknete ihre Tränen mit einem Zipfel ihres Leinenkleids und wies mit dem Finger zu der kleinen Tür. »Dort drinnen.«

Als der Alte in der kleinen Kammer verschwunden war, flüsterte Marie: »Das ist der Stadtarzt von Reutlingen.«

Der Arzt kam wieder in die Stube und schüttelte den Kopf.

»Sie ist tot. Nichts mehr zu machen.«

Mit diesen Worten wandte er sich zur Tür und ging.

Stumm sahen ihm die beiden Geschwister nach. Erst nach einer Weile brach Johannes das bedrückte Schweigen.

»Ich – ich habe Heilkräuter mitgebracht, aus dem Kloster«, murmelte er. »Ich dachte, sie würden ihr helfen.«

Marie sah ihn mitleidig an. »Du Narr. Niemand hätte ihr helfen können. Nicht einmal der Arzt wusste, was ihr fehlte. Sie wurde nur immer schwächer und bekam keine Luft mehr«, sagte sie.

Johannes zuckte niedergeschlagen mit den Schultern. »Ich wollte, ich hätte es früher gewusst.«

Marie legte Holz ins Feuer. Draußen dämmerte es bereits.

»Heute kommt Bernhard nach Hause. Er wird wissen, was zu tun ist«, meinte sie dann.

Als Johannes sie fragend ansah, fügte sie hinzu: »Wir müssen sie begraben, und zwar bald. Noch ist die Erde nicht so tief gefroren.«

Daran hatte ihr Bruder noch gar nicht gedacht.

Müde und erschöpft traf dann gegen Abend Maries Mann ein, der die ganze Woche in Tübingen in der Mühle gearbeitet hatte. Verwundert begrüßte er den jungen Bruder seiner Frau, und als er erfuhr, dass die Mutter gestorben war, machte er sich unverzüglich auf den Weg zum Totengräber und zum Pfarrer, um möglichst schnell das Begräbnis zu veranlassen. Marie hatte Johannes aufgefordert, die Nacht über hier zu bleiben. Vielleicht konnten sie die Mutter ja schon morgen begraben, und wozu sollte er nochmals den weiten Weg ins Kloster zurücklegen?

Johannes hatte bisher nichts von seiner Flucht erzählt.

Als Bernhard endlich zurückkam, brachte er gute Neuigkeiten mit: Gleich morgen konnte das Begräbnis stattfinden! Und er schmiedete bereits weitere Pläne. Marie sollte endlich mit nach Tübingen gehen. Jetzt, wo die Mutter tot war, würde er eine Bleibe in Tübingen suchen – was hielt sie nun noch in Reutlingen?

Johannes wurde erst jetzt mit einem Schlag bewusst, dass er in der Klemme saß. Er hatte das Kloster ohne Erlaubnis verlassen, wieder den Gehorsam verweigert. Seltsamerweise verspürte er kein Bedauern. Die Ereignisse der letzten Tage hatten ihm das Leben in Bebenhausen gründlich verleidet. Er würde Günther suchen und ihn finden – der war schuld am Tod der Mutter und an dem Elend, in dem seine Schwester jetzt hauste. Doch wie sollte er das anstellen? Wie nach Straßburg kommen? Außer den paar Pfennigen von Bruder Anselm und dem, was er auf dem Leib trug, hatte er nichts. Überhaupt nichts.

Während Marie und Bernhard in ihrer Bettstatt lagen, wälzte sich Johannes die halbe Nacht auf dem Lehmboden hin und her, ohne Schlaf zu finden. Er hatte versucht, es sich neben dem Herd einigermaßen bequem zu machen, doch der harte Boden und auch die vielen Fragen, die in seinem Kopf umherschwirrten, hielten ihn lange wach.

Schließlich stand er irgendwann auf, legte Holz nach und setzte sich an den Tisch. Es musste eine Möglichkeit geben, nach Straßburg zu kommen. Dann fiel ihm ein viel dringenderes Problem ein. Wo sollte er jetzt wohnen, wenn die Mutter beerdigt war? Ob er bei Marie bleiben könnte, zumindest so lange, bis er irgendwo eine Arbeit gefunden hatte? Aber was für eine Arbeit? Was konnte er überhaupt? Arbeiten auf dem Feld und in der Küche – Ersteres schied jetzt im Winter ohnehin aus. Lesen, rechnen, schreiben – wie sollte er damit sein tägliches Brot verdienen?

Plötzlich fiel ihm der Tuchhändler ein. Das war die Lösung! Bestimmt hatte der in seinem Kontor irgendeine Arbeit für ihn! Und er wusste auch, wo Straßburg war! Gleich morgen würde er zu Ensslin gehen und mit ihm reden. Er legte sich wieder auf den harten Boden, bettete den Kopf auf seine Hände und schlief endlich ein.

Viel zu früh weckte ihn Marie am Morgen auf. Er musste am nahe gelegenen Brunnen, den die frostige Nacht mit einer Eisschicht überzogen hatte, Wasser für die Morgensuppe holen, und als der Totengräber mit seinem Handkarren in die Kreuzgasse kam, half er ihm, den Leichnam der Mutter aus dem Haus zu tragen. Er war federleicht.

Zu dritt liefen sie hinter dem Handkarren her, am Pfarrhaus vorbei, und der Pfarrer schloss sich der armseligen Prozession an. Das Begräbnis auf dem Armenfriedhof vor den Toren der Stadt war eine kurze, jämmerliche Angelegenheit. Selbst für den einfachsten Sarg aus rohen Brettern hatte Marie kein Geld, und nach einem schlichten Gebet verschwanden die in eine Leinwand genähten sterblichen Überreste der Mutter in dem Erdloch, das der Totengräber schon am Vorabend gegraben hatte. Er schaufelte das Grab zu und zog nach getaner Arbeit mit seinem Handkarren davon.

»Wann gehst du zurück ins Kloster?«, fragte Marie ihren Bruder, als sie wieder zurück in der einigermaßen warmen Stube waren.

Johannes antwortete nicht gleich.

»Überhaupt nicht«, sagte er schließlich.

»Aber – aber – warum nicht? Was willst du denn machen?« Marie konnte es nicht fassen, was ihr Bruder soeben gesagt hatte.

»Ich werde mir eine Arbeit suchen«, verkündete Johannes.

Dann stand er auf und ging zur Tür.

»Ich bin bald zurück.«

Je näher er dem Haus des Tuchhändlers kam, desto langsamer wurden seine Schritte und desto mehr verließ ihn der Mut. Was sollte er Meister Ensslin sagen?

Schließlich ging er durch den Innenhof und klopfte mit zitternder Hand an der Tür. Es dauerte eine Weile, bis er im Inneren Schritte hörte. Dann ging die Tür auf und der Tuchhändler stand vor ihm.

»Seid gegrüßt, Meister Ensslin!« Johannes hatte Mühe, seine Stimme normal klingen zu lassen.

»Was willst du?«

»Erkennt Ihr mich denn nicht mehr? Ich war doch erst vorgestern bei Euch, um Pergament für das Kloster Bebenhausen zu holen.« Johannes wunderte sich über die grimmige Miene, mit der ihn Ensslin anstarrte.

»Was du willst, hab ich dich gefragt. Warum bist du nicht im Kloster?«, fragte der Tuchhändler unwirsch.

»Ich muss mit Euch reden. Ich brauche Arbeit.«

»Wozu brauchst du Arbeit?«

»Ich werde Euch alles erklären.«

»Dann komm. Aber ich habe nicht viel Zeit«, meinte Ensslin und ließ ihn eintreten.

Johannes folgte ihm in sein Kontor, und als er hinter ihm den düsteren Raum mit den Schreibpulten betrat, wäre ihm beinahe das Herz stehen geblieben: Auf dem Stuhl, der vor Ensslins Schreibtisch stand, saß Bruder Anselm!

»Na, das ist vielleicht eine Überraschung!«, rief der Mönch.

Johannes wäre gerne davongelaufen, doch Ensslin versperrte ihm mit einem schnellen Schritt den Weg.

»Hier geblieben!«

»Ich habe dich gesucht, Johannes«, erklärte Bruder Anselm ruhig. »Und ich glaubte, mein Freund Ensslin wüsste vielleicht, wo ich dich finden kann. Was hast du dir nur dabei gedacht?«, fragte der Mönch vorwurfsvoll.

Johannes blieb zunächst stumm.

»Als du gestern plötzlich verschwunden warst, gab es große Aufregung. Bruder Nikolaus hat getobt, und du kannst froh sein, dass du ihm nicht in die Hände gelaufen bist. Als er sich heute Morgen wieder beruhigt hatte, schlug ich ihm vor, dich zu suchen. Wie geht es deiner Mutter?«

Johannes konnte nicht verhindern, dass ihm Tränen in die Augen traten.

»Sie ist tot«, presste er durch fast geschlossene Lippen hervor.

»Hast du sie noch einmal gesehen?«

»Nein, ich bin zu spät gekommen.«

Anselm sah ihn mitfühlend an.

»Das tut mir Leid.«

»Dein Novize hat mich soeben gefragt, ob ich Arbeit für ihn hätte«, schaltete sich nun der Tuchhändler ein.

Verwundert blickte Anselm auf Johannes.

»Arbeit? Wozu? Du weißt doch, wo dein Platz ist, oder?«, fragte er dann.

Johannes überlegte eine Weile. Dann schüttelte er den Kopf und antwortete: »Nein, ich glaube nicht. Nicht mehr.«

»Diese Zainers sind alle gleich. Undankbares, hinterhältiges Gesindel«, zischte Ensslin. »Wenn ich das gewusst hätte!«

»Das ist nicht wahr«, entgegnete Anselm ruhig, aber mit fester Stimme. »Für Johannes lege ich meine Hand ins Feuer.«

»Und was ist mit seinem Bruder? Der Vater war ja schon schlimm, aber Günther ist ein gemeiner Betrüger.« Ensslin kam jetzt richtig in

Fahrt. »Erst bei der halben Stadt Schulden machen und dann einfach verschwinden!«

»Dafür kann Johannes doch nichts«, versuchte Anselm, den Tuchhändler zu besänftigen. »Er ist seit acht Jahren bei uns in Bebenhausen und hat bestimmt keine Ahnung, was sein älterer Bruder so alles auf dem Kerbholz hat.«

Ensslin sah Johannes fragend an. »Stimmt das?«

»Ich habe erst vorgestern davon erfahren. Von Marie, meiner Schwester«, antwortete Johannes.

»Die Schwestern! Die sind auch nicht besser. Die eine ist auf und davon, und die andere hat auch nichts unternommen, bis Günther schließlich davongejagt wurde!«

Johannes hörte sich stumm den Wutausbruch des Tuchhändlers an. Mehr denn je war er entschlossen, seinen Bruder zu finden und zur Verantwortung zu ziehen.

»Nun beruhige dich doch, mein Freund.« Anselm legte Ensslin besänftigend die Hand auf die Schulter.

Dann wandte sich der Mönch wieder an seinen Zögling.

»Bebenhausen erwartet dich«, sagte er.

»Soll es doch! Ich habe genug vom Kloster, von Bruder Nikolaus und seiner Scheinheiligkeit. Ich will etwas von der Welt sehen – und ich muss meinen Bruder finden. Er hat Schuld am Elend meiner Mutter und meiner Schwestern«, erwiderte Johannes trotzig.

Anselm dachte eine Weile nach.

»Weißt du«, begann er, »ich kann dich verstehen. Du bist seit deiner Kindheit nicht aus Bebenhausen hinausgekommen. Jetzt hast du zum ersten Mal die Welt hier draußen gesehen und bist gleich enttäuscht worden. Und du bist wütend auf deinen Bruder – zu Recht, wie ich meine.«

Da Johannes trotzig schwieg, fuhr er fort: »Bei mir war es anders – ich bin erst mit 25 Jahren ins Kloster gegangen. Von der Welt habe ich genug gesehen, und das hat meinen Entschluss bekräftigt, ihr zu entsagen und mein Leben bei den Zisterziensern zu verbringen. Vielleicht wäre es falsch, dich jetzt dazu zu zwingen. Wenn du nicht frohen Herzens dein Gelübde ablegen willst, wirst du nicht glücklich werden.«

Johannes seufzte schwer.

»Ich kann nicht. Nicht nach dem, was hier geschehen ist«, meinte er schließlich.

Der Mönch nickte verständnisvoll.

»Nun, Meister Ensslin«, wandte er sich an den Tuchhändler, »kannst du diesen begabten jungen Mann nicht gebrauchen? Gib ihm die Gelegenheit, zu beweisen, was in ihm steckt. Er wird dich nicht enttäuschen. Und er ist nicht wie sein Bruder.«

»Was soll ich mit ihm anfangen? Was kann er schon – beten und vielleicht etwas Latein«, entgegnete Ensslin spöttisch.

»Da kennst du aber unsere Erziehung im Kloster schlecht. Unsere Zöglinge lernen nicht nur Latein und Beten, sie können schreiben, rechnen, kochen, auf dem Feld und im Garten arbeiten – und glaube mir, einen Schüler wie Johannes hat Bebenhausen seit zwanzig Jahren nicht mehr gesehen.«

Der Tuchhändler blickte immer noch skeptisch drein.

»Gib ihm eine Chance«, sagte Anselm. »Du wirst es nicht bereuen.«

»Bitte«, sagte Johannes leise.

»Na gut, meinetwegen«, brummte Ensslin schließlich. »Aber zuerst nur vier Wochen zur Probe, dann sehen wir, ob du dich bewährst. Morgen früh kommt eine Ladung Barchent aus Ulm, da kann ich gleich Hilfe gebrauchen.«

»Abgemacht!« Anselm hielt dem Tuchhändler die Hand hin, und die Vereinbarung wurde mit einem kräftigen Händedruck besiegelt.

»Bruder Anselm, es gibt noch ein Problem. Nein, eigentlich zwei Probleme«, warf Johannes schüchtern ein.

Als ihn beide Männer fragend ansahen, erklärte er: »Wo soll ich schlafen? Ich weiß nicht, ob ich bei meiner Schwester unterkommen kann. Und meine ganzen Kleider und Sachen sind im Kloster – ich habe nur das, was ich auf dem Leib trage.«

»Wenn du nichts anderes findest, habe ich bestimmt noch irgendwo eine Kammer für dich«, meinte der Tuchhändler, und Anselm versprach, Johannes' Kleidung und Habseligkeiten am anderen Tag durch einen Boten bringen zu lassen.

Der Mönch verabschiedete sich von Ensslin, dann von Johannes.

»Nun zeige, was du gelernt hast«, ermahnte er den Jungen. »Und wenn du glaubst, genug gesehen zu haben, wenn du vielleicht eines Tages zurückkommen willst, bist du bei uns jederzeit willkommen.«

»Danke. Danke für alles«, sagte Johannes. »Ich werde Euch nie vergessen, was Ihr für mich getan habt.«

Marie konnte nicht glauben, was ihr Bruder nach seiner Rückkehr in die Kreuzgasse berichtete. Bernhard war inzwischen wieder nach Tübingen gegangen, und Marie erklärte sich einverstanden, Johannes bis auf weiteres in der Kammer der Mutter schlafen zu lassen.

»Bernhard will mich unbedingt zu sich nach Tübingen holen, aber jetzt, mitten im Winter, ist mir das zu beschwerlich«, meinte sie. »Also kannst du ruhig bleiben, dann habe ich abends wenigstens etwas Gesellschaft.«

»Was machst du eigentlich den ganzen Tag?« Johannes fiel erst jetzt ein, dass er seine Schwester das noch gar nicht gefragt hatte.

»Das ist eine gute Frage. Ich weiß es selbst nicht so genau, jetzt, wo Mutter tot ist. Bislang habe ich sie gepflegt und versorgt, so gut es ging, da gab es immer etwas zu tun. Aber jetzt? Ich weiß es wirklich nicht. Vielleicht hat Bernhard doch Recht.«

Nach einer unruhigen Nacht auf der Bettstatt seiner Mutter, die ihn im Traum immer wieder heimsuchte, stand Johannes sehr früh auf. Es war noch dunkel, als er sich auf den Weg zu Ensslin machte, und er hatte Mühe, den Weg durch die verschneiten Gassen zu finden. Dicke, schwere Schneeflocken fielen unablässig vom Himmel. Er trug nur das leinerne Wams und die dünne Hose, die einzigen Kleidungsstücke, die er bei seiner Flucht aus Bebenhausen angehabt hatte, und die geschnürten Ledersandalen, die im Kloster jahrein, jahraus als Schuhwerk dienten.

Bei Ensslin brannten bereits einige Talgleuchten im Lagerhaus.

»Das lob ich mir!«, begrüßte ihn der Tuchhändler, als er Johannes erblickte. »Wer den Tag früh beginnt, schafft seine Arbeit wie der Wind.«

Johannes nickte nur stumm.

»Du kannst gleich mit anpacken. Wir brauchen Platz für die Lieferung aus Ulm. Wahrscheinlich kommt das Fuhrwerk erst gegen die Mittagsstunde, bei dem Wetter, aber wir wollen bereit sein.«

Getreu Ensslins Anweisungen schleppte Johannes nun schwere Ballen der verschiedensten Tücher von einem Stapel zum anderen, während Ensslin in seinem Kontor verschwand. Es mochte etwa eine Stunde vergangen sein, als plötzlich ein groß gewachsener, stämmiger Bursche im Lagerhaus stand.

Er ging direkt auf Johannes zu.

»Was machst du da? Wer bist du?«, fragte er mit einer Miene, die nichts Gutes verhieß.

»Ich schaffe Platz für den Barchent aus Ulm. Und ich heiße Johannes.«

»Aha.« Mehr fiel dem Burschen offensichtlich dazu nicht ein. Er kratzte sich am Kopf und starrte Johannes feindselig an.

»Wer bist du?«, wollte dieser nun wissen.

»Ich bin der Lagergehilfe von Ensslin.«

»Ich auch.«

»Seit wann?«

»Seit heute.«

»Aha.«

In diesem Moment tauchte der Tuchhändler auf und setzte der einsilbigen Unterhaltung ein Ende.

»Karl, du bist spät dran«, tadelte er den Gehilfen. »Aber der junge Herr hier hat schon fleißig gearbeitet. Das ist Johannes, und er wird dir ab heute zur Hand gehen. Räumt den Platz da drüben noch vollends frei, und dann kannst du ihm unsere Schätze zeigen, die wir hier im Lagerhaus haben«, meinte er dann.

»Wie Ihr wünscht, Meister.« Karl verzichtete auf weitere Fragen. Der Tuchhändler hatte sich klar ausgedrückt.

Als Johannes den letzten Tuchballen weggetragen hatte, ließ er sich erschöpft auf einen Schemel sinken.

»Geschafft! Nun will ich kurz verschnaufen«, sagte er und wischte sich den Schweiß von der Stirn.

»Du hast mehr Kraft, als ich dachte«, meinte Karl. »Wo kommst du her?«

»Aus Bebenhausen«, antwortete Johannes. »Nein, eigentlich auch aus Reutlingen.«

»Was denn nun?«

»Eigentlich komme ich aus Reutlingen. Nur war ich die letzten Jahre in Bebenhausen«, erklärte er.

»Im Kloster?«, fragte Karl ungläubig.

»Genau da. Ich bin in Reutlingen geboren und kam mit sieben Jahren dort hin.«

»Wie heißt du mit Nachnamen?«

»Zainer.«

»Bist du etwa mit Günther verwandt?«

»Das ist mein Bruder.«

»Aha.«

Karl war kein Freund großer Reden, doch auch ihm schien diese Verwandtschaft mit dem früheren Schankwirt nicht recht zu gefallen, da er den Neuankömmling nun wieder missbilligend ansah.

»Zeigst du mir jetzt die ganzen Sachen im Lagerhaus?«, fragte Johannes und stand auf.

»Meinetwegen. Wenn es der Meister so will«, meinte Karl.

Er führte Johannes bis in die letzten Winkel, wurde dabei allerdings nicht viel gesprächiger. Immer wieder musste Johannes fragen, welche Art von Tuch oder welche Sorte Pergament und Papier auf den verschiedenen Stapeln lag. Dabei stellte er fest, dass Karl nicht allzu viel über die Waren wusste, mit denen Ensslin handelte. Er konnte weder sagen, woher sie stammten, noch was sie kosteten oder für wen sie bestimmt waren. Johannes spürte, dass dem Anderen seine Fragen allmählich lästig wurden, und so gab er sich mit dem Wenigen zufrieden, was ihm der wortkarge Gehilfe von sich aus erklärte.

Schließlich gingen die beiden ins Kontor, wo der Tuchhändler an seinem Stehpult gerade irgendwelche Zahlen auf einen Bogen Papier kritzelte.

»Was gibt es noch zu tun, Meister?«, fragte Karl.

Ensslin sah von seinem Papierbogen auf.

»Für heute nichts mehr. Ich fürchte, das Fuhrwerk aus Ulm ist wohl bei dem Schnee nicht so schnell vorangekommen. Du kannst nach Hause gehen«, sagte er.

»Und ich?«, wollte Johannes wissen.

»Wenn du willst, kannst du hier bleiben. Der Bote aus dem Kloster ist ja auch noch nicht da.«

Karl warf Johannes einen seltsamen Blick zu und verließ das Kontor.

»Was hat er nur gegen mich?«, fragte Johannes, als er weg war.

»Er denkt wahrscheinlich, du willst ihm seinen Platz hier streitig machen. Immerhin arbeitet er schon seit zwei Jahren für mich. Aber ich werde morgen mit ihm reden und ihm erklären, dass er sich deswegen keine Sorgen zu machen braucht. Mit dir habe ich andere Pläne.«

»Welche?«

»Das wirst du gleich hören. Schau zu, was ich hier mache.«

Damit wandte er sich wieder seinen Aufzeichnungen zu.

Johannes trat neben das Pult und sah, dass der Meister ganze Zahlenkolonnen in einzelne Spalten eintrug, wobei er immer wieder auf anderen Papierbogen nachsah, die als kleiner Stapel auf einem hölzernen Schemel neben dem Stehpult lagen.

Ensslin erzählte ihm, wozu die Zahlenreihen dienten. Er war im Begriff, seine Lagerbestände neu zu ordnen, und musste sie dazu zunächst einmal genau erfassen. Johannes hörte aufmerksam zu. So etwas hatte es im Kloster nicht gegeben. Der Cellerar prüfte hin und wieder seine Vorratskammern, und wenn er sah, dass bestimmte Vorräte zur Neige gingen, wurde Nachschub beschafft.

»Meister! Meister Ensslin! Seid Ihr da?«, rief plötzlich eine Stimme draußen im Lagerhaus.

Johannes glaubte, diese Stimme zu kennen.

»Das kann nur der Bote aus Bebenhausen sein«, meinte Ensslin. »Ich erwarte sonst niemanden mehr. Sieh nach, ob ich Recht habe.«

Mit klopfendem Herzen lief Johannes hinaus ins Lagerhaus, wo eine dick vermummte, schneebedeckte Gestalt mit einem großen Bündel unter dem Arm wartete. Als die Gestalt Johannes erblickte, zog sie die Kapuze vom Kopf, und Johannes entfuhr ein lauter Schrei.

»Balthasar!«

»Johannes!«

Die beiden fielen sich um den Hals und bestürmten sich gegenseitig mit Fragen. Johannes erzählte seinem Freund, was seit dem ersten Besuch bei der Mutter alles passiert war, und Balthasar berichtete von der Aufregung im Kloster, nachdem Johannes verschwunden war. Bruder Anselm hatte eigens ihn dazu auserwählt, die paar Habseligkeiten seines abtrünnigen Novizen nach Reutlingen bringen zu lassen.

»Und du willst wirklich nicht zurück?«, fragte Balthasar schließlich.

»Nein«, antwortete Johannes.

»Hat dir dein Leben im Kloster so wenig bedeutet?«

»Ich weiß es nicht. Wenn alle Mönche so wären wie Bruder Anselm – aber es gibt auch solche wie Nikolaus. Sein Verhalten war nicht richtig. Außerdem möchte ich mehr von der Welt kennen lernen, und nicht zuletzt muss ich etwas mit meinem Bruder klären.«

Johannes sprach über Günther, das Elend, in das er Schwester und

Mutter gestürzt hatte, und sein Ziel, den Bruder zur Rechenschaft zu ziehen.

»Aber: ›Die Rache ist mein, spricht der Herr.‹ Hast du das vergessen?«, warf Balthasar ein.

»Wer redet von Rache?«

»Du.«

»Ich will keine Rache. Ich will nur wissen, warum er das getan hat«, meinte Johannes. »Und vielleicht kann er etwas davon wieder gutmachen.«

Balthasar schüttelte den Kopf.

»Ich verstehe dich nicht. Du bist Novize, du bist schon so gut wie ein Mönch – und du wirfst das alles weg, nur weil dein Bruder ein Lump ist. Was kümmert es dich eigentlich? Deiner Mutter kannst du ohnehin nicht mehr helfen.«

»Es muss sein. Zumindest jetzt. Wer weiß, ob ich nicht vielleicht doch zurückkehre, eines Tages. Bruder Anselm hat versprochen, mir die Klosterpforte offen zu lassen.«

Johannes glaubte nicht so recht an das, was er soeben gesagt hatte, doch er wollte seinen einzigen Freund irgendwie trösten.

Die beiden hatten während ihres Disputs nicht bemerkt, dass Meister Ensslin sein Kontor verlassen und dem Gespräch schon einige Minuten gelauscht hatte.

Nun räusperte er sich vernehmlich und trat auf die beiden jungen Männer zu.

»Balthasar! So eine Überraschung!«

Johannes blickte fragend von einem zum anderen.

»Ihr kennt euch?«

»Aber sicher doch. Balthasars Vater ist seit langem mein Freund«, erklärte Ensslin.

Er ließ sich von dem jungen Novizen versichern, dass es ihm in Bebenhausen gut ging, und bot ihm etwas zu trinken an.

»Vielen Dank, Meister Ensslin, aber ich will sehen, dass ich ins Kloster zurückkomme«, lehnte Balthasar ab.

Er reichte Johannes das Kleiderbündel.

»Hier, deine Sachen. Ich hoffe, du hast dich richtig entschieden«, meinte er dann.

»Das hoffe ich auch. Ich wünsche dir viel Glück! Und bestell den Brüdern meine Grüße, besonders Anselm«, erwiderte Johannes.

»Versprochen. Pass auf dich auf.«

Balthasar schüttelte ihm die Hand und schickte sich an, den Heimweg anzutreten.

»Bruder Nikolaus brauchst du nicht zu grüßen«, rief Johannes ihm nach. »Der kann meinetwegen zum Teufel gehen!«

Sein Freund drehte sich ein letztes Mal um.

»Das sage ich ihm besser nicht. Leb wohl. Vielleicht sehen wir uns wieder, entweder hier oder in Bebenhausen.«

# 1461

Meister Ensslin?«

Johannes klopfte zaghaft an die halb geöffnete Tür zum Kontor, wo der Tuchhändler an seinem Pult stand und wie so oft Zahlenkolonnen miteinander verglich.

Ensslin sah etwas ungehalten auf. Johannes wusste, dass er sich ungern bei dieser Arbeit stören ließ.

»Was gibt es?«

»Darf ich Euch etwas fragen? Wenn es Eure Zeit erlaubt«, fügte Johannes hinzu.

»Komm herein.«

Zögernd ging Johannes in das geräumige Kontor und blieb vor dem Pult stehen. Er schluckte ein paar Mal und räusperte sich, doch es gelang ihm nicht, seine Aufregung und Nervosität zu verbergen.

»Nun, was liegt an?«, wollte Ensslin schließlich wissen.

»Also ich – ich wollte – ich würde gerne –«, stammelte Johannes.

»Was?«

»Ich meine – ich möchte ...«

Ensslin schüttelte den Kopf, trat auf Johannes zu und sah ihm in die Augen.

»Nun mal ganz langsam. Was ist denn mit dir los? So kenne ich dich gar nicht. Jetzt sag mir einfach, was du willst. Oder hast du etwas ausgefressen?«

»Nein, nein!«, wehrte Johannes ab. Dann holte er tief Luft und schaffte es tatsächlich, Ensslin ins Gesicht zu sehen.

»Es ist wegen der Fuhrleute. Die, die heute Morgen hier waren«, sagte er dann.

Der Tuchhändler zog erstaunt die Stirn in Falten.

»Was ist mit den Fuhrleuten?«

»Sie fahren weiter nach Straßburg.«

»Ja und?«

»Ich dachte – vielleicht – ja, ich würde gerne mit ihnen fahren!« Jetzt war es endlich heraus, und Johannes seufzte erleichtert.

»Nach Straßburg? Aber was in aller Welt willst du in Straßburg?«, rief Ensslin überrascht.

»Meinen Bruder suchen.«

Die Miene des Tuchhändlers verfinsterte sich schlagartig.

»Günther? Diesen Taugenichts? Was versprichst du dir davon? Hast du überhaupt eine Vorstellung, wie weit das ist?«

Die Fragen prasselten nur so auf Johannes herunter. Er sah betreten auf den Boden und schwieg.

»Nun?«

Johannes fasste sich ein Herz und sagte mit fester Stimme: »Ich muss Günther finden.«

Nach einer kurzen Pause fuhr er fort: »Als ich vor einem halben Jahr zu Euch kam, habt Ihr mich großzügig aufgenommen, mir Arbeit, Brot und ein Dach über dem Kopf gegeben. Dafür bin ich Euch sehr dankbar, doch ich habe mir geschworen, meinen Bruder zu suchen und ein paar Dinge mit ihm zu klären. Der Tod meiner Mutter war – «

»Sicherlich auch die Schuld deines Bruders«, ergänzte Ensslin. »Aber sei doch vernünftig. Du kannst die Dinge nicht ungeschehen machen, und dein Bruder ist ein Lump, glaube mir. Denkst du, er lässt sich von dir zur Rechenschaft ziehen?«

»Das wird sich zeigen. Wenn ich ihn erst gefunden habe, wird er mir Rede und Antwort stehen müssen«, erklärte Johannes.

Ensslin musterte ihn aufmerksam.

»Was ist nur plötzlich in dich gefahren?«

»Es ist nicht plötzlich«, erwiderte Johannes. »Eigentlich denke ich jeden Tag darüber nach, wie ich ihn finden kann. Bis heute Morgen war das größte Problem, überhaupt nach Straßburg zu kommen.«

»Und jetzt meinst du, du könntest dich einfach mit auf das Pferdefuhrwerk setzen und losfahren.«

Ensslin sah ihn prüfend an.

»Du bist wild entschlossen, ja?« Es war weniger eine Frage als vielmehr eine Feststellung.

Johannes nickte.

»Kannst du noch etwas warten?«

Ein weiteres Nicken.

»Dann wird sich eine Lösung finden. Bestimmt«, meinte Ensslin. »Und nun lass mich nachdenken. Du hast doch sicherlich im Lager noch etwas zu tun, oder?«

»Ja, Meister«, antwortete Johannes erleichtert. Er war schon auf dem Weg zur Tür, als er sich nochmals umdrehte.

»Kann ich kurz in den ›Roten Ochsen‹?«, fragte er.

Der Tuchhändler nickte.

»Ja, ja, ich weiß – die Fuhrleute sind dort abgestiegen, bevor sie morgen weiterfahren. Sag ihnen Bescheid, dass es dieses Mal nichts wird. Aber vielleicht das nächste Mal.«

Johannes strahlte über das ganze Gesicht.

»Danke, Meister!«, rief er noch, dann war er verschwunden.

Abends lag Johannes in der kleinen Kammer unter dem Dach, die er im Hause des Tuchhändlers bezogen hatte, als Marie Ende Februar zu ihrem Bernhard nach Tübingen gegangen war. Er war hundemüde, konnte aber nicht einschlafen. Durch die Dachluke schienen noch die letzten Strahlen der Abendsonne herein und tauchten sein armseliges Kämmerlein in warmes Licht.

Er dachte über die Ereignisse des Tages nach. Wenn Karl nicht krank gewesen wäre, hätte er sicherlich nicht mit den Fuhrleuten gesprochen. Der Lagergehilfe wachte stets eifersüchtig darauf, dass ihm Johannes nicht in die Quere kam, dessen Arbeitsplatz schon ein paar Tage nach seiner Ankunft bei Meister Ensslin das geräumige Kontor geworden war. Der Tuchhändler schien zufrieden mit ihm zu sein, und vieles, was er im Kloster Bebenhausen gelernt hatte, erwies sich als äußerst nützlich. Vor allem seine Rechenkenntnisse machten sich nun bezahlt. Johannes konnte blitzschnell die Preise bestimmter Waren im Kopf ausrechnen und hatte Ensslin inzwischen mehr als ein Mal davor bewahrt, für irgendwelche Tücher oder auch für Papier zu viel auszugeben.

Und nun war heute Morgen das Fuhrwerk mit der üblichen Barchentlieferung aus Ulm angekommen. Johannes hatte beim Abladen geholfen und die Ballen fein säuberlich in der Lagerhalle gestapelt, nachdem Karl nicht aufgetaucht war. Die beiden Fuhrleute, junge, kräftige Burschen, waren sehr gesprächig gewesen und hatten ihm in allen Einzelheiten von ihrer bevorstehenden Weiterreise über den Schwarzwald nach Straßburg erzählt. Straßburg – als er diesen Namen gehört hatte, war wieder die kalte Wut auf seinen Bruder hochgestiegen.

Günther war seit dem Tod der Mutter nur noch ein einziges Mal kurz in Reutlingen aufgetaucht, an einem trüben Wintertag, an dem er wie immer bei Ensslin gearbeitet hatte. Der Bruder hatte Marie besucht, um sie um etwas Geld anzupumpen, war dann aber gleich wieder verschwunden, als er gemerkt hatte, dass bei ihr nichts zu holen war. Offensichtlich war er wieder einmal in Geldnöten. Johannes war froh gewesen, dass seine Schwester Günther nichts von seiner Arbeit bei Ensslin erzählt hatte. Der Tuchhändler bezahlte ihm jeden Monat zwei Gulden. Das war nicht viel, doch Johannes gab Marie stets die Hälfte seines Lohns ab, und das reichte mit dem, was ihr Bernhard aus Tübingen regelmäßig mitbrachte, gerade so zum Leben.

Johannes hatte nach diesem Vorfall angefangen, Ensslin und einige andere Kaufleute, mit denen er hin und wieder zu tun hatte, beiläufig über Günther auszufragen, wann immer sich Gelegenheit dazu bot. Sein Bruder hatte in Reutlingen offensichtlich so viele Schulden gehabt, dass man ihn mit Sicherheit in den Schuldturm geworfen hätte, wenn er die Stadt nicht in letzter Minute Hals über Kopf verlassen hätte. Nach und nach rundete sich das Bild ab, zu dem eines Spielers und Betrügers.

Immer wieder sah Johannes vor seinem inneren Auge die ausgemergelte Gestalt seiner Mutter, wie sie in der kleinen Kammer röchelnd auf der Bettstatt gelegen hatte. Die Bilder aus seiner Kindheit waren verschwommen. Dunkel erinnerte er sich an die Schänke, seinen feisten, stets polternden Vater und die zart gebaute Mutter mit ihren hübschen, dunklen Haaren, die tagein, tagaus in der verrauchten Küche hantierte. Trotz der vielen und schweren Arbeit war sie immer gut gelaunt gewesen und hatte stets die Zeit gefunden, sich nebenbei um ihre Kinder zu kümmern. Und dann hatte ihn der Vater eines Tages nach Bebenhausen gebracht ...

Er musste Günther finden. Er musste nach Straßburg. Was würde Ensslin tun? Johannes konnte es kaum erwarten.

Seine Geduld wurde auf eine harte Probe gestellt. Es vergingen weitere zwei Tage, an denen er den Tuchhändler kaum zu Gesicht bekam, da dieser an beiden Tagen schon früh am Morgen sein Pferd satteln ließ und wegritt. Johannes vergrub sich im Kontor in seine Arbeit, schrieb lange Listen, kontrollierte zwischendurch die Lagerbestände und schielte immer wieder mit einem Auge in den Hof hinaus, ob der Meister nicht endlich zurückkäme.

Der Sonntag brach an. Als Johannes die Augen aufschlug, sah er durch seine Dachluke hindurch einen strahlend blauen Himmel. Heute musste er nicht arbeiten, und er überlegte, ob er nicht endlich den längst fälligen Besuch bei seiner Schwester in Tübingen machen sollte. Es würde heiß werden, aber eine stramme Wanderung in der frischen Luft würde ihm bestimmt gut tun. Er stand auf und suchte in der Holztruhe, die seine ganzen Habseligkeiten enthielt und außer der Bettstatt das einzige Möbelstück in der Kammer war, nach einem frischen Leinenhemd. Er würde sich demnächst auch ein paar neue Beinlinge kaufen müssen, aber dafür reichten seine Ersparnisse noch nicht aus. Ganz unten in der Truhe lag ein Lederbeutel, in dem sich acht Gulden befanden. Mehr hatte er nicht. Beinlinge hätte er dafür zwar längst bekommen, aber seine Pläne sahen anders aus. Er brauchte Geld für die Reise nach Straßburg, und so sparte er eisern jeden Pfennig, schon vom ersten Tag an, seit ihn Meister Ensslin bei sich aufgenommen hatte. Seit Marie in Tübingen war, hatte er fast den ganzen Lohn zur Seite gelegt. Sein Essen bekam er in der Küche des Ensslinschen Hauses, zusammen mit der Magd und Jakob, dem Hausknecht, und mehr war nicht nötig.

Als er das frische Hemd gefunden hatte, nahm er es mit und stieg die drei steilen Treppen hinunter, um sich am Brunnen im Hof zu waschen. Emma, die Magd, hantierte bereits in der Küche, und als er vom Brunnen zurückkam, roch er den Duft frisch gebackener Schmalzkrapfen, die es an Sonntagen meist gab.

»Das riecht ja köstlich!«, rief er und setzte sich an den großen Tisch in der Küche.

»Du sollst zum Meister kommen. Jetzt gleich«, sagte Emma und deutete mit dem Kopf in Richtung des Kontors.

»Aber die frischen Krapfen!« Johannes hatte ordentlich Hunger, und der verführerische Duft machte alles noch schlimmer.

»Keine Sorge. Jakob schläft noch, und nach dem, was der gestern an Most gesoffen hat, steht ihm heute der Sinn bestimmt noch nicht nach einem üppigen Frühstück. Du wirst deine Krapfen schon noch bekommen«, versprach die Magd.

Als Johannes das Kontor betrat, saß Ensslin an seinem Schreibtisch.

»Ihr wolltet mich sprechen, Meister?«

»Ja. Nimm dir den Schemel dort und setz dich.«

Johannes sah den Tuchhändler erwartungsvoll an, als er sich ihm gegenüber an den Schreibtisch gesetzt hatte.

»Ich habe gute Neuigkeiten für dich«, hub Ensslin an. »Übermorgen in einer Woche wirst du nach Straßburg aufbrechen.«

Johannes konnte kaum glauben, was er soeben gehört hatte. Ihm blieb vor Staunen der Mund offen stehen, als ihm der Meister nun erzählte, was er die letzten beiden Tage unternommen hatte.

»Ich war am Freitag in Ulm und gestern bei meinem alten Freund Anselm in Bebenhausen. Du fährst in meinem Auftrag nach Straßburg, um dort zwei Bibeln aus der Werkstatt von Meister Mentelin zu erwerben.«

Er berichtete weiter, dass er bei seinem Aufenthalt in Ulm einige Ballen feinsten italienischen Damasts bestellt hatte, die mit dem Fuhrwerk in der übernächsten Woche geliefert werden sollten. Am gleichen Tag würde Gregor Mauer, der Reutlinger Kaufmann und Balthasars Vater, eine Sendung wertvollen Nürnberger Papiers zusammenstellen, die nach Straßburg befördert werden musste. Ensslin hatte das nun alles so eingefädelt, dass das Fuhrwerk aus Ulm Mauers Fracht übernehmen, das Papier nach Straßburg bringen und auf dem Rückweg mit elsässischem Wein beladen sein würde.

»Und was ist mit diesen Bibeln?«, fragte Johannes, als er sich einigermaßen von dieser Überraschung erholt hatte.

»Die sind für Bruder Anselm.«

»Warum lasst Ihr sie nicht einfach von den Fuhrleuten mitbringen?«

»Nun, du willst nach Straßburg, oder etwa nicht? Warum siehst du dir nicht Mentelins Werkstatt bei der Gelegenheit einmal an? Ich würde ja gerne selbst reisen, da mich die Buchdruckerkunst sehr interessiert, aber meine Geschäfte lassen das nicht zu.«

Johannes nickte.

»Hast du noch Fragen?«

Da Johannes schweigend den Kopf schüttelte, meinte Ensslin: »Gut. Wir werden alles weitere nächste Woche besprechen. Nun sieh zu, dass du dein Frühstück bekommst. Dein Magen knurrt zum Gotterbarmen!«

Natürlich konnte sich Johannes nicht verkneifen, Emma die große Neuigkeit sofort zu berichten, während er sich heißhungrig über die Schmalzkrapfen hermachte. Sie schien sich mit ihm zu freuen und packte ihm einen halben Kipf Brot sowie etwas Räucherfleisch ein, bevor er sich auf den Weg nach Tübingen zu seiner Schwester machte.

Während der langen Wanderung kreisten seine Gedanken natürlich nur um ein Thema. Es war fast zu schön, um wahr zu sein. Nun würde er dank Ensslin endlich zu seiner Abrechnung mit Günther kommen und nebenbei auch noch sehen, wie Bücher gemacht wurden. Heute musste sein Glückstag sein!

Erst spät am Abend kehrte er dann zurück nach Reutlingen. Marie und Bernhard waren von seinem Besuch überrascht gewesen, und noch mehr, als sie von seiner bevorstehenden Reise erfuhren. Den wahren Grund, warum er nach Straßburg wollte, hatte Johannes jedoch für sich behalten, und nach dem anstrengenden Fußmarsch fiel er in seiner Kammer auf die Bettstatt und schlief augenblicklich ein.

Die folgende Woche verging wie im Fluge. Johannes arbeitete von frühmorgens bis spät am Abend und sogar am Sonntag. Meister Ensslin schätzte, dass die Reise hin und zurück wohl fast zwei Wochen dauern würde, und ließ seinen jungen Gehilfen als Ausgleich für die Zeit, in der er fehlen würde, ordentlich schuften.

Am Montag traf dann um die Mittagszeit das heiß ersehnte Fuhrwerk aus Ulm ein. Johannes bestaunte den feinen Damast aus Oberitalien, der nun Ballen für Ballen in der hintersten Ecke des Ensslinschen Lagerhauses verstaut wurde. Die beiden Fuhrleute, Mathias und Radolf, brachten ihr Gespann zu Meister Mauer, wo es nach dem Beladen die Nacht über stehen würde, während sie im »Roten Ochsen« übernachteten.

Dann brach der Dienstag an. Es regnete leicht, und als er sich angezogen hatte, griff Johannes nach seinem Bündel, das er am Vorabend noch geschnürt hatte. Viel war es nicht, was er mitnahm: ein paar Kleidungsstücke, getrocknetes Fleisch und einen Kipf Brot. Natürlich war Meister Ensslin auch schon aufgestanden. Er begleitete Johannes zum Hof des Kaufmanns Mauer.

Vor dem Hoftor blieb er stehen und zog einen ledernen Beutel unter seinem Umhang hervor.

»Hier, nimm das, und pass gut darauf auf«, sagte er und reichte Johannes den Beutel.

»Was ist da drin?«, wollte Johannes wissen.

»Ein Schreiben an Meister Mentelin – und das Geld für die beiden Bibeln. Es sind vierzig Gulden. Am besten schnürst du den Beutel mitten in dein Bündel und lässt dieses dann nicht mehr aus den Augen«, riet Ensslin ihm, und Johannes tat, wie ihm geheißen. Er trug sein eigenes Geld in einem kleinen Beutel um den Hals. Ensslin hatte ihm versichert, dass die Fuhrleute für alle Kosten während der Reise aufkommen würden, aber für alle Fälle hatte er zwei seiner acht Gulden dabei. Man konnte ja nie wissen.

Mathias und Radolf waren fast fertig mit dem Anschirren der beiden stämmigen Pferde, als Johannes und der Meister den Hof betraten. Schon gestern hatte Johannes die derben, kräftigen Braunen bewundert, die nun immer wieder mit den Hufen scharrten, und er dachte: Die sind schon genauso ungeduldig wie ich.

Ensslin und Mauer, die beiden Kaufleute, begrüßten sich mit kräftigem Handschlag, und als Mauer sich nochmals davon überzeugt hatte, dass die Kisten mit den Papierbogen ordentlich festgezurrt waren, stiegen Mathias, Johannes und Radolf auf den Kutschbock.

»Gute Reise!«, riefen Ensslin und Mauer dem Gespann nach, das nun langsam aus dem Hof fuhr und nach rechts in Richtung Tübinger Stadttor abbog.

Johannes, der in der Mitte zwischen den beiden Burschen saß, hatte gewaltiges Herzklopfen. Nun gab es kein Zurück mehr – die Reise hatte begonnen!

Sie fuhren zuerst nach Tübingen. Das Fuhrwerk war mit den schweren Kisten hinten auf dem Wagen zwar nicht besonders schnell, doch immer noch wesentlich schneller als Johannes vor kurzem bei seiner Wanderung zu Marie. Dann ging es weiter, den Neckar entlang flussaufwärts, und bis zum Abend hatten sie Rottenburg erreicht. Horb, das Ziel des nächsten Tages, war gleichzeitig die letzte Stadt im Neckartal. Von hier aus führte der Weg in den Schwarzwald hinein. Die Straßen wurden zunehmend schlechter, und an manchen steilen Stücken mussten Johannes und die beiden Fuhrburschen zu Fuß gehen oder gar mit anschieben, damit die Pferde den Anstieg schafften. Am Samstag erreichten sie dann Oberkirch – der Schwarzwald lag hinter ihnen und die gewaltige Rheinebene vor ihnen.

Die Reise war bislang ohne nennenswerte Zwischenfälle verlaufen. Die Pferde hielten sich gut, das Wetter machte auch mit, und Johannes genoss dieses Abenteuer in vollen Zügen. Mathias, der jüngere der beiden Fuhrleute, war ein schweigsamer Genosse, doch der ältere Radolf konnte stundenlang Geschichten von den Fahrten und Reisen erzählen, die er mit seinen 28 Jahren schon gemacht hatte.

In Oberkirch wurde nochmals übernachtet, und früh am Sonntagmorgen brachen sie auf nach Straßburg. Als Johannes den Rhein erblickte, wurde ihm etwas mulmig zumute. Dagegen war der Neckar, wie er ihn aus Tübingen kannte, ja nur ein armseliges Bächlein. Jedenfalls war er heilfroh, als sie ihren Zoll entrichtet und am frühen Nachmittag die Rheinbrücke passiert hatten.

Und dann plötzlich sah er den Turm der Kathedrale! Das Wahrzeichen Straßburgs, von dem Radolf bereits geschwärmt hatte. Johannes konnte sich gar nicht satt sehen. Die Straße wurde immer breiter, je näher sie der Stadt kamen. Zahlreiche Pferdegespanne kamen ihnen entgegen, während Mathias das Fuhrwerk gemächlich in Richtung Stadtmauer lenkte.

Die beiden Ulmer Fuhrleute kannten sich aus; dies war nicht ihre erste Reise nach Straßburg. Als sie die Ill erreicht hatten, das kleine Flüsschen, das den Stadtkern mit zwei Armen umschloss und ihn so zu einer großen Insel machte, bog Mathias nach links in Richtung Süden ab und fuhr am Fluss entlang bis zu einem großen, stattlichen Bau.

»So, da wären wir«, sagte er, als das Fuhrwerk stand, und sprang vom Bock. »Das ist das Kaufhaus, und hier müssen wir unsere Papierkisten erst einmal abladen.«

»Warum das denn?«, fragte Johannes. »Wir wollten doch nichts kaufen.«

Mathias lachte.

»Nein, natürlich nicht. Das Kaufhaus ist das Straßburger Zollhaus. Alle Handelswaren, die für die Stadt bestimmt sind, müssen hier abgeladen und kontrolliert werden. Wenn wir den Zoll bezahlt haben, dürfen wir die Ware in die Stadt bringen«, erklärte er und ging durch das große Eingangstor, während Radolf und Johannes bei den Pferden warteten.

Obwohl Sonntag war, standen noch vier andere, schwer beladene Pferdegespanne vor dem Kaufhaus, und es dauerte geraume Zeit, bis Mathias endlich wieder herauskam.

»Wir können in den Hof fahren und dort abladen, aber die Zollbeamten kommen erst morgen Vormittag«, berichtete er.

Eine Stunde später waren die drei fertig und gelangten mit dem nun leeren Fuhrwerk über die Rabenbrücke in die Stadt. Die breite Hauptstraße war mit großen Kopfsteinen gepflastert. Johannes glaubte, jeden einzelnen Stein an seinem Gesäß zu spüren, als die hölzernen Wagenräder darüber holperten, und er war froh, als sie die Herberge »Zum Gerberhaus« erreicht hatten. Sie lag im Osten der Stadt, in einiger Entfernung vom Zentrum und der Kathedrale, war dafür aber laut Mathias billiger als viele andere Gasthäuser und dabei verhältnismäßig sauber. Johannes half den beiden anderen, die Pferde zu versorgen, und dann bezogen sie ihre Kammer im oberen Stockwerk der Herberge.

»Jetzt werden wir uns erst einmal stärken«, meinte Radolf.

»Ein heißes Bad wäre auch nicht schlecht«, warf Mathias ein und zwinkerte ihm grinsend zu.

»Ja, in der Tat. Was hältst du davon, junger Freund?«, wandte sich Radolf an Johannes.

»Das wäre wirklich prima«, antwortete dieser und sah an sich herunter, auf seine staubigen Kleider und auf die von Dreck und Schweiß verkrusteten Hände.

»Na dann – worauf warten wir noch?!«, rief Mathias.

Johannes nahm wie immer sein Bündel mit und folgte den beiden anderen hinunter in die Gaststube. Nachdem sie sich mit frischem Brot sowie einer Schüssel voll köstlichem Sauerkraut und Schweinefleisch gestärkt hatten, zogen sie weiter durch die engen Gassen zu dem Badhaus, das Mathias und Radolf immer besuchten, wenn sie nach Straßburg kamen.

Johannes, der noch nie ein solches Haus betreten hatte, staunte nicht schlecht, als er und die beiden Fuhrleute von ein paar jungen Mädchen begrüßt und nach ihren Wünschen gefragt wurden. Ehe er sich versah, saßen sie zu dritt in einem großen Zuber mit dampfend heißem Wasser. Ein hübsches junges Ding von vielleicht 15 oder 16 Jahren schrubbte ihnen nacheinander den Rücken ab und goss immer wieder frisches Wasser nach. Das Mädchen trug nur ein dünnes, langes Leinenhemd, und Johannes ertappte sich immer wieder dabei, wie er ihm in den Ausschnitt starrte, während es sich nach vorne beugte. Die festen, runden Brüste zitterten bei jeder Bewegung des Mädchens, und verwundert merkte Johannes, wie sich zwischen seinen Beinen etwas lebhaft regte. Es war ihm irgendwie peinlich, doch zum Glück legte sich diese Regung wieder, nachdem das Mädchen gegangen war und die drei nacheinander aus dem Zuber stiegen, um sich wieder anzukleiden.

Als Johannes ein frisches Hemd und die neuen Beinlinge angezogen hatte, schnürte er die schmutzigen Sachen zusammen mit dem Lederbeutel von Meister Ensslin wieder zu einem Bündel. Er drehte sich um und sah erstaunt, dass Radolf und Mathias beide nur ein großes Tuch um die Hüften geschlungen hatten. Ihre Kleidungsstücke hielten sie in der Hand.

»Was ist mit euch?«, fragte Johannes verwundert. »Wollt ihr euch nicht anziehen?«

»Ähm, nein, eigentlich nicht. Sonst müssten wir uns ja gleich wieder ausziehen«, meinte Radolf.

»Wieder ausziehen?«

»Ja, nun kommt der zweite Teil des Badhausbesuchs. Die Mädchen warten schon«, erklärte Mathias. Doch als er sah, wie Johannes die Röte ins Gesicht schoss, lachte er plötzlich los.

»Du hast wohl noch nie, ich meine, du warst noch nie – «

»Nein, ich, ich – «, stammelte Johannes verlegen. »Ich denke, ich finde alleine zurück. Bleibt ihr nur hier und amüsiert euch.«

Noch bevor einer der beiden etwas sagen konnte, hatte er sein Bündel gepackt und die Badestube fluchtartig verlassen.

Draußen war es noch hell, und er musste nur ein Mal nach dem Weg fragen, um das »Gerberhaus« wieder zu finden. Rasch ging er durch die Schankstube und die schmale Stiege hinauf in die Kammer. Er warf sich hundemüde auf seine Bettstatt, fand aber lange keinen Schlaf. Zu sehr beschäftigten ihn all die neuen Eindrücke dieses Tages, diese große Stadt, und nicht zuletzt auch der Gedanke an das, was er möglicherweise im Badhaus versäumt hatte. Das musste die große Sünde sein, vor der die Brüder im Kloster Bebenhausen immer wieder eindringlich gewarnt hatten. Und doch war es ein angenehmes Gefühl in seinen Lenden, wenn er an das junge Mädchen dachte, das sich so freizügig über den Rand des Zubers gebeugt hatte. Irgendwann schlief er dann ein.

Ein lautes Schnarchen weckte ihn am anderen Morgen. Er schlug die Augen auf und entdeckte, dass seine beiden Zimmergenossen um die Wette sägten. Leise stand er auf und ging ans Fenster. Auf der Gasse unten herrschte bereits reges Treiben. Dem Stand der Sonne nach mochte es etwa acht Uhr sein. Die Luft draußen roch scharf und beißend, und als er sich wieder in die Kammer umdrehte, bemerkte er noch einen anderen Geruch, der ihn an manche Nächte im Dormitorium erinnerte, wenn einer der Mönche in der Fastenzeit zu viel Wein getrunken hatte. Als er auf Zehenspitzen näher an Radolfs Bettstatt heranschlich, wurde dieser Geruch stärker, und bei Mathias war es keinen Deut besser. Er überlegte kurz und beschloss, die beiden zu wecken. Es gab schließlich einiges zu tun. Nach einigen Anläufen schaffte er es dann tatsächlich, seine beiden Weggefährten wach zu bekommen, wenngleich sie einige Minuten brauchten, um aufzustehen.

Johannes zog es vor, sie nicht nach dem Verlauf des gestrigen Abends zu fragen. Sie gingen schweigend hinunter in die Schankstube, wo ihnen der Wirt eine Schüssel Suppe brachte. Dann holten sie die Pferde aus dem Stall, schirrten das Fuhrwerk an und machten sich auf den Weg zum Kaufhaus, um ihre Waren zu holen.

Johannes hatte seinen speziellen Auftrag natürlich nicht vergessen. Mathias erkundigte sich bei den Zöllnern nach der Adresse von Meister Mentelin, und als sich herausstellte, dass sich die Werkstatt praktisch gleich um die Ecke in der Dornengasse befand, trennte sich Johannes von den beiden anderen. Er wollte sie am Abend im »Gerberhaus« wieder treffen und zog los.

Es war tatsächlich gleich die übernächste Gasse hinter dem Kaufhaus. Mentelins Werkstatt befand sich in einem breiten, dreistöckigen Fachwerkhaus. Johannes trat durch die schwere Eichentür ein und musste zunächst warten, bis sich seine Augen von der strahlenden Sonne draußen an das dämmrige Licht gewöhnt hatten. Nach und nach erkannte er, dass er sich in einer Art Vorraum befand, in dem nur ein massiger Schreibtisch stand, der den Weg in das Innere des Hauses versperrte.

»Hallo, Meister Mentelin!«, rief er, zuerst etwas zögernd, dann lauter.

»Meister Mentelin!«

Der Vorhang, der den Durchgang in den angrenzenden Raum verdeckte, wurde zurückgezogen, und ein stämmiger, großer Mann von etwa fünfzig Jahren trat hindurch. Sein schulterlanges Haar war fast weiß, und unter buschigen, ebenfalls grauweißen Augenbrauen funkelten zwei tiefbraune Augen hervor.

»Wer will etwas von mir?«, brummte es irgendwo aus einem dichten Bartgestrüpp heraus.

»Ich komme aus Reutlingen. Mein Meister Ensslin schickt mich zu Euch«, beeilte sich Johannes, zu antworten.

Als er den Namen Ensslin erwähnte, glaubte er zu sehen, wie sich Mentelins dichte Augenbrauen kurz nach oben zogen.

»Aha, der gute Ensslin. Was ist sein Begehr?«

»Er hat mich beauftragt, zwei Eurer Bibeln zu erwerben.«

»Zwei Bibeln, so, so. Wie war noch gleich dein Name?«

»Johannes. Johannes Zainer.«

»Zainer. Und du kommst aus Reutlingen?«

»Ja.«

»Kennst du einen Günther Zainer?«

»Ja, sicher. Das ist mein Bruder!«, rief Johannes überrascht.

Plötzlich fiel es ihm wie Schuppen vor Augen. Hatte nicht seine Schwester Marie etwas von einem Straßburger namens Mantler oder so ähnlich erzählt, bei dem Günther inzwischen arbeitete? Das konnte nur Mentelin sein!

»Was ist mit Günther? Kennt Ihr ihn auch? Wo kann ich ihn finden?« Die Fragen sprudelten nur so aus Johannes' Mund.

»Nun, ja, freilich kenne ich ihn. Doch wir wollen alles hübsch der Reihe nach angehen«, erwiderte Mentelin und fuhr fort: »Meister Ensslin hat also ausgerechnet dich zu mir geschickt. Weiß er denn nicht, dass Günther für mich arbeitet?«

»Wie es scheint, nicht«, antwortete Johannes verblüfft. Ensslin hätte bestimmt etwas gesagt, wenn er das gewusst hätte. Dann öffnete er den Riemen, der sein Bündel zusammenhielt, holte den Lederbeutel heraus, den der Meister ihm gegeben hatte, und reichte Mentelin die versiegelte Schriftrolle, die sich darin befand und durch die Strapazen der Reise leicht verknittert war.

»Hier, das soll ich Euch geben.«

Mentelin nahm die Rolle entgegen.

»Lass uns nach hinten in die Offizin gehen. Hier ist zu wenig Licht«, sagte er, und Johannes folgte ihm, wobei er sich fragte, was denn die Offizin war.

Meister Mentelin öffnete die Schriftrolle und begann, sie zu lesen, während Johannes mit offenem Mund über die geräumige Werkstatt staunte, in der sie sich nun befanden. Eigentlich waren es drei zusammenhängende Räume, ohne Zwischentüren. Der erste erstreckte sich über die ganze Breite des Gebäudes und teilte sich dann im hinteren Bereich in zwei gleich große, längliche Kammern.

Johannes stand am Durchgang zu der linken hinteren Kammer, in der sich Mentelin in die Schriftrolle vertieft hatte. Der große Raum wurde von einer gewaltigen hölzernen Presse beherrscht. Sie sah aus wie die Saftpresse, die Johannes vom Kloster Bebenhausen her kannte, nur viel, viel größer. Entlang der einen Wand lagerten stapelweise Papierbogen, und die andere Wand war voll gestellt mit kleinen Holzkisten. Zwei kräftige junge Männer arbeiteten an einem rechteckigen Gestell, in das sie neben- und untereinander winzige Teile aus den Holzkisten legten. Sie hatten nur kurz aufgesehen, als Johannes mit Mentelin zusammen hereingekommen war. Er versuchte, zu begreifen, was hier geschah, konnte sich aber nicht erklären, was und wofür diese kleinen Teilchen waren, die die beiden Männer einsortierten. Nur die Funktion der großen Presse leuchtete ihm ein – sie diente offensichtlich zum Drucken.

»Na, was sagst du zu meiner Offizin?«, fragte plötzlich Mentelin, der unbemerkt an ihn herangetreten war.

»Ihr meint die Werkstatt?«

»Ja. Bei uns heißt sie ›Offizin‹, nicht Werkstatt«, erklärte Mentelin.

»Ich bin sehr, sehr – nun – beeindruckt«, brachte Johannes schließlich mühsam heraus.

»Dein Meister Ensslin schreibt, du seiest ein ehemaliger Klosterzögling. Und du würdest dich für die schwarze Kunst interessieren.«

Johannes erschrak und sah ihn entsetzt an.

»Die schwarze Kunst? Oh, nein, ich bin ein guter Christ«, beeilte er sich zu versichern.

Mentelin lachte laut heraus, dass der ganze Raum dröhnte.

»Das glaube ich dir. Ich meine die Buchdruckerei, nicht irgendwelches Teufelszeug. Viele nennen sie ›schwarze Kunst‹, wegen der Druckerschwärze«, sagte er, als er sich wieder gefangen hatte.

Dann wurde er wieder ernst.

»Ensslin meint, du seiest ein sehr gelehriger junger Mann.«

Verlegen nickte Johannes. Was mochte der Tuchhändler wohl noch alles geschrieben haben?

»Leider habe ich heute keine Zeit, dir zu zeigen, was wir hier alles machen. Ein dringender Auftrag, der nicht warten kann. Am besten, du kommst morgen wieder. Dann sind auch die Bibeln fertig«, meinte Mentelin.

»Wie – fertig?«, fragte Johannes. »Sind die Bücher denn noch nicht gedruckt?«

»Doch, doch, aber für meinen alten Freund werde ich sie noch mit einer Signatur versehen«, erklärte der Drucker.

»Gut, dann werde ich Euch morgen nochmals aufsuchen, Meister Mentelin«, sagte Johannes.

»Eine Frage noch, wenn Ihr gestattet. Wisst Ihr vielleicht, wo ich meinen Bruder finde?« Er hätte es fast vergessen.

»Nun, ich fürchte, da hast du kein Glück. Er arbeitet zwar für mich, wie ich schon sagte, aber nicht hier.«

Johannes sah Mentelin fragend an.

»Dein Bruder ist Buchführer.«

»Buchführer?«

»Er verkauft Bücher und andere Druckwerke, auf Reisen in andere Städte, und auch von anderen Druckern«, lautete die Erklärung Mentelins. »Deshalb habe ich mich etwas gewundert, dass Meister Ensslin dich geschickt hat, um zwei meiner Bibeln zu erwerben. Günther ist bestimmt oft in Reutlingen, auf dem Weg nach Augsburg oder Nürnberg«, fuhr er fort.

Johannes überlegte, ob er Mentelin von Günthers Flucht aus Reutlingen erzählen sollte, beschloss aber dann, dies vorläufig für sich zu behalten.

»Ich habe Günther noch nie bei Meister Ensslin gesehen«, sagte er schließlich. »Ensslin handelt ja eigentlich auch mehr mit Stoffen und Tüchern als mit Büchern.«

Damit schien sich Mentelin zufrieden zu geben.

»Wo ist Günther denn nun?«, wollte Johannes wissen.

»Unterwegs. Er hat die Stadt vor etwa vier Wochen verlassen, um nach Nürnberg zur Messe zu reisen. So weit ich weiß, wird er erst in zwei oder drei Wochen zurück sein«, antwortete Mentelin.

Niedergeschlagen trat Johannes durch die schwere Eichentür nach draußen auf die Gasse. Nun war alles umsonst gewesen, die ganze Reise, dachte er. Was würde Ensslin sagen, wenn er hörte, dass er Günther nicht angetroffen hatte?

Vor ihm lag nun der ganze Tag, und er überlegte, was er anfangen sollte. Als er um die nächste Ecke bog, sah er den Schwindel erregend hohen Turm der Kathedrale vor sich. Das musste er sich aus der Nähe ansehen.

Bald stand er tief beeindruckt vor dem Hauptportal. Ein riesiges, rosettenförmiges Glasfenster war das Erste, das seine Blicke auf sich zog, und dann betrachtete er der Reihe nach all die Steinskulpturen, die die einzelnen Bogen des dreigeteilten Portals säumten. Wie viele Künstler wohl daran gearbeitet haben mochten? Johannes hatte so etwas noch nie gesehen. Bestimmt war Straßburg eine reiche Stadt, wenn sich ihre Bürger ein solches Gotteshaus leisten konnten. Dagegen war Reutlingen nur ein armseliges Bauerndorf.

Seine Augen blieben plötzlich an einem Figurenbild hängen, das ihm bekannt vorkam. Auf der einen Seite standen drei Frauengestalten neben Jesus, auf der anderen Seite wiederum drei Frauen neben einem schönen Jüngling, der ihnen verlockend einen Apfel entgegenhielt. Johannes kannte das Bild aus einem der Bücher, die er in Bebenhausen abgeschrieben hatte. Es hieß »Die klugen und die törichten Jungfrauen«. Er zerbrach sich den Kopf, welche Geschichte dahintersteckte, bis ihm einfiel, dass es um irgendeine Entscheidung ging, die der Jüngling zu treffen hatte. Während er nachdachte, kam ihm plötzlich der Gedanke, dass er selbst ja auch entschieden hatte, gegen das Kloster, gegen Jesus. Doch wo war sein »Apfel«? War er nun klug oder töricht gewesen? Was hatte er bis jetzt erreicht, seit er Bebenhausen verlassen hatte?

Er wandte seinen Blick ab. Wie zum Trotz drehte er sich um und ging über den großen Platz vor der Kathedrale zurück, anstatt das gewaltige Gotteshaus zu betreten. Jetzt war nicht der richtige Zeitpunkt dafür.

Am späten Nachmittag kehrte Johannes mit wunden Füßen zum »Gerberhaus« zurück. Er hatte den ganzen Tag damit verbracht, die große Stadt zu erkunden, war durch die verschiedenen Viertel geschlendert, in denen die Fischer und Gärtner, die Kaufleute und Maler und die ganzen anderen Zünfte lebten, und schließlich im Gerberviertel angekommen. Nun wusste er auch, woher der beißende Geruch stammte, der ihm schon am Morgen aufgefallen war, als er zusammen mit Radolf und Mathias das Gasthaus verlassen hatte. Es waren die Beizen und Säuren, mit denen die Gerber ihre Felle behandelten, und je nach Windrichtung kam der Gestank stärker oder schwächer durch die Gassen gekrochen.

Er hatte einen Riesenhunger, denn seit der Suppe am Morgen hatte er nichts mehr gegessen. Seine beiden Weggefährten waren bereits da und saßen mit leicht geröteten Augen an einem der Tische, als Johannes die Schankstube betrat.

»Johannes! Hierher!«, rief Mathias, nachdem er ihn entdeckt hatte.

»Bin ich zu spät?«, fragte Johannes verwundert.

»Nein, nein, keine Sorge«, wehrte Radolf ab und nahm einen kräftigen Schluck aus dem Tonhumpen, der vor ihm stand.

»Wie lange seid ihr schon hier?«

»Nun, seit zwei Stunden ungefähr. Oder drei, wer weiß«, meinte Mathias. Seine Augen waren nicht nur gerötet, sondern auch glasig, wie Johannes nun aus der Nähe sah. Der deutliche Geruch nach Wein war nicht zu übersehen. Er überlegte, wie viele Humpen die beiden wohl schon geleert hatten.

»Ein Scheißtag ist das heute«, brummte Radolf nun. »Hattest wenigstens du Erfolg bei deinem Drucker?«

»Ich? Nein, das heißt, ja«, antwortete Johannes.

»Was nun?«

»Ja, eigentlich schon. Nur bekomme ich die Bibeln erst morgen. Aber wir wollten ja ohnehin nicht früher zurückfahren, oder?«

Radolf schüttelte den Kopf.

»Nein, und wie es aussieht, werden wir wohl auch morgen nicht hier wegkommen«, erklärte er. »Der Wein, den Ensslin möchte, ist nämlich noch nicht da.«

»Und so werden wir nachher eben nochmals in die Badestube gehen«, verkündete Mathias mit leichtem Zungenschlag. »Was ist, kommst du mit?«

Johannes schüttelte den Kopf.

»Ich bin den ganzen Tag durch Straßburg gelaufen. Jetzt werde ich sehen, dass ich etwas zu essen kriege, und dann nach oben gehen. Aber vergnügt euch nur«, meinte er, wobei er sich immer noch nicht ganz sicher war, woraus das Vergnügen eigentlich bestand.

Er bestellte beim Wirt eine Portion gesottenes Fleisch und einen Krug Wasser, während die beiden anderen ihren Wein austranken und sich dann auf den Weg machten, etwas schwankend, aber gut gelaunt.

Die Schänke füllte sich nun immer mehr. Johannes fiel heißhungrig über sein Essen her, als der Wirt ihm die Schüssel mit Fleisch hinstellte.

»He! He, du!«, rief plötzlich ein junger, dunkelhaariger Mann, der an einem der Nachbartische saß.

Johannes aß weiter und blickte nur kurz auf, als die Stimme erneut »He, du!« rief.

Der Dunkelhaarige meinte offensichtlich ihn, denn er sah ihn direkt an.

»Komm mal her!«

Jetzt erst erkannte Johannes in ihm einen der beiden Gehilfen Mentelins, die am Vormittag in der Offizin mit diesen kleinen Teilen hantiert hatten. Er wischte sich den Mund mit dem rechten Ärmel ab und ging zu ihm hinüber.

»Bist du nicht der Klosterschüler, der heute bei uns war?«

Johannes nickte.

»Ja. Warum?«

»Wo kommst du her?«

»Aus Reutlingen.«

»Ach, aus Reutlingen?«

»Ja, warum?« Johannes hatte einige Mühe, seinen Ärger zu verbergen. Was wollte dieser Mensch von ihm?

»Wann hast du denn deinen Bruder Günther das letzte Mal gesehen?«

Der andere wusste dank Mentelin offenbar recht genau Bescheid, stellte Johannes verblüfft fest.

»Was geht dich das an?«, gab er schroff zurück und wollte wieder zurück zu seiner Fleischschüssel. Doch unversehens sprang Mentelins Gehilfe auf und packte ihn am Kragen.

»Ich will eine Antwort!«

»Warum?«

Johannes packte nun seinerseits die Unterarme des anderen mit eisernem Griff.

»Lass mein Wams los, auf der Stelle! Ich rate es dir im Guten.«

Die beiden waren etwa gleich groß, und Johannes zog nun langsam, aber mit unerbittlicher Kraft die Hände des anderen nach unten, bis der Gehilfe endlich losließ.

Dann drehte er sich wortlos um und ging an seinen Tisch zurück, während sich sein Widersacher die Arme rieb, auf denen deutlich die Spuren von Johannes' Fingern zu sehen waren.

Johannes aß in Ruhe fertig und trank einen kräftigen Schluck Wasser, wobei er immer wieder zu dem Tisch hinübersah, an dem Mentelins Gehilfe saß.

Dieser stand nun auf, nahm seinen Humpen und kam an seinen Tisch.

»Kann ich mich zu dir setzen?«, fragte er ruhig, als ob überhaupt nichts geschehen wäre.

»Wenn du dich ordentlich benimmst«, meinte Johannes und deutete mit dem Kopf auf einen der freien Schemel.

»Du bist ganz schön kräftig. Wie alt bist du eigentlich?«

»Siebzehn«, antwortete Johannes. »Aber jetzt stelle erst einmal ich die Fragen. Ich würde auch ganz gerne wissen, mit wem ich es zu tun habe«, fügte er dann hinzu und sah sein Gegenüber erwartungsvoll an.

»Ich heiße Georg, Georg Sandner. Der Wirt hier ist mein Onkel.«

Dann entschuldigte er sich in aller Höflichkeit für sein rüdes Benehmen und erzählte Johannes ausführlich, warum er sich so für Günthers Verbleib interessierte.

Johannes war nicht allzu überrascht, als er hörte, dass sein niederträchtiger Bruder auch in Straßburg offenbar eine ganze Reihe von Gläubigern hatte, denen er Geld schuldete, darunter auch Georg. Er berichtete wahrheitsgemäß vom letzten Besuch Günthers in Bebenhausen und dass er ihn seitdem nicht mehr gesehen hatte. Dabei verschwieg er wohlweislich das, was er in Reutlingen über ihn inzwischen so alles erfahren hatte.

Georg entpuppte sich als umgänglicher Mensch, dem es aufrichtig Leid tat, wie er sich Johannes gegenüber benommen hatte, und er gab diesem nun bereitwillig Auskunft auf all seine Fragen, die sich fast ausschließlich um die Offizin Mentelins drehten. Er arbeitete seit zwei Jahren dort, nachdem er zuvor zwei Jahre bei einem Goldschmied in die Lehre gegangen war. Nun, mit seinen 19 Jahren, kannte er sich mit der schwarzen Kunst bereits bestens aus. Mentelins Geschäfte gingen augenscheinlich gut. Er druckte nicht nur Bücher, wie beispielsweise die Bibeln, die Johannes kaufen wollte, sondern auch und vor allem Ablassbriefe, mit denen die Geistlichkeit einen immer einträglicheren, schwunghaften Handel betrieb.

Johannes, der diesen Ausdruck noch nie gehört hatte, ließ sich den Ablasshandel von Georg erklären: Die Gläubigen kauften sich von ihren Sünden frei, in dem sie einen Ablassbrief erwarben, ein in lateinischer Sprache gedrucktes Blatt, in das von Hand ihr Name eingetragen wurde, bevor der Geistliche es unterschrieb und damit gültig machte. Die Geistlichkeit ließ die Briefe gleich zu Hunderten und Tausenden für einen Spottpreis bei verschiedenen Druckern herstellen und sich die Absolution von ihren Schäflein teuer bezahlen.

Johannes fand diesen Handel widerwärtig und machte kein Hehl daraus. So etwas stand in krassem Widerspruch zu der christlichen Lehre, wie er sie in Bebenhausen kennen gelernt und auch praktiziert hatte. Sünden, so hatte vor allem der Abt immer wieder betont, mussten aufrichtig bereut und es musste eine Buße dafür getan werden, um von Gott Verzeihung zu erlangen.

Doch Georg wischte seine Einwände mit einer Handbewegung beiseite.

»Was soll's? Wenn Mentelin die Briefe nicht druckt, dann ein anderer, und wenn die Leute ihr Geld den Pfaffen in den Rachen werfen wollen, dann ist das ihre Sache, nicht die meine«, sagte Georg verächtlich.

»Ja, ja, pecunia non olet«, meinte Johannes und übersetzte gleich, als er Georgs verständnislosen Blick sah: »Geld stinkt nicht.«

»Lateinisch möchte ich auch können«, sinnierte Georg. »So wie du.«

»Was machst du eigentlich in Reutlingen?«, fragte er dann.

»Ich arbeite bei einem Tuchhändler«, antwortete Johannes. »Im Kontor.«

»So einen wie dich könnten wir bei Mentelin sicher gebrauchen. Willst du den Meister morgen nicht einfach fragen?«

»Mentelin? Ich?«, fragte Johannes entgeistert. »Aber ich – ich – ich habe doch keine Ahnung von der Druckerei.«

»Du kannst lesen und schreiben, du hast Kraft – mehr ist nicht nötig, glaube mir. Denk einfach mal darüber nach. Das Drucken hat eine große Zukunft«, prophezeite Georg mit ernstem Gesicht.

Johannes schüttelte den Kopf.

»Das ist doch nichts für mich. Wie stellst du dir das vor? Ich kenne hier niemanden. Und was wird aus Meister Ensslin?«

»Denk einfach mal nach. Wir sehen uns dann morgen.«

Mit diesen Worten stand Georg auf und ging mit seinem Humpen wieder an den Tisch, an dem er vorher gesessen hatte.

Johannes lag immer noch wach, als spät in der Nacht seine beiden Reutlinger Gefährten die Stiege hochgepoltert kamen. Doch er stellte sich schlafend, und wenig später dröhnte die Kammer vom Schnarchen der zwei Fuhrleute, deren Weinfahne nun sogar den beißenden Geruch überdeckte, der durch das weit geöffnete Fenster hereinwehte.

Wieder und wieder dachte er über Georgs Worte nach, und deutlich sah er vor seinem geistigen Auge die große Druckpresse aus Mentelins Offizin, bis er irgendwann endlich einschlief.

Am anderen Morgen konnte er es kaum erwarten. Er weckte Mathias, der ebenso wie Radolf immer noch schnarchend auf der Bettstatt lag. Die beiden mussten ordentlich einen über den Durst getrunken haben.

»He, Mathias! Mathias!« Johannes schüttelte ihn so lange, bis der Bursche endlich die Augen aufschlug.

»Was ist los?«

»Ich gehe zu Mentelin. Was habt ihr heute vor?«, fragte Johannes, als er einigermaßen sicher war, dass der andere ihm zuhörte.

»Nicht viel«, brummte Mathias und rieb sich die Stirn. »Dieser verfluchte Wein. Ich werde später mal nachsehen, ob unsere Fässer schon da sind.«

»Wo treffen wir uns?«, wollte Johannes wissen.

»Am besten hier. So gegen Mittag«, schlug Mathias vor.

»Gut. Dann gehe ich jetzt.«

Johannes löffelte hastig die Schale voll Suppe leer, die ihm der Wirt brachte, und lief dann auf schnellstem Wege zu Mentelin.

»Ah, der junge Zainer!«, begrüßte ihn der Meister mit einem freundlichen Lächeln. »Komm nur gleich mit nach hinten – deine Bibeln sind fertig.«

»Wo sind Eure Gesellen?«, fragte Johannes, als die beiden durch die leere Werkstatt gingen.

»Sie liefern gerade den Auftrag aus, der uns gestern so in Atem gehalten hat«, antwortete Mentelin.

In der Schreibstube angekommen, öffnete er eine schwere Holztruhe, nahm zwei große Bücher heraus und gab eines davon Johannes.

»Hier. Ich nehme an, du hast bei deinem Meister bereits gedruckte Bücher gesehen.«

Johannes nickte und dachte an das erste Buch, das ihm Ensslin damals in seinem Kontor gezeigt hatte, und das ihn vor allem wegen der absolut gleichmäßigen Schrift sehr beeindruckt hatte. Er schlug den schweren Holzdeckel auf und fand auf der dritten Seite die schwungvolle Signatur mit Jahresangabe, die Mentelin höchstpersönlich noch angebracht hatte, natürlich auf Lateinisch.

»Fällt dir etwas auf?«, fragte Mentelin, während Johannes die Bibel ehrfürchtig durchblätterte.

»Nein, eigentlich nicht. Was sollte mir auffallen?«

»Nun, sieh dir die Schrift einmal genauer an«, meinte Mentelin.

Doch Johannes konnte beim besten Willen nichts Besonderes daran finden. Er blätterte weiter, wieder zurück, wieder ein paar Seiten vor, und schüttelte dann den Kopf, als er Mentelin das Buch schließlich zurückgab.

»Es tut mir Leid, aber ich finde es nicht«, sagte er.

Der Meister lachte.

»Schon gut. Woher solltest du das auch wissen. Für diese Bibel habe ich einen ganz neuen Schrifttyp verwendet, den wir selbst hergestellt haben«, erklärte er schließlich.

Johannes sah ihn fragend an. »Schrifttyp?«

»Ja, so nennt man das bei uns. Komm mit, ich zeige es dir.«

Mentelin ging zurück in den großen Werkstattraum und zog eine der Holzkisten mit den kleinen Teilen hervor, die Johannes bereits am Vortag gesehen hatte.

»Das ist ein Setzkasten. Darin sind unsere Lettern«, erklärte er. »Greif ruhig hinein.«

Johannes nahm eines der Teile heraus. Es war ein kleines »a«, spiegelverkehrt und für seine Größe ziemlich schwer.

Der Meister beschrieb nun im Einzelnen, wie diese Lettern, von denen es auch welche für Doppellaute oder Satzzeichen gab, hergestellt wurden. Ausgangspunkt war jeweils eine »Patrize« aus sehr hartem Stahl, die Mentelin nur ein Mal je Schriftzeichen hatte und an einem anderen Ort sicher verwahrte. Diese Patrize, die genauso aussah wie die Letter, die Johannes in der Hand hielt und den Buchstaben als spiegelverkehrtes Negativ darstellte, wurde in wesentlich weicheres Metall, nämlich Kupfer, geschlagen, wodurch die »Matrize« entstand. Mit einem Handgießgerät erfolgte als letzter Schritt schließlich die Herstellung der Drucklettern. Die kupferne Matrize wurde dazu mit flüssigem Blei ausgegossen, und heraus kam nach dem Abkühlen die fertige Letter.

Ehrfürchtig betrachtete Johannes das kleine »a« in seiner Hand. Was Mentelin soeben erzählt hatte, war im Grunde genommen recht einfach – und doch genial.

»Wie geht es dann weiter?«, fragte er.

»Die Lettern werden nebeneinander und Zeile für Zeile in einen Holzrahmen gelegt, oder ›gesetzt‹, wie wir sagen, und wenn eine Seite fertig ist, wird sie gedruckt.«

»Wie ein Holzschnitt?«, wollte Johannes wissen. Bruder Anselm hatte ihm das irgendwann einmal erklärt.

»Ja, so ähnlich. Da wir nur auf Papier drucken, brauchen wir eine spezielle Farbe, unsere Druckerschwärze. Dafür hat fast jeder Drucker sein eigenes Rezept«, sagte Mentelin. »Und, wie du dich sicher erinnerst, daher kommt auch der Name ›schwarze Kunst‹.«

Johannes nickte.

»Was druckt Ihr hier alles, Meister Mentelin?«, fragte er dann.

»Nun, alles, was sich verkaufen lässt«, antwortete dieser. »Denkschriften, geistliche Bücher, auch einfache Druckstücke wie beispielsweise Ablassbriefe. Und Bibeln«, fügte er hinzu.

Johannes folgte Mentelin wieder in die Schreibstube und nahm dort nochmals eine der Bibeln in die Hand. Im Scriptorium zu Bebenhausen wären zwei Mönche ein halbes Jahr damit beschäftigt gewesen, ein solches Werk zu kopieren.

»Wie lange habt Ihr für den Druck gebraucht?«, wandte er sich an Mentelin und legte das Buch zurück.

»Frag lieber, wie lange es gedauert hat, die Bibeln fertig zu stellen. Der Druck allein ist ja noch nicht alles. Bis die Rubrikatoren alles koloriert hatten und die Bücher gebunden waren, vergingen etwa vier Monate«, antwortete Mentelin. Als hätte er Johannes' Gedanken erraten, fuhr er fort: »Aber in dieser Zeit haben wir 150 Bibeln hergestellt.«

Johannes zog den Lederbeutel mit Ensslins Geld heraus und schüttete den Inhalt auf den Tisch, auf dem die beiden Bibeln lagen.

Mentelin zählte die Münzen.

»Vierzig Gulden. Ich fürchte, das reicht nicht«, meinte er dann.

Johannes wurde blass. Vor ihm lag ein kleines Vermögen, das er nicht ohne Grund gehütet hatte wie seinen Augapfel.

»Was kostet denn eine?«, fragte er zögernd. »Meister Ensslin hat mir nicht mehr Geld mitgegeben.«

»Eine kostet 32 Gulden«, antwortete Mentelin.

Johannes dachte angestrengt nach, bis ihm endlich die rettende Idee kam.

»Ich werde Mathias fragen!«, rief er plötzlich.

»Mathias?«

»Einen der beiden Fuhrknechte, mit denen ich aus Reutlingen gekommen bin. Vielleicht hat er genügend Geld dabei, um den fehlenden Betrag zu begleichen.«

Mentelin nickte.

»Das wäre eine Möglichkeit. Dann sieh zu, dass du ihn findest.«

Johannes deutete mit dem Finger auf die vor ihm liegenden Münzen.

»Könntet Ihr dieses Geld gleich behalten? Mir wäre wohler, wenn ich es endlich los wäre.«

»Selbstverständlich. Bei mir ist es bestimmt sicherer aufgehoben.«

Mentelin packte die vierzig Gulden wieder in den Beutel und steckte ihn ein.

Johannes bedankte sich höflich bei Mentelin für alles, was dieser ihm gezeigt hatte, und versprach, nach der Mittagsstunde wiederzukommen.

»Nun? Hast du das Geld?« Mit dieser Frage empfing ihn Mentelin drei Stunden später, als er vom »Gerberhaus« zurückkam.

Johannes schüttelte verlegen den Kopf. Mathias hatte zwar noch ein paar Gulden in seinem Beutel gehabt, doch das Geld war für die Rückreise vorgesehen.

Als er es Mentelin erzählt hatte, sagte dieser zu seiner Überraschung: »Das habe ich mir schon gedacht. Aber ich werde dir die beiden Bibeln trotzdem mitgeben. Ich habe bereits einen Schuldschein ausgestellt. Den übergibst du Meister Ensslin, und er wird sicher eine Möglichkeit finden, den fehlenden Betrag irgendwann zu begleichen.«

Johannes wäre vor Freude am liebsten an die Decke gesprungen, als er das hörte, und bedankte sich überschwänglich für diese großzügige Geste. Den Schuldschein verwahrte er sorgfältig in seinem eigenen Beutel, und sie vereinbarten, dass Johannes die beiden Bücher, die Mentelin in eine Kiste gepackt hatte, später mit dem Fuhrwerk abholen würde. Der Wein war inzwischen eingetroffen, und die drei Reutlinger wollten die Stadt noch heute verlassen.

»Da wäre noch etwas«, sagte Mentelin schließlich. »Georg hat mir eben erzählt, du würdest gerne bei mir arbeiten. Stimmt das?«

Johannes wurde blass. Die Frage traf ihn völlig unvorbereitet. Natürlich war er begeistert, seit Mentelin ihm heute Vormittag die Kunst des Druckens erklärt hatte, aber auf Georgs Vorschlag war er tags zuvor nicht eingegangen.

»Nun, ich, ich würde, ich denke – «, stammelte er verlegen.

»Was?«

»Ja«, sagte Johannes schließlich und riss sich zusammen. »Es wäre eine Ehre, für Euch arbeiten zu dürfen.«

»Dann überlege es dir. Ich werde bald mit der Arbeit an einem neuen, großen Werk beginnen, und einen kräftigen Burschen, der nicht auf den Kopf gefallen ist und zudem noch Latein kann, könnten wir gut gebrauchen«, meinte Mentelin.

Wie betäubt stand Johannes kurz darauf in der Dornengasse. Er konnte es immer noch nicht glauben, was Mentelin ihm soeben angeboten hatte. Er, der ehemalige Klosterschüler und Schreibgehilfe, sollte in seiner Offizin arbeiten! Je mehr er darüber nachdachte, desto mehr Bedenken hatte er jedoch. Was würde Ensslin sagen? Wo sollte er in Straßburg wohnen?

Den beiden Fuhrmännern erzählte er nichts, doch auf der Heimreise über den Schwarzwald saß er die meiste Zeit schweigend auf dem Kutschbock und hing seinen Gedanken nach.

Fast genau sechs Wochen später betrat Johannes am späten Nachmittag eines grau verhangenen Oktobertages wieder die Schankstube des Gerberhauses. Er fror und war vom endlosen, schon seit dem Morgen anhaltenden Regen durchnässt bis auf die Haut. Der Wirt schien ihn nicht zu erkennen, als er einen Topf heiße Suppe und einen halben Laib Brot bestellte und sich einen Platz in der Nähe des prasselnden Feuers suchte. Er hatte sich sein Wiedersehen mit Straßburg wahrlich anders vorgestellt, als er an jenem Augusttag nach dem zweiten Besuch in Mentelins Offizin mit Mathias und Radolf die Heimreise nach Reutlingen angetreten hatte.

Die beiden sorgfältig in der Kiste eingeschlagenen Bibeln hatten gut geschützt und verborgen zwischen den Weinfässern gelegen und waren wohlbehalten in Reutlingen angekommen. Es war nicht einfach gewesen, Meister Ensslin die verschiedenen Nachrichten zu überbringen. Dabei war der Schuldschein Mentelins noch das kleinere Übel gewesen. Das Angebot des Druckers, Johannes bei sich zu beschäftigen, hatte ihm wesentlich mehr Kummer bereitet. In Johannes' Abwesenheit hatte sich eine Menge Arbeit angesammelt, und erst, als dieser versprochen hatte, all diese Arbeiten noch zu erledigen, hatte Ensslin schließlich zugestimmt, ihn endgültig nach Straßburg ziehen zu lassen.

»Eine Hühnerbrühe, bitte sehr!« Der Wirt riss ihn mit diesen Worten einen Moment lang aus seinen düsteren Gedanken. Heißhungrig fing Johannes an, die Suppe zu löffeln.

Die jetzige Reise hatte schon von Anfang an unter keinem guten Stern gestanden. Zuerst hatte es so ausgesehen, als würde vor dem Winter überhaupt kein Fuhrwerk mehr über den Schwarzwald nach Straßburg fahren, doch dann hatte sich ganz kurzfristig doch noch eine Gelegenheit ergeben. Leider war keine Zeit mehr gewesen, sich von Marie in Tübingen zu verabschieden, doch dafür hatte ihm Meister Ensslin bei der Abreise noch zwei Gulden in die Hand gedrückt, als Abschiedsgeschenk, und ihm viel Glück gewünscht. Kurz vor Horb war dann das rechte Hinterrad gebrochen. Johannes und die beiden Fuhrleute hatten zwei volle Tage warten müssen, bis der Schmied den Schaden behoben hatte. Und heute Nachmittag waren sie endlich in Straßburg angekommen. Johannes hatte sich am Kaufhaus von den Fuhrmännern verabschiedet und war sofort zu Mentelins Offizin gelaufen. Doch die Werkstatt war verschlossen gewesen. Kein Klopfen, kein Rufen hatte geholfen. Ein neugieriger Nachbar, dem Johannes' laute Rufe aufgefallen waren, hatte auch nichts über Mentelins Verbleib gewusst. So hatte er schließlich den Weg zum »Gerberhaus« eingeschlagen, dem einzigen Zufluchtsort, den er außer Mentelins Offizin in Straßburg kannte.

Als Johannes fertig gegessen hatte, erhob er sich und ging zum Wirt.

»Habt Ihr noch eine Kammer frei?«

»Gewiss doch, mein Herr. Wie lange gedenkt Ihr zu bleiben?«

»Für eine Nacht, oder vielleicht auch länger«, antwortete Johannes.

Als er hörte, was der Wirt verlangte, musste er schlucken. Vier Pfennige für das Nachtlager! Doch wie Mathias vor ein paar Wochen gemeint hatte, war das »Gerberhaus« noch eine der billigsten Herbergen der Stadt.

Es blieb ihm nichts anderes übrig. Draußen wurde es bereits dunkel, und so willigte er ein.

»Könnt Ihr mir vielleicht sagen, wo ich Euren Neffen finde?«, fragte er dann.

»Welchen? Ich habe sieben Neffen.«

»Georg. Georg Sandner. Den, der bei Meister Mentelin arbeitet.«

»Gearbeitet hat«, korrigierte ihn der Wirt. »Darf ich nach Eurem Namen fragen? Und was Ihr von ihm wollt?«

»Ich bin Johannes Zainer, aus Reutlingen. Vor einigen Wochen war ich bereits Euer Gast hier im ›Gerberhaus‹, zusammen mit zwei Fuhrleuten. Ich suche Meister Mentelin und dachte, Georg wüsste vielleicht, wo ich ihn finde.«

Der Wirt musterte ihn eingehend.

»Ihr hattet letztes Mal noch keinen Bart, junger Herr. Deshalb habe ich Euch wohl nicht erkannt, aber jetzt erinnere ich mich wieder. Georg arbeitet nicht mehr bei Mentelin. Der Meister hat ihn hinausgeworfen, und wo er jetzt steckt, weiß ich auch nicht. Er ist nach Basel gegangen.«

»Nach Basel?«

»Ja, um Arbeit zu suchen.«

»Warum hat ihn Mentelin denn hinausgeworfen?«

»Die beiden hatten Streit, und da hat natürlich der Meister immer Recht«, stellte der Wirt fest.

»Gibt es hier in Straßburg keine anderen Druckwerkstätten mehr?«

»Doch, aber Ihr wisst offenbar nicht, was es heißt, wenn Mentelin jemanden hinauswirft«, stellte der Wirt fest.

»Nein. Was heißt es denn?«

»Dass der Betreffende in Straßburg keine Anstellung mehr findet. Mentelins Einfluss in der Malerzunft ist nicht gerade gering.«

Johannes wusste aus Mathias' Erfahrungsschatz, dass die Zünfte als Handwerkervereinigungen in Straßburg sehr einflussreich waren. Wohl und Wehe der Handwerker waren untrennbar mit der Zunft verknüpft, und wer dort in Ungnade gefallen war, tat gut daran, sich nach einer anderen Stadt umzusehen, hatte ihm der Fuhrmann erzählt, als er ihn damals über Straßburg ausgefragt hatte.

»Warum in der Malerzunft?«

»Die Drucker gehören zu den Malern. Wie die Rubrikatoren, Illustratoren und etliche andere.«

Johannes nickte und sagte dann: »Ich sollte jedenfalls bei Mentelin anfangen zu arbeiten. Wisst Ihr vielleicht, wo er ist?«

»Nein. Aber geht morgen in den ›Schwarzen Raben‹. Dort treffen sich die Maler für gewöhnlich. Vielleicht erfahrt Ihr von ihnen etwas.«

Nach einer unruhigen Nacht machte sich Johannes am nächsten Morgen zuerst nochmals in die Dornengasse auf. Doch Mentelins Offizin war und blieb verschlossen. Der Wirt hatte ihm den Weg zum »Schwarzen Raben« beschrieben, der am Ufer der Ill lag, nicht weit vom Kaufhaus und der Rabenbrücke, über die er wie schon beim letzten Mal in die Stadt gekommen war. Das Gasthaus machte einen wesentlich gediegeneren Eindruck als das Gerberhaus. Johannes bestellte einen Becher Wein und begann dann, nach Mentelin zu fragen, aber keiner der Anwesenden wusste etwas über den Verbleib des Druckers. Mentelin war einfach verschwunden. Niedergeschlagen kehrte er in das Gerberhaus zurück und verbrachte den Rest des Tages in seiner Kammer. Es regnete immer noch.

Der neue Tag brachte keinen Fortschritt. Johannes saß den ganzen Tag in der Schankstube des Gerberhauses und grübelte vor sich hin. Bei Mentelin hatte wieder niemand aufgemacht, und er wusste nicht, was er nun tun sollte. Das Wetter zeigte keinerlei Besserung. Unaufhörlich strömte der Regen vom Himmel und machte die Gassen zu einer einzigen großen Pfütze.

Als er am nächsten Tag aufwachte, schien endlich wieder die Sonne. Er raffte sich auf und lief in die Dornengasse, um sein Glück erneut zu versuchen. Nachdem er mehrere Male energisch geklopft hatte, öffnete sich plötzlich die Tür, und Mentelin stand vor ihm.

»Seid gegrüßt, Meister Mentelin! Ihr ahnt nicht, wie froh ich bin, Euch endlich anzutreffen!«, rief Johannes erleichtert.

»Wer seid Ihr?«

»Johannes Zainer aus Reutlingen. Erkennt Ihr mich denn nicht?«, fragte Johannes zurück. Sein Bart schien ihn doch mehr zu verändern, als er gedacht hatte.

Mentelin trat einen Schritt näher und musterte ihn ganz genau.

»Johannes!«, rief er dann. »Du bist es tatsächlich!«

Doch dann ließ er die Mundwinkel auf einmal hängen.

»Du bist also tatsächlich gekommen«, sagte er.

»Ja, und ich bin bereit. Ich soll Euch schöne Grüße von Meister Ensslin bestellen«, sagte Johannes.

»Ach, ja, Meister Ensslin. Hat er dir mein Geld mitgegeben?«

»Nein«, antwortete Johannes wahrheitsgemäß. »Er will es Euch so bald als möglich mit einem anderen Kurier überbringen lassen.«

Dann erzählte er von seiner überstürzten Abreise. Ensslin hatte die beiden Fuhrleute nicht gekannt und es deshalb vorgezogen, Johannes den doch recht ansehnlichen Geldbetrag nicht mit auf den Weg zu geben.

»Nun bin ich also hier, und ich stehe zu Eurer Verfügung«, schloss Johannes und sah den Meister erwartungsvoll an.

Mentelin senkte den Blick. Dann sagte er leise: »Es tut mir Leid, aber ich kann dich im Moment nicht gebrauchen. Ich bin erst heute aus Mainz zurückgekommen, und das Buch, das ich drucken wollte, muss leider noch etwas warten.«

Als Johannes ihn verständnislos anstarrte, fügte er hinzu: »Es tut mir wirklich Leid, aber es geht nicht.«

Dann erzählte er von der neuen Bibel, die er drucken wollte. Es sollte eine ganz besondere Bibel werden, in deutscher Sprache, und er wollte sie auf einem ganz bestimmten Papier drucken, das jedoch nicht verfügbar war. Die bestellte Lieferung aus Oberitalien war unterwegs verloren gegangen, und jetzt war es für dieses Jahr zu spät. Ein früher Wintereinbruch hatte die Straßen unpassierbar gemacht. Vor dem nächsten Frühjahr würde es wohl nichts mehr werden.

»Aber Eure anderen Aufträge! Ihr hattet doch immer mehr als genug zu tun!«, rief Johannes aufgebracht.

»Ich habe viele andere Aufträge abgelehnt, weil ich eben diese Bibel drucken wollte. Glaube mir, ich brauche dich im Augenblick wirklich nicht.«

»Dann eben nicht!« Johannes wandte sich trotzig ab und ließ Mentelin einfach stehen.

Er fühlte eine ohnmächtige Wut im Bauch. Da hatte er nun seine sichere Arbeit und sein warmes Bett bei Meister Ensslin aufgegeben, nur um nach Straßburg zu gehen, und nun löste sich alles in nichts auf!

Auf dem Rückweg zum Gerberhaus entdeckte er die Gasse, in der sich das Badhaus befand. Da er es nicht eilig hatte, befühlte er seinen Beutel und dachte: Ein heißes Bad kann nicht schaden – und morgen fahre ich zurück nach Reutlingen. So bog er nach rechts in die Gasse ein und klopfte an die Tür des Badhauses, wo man ihn bereitwillig einließ.

Er bestellte einen kleinen Becher Wein, um seine Enttäuschung hinunterzuspülen, und ließ sich von einem der Mädchen den Rücken schrubben. Das heiße Wasser machte ihn plötzlich schläfrig, und er dämmerte langsam in einen Zustand hinüber, in dem er nicht mehr wusste, ob er wach war oder träumte.

Irgendwann schreckte er hoch. Das Wasser in dem großen Zuber war kalt. Als er nach seinen Kleidern griff, stellte er fest, dass sein Beutel fehlte. Er schrie, so laut er konnte, und sogleich eilten zwei junge Mädchen herbei, alarmiert von seinem Geschrei.

»Was fehlt Euch, junger Herr?«

»Diebe! Man hat mich bestohlen!«

Die Mädchen zeigten sich bestürzt und durchsuchten den ganzen Raum, doch der Beutel mit all seinem Geld blieb verschwunden. Rasch zog er sich an und verlangte, den Besitzer der Badestube zu sprechen.

Doch dieser lehnte jede Verantwortung entschieden ab und meinte nur, man könne nicht jeden Badegast im Auge behalten, und überhaupt – vielleicht habe Johannes seinen Beutel ja woanders verloren.

»Aber ich habe doch vor dem Bad noch bezahlt!«, schrie er aufgebracht.

»Es tut mir Leid, aber ich kann nichts machen«, gab der Badbesitzer zurück. »Ihr müsst besser auf Eure Habe achten.«

Johannes war außer sich vor Wut, doch es half alles nichts. Der Badbesitzer machte keine Anstalten, irgendeinen Schuldigen zu finden, und als Johannes weiter tobte und schrie, wurde er kurzerhand und recht unsanft nach draußen befördert.

Wie ein begossener Pudel schlich er zurück ins Gerberhaus. Seine Kammer war noch für zwei Tage im Voraus bezahlt, doch was dann? Das Bad hatte ihn hungrig gemacht, und so bestellte er sich beim Wirt etwas zu essen, obwohl er dabei ein schlechtes Gewissen hatte. Doch ihm würde bestimmt noch etwas einfallen.

Als er dann später in seiner Kammer lag, überlegte er ruhig und sachlich, welche Möglichkeiten ihm nun blieben. Das Naheliegendste wäre gewesen, nochmals bei Mentelin anzufragen. Vielleicht würde er Mitleid mit ihm haben und ihm irgendeine Arbeit geben, wenn er erst erfuhr, dass man ihn bestohlen hatte. Doch hier regte sich sein Stolz und auch ein wenig Wut über die Abfuhr, die ihm der Drucker heute erteilt hatte. Nein, zu Mentelin würde er nicht gehen. Es musste noch eine andere Lösung geben, Arbeit zu finden.

Plötzlich fiel es ihm ein: der »Schwarze Rabe«! Das war die Idee! Gleich morgen Vormittag würde er sich dort umsehen. Bestimmt konnte ihn irgendein Maler oder Drucker gebrauchen.

Leider erwies sich die Idee anderntags als längst nicht so gut, wie er anfänglich geglaubt hatte. Als er den »Schwarzen Raben« gegen zehn Uhr das erste Mal betrat, waren außer dem Wirt nur zwei Männer in der Schankstube. Er machte auf dem Absatz kehrt und spazierte eine Weile ziellos durch die Stadt, bis die Turmuhr der Kathedrale die Mittagsstunde schlug.

Inzwischen hatte sich das Gasthaus gefüllt. Alle Tische waren besetzt. Darüber war er zunächst froh, denn da er keinen einzigen Pfennig mehr besaß, hätte er sich gar nicht hinsetzen und etwas bestellen können.

»Seid gegrüßt, werter Meister! Könnt Ihr vielleicht einen fleißigen Gehilfen gebrauchen?« Mit diesem Spruch ging Johannes nun möglichst unauffällig von Tisch zu Tisch, erntete allerdings nur Kopfschütteln und ungehaltene Blicke. Aus den Augenwinkeln heraus sah er, dass der Wirt ihn bereits beobachtete, und so redete er nur noch die Gäste an, bei denen er sich am ehesten Erfolg versprach.

»Seid gegrüßt, werter Meister«, hob er gerade wieder an, als ihn plötzlich eine Hand von hinten unsanft am Kragen packte.

»Was treibst du hier? Willst du etwa betteln, oder was führst du im Schilde?«, knurrte ihn der Wirt an, der sich unbemerkt genähert hatte.

»Ich suche Arbeit«, erklärte Johannes, während ihn der Gast, den er eben hatte ansprechen wollen, verächtlich musterte. Es war ein etwas älterer Mann mit ungepflegten Bartstoppeln, rot geränderten Augen und einem farbverschmierten Wams, das ihn eindeutig als Mitglied der Malerzunft kennzeichnete.

»Du belästigst meine Gäste!«, herrschte der Wirt ihn an und beobachtete dabei Johannes' vermeintliches Opfer. »Ist's nicht so, Caspar?«

Der Bärtige nickte und brummte: »Ja. Schaff ihn hinaus. Dieses Gesindel traut sich jetzt schon am helllichten Tag über die Ill.«

»Aber, aber, ich suche wirklich nur Arbeit. Ich komme aus Reutlingen und –«

Weiter kam Johannes nicht mehr. Der Wirt, der ihn immer noch gepackt hielt, schob ihn vor sich her zur Tür und warf ihn buchstäblich hinaus.

»Geh wieder nach Reutlingen, und lass dich hier nicht mehr blicken, hörst du?!«

Johannes rappelte sich auf und klopfte sich den Schmutz vom Wams.

»Aasgeier!«, sagte er zu dem schwarzen Rabenvogel, der auf dem Wirtshausschild prangte, und dann ging er zurück zum Gerberhaus.

Auf dem Weg fasste er den Entschluss, dem Wirt des Gerberhauses von seinem Missgeschick zu erzählen. Er schätzte diesen als vernünftigen Menschen ein, der bestimmt Verständnis für seine Notlage haben würde.

Eine Stunde später stand er auf der Gasse, mit seinem Bündel in der Hand. Der Wirt hatte ihn kurzerhand ebenfalls hinausgeworfen – auf Gäste, die nicht zahlen konnten, legte er nicht den geringsten Wert. Dabei hatte ihm Johannes eindringlich erklärt, dass man ihn offensichtlich im Badhaus bestohlen hatte. Doch der Wirt hatte nur gelacht und gemeint, dass Johannes wohl nicht der erste Bauerntölpel sei, den man in einem solchen Haus hereingelegt hätte. Er hatte sich nicht einmal erweichen lassen, Johannes noch die eine Nacht, die er bereits bezahlt hatte, zu beherbergen, sondern ihm vorgerechnet, dass er bereits mehr gegessen und getrunken hatte, als die Kammer für eine Nacht kostete.

Der einzige Glückstreffer an diesem Tag war das Wetter. Der Oktober zeigte sich von seiner goldenen Seite, und es war angenehm warm. Johannes streifte durch die Stadt und hielt Ausschau nach einem verborgenen Plätzchen, an dem er die Nacht würde ungestört verbringen können. Als es dämmerte, hatte er eine geschützte Nische auf der Ostseite der Kathedrale, also entgegengesetzt vom Hauptportal, gefunden, und machte es sich dort bequem. Das Pflaster war entsetzlich hart. Immer wieder wälzte er sich von einer Seite auf die andere und versuchte, eine Stellung zu finden, in der er schlafen konnte.

Am anderen Morgen taten ihm sämtliche Knochen weh, als er kurz nach Sonnenaufgang seine Mauernische verließ. Seit gestern Morgen hatte er nichts mehr gegessen, und ihm war ganz schwindlig vor Hunger. Er klopfte sich Wams und Hose ab, so gut es ging, und lief langsam durch die Gassen der Stadt, in denen das morgendliche Leben bereits pulsierte. Viele Frauen waren mit ihren Körben schon unterwegs, um ihre Besorgungen zu machen; Kinder lärmten herum, und immer wieder duftete es verführerisch nach frisch gebackenem Brot, gebratenem Fleisch und anderen Köstlichkeiten.

Johannes war von der Kathedrale aus in Richtung Norden gegangen und dann nach links in weitem Bogen um den großen Platz vor der Kathedrale herum. Sein ganzes Denken galt nur irgendetwas Essbarem. Den brennenden Durst hatte er an einem der zahlreichen Brunnen gestillt, doch nun verlangte sein Magen nur umso heftiger nach Nahrung. Als er an der nächsten Backstube vorbeikam, hielt er es nicht mehr aus. Er stellte sich möglichst unauffällig hinter zwei fülligen Frauen an, wartete, bis die eine ihre soeben erstandenen Brotlaibe in ihrem Korb verstaut hatte, und dann griff er blitzschnell zu, schnappte sich einen Laib und rannte davon, so schnell er konnte, während hinter ihm lautes Geschrei zu hören war.

Erst drei Gassen weiter hörte er auf zu rennen und lief mit normalen Schritten weiter, das noch warme Brot fest unter sein Wams gepresst. Sein Herz schlug bis zum Hals. Nun war er also auch zum Dieb geworden! Er war um keinen Deut besser als die Person, die ihm seinen Beutel gestohlen hatte, dachte er. Doch der Hunger war stärker als sein schlechtes Gewissen, und er beschloss, sich an der Ill ein verstecktes Plätzchen zu suchen, um dort in Ruhe zu essen. Das frische Brot schmeckte köstlich. Johannes glaubte, noch nie etwas so Herrliches gegessen zu haben, und ehe er sich versah, hatte er den wohl dreipfündigen Laib zur Hälfte verdrückt. Er steckte den Rest in sein Bündel und streckte sich der Länge nach im Gras an der Flussböschung aus, um nachzudenken. So konnte es nicht weitergehen.

Sorgfältig überlegte er, welche Möglichkeiten ihm blieben. Die Rückkehr nach Reutlingen war ausgeschlossen. Der Winter stand vor der Tür, und zu Fuß sowie ohne einen einzigen Pfennig für Nahrung oder ein Nachtquartier würde er nicht einmal bis Oberkirch kommen. Er saß in Straßburg fest, und der einzige Mensch, den er kannte, war und blieb Mentelin. Also würde ihm nichts anderes übrig bleiben, als diesen um Hilfe zu bitten, wenn es auch schwer fiel.

Johannes stand auf und stieg die Böschung hinauf. Er lief an der Ill entlang bis zur Rabenbrücke und dann den inzwischen vertrauten Weg zu Mentelins Offizin in der Dornengasse. Vor der Eingangstür blieb er einen Moment stehen, dann fasste er sich ein Herz und klopfte an. Es dauerte eine ganze Weile, doch schließlich öffnete sich die Tür einen Spalt breit.

»Du?«, fragte die vertraute Gestalt des Druckers, als dieser die Tür öffnete und seinen Besucher erkannte. »Was willst du? Ich habe dir doch gesagt, dass ich dich nicht brauche.«

»Darf ich kurz mit Euch sprechen? Es ist wichtig.«

Mentelin rieb sich das Kinn, dann brummte er: »Meinetwegen. Aber nur kurz.«

Johannes trat durch die nun von Mentelin aufgehaltene Tür.

»Komm mit in mein Kontor«, wies ihn der Meister barsch an.

Mentelin hörte sich Johannes' Schilderung der Missgeschicke, die ihm wiederfahren waren, ruhig an. Dann sah er dem Jungen direkt in die Augen und sagte: »Mein junger Freund, das ist bitter, was dir geschehen ist, aber ich weiß wirklich nicht, wie ich dir helfen soll. Das Beste wäre, du gingest zurück nach Reutlingen.«

»Aber wie soll ich diese Reise antreten? Ohne einen einzigen Pfennig!«, rief Johannes verzweifelt.

Der Meister schüttelte den Kopf.

»Das weiß ich auch nicht.«

»Könnt Ihr mir nicht etwas borgen?« Es kostete Johannes sehr viel Überwindung, den Meister so anzubetteln.

Mentelin schwieg zunächst. Dann sagte er leise: »Nein. Selbst wenn ich wollte. Mein letztes Geld steckt in der Papierlieferung, die verloren gegangen ist.«

Niedergeschlagen nickte Johannes.

»Vielleicht kann dir dein Bruder helfen«, meinte Mentelin plötzlich.

»Mein Bruder? Günther? Ist der etwa hier in Straßburg?«

»Ja doch. Gestern Abend war er hier bei mir.«

»Und wo finde ich ihn?«

»Er ist für gewöhnlich im ›Schwarzen Raben‹ anzutreffen. Dort nimmt er sich meistens eine Kammer, wenn er in Straßburg weilt«, antwortete Mentelin.

Mit klopfendem Herzen betrat Johannes eine halbe Stunde später den »Schwarzen Raben« und hoffte, der Wirt würde ihn nicht gleich wiedererkennen. Die Schankstube war fast leer. Nur an einem der Fenstertische saß ein dunkel gekleideter Mann, der ihm den Rücken zukehrte.

»Was willst du schon wieder? Habe ich mich gestern nicht klar genug ausgedrückt?«

Die zornige Stimme des Wirts machte Johannes' Hoffnungen mit einem Schlag zunichte. Doch er nahm seinen ganzen Mut zusammen und sagte: »Ich suche meinen Bruder. Günther Zainer. Man hat mir erzählt, er sei hier bei Euch.«

Statt einer Antwort deutete der Wirt mit dem Kopf zu dem Tisch, an dem der Mann saß.

Langsam ging Johannes durch die Stube und trat an den Tisch. Er erkannte seinen Bruder nicht sogleich. Die Gesichtszüge waren leicht aufgedunsen, und aus dem Bauchansatz, den Johannes von ihrer letzten kurzen Begegnung her noch in Erinnerung hatte, war ein stattlicher Wanst geworden.

Günther sah von seiner dampfenden Schüssel auf, in der eine kräftige Suppe mit zahlreichen Fettaugen schwamm.

»Was starrt Ihr mich so an?«

»Günther! Erkennst du mich denn nicht mehr?« Johannes hatte wieder einmal seinen Bart vergessen.

Sein Gegenüber legte den Holzlöffel beiseite und rief: »Zum Teufel – Johannes! Wie um alles in der Welt kommst du nach Straßburg?«

»Das ist eine längere Geschichte«, meinte Johannes. »Aber iss ruhig erst deine Suppe fertig.«

Er versuchte, sich nicht anmerken zu lassen, in welcher Klemme er steckte, und auch die ganze Wut, die er auf seinen Bruder hatte, musste er vorerst für sich behalten.

»Setz dich doch her! Hast du schon gegessen?«, fragte Günther, und als Johannes nickte, nahm er seinen Löffel wieder zur Hand.

»Nun erzähl mal, bis ich fertig bin«, forderte er Johannes auf, der nun von seinen Erlebnissen seit dem Abschied aus dem Kloster berichtete, wobei er ganz bewusst vermied, über die Mutter und Maria zu sprechen. Dafür schwärmte er umso mehr von Mentelin, und schließlich meinte er: »Du arbeitest doch für Mentelin, oder?«

Günther wischte sich den Mund mit dem Handrücken ab, rülpste vernehmlich und schob die leere Schüssel von sich.

»Ja, für den auch. Aber natürlich nicht nur«, erklärte er seinem Bruder und fing nun an, von seinen Reisen zu erzählen, die ihn durch ganz Süddeutschland und sogar bis nach Norditalien führten. Er bezeichnete sich selbst als Buchführer und fahrenden Kaufmann. Im Auftrag zahlreicher Drucker und neuerdings auch einiger Papiermühlen war er ständig unterwegs, um Geschäfte zu machen, Papierlieferungen auszuhandeln oder auch, um gedruckte Bücher zu verkaufen. Dabei ließ er mehrmals durchblicken, dass mit diesem Handel gutes Geld zu verdienen war.

»Dann könntest du mir vielleicht aus der Klemme helfen«, meinte Johannes zögernd.

Nachdem er Günther sein Missgeschick im Badhaus berichtet hatte, bat er ihn, ihm ein paar Gulden für die Heimreise nach Reutlingen zu leihen.

Doch dieser streckte abwehrend beide Hände von sich und sagte: »Da muss ich dich leider enttäuschen. Ich habe im Augenblick so gut wie nichts übrig.«

»Aber drei oder vier Gulden wirst du deinem Bruder doch geben können! Ich muss zurück nach Reutlingen, nachdem ich hier keine Arbeit habe«, flehte Johannes.

Günther schüttelte den Kopf. Dann seufzte er tief und sagte: »Ich würde dir wirklich helfen, wenn ich könnte. Aber ich habe Schulden. Dringende Schulden. Und wenn ich diese Schulden nicht begleiche, ist es aus mit meinen Geschäften.«

Verblüfft vernahm Johannes dieses Eingeständnis. Damit hatte er nicht gerechnet, und nun war ihm plötzlich aller Wind aus den Segeln genommen.

Die beiden schwiegen einige Minuten, bis Johannes schließlich unvermittelt fragte: »Kannst du mir hier dann wenigstens irgendeine Arbeit besorgen?«

»Arbeit? Wie? Was für eine Arbeit?«, wollte Günther wissen.

»Du kennst doch sicher eine Menge Leute hier in Straßburg. Meinst du nicht, einer der Drucker oder Maler könnte einen kräftigen jungen Mann gebrauchen? Ich kann auch Latein, falls das von Nutzen ist.«

Günther überlegte. Dann meinte er: »Ich werde sehen, ob ich etwas tun kann. Komm heute Abend wieder hierher.«

»Gut. Ich werde da sein.«

Als sich Johannes verabschiedet hatte, rief ihm Günther noch nach: »Wo wohnst du überhaupt?«

Er drehte sich nochmals um und antwortete: »Im Moment nirgendwo. Ich werde schon ein Plätzchen für die Nacht finden.«

Günther nickte.

»Lass mich nur machen. Vielleicht treibe ich etwas für dich auf.«

Der Tag wollte und wollte nicht vergehen. Johannes lag nachmittags am Ufer der Ill in der warmen Oktobersonne, knabberte hin und wieder an dem halben Brotlaib, den er stibitzt hatte, und döste vor sich hin. Seine Gedanken drehten sich immer wieder um das Gespräch mit

Günther, das so ganz anders verlaufen war, als er gedacht hatte. Anstatt ihn wegen Mutter und der Schänke zur Rechenschaft zu ziehen, hatte er ihn anbetteln müssen, ihm zu helfen. Aber was war ihm anderes übrig geblieben?

Als die Sonne sich allmählich im Westen neigte, spürte er, wie es vom Wasser her kalt heraufzog. Er nahm sein Bündel und schlenderte gemächlich zum »Schwarzen Raben« zurück. Die Glocken der Kathedrale schlugen fünf Mal, als er die Schankstube betrat.

Günther saß am gleichen Tisch wie schon am Vormittag. Die Schänke war jetzt um diese Zeit fast voll. Die Arbeit der meisten Handwerker endete mit Einsetzen der Dämmerung, und das galt natürlich ohne Ausnahme für alle Maler und die verwandten Berufe, die bei allem, was sie taten, gutes, helles Licht benötigten.

»Ah, da bist du ja!«, begrüßte ihn der Bruder, als Johannes sich bis zu dessen Tisch durchgekämpft und sich auf einen der freien Schemel gesetzt hatte.

»Und? Hast du etwas gefunden?«, fragte Johannes erwartungsvoll.

Günther nickte und antwortete: »Ja, das habe ich. Ich kenne da einen Briefmaler. Er hat gerade sehr viel zu tun und könnte einen fleißigen Gehilfen dringend gebrauchen.«

Als er Johannes' verständnislose Miene sah, erklärte er: »Briefmaler malen keine Briefe. Ihre Tätigkeit ist eine Art Mischung aus Schreiben und Illuminieren, falls dir das mehr sagt. Der Ausdruck kommt aus dem Lateinischen, von ›brevis‹.«

»Kurz. Also Kurzschreiber oder so ähnlich«, meinte Johannes und fand, das sich das gut anhörte. Fast wie seine Tätigkeit im Scriptorium von Bebenhausen.

»Und was genau schreiben oder malen die Briefmaler so?«, wollte er dann wissen.

»Das wird dir Meister Caspar gleich selbst sagen. Er müsste jeden Moment hier sein«, antwortete Günther.

Johannes sah sich in der Schänke um und bestellte sich nach Günthers Aufforderung einen Becher Wein. Es waren überwiegend junge Burschen da, die den wohlverdienten Feierabend in gemeinsamer Runde bei Wein, lautstark geführter Unterhaltung und Kartenspiel genossen. Er kannte dieses Bild zur Genüge aus dem »Gerberhaus« – es spielte offensichtlich keine Rolle, welcher Zunft die Schankgäste angehörten. Auf jeden Fall gehörte er selbst nicht dazu, weder zu den Gerbern noch zu den Malern, dachte er mit ein wenig Neid und Sehnsucht. Seit er Bebenhausen verlassen hatte, gehörte er nirgends mehr dazu.

Plötzlich sah er den unrasierten Mann, den er gestern hier zuletzt angesprochen hatte, zielstrebig auf den Tisch zusteuern, an dem er und Günther saßen.

»Caspar!«, rief sein Bruder auch schon. »Das trifft sich gut!«

Der Angesprochene nahm sich einen Schemel und setzte sich ohne Gruß an den Tisch.

»Das ist Johannes, mein Bruder«, sagte Günther. »Er hat lange in einem Klosterscriptorium gearbeitet und wird dir bestimmt von Nutzen sein.«

Johannes schaffte es, den prüfenden Blicken standzuhalten, mit denen ihn dieser Caspar nun aus seinen rot unterlaufenen Augen musterte. Offensichtlich erkannte er Johannes nicht wieder.

»Kannst du Latein?«, fragte er schließlich barsch.

»Ja«, gab Johannes zurück.

»Man redet mich mit Meister Zuckswert an.«

»Ja, Meister Zuckswert. Ich kann Latein, ich kann rechnen und – «

»Wir werden sehen, was du alles kannst«, unterbrach ihn der Briefmaler schroff.

Johannes wäre am liebsten aufgestanden und gegangen, aber ihm blieb keine andere Wahl, als ruhig sitzen zu bleiben und zu hoffen, dass dieser unfreundliche, mürrische Mensch ihm Arbeit geben würde.

»Wann kannst du anfangen?«

»Morgen«, antwortete Johannes und beeilte sich dann, hinzuzufügen: »Meister Zuckswert.«

»Gut. Du hast keine Bleibe, oder?«

Er war von Günther offensichtlich genau informiert worden.

Johannes schüttelte den Kopf.

»Du wirst unter meinem Dach schlafen. Kannst nachher gleich mitkommen.«

»Ja, Meister Zuckswert. Ich danke Euch. Ihr wisst gar nicht – «

»Dank deinem Bruder, nicht mir«, wehrte Caspar ab und wandte sich Günther zu.

»Du könntest jetzt ruhig einen Krug Wein spendieren«, meinte er. »Dann stoßen wir auf meinen neuen Gehilfen an.«

»Aufstehen! An die Arbeit!« Die lauten Rufe drangen erst allmählich in seine Ohren, als Johannes am nächsten Morgen geweckt wurde. Das Brummen und Klopfen im Kopf mischte sich mit dem Poltern an die Kammertür, und ihm war hundeelend. Sein Mund schmeckte schal, die Zunge war wie ausgedörrt und klebte ihm am Gaumen. Erst nach und nach fielen ihm einzelne Bruchstücke des vergangenen Abends wieder ein.

Dieser widerliche Zuckswert hatte einen Krug Wein nach dem anderen bestellt, stets auf Günthers Rechnung, und die beiden hatten sich über alles Mögliche unterhalten, nur nicht über Briefmaler oder irgendetwas, das Johannes interessiert hätte. Das Gespräch hatte sich in erster Linie um Weiber gedreht. Johannes' Becher war immer wieder gefüllt worden, und an mehr konnte er sich nicht erinnern.

Mühsam rappelte er sich von der schäbigen Bettstatt hoch. Er hatte noch alle seine Kleidungsstücke an und war offensichtlich zu betrunken gewesen, sich noch auszuziehen. Sein Bündel lag in einer Ecke der Kammer, in der sich außer der Bettstatt nur noch eine wurmstichige alte Holztruhe befand.

»Aufstehen!«

»Ja, ja, ich komme ja schon«, gab er zurück und öffnete die Tür.

Draußen stand Meister Zuckswert und bot ein jämmerliches Bild. Seine Augen waren noch stärker gerötet als gestern und sein Gesicht aschfahl. Doch er funkelte Johannes böse an und knurrte: »Wie siehst du denn aus? Lass nächstes Mal den Wein stehen, wenn du ihn nicht verträgst. Und jetzt hinunter mit dir in die Schreibstube.«

Was den Wein betraf, pflichtete ihm Johannes angesichts dessen, wie er sich im Augenblick fühlte, vollkommen bei, und so stieg er hinter Zuckswert die schmale Treppe nach unten in die so genannte Schreibstube, die ihm den nächsten Schreck versetzte.

Ein heilloses Durcheinander von Papieren, Pergamenten, Tintenfässern, Büchern, Federkielen und Pinseln war über einen schweren Tisch verstreut. Daneben stand ein Schreibpult, dessen Holzfläche völlig schwarz von verschütteter Tinte war. In einer Ecke des Raumes befand sich eine Schlafstatt und an der gegenüberliegenden Wand eine verrußte Kochstelle sowie ein wackliger Tisch, zwei Schemel und ein grob gezimmerter, großer Schrank, dem eine der beiden Türen fehlte.

»Mach Feuer. Und hol eine Kanne Wasser«, befahl Zuckswert.

Als Johannes ihn aus seinen verquollenen Augen verständnislos ansah, deutete der Meister auf den Schrank.

»Dort drinnen steht die Kanne, und der Brunnen ist zwei Gassen weiter. Wenn du hinauskommst, rechts«, erklärte er.

Johannes entfachte rasch ein Feuer und holte stumm die bauchige Kanne aus dem Schrank. Dann trat er hinaus auf die Gasse. Das Wetter hatte über Nacht umgeschlagen. Zäher Hochnebel hing oben am Himmel, und die kalte, feuchte Luft traf ihn im ersten Moment wie ein heftiger Schlag. Hier war er auf seinen Streifzügen durch die Stadt noch nicht gewesen, stellte er fest, und er sah auch kein ihm bekanntes Haus. Am Brunnen füllte er den Krug und schleppte ihn mühsam zurück.

Meister Zuckswert maß etwas trockene Grütze in einem eisernen Topf ab und wies ihn an, Wasser nachzugießen und dann auf den Brei aufzupassen, der kurz darauf ihr gemeinsames Frühstück darstellte. Es gab etwas altbackenes Brot und Wasser dazu, und beide verzehrten schweigend das karge Mahl.

Johannes fasste sich schließlich ein Herz und fragte: »Was für eine Arbeit soll ich für Euch verrichten, Meister?«

»Ich dachte, Günther hätte dir das erzählt«, antwortete Zuckswert. »Ich bin Briefmaler, wie du weißt, und du sollst mir einfach zur Hand gehen.«

»Wobei?«

»Ich male vor allem Spielkarten. Manchmal auch ein paar Heiligenbilder, oder was sonst alles anfällt«, erklärte er. »Dabei kannst du mir helfen, vor allem bei den lateinischen Blättern. Aber da ich Witwer bin und du hier unter meinem Dach wohnen kannst, musst du natürlich auch andere Arbeiten verrichten. Das hast du ja bereits gemerkt, oder?«

Seine Stimme klang nun nicht mehr so barsch wie sonst.

Johannes fasste sich ein Herz und stellte die nächste Frage, die ihn so brennend interessierte: »Was gedenkt Ihr, mir zu bezahlen?«

Er hatte nicht vor, länger als unbedingt nötig hier zu bleiben. Sobald er genügend Geld verdient hatte, würde er sehen, dass er nach Reutlingen zurückkam.

Schlagartig verschwand der Anflug von Gutmütigkeit, der auf Zuckswerts Gesicht zu sehen gewesen war.

»Dein Bruder hat es wohl nicht für nötig gehalten, dir zu sagen, was er mit mir vereinbart hat. Einen sauberen Bruder hast du!«

»Verzeiht, aber er hat es wohl vergessen«, versuchte Johannes, Günther in Schutz zu nehmen.

»Wir haben ausgemacht, dass du bei mir wohnst und arbeitest. Du erhältst außerdem dein Essen, und ich bezahle dir einen Gulden im Monat.«

Wie betäubt vernahm Johannes diese Worte. Ein Gulden im Monat! Das konnte nicht Zuckswerts Ernst sein.

»Einen Gulden? Aber in Reutlingen – «

»Wir sind hier in Straßburg, nicht in Reutlingen. Ein Gulden, nicht mehr. Dazu freie Kost und ein Dach über dem Kopf. Wenn dir das nicht passt, kannst du gehen.« Nun klang die Stimme wieder wie gestern und wie vor dem gemeinsamen Frühstück.

»Nein, Meister, es passt«, sagte Johannes leise. »Ich wollte es nur wissen, weil Günther nichts davon erzählt hat.«

»Gut. Dann an die Arbeit.«

# 1463

Der Frühling ließ in diesem Jahr außergewöhnlich lange auf sich warten. Normalerweise blühten in der Rheinebene Mitte April schon die ersten Kirschen, doch der Winter hielt das Land schier endlos in seiner eisigen Faust.

Johannes arbeitete nun seit einem halben Jahr bei Caspar Zuckswert. Es war kein Zuckerschlecken. Der Meister verbrachte seine Abende fast immer im »Schwarzen Raben« und ließ seinen Kater und die schlechte Laune dann tagsüber an seinem Gehilfen aus, der sich schnell daran gewöhnt hatte, dem griesgrämigen Briefmaler nicht zu widersprechen und auch die in dem kleinen Haus am Weinmarkt anfallenden Arbeiten ebenso zu verrichten wie die verschiedenen Tätigkeiten in der Schreibstube. Bald war er im Umgang mit Pinsel und Farbe genauso geschickt wie mit Tusche und Feder. Zuckswerts Aufträge waren meist Spielkartensätze, deren Schwarzweiß-Vorlagen er von einem der Straßburger Drucker erhielt und die farbig ausgemalt werden mussten. Johannes konnte sein ständiges Jammern und seine Geldsorgen bald nicht mehr hören und dachte, dass der Meister besser daran täte, die Abende zu Hause zu verbringen, anstatt sein Geld in die Schänke zu tragen, wo er nicht nur trank, sondern auch leidenschaftlich gerne spielte. Doch er hütete sich, diese Gedanken gegenüber Zuckswert zu äußern. Nein, er arbeitete von früh bis spät, ging an den freien Sonntagen regelmäßig zur Messe in die große Kathedrale und unternahm mehr oder weniger ausgedehnte Spaziergänge durch die Stadt. Das bisschen Geld, das Zuckswert ihm an jedem Ultimo ausbezahlte, sparte er, so gut es ging, nachdem er sich von seinem ersten Lohn ein paar warme Kleidungsstücke gekauft hatte. Einerseits dachte er immer noch gelegentlich daran, nach Reutlingen zurückzukehren, aber andererseits machte ihm die Arbeit Freude.

Heute, an diesem Donnerstag nach dem Osterfest, war eine größere Lieferung an Meister Mentelin fällig, der vor einigen Wochen fünfzig Kartenspiele bestellt hatte. Johannes war am Vortag noch bis in die späten Abendstunden in der Schreibstube gesessen, um das letzte Spiel fertig zu malen. Er hatte die ganze Nacht von Königen, Obern und Untern geträumt und die mitternächtliche Heimkehr seines Meisters, der wie üblich in den »Schwarzen Raben« gegangen war, vollkommen verschlafen.

Johannes stand früh auf, machte Feuer und holte Wasser vom Brunnen. Als Zuckswert nach seiner Rückkehr immer noch schnarchend auf der Bettstatt lag, beschloss er, ihn vorsichtig zu wecken. Doch der Meister machte keine Anstalten, aufzustehen.

»Lass mich in Ruhe, du Nichtsnutz«, brummte er ärgerlich und drehte sich auf die andere Seite.

»Aber die Karten! Meister Mentelin erwartet Euch heute Morgen«, rief Johannes.

»Geh du zu ihm. Und bestell ihm schöne Grüße. Sag einfach, ich sei krank«, knurrte Zuckswert und schnarchte gleich darauf weiter.

Mit einem Achselzucken ging Johannes zur Kochstelle, bereitete sich den inzwischen sattsam bekannten Grützebrei zu und löffelte das karge Frühstück. Dann packte er die fünfzig Kartenspiele sorgfältig in zwei Henkelkörbe und machte sich auf den Weg in die Dornengasse.

Meister Mentelin öffnete ihm die Tür und war offensichtlich nicht besonders überrascht, dass anstelle von Zuckswert Johannes ihm die bestellten Kartenspiele brachte.

»Ich war gestern Abend auch im ›Schwarzen Raben‹, um zu hören, ob es etwas Neues über unsere Papierlieferungen aus Italien gibt«, berichtete er. »Der gute Zuckswert war wieder voll bis oben hin, und ich befürchtete schon, ich würde die Karten heute nicht bekommen. Aber bei einem so zuverlässigen Gehilfen wie dir kann das wohl nicht passieren.«

Johannes sah verlegen zu Boden. An Lob war er weiß Gott nicht mehr gewöhnt. Doch als Mentelin die Karten ausgepackt hatte, bekam er noch mehr davon.

»Die musst du gemalt haben«, stellte er fest. »Bei allem Respekt vor dem guten Zuckswert – so gut kann er selbst das ganz sicher nicht.«

»Ich habe getan, was er mir beigebracht hat«, meinte Johannes bescheiden.

»Dann ist er als Lehrmeister wohl besser als als Briefmaler.«

Mentelin sah ihn nachdenklich an.

»Du wolltest damals bei mir arbeiten, aber ich hatte leider keine Verwendung für dich«, sagte er schließlich. »Das kann sich bald ändern.«

»Wirklich? Warum?«, fragte Johannes verwundert.

»Dein Bruder hat einen Kurier vorausgeschickt. Er wird vermutlich in ein oder zwei Wochen mit der Papierlieferung aus Italien hier eintreffen, auf die ich so dringend warte. Und dann gibt es in meiner Offizin mehr als genug zu tun«, erklärte Mentelin.

»Ihr meint, auch für mich?«

»Ja, gerade für dich. Ich muss schnellstmöglich eine große Menge Ablassbriefe liefern. Für den Druck ist alles bereit, bis auf das Papier, aber anschließend müssen die Briefe von Hand rubriziert werden.«

Johannes wusste natürlich, was das bedeutete. Ein Rubrikator schmückte die Initialen zu Beginn eines jeden Absatzes mit kunstvollen farbigen, meist roten Ornamenten aus.

»Nun mach den Mund wieder zu«, sagte Mentelin lachend. »Du kannst das bestimmt. Wer solche Karten zu malen vermag, der kann auch rubrizieren. Ich werde nach dir schicken, wenn das Papier da ist.«

Johannes wäre vor lauter Freude am liebsten singend und tanzend aus der Offizin hinausgelaufen. Er konnte es kaum fassen, was Mentelin ihm da angeboten hatte. Endlich weg von Zuckswert, endlich fort aus seiner kläglichen Kammer und aus der stickigen Schreibstube, endlich in einer richtigen Offizin arbeiten! Günther würde staunen, wenn er das erfuhr. Zuckswert dagegen würde toben. Doch das war ihm egal. Er hatte lange genug fast wie ein Leibeigener gedient.

Der Briefmaler war inzwischen aufgestanden, als Johannes zurückkam und einen neuen Satz frisch gedruckter Kartenspiele mitbrachte.

»Und? Was hat Mentelin gesagt?«, wollte Zuckswert wissen.

»Ich soll Euch schöne Grüße bestellen und eine gute Besserung wünschen«, antwortete Johannes.

»Zu den Karten! Was hat er zu den Karten gesagt? War alles zu seiner Zufriedenheit?«

»Ich denke schon. Mentelin war sehr zufrieden und hat Eure gute Arbeit gelobt.«

»Na also. Wie ich dir immer wieder sage: Sorgfalt und Konzentration, das macht einen guten Briefmaler aus«, erklärte Zuckswert mit erhobenem Zeigefinger.

Johannes musste sich sehr beherrschen, dem Meister nicht zu erzählen, dass Mentelin eigentlich ihn gelobt hatte, nicht Zuckswert, doch dann dachte er daran, dass seine Tage hier sowieso gezählt waren. Warum sollte er ihn noch herausfordern? Also schwieg er, packte die

Kartenspiele aus und machte sich an die Arbeit, während sein Meister lang und breit über seine Kopfschmerzen jammerte und schließlich verkündete, er werde jetzt doch noch zu Mentelin gehen, seinen Lohn abholen und dann im »Schwarzen Raben« etwas essen.

Als er gegangen war, legte Johannes seinen Pinsel beiseite und träumte mit offenen Augen von Mentelins Offizin. Dort zu arbeiten war sein sehnlichster Wunsch, und nun würde er sehr bald in Erfüllung gehen! Wenn es doch nur schon so weit wäre! Er sah sich vor seinem geistigen Auge bereits an der Druckpresse stehen und musste sich schließlich richtiggehend dazu zwingen, an den Karten weiterzumalen.

Sein Meister ließ sich den ganzen Tag über nicht mehr blicken und schwankte bei Einbruch der Dämmerung in die Schreibstube herein, wo er sich wortlos auf seine Bettstatt fallen ließ und sofort anfing zu schnarchen. Offenbar hatte er sein tägliches Quantum bereits getrunken, obwohl es erst früh am Abend war.

Als Johannes das sah, warf er seinen Pinsel zornig in die Ecke. Er hatte es satt, und heute würde er zur Feier des Tages selbst einmal in die Schänke gehen. Er überlegte und entschied sich dann gegen den »Schwarzen Raben«, wo er seit Günthers letztem Besuch nicht mehr gewesen war. Er kannte dort sowieso niemanden, und da das »Gerberhaus« ganz in der Nähe des Weinmarkts lag, beschloss er, dorthin zu gehen.

Der Abend im »Gerberhaus« war abgesehen vom Essen eine einzige Enttäuschung. Der Wirt hatte offensichtlich ein gutes Gedächtnis und wollte zuerst Johannes' Geld sehen, bevor er ihm seine Bestellung brachte, und außer ein paar Fuhrleuten aus dem Rheingau waren keine Fremden bei ihm abgestiegen. Durch den strengen, langen Winter waren Schwarzwald und Alpen offensichtlich immer noch unpassierbar für die schweren Fuhrwerke. So saß Johannes unter lauter Unbekannten, aß etwas, trank einen Becher Wein und ging schließlich zurück zu Zuckswerts Haus, wo sein betrunkener Meister immer noch laut und vernehmlich schnarchte.

Die folgenden Tage vergingen immer noch langsamer, wie es Johannes schien. Gespannt wartete er von morgens bis abends auf eine Nachricht von Mentelin, doch auch zwei Wochen nach seinem Besuch in der Dornengasse tat sich noch nichts.

Am späten Freitagabend klopfte es plötzlich an Zuckswerts Tür. Der Meister saß im »Schwarzen Raben«, während Johannes in der Schreibstube bei Kerzenlicht noch an den Spielkarten arbeitete. Er stand auf und ging zur Tür.

»Günther!«, rief er überrascht, als er den späten Besucher erkannte. »Wo kommst du denn her?«

»Ich habe im ›Schwarzen Raben‹ Caspar getroffen, und er sagte, du seist hier«, erklärte sein Bruder.

»Komm doch rein! Wo bist du gewesen?«

Günther betrat die Schreibstube und setzte sich zusammen mit Johannes an den kleinen Tisch neben der Feuerstelle. Gespannt hörte Johannes dann seinen Schilderungen zu. Er war im Spätherbst noch in Nürnberg gewesen und dann mit einem besonderen Auftrag Mentelins über die Alpen nach Italien gereist. In Bozen hatte ihn auf dem Rückweg der Winter überrascht und bis vor wenigen Wochen festgehalten. Erst heute war er in Straßburg angekommen, und die Pferdefuhrwerke mit dem Papier würden in einigen Tagen eintreffen.

»Und du? Wie ist es dir bei Zuckswert ergangen?«, wollte er dann wissen.

»Ach, nicht so besonders. Der Meister ist ein mürrischer alter Trunkenbold, aber wenigstens versteht er etwas von seinem Handwerk und hat mir einiges beigebracht«, meinte Johannes. »Ansonsten ist es hier ziemlich übel. Aber meine Tage sind ohnehin gezählt«, fügte er hinzu, und dann berichtete er Günther von Mentelins Lob und dessen Angebot.

Sein Bruder schien sich nicht sonderlich darüber zu freuen.

»Mentelin ist auch nicht viel besser«, meinte er. »Er säuft vielleicht nicht, aber er ist ein rechter Halsabschneider, der seine Gehilfen bis aufs Blut schindet und antreibt. Ich würde mir das an deiner Stelle gut überlegen.«

Johannes schüttelte energisch den Kopf.

»Da gibt es nichts zu überlegen. Alles ist besser als dieses Loch hier«, erklärte er mit fester Stimme.

»Wenn du meinst. Ich habe dich jedenfalls gewarnt.«

Günther hatte es plötzlich sehr eilig. Er wollte morgen früh gleich weiter nach Mainz und verabschiedete sich kurz und knapp von seinem Bruder, mit der nochmaligen Ermahnung, sich die Sache mit Mentelin reiflich zu überlegen.

Als er gegangen war, grübelte Johannes lange über seine Worte und sein Verhalten nach, fand aber keine Erklärung dafür. Sollte er selbst sich in Mentelin so getäuscht haben? Er war jedenfalls fest entschlossen, Zuckswert so schnell wie möglich zu verlassen. Wenn es mit Mentelin nicht klappte, hatte er inzwischen genügend Geld, um notfalls wieder zurück nach Reutlingen zu gehen.

Es war um die Mittagszeit am anderen Tag, als ein Bote von Mentelin an Zuckswerts Tür klopfte und Caspar bat, seinen Gehilfen zu Meister Mentelin zu schicken.

»Bestimmt war mit deinen Spielkarten etwas nicht in Ordnung«, giftete der Meister ihn an.

Jetzt sind es also plötzlich »meine« Karten, dachte Johannes, der Mühe hatte, seine Freude zu verbergen. Er legte seinen Pinsel beiseite und folgte dann dem Boten, der draußen auf ihn wartete.

»Es ist so weit!« Mit diesen Worten empfing ihn Mentelin alleine in seiner Offizin. »Das Papier müsste jeden Tag eintreffen. Wenn du bereit bist, kannst du am Montag bei mir anfangen.«

»Es ist mir eine Ehre, Meister.«

»Hast du schon mit Zuckswert gesprochen?«

»Nein, bisher noch nicht«, antwortete Johannes. »Ich wusste nicht, ob Ihr es ernst meintet.«

Mentelin sah ihn irritiert an.

»In solchen Dingen pflege ich nicht zu spaßen. Geh zu deinem Meister und rede mit ihm.«

Johannes dachte an Günthers Worte und fasste sich ein Herz.

»Darf ich Euch nach der Entlohnung fragen, Meister Mentelin?«, brachte er schließlich hervor.

»Ja, warum nicht. Meine Gesellen bekommen sechs Gulden im Monat. Da du offiziell noch kein Geselle bist, schlage ich dir fünf Gulden vor, für den Anfang. Aber ich werde mich bei der Zunft für dich verwenden, und wenn du freigesprochen bist, sollst du das Gleiche wie die anderen erhalten«, antwortete Mentelin.

Fünf Gulden? Fünf Gulden! Das war in Johannes' Augen ein kleines Vermögen – mehr, als er im vergangenen halben Jahr bei Zuckswert hatte zurücklegen können, trotz eiserner Sparsamkeit.

»Ich – ich – ich weiß gar nicht – «, stammelte er.

»Nun, die Freisprechung könnte ich aufgrund deiner Fähigkeiten noch in diesem Monat bewerkstelligen«, meinte Mentelin.

»Nein, ich – nein, das ist schon in Ordnung. Ich danke Euch, Meister, und ich werde mein Möglichstes tun, um Euer Vertrauen nicht zu enttäuschen«, wehrte Johannes ab.

Mentelin glaubte offenbar, sein Angebot sei nicht hoch genug. »Weißt du, ein gewöhnlicher Gehilfe bekommt normalerweise nur dreieinhalb Gulden im Monat, aber du kannst alles, was ein Geselle auch kann. Nur will ich kein böses Blut in meiner Offizin. Ich werde dich als Wandergeselle vorstellen, der hier in Straßburg noch nicht zur Zunft gehört. So wird mein anderer Geselle verstehen, warum du weniger als er bekommst, und meine beiden Gehilfen müssen einsehen, dass du mehr verdienst als sie.«

Mentelin hatte sich offenbar genau überlegt, was er tat, doch Johannes konnte sich eine bestimmte Frage nicht verkneifen: »Ihr sagtet dreieinhalb Gulden für einen Gehilfen. Ist das der übliche Lohn?«

Der Meister sah ihn etwas verwundert an.

»Ja, hier in Straßburg ist das üblich. Die Zunftmitglieder müssen sich daran halten. Aber das musst du doch wissen, oder zahlt dir Zuckswert etwa weniger?«

Johannes schwieg betreten, was Mentelin offensichtlich wiederum falsch verstand.

»Mehr? Er bezahlt dir mehr? Das kann ich kaum glauben, aber wenn das so ist – ich biete dir fünfeinhalb Gulden. Bist du einverstanden?«

Johannes wurde ganz schwindlig. Diese Unterhaltung lief in eine völlig andere Richtung, als er es eigentlich wollte.

»Ja, Meister. Ich bin mit allem einverstanden«, brachte er endlich hervor. Dann fiel ihm plötzlich noch etwas anderes ein.

»Wo soll ich schlafen? Bisher habe ich bei meinem Meister gewohnt. Wisst Ihr vielleicht irgendeine preiswerte Kammer?«, fragte er mit sorgenvoller Miene.

»Wenn das alles ist – ich finde ganz bestimmt etwas in meiner Nachbarschaft«, lachte Mentelin und zwinkerte ihm vielsagend zu. »Manch eine Witwe hätte gerne einen jungen Bettgeher wie dich.«

Johannes merkte, wie er rot wurde.

»Ach was, das war nur ein Spaß«, beschwichtigte ihn der Meister. »Nun geh zu Zuckswert, rede mit ihm und sieh zu, dass du am Montag zeitig hier bist. Die Arbeit wartet.«

Der Rückweg von der Dornengasse zum Weinmarkt war lang genug für Johannes, seine verwirrten Gedanken zu ordnen und sich das zurechtzulegen, was er Zuckswert zu sagen hatte.

Als er die Tür öffnete, stand Caspar am Schreibpult und bemühte sich, mit seiner zittrigen Hand den Pinsel so ruhig zu halten, wie es die Bemalung der vor ihm liegenden Spielkarten erforderte. Johannes sah mit einem Blick, dass ihm das offensichtlich nicht ganz gelang.

»Da bist du ja endlich!«, raunzte Zuckswert ihn an und legte den Pinsel beiseite. »Was wollte Mentelin von dir?«

»Ihr werdet es nicht glauben, Meister Zuckswert, aber er will mich in seine Dienste nehmen«, antwortete Johannes ruhig und gefasst.

»Was?«, schrie Zuckswert. »Was sagst du da?«

»Meister Mentelin bittet mich, bei ihm in seiner Offizin anzufangen«, erklärte Johannes.

»Aber – aber – wie stellst du dir das vor? Und wann soll das sein? Was wird aus den Spielkarten?« Zuckswerts Gesicht war hochrot angelaufen. Er sah aus, als würde er jeden Moment platzen.

»Ich werde am Montag bei Mentelin anfangen.«

»Montag? Am Montag? Auf keinen Fall! Das – das geht einfach nicht!« Das Rot im Gesicht des Briefmalers wurde noch eine Stufe dunkler.

»Warum denn nicht?«, fragte Johannes leise.

»Weil es einfach nicht geht. Weil ich dich hier brauche und du nicht von heute auf morgen verschwinden kannst, nach allem, was ich für dich getan habe!«

»Ich würde eher sagen, ich habe genug für Euch getan«, entgegnete Johannes ungerührt, wobei er das Wort »Euch« betont in die Länge zog.

»Was soll denn das nun wieder heißen? Ich habe dir Arbeit und Brot gegeben, vergiss das nicht. Und ein Dach über dem Kopf. Etwas mehr Dankbarkeit könnte ich wohl erwarten.«

»Dankbarkeit? Für den Hungerlohn, den Ihr mir gegeben habt, habe ich wohl mehr als genug gearbeitet.«

»Was meinst du mit Hungerlohn? Dein Lohn war mit Günther so abgemacht«, verteidigte sich Zuckswert.

»Mit Günther? Was war mit Günther abgemacht?« Nun war es Johannes, der plötzlich schrie, während das Gesicht des Meisters blass geworden war.

»Du hast es also nicht gewusst«, stellte er fest.

Zuckswert erzählte Johannes nun von den Schulden, die Günther bei ihm hatte. Mehr als vierzig Gulden hatte er schon vor einem Jahr beim Kartenspiel an den Briefmaler verloren. Und als Johannes ihn um Hilfe gebeten hatte, war er zu Zuckswert gekommen und hatte diesem vorgeschlagen, seinen Bruder zu beschäftigen, allerdings für weniger als den üblichen Lohn eines Gehilfen. Die Differenz sollte dann als »Rückzahlung« mit Günthers Schulden verrechnet werden. Auf Zuckswerts Einwände hatte Günther nur entgegnet, sein kleiner Bruder sei einerseits selbst in einer misslichen Lage, andererseits gerne bereit, ihm zu helfen.

»15 Gulden. Das sind bis jetzt 15 Gulden«, murmelte Johannes leise vor sich hin. Das war mehr, als er je besessen hatte. So ein Dreckskerl, dachte er.

»Was sagtest du?«, wollte Zuckswert wissen.

»Ich habe nur kurz nachgerechnet. 15 Gulden. Das wäre die Summe, die Ihr mir noch schuldet«, antwortete Johannes kalt und sah dem Meister direkt ins Gesicht.

»Ich? Nein – so war das nicht abgemacht. Das Geld schuldete dein Bruder mir – und es fehlen immer noch 25 Gulden«, protestierte Zuckswert. »Was zwischen euch beiden läuft, geht mich gar nichts an.«

Johannes fühlte eine ohnmächtige Wut auf Günther in sich hochsteigen, und er musste sich mit aller Kraft beherrschen, als er nun scheinbar ruhig und gelassen zu Zuckswert sagte: »Am Montag fange ich bei Mentelin an. Ob es Euch passt oder nicht.«

Ohne ein weiteres Wort griff der Meister nach seiner Mütze und ging hinaus.

Johannes stand einige Minuten regungslos in der Stube, bis sich der Zorn auf Günther etwas gelegt hatte. Wenn sein niederträchtiger Bruder in den nächsten Tagen hier auftauchen würde, hätte er bestimmt Gelegenheit, ihn zur Rede zu stellen und das Geld zu verlangen, das ihm zustand. Er überlegte, was er nun machen sollte, als sein Blick zufällig auf das Kartenspiel fiel, an dem Zuckswert zuvor gearbeitet hatte. Der Meister war mit absoluter Gewissheit schnurstracks in den »Schwarzen Raben« gegangen, um seinen Ärger hinunterzuspülen, und würde wie immer spät und betrunken heimkehren. Schließlich griff er zum Pinsel und machte mit der Bemalung der Spielkarten weiter. Arbeit war nach seiner bisherigen Erfahrung stets das beste Mittel, um auf andere Gedanken zu kommen. Heute zündete er ausnahmsweise sogar ein Talglicht an, als es draußen dunkel wurde, um weiterarbeiten zu können, bis ihn die Müdigkeit ins Bett trieb, lange bevor Meister Zuckswert endlich zur Tür hereinstolperte.

Am Montagmorgen hatte Johannes beizeiten das Bündel mit seinen wenigen Habseligkeiten geschnürt. Als er nach unten kam, lag Zuckswert noch schlafend auf seiner Bettstatt. Johannes holte rasch eine Kanne Wasser vom Brunnen, legte ein paar Holzscheite ins Feuer und machte sich dann auf den Weg. Er hatte am Vorabend nochmals mit Zuckswert gesprochen und sich bereits von ihm verabschiedet, bevor dieser zu seinem Dämmerschoppen in den »Schwarzen Raben« gegangen war. Der Meister hatte sich inzwischen damit abgefunden, dass ihn sein einziger Gehilfe verließ, und ihm eigens dafür gedankt, dass er das letzte Kartenspiel noch fertig gemalt hatte.

Als Johannes das Haus in der Dornengasse erreicht hatte, wurde er von Mentelin freudig begrüßt. In der Offizin herrschte bereits reges Treiben. Der Meister machte ihn als neuen Wandergesellen mit Erasmus, den er vor drei Monaten als Formschneider angestellt hatte, sowie Michel und Helmfried, den beiden Werkstattgehilfen, bekannt. Dann schickte er die Gehilfen zum Zollhaus, damit sie dort die neue Papierlieferung abholten, und gab Johannes sogleich den ersten Auftrag.

»Nimm diesen Brief hier und lies ihn sorgfältig durch, damit wir auch ganz sicher keinen Fehler mehr übersehen haben«, sagte er und reichte ihm einen eng mit lateinischer Schrift bedruckten Papierbogen.

Doch Johannes brannte noch ein anderes, dringendes Problem unter den Fingernägeln.

»Verzeiht, Meister, aber darf ich Euch fragen, ob Ihr eine Bleibe für mich gefunden habt?«

»Ja, das habe ich. Ich werde dich später dort hinbringen, aber jetzt zuerst an die Arbeit. Es ist wirklich wichtig – die Zeit drängt, und wenn die beiden mit dem Papier kommen, müssen wir unverzüglich mit dem Druck beginnen«, erklärte Mentelin.

Johannes nahm den Papierbogen und las ihn aufmerksam durch. Es war einer dieser Ablassbriefe, den er da in seinen Händen hielt, und er war verblüfft, mit welch eindrucksvollen Worten hier die verschiedensten Sünden zuerst beschrieben und dann kraft dieses Papiers vergeben wurden. Ein solcher Brief sollte also seinem Käufer, der gesündigt hatte, das ewige Seelenheil sichern. Kein Wunder, dass diese Ablassbriefe reißenden Absatz finden, dachte sich Johannes. Wer sich die Vergebung seiner Sünden einfach erkaufen konnte, musste nicht mehr unbedingt nach den Geboten Gottes leben. Er selbst war bei den Zisterziensern anders erzogen worden. Im Kloster galten nur die Heilige Schrift und die Regeln des Bernhard von Clairvaux. Danach lebten die Mönche, danach richtete sich ihr Tagesablauf, ihr ganzes Denken und Handeln. Johannes hatte ebenso gelebt, bis er am eigenen Leib erfahren hatte, dass auch das fromme Klosterleben nur funktionierte, solange nichts Unvorhergesehenes oder Menschliches dazwischenkam. Er hatte es immer noch nicht verwunden, dass man ihm in Bebenhausen verboten hatte, seine todkranke Mutter zu besuchen und ihr in ihren letzten Stunden beizustehen. Damals war etwas in ihm zerbrochen. Er ging zwar jeden Sonntag zum Gottesdienst in die Kathedrale, er glaubte zwar nach wie vor an Gott, doch mit seinen weltlichen Vertretern, ob Priestern oder Mönchen, wollte er so wenig wie möglich zu tun haben. Und diesen Handel mit den Ablassbriefen fand er entschieden verabscheuenswert.

»Nun, bist du fertig?«, fragte ihn Mentelin und riss ihn damit aus seinen Gedanken. Johannes hatte gar nicht bemerkt, dass der Meister schon einige Zeit neben ihm am Pult stand.

»Gleich. Ich – ich hatte in letzter Zeit nicht mehr viel Gelegenheit, die lateinische Schrift zu lesen«, brachte Johannes zu seiner Entschuldigung vor.

Dann konzentrierte er sich voll und ganz auf die Sätze, die vor ihm lagen, ohne lange über deren Inhalt nachzudenken. Er fand tatsächlich noch einen kleinen Fehler und ging mit dem Brief zu Mentelin, der inzwischen an der Druckpresse stand und irgendetwas einstellte.

»Unten, im letzten Absatz, ist etwas falsch«, erklärte er, als er den Bogen Mentelin zurückgab. »Es muss ›absolutionem‹ heißen, nicht ›absolutionam‹.«

Mentelin überprüfte den Brief und nickte.

»Ja, ganz richtig. Du hast nicht viel verlernt, wie es scheint. Für einen Drucker sind gute Lateinkenntnisse meiner Meinung nach eine sehr, sehr wichtige Voraussetzung«, stellte er fest und fügte dann ganz leise hinzu: »Den Brief hat Erasmus gesetzt. Er ist zwar ein sehr begabter Formschneider, aber er kann kein Latein.«

Dann rief er laut: »Erasmus!«

»Ja, Meister?«

»Hier habe ich noch einen Fehler gefunden.«

Er nahm eine Schreibfeder, unterstrich das falsche Wort und schrieb es richtig an den Rand, bevor er den Brief Erasmus gab.

»Bessere das aus. Nimm Johannes mit und zeige ihm, wie das geht«, befahl er und wandte sich wieder der Druckpresse zu.

Erasmus mochte etwa Mitte zwanzig sein. Er hatte seine langen braunen Haare im Nacken zusammengebunden, wohl deshalb, weil sie ihn sonst bei der Arbeit gestört hätten. Johannes sah fasziniert zu, wie er mit seinen schlanken Fingern begann, an dem großen Holzbrett zu hantieren, das die Druckbuchstaben enthielt.

Mit einer Art Pinzette fischte Erasmus ein kleines Metallteil heraus und hielt es Johannes hin.

»Hier – das ist das falsche ›a‹.«

Deutlich erkannte Johannes den spiegelverkehrten Buchstaben.

Erasmus zog nun eine in viele kleine Fächer unterteilte Holzschublade zu sich heran, suchte dort ein »e« heraus und setzte es mit der Pinzette vorsichtig in das Holzbrett ein.

»So, das wär's«, meinte er dann und brachte das Brett zu Mentelin an die Druckpresse.

Johannes war ein wenig enttäuscht, da er gehofft hatte, Erasmus würde ihm mehr erklären, doch offensichtlich war dazu im Moment keine Zeit.

Michel und Helmfried hatten inzwischen mit einiger Mühe vier große Kisten in die Offizin geschleppt, die das lang ersehnte Papier für den Druck der Ablassbriefe enthielten. Der Meister öffnete die erste Kiste und nahm einen Packen Papier heraus, der zum Schutz gegen Staub und Feuchtigkeit sorgfältig in Wachstuch eingeschlagen war. Er hielt einen einzelnen Papierbogen am Fenster prüfend ins Licht und nickte zufrieden.

»Nun kann es endlich losgehen!«, rief er, und Johannes verfolgte nun, wie gut das Zusammenspiel von Erasmus und den beiden Gehilfen funktionierte. Der Geselle färbte die Lettern mit Hilfe eines in einen Tiegel mit Druckerschwärze getauchten Lederballens ein. Dann legte Michel einen Deckel mit einem angefeuchteten Papierbogen darauf, und Erasmus schob den Wagen, auf dem sich das Holzbrett mit den Lettern sowie der Deckel befanden, unter die Druckpresse. Nachdem der Wagen genau ausgerichtet war, drehten Michel und Helmfried gemeinsam die Spindel der Presse herunter und wieder hoch. Der fertig bedruckte, noch feuchte Papierbogen wurde dann von Helmfried vorsichtig herausgenommen und zum Trocknen in ein Gestell mit mehreren waagrechten Einschubrosten gelegt, während Erasmus die Lettern schon wieder einfärbte.

Der Vormittag verging wie im Flug, und schnell füllten sich die Trockengestelle, die auf der einen Seite der Werkstatt in Reih und Glied an der Wand standen. Mentelin prüfte anfangs jeden einzelnen Druck, gab Erasmus Anweisungen, etwas mehr oder weniger Druckerschwärze aufzutragen, und verkündete schließlich, dass es nun Zeit für die Mittagspause sei.

Während Erasmus und die beiden anderen Brot und Speck auspackten, brachte Mentelin Johannes zu einem kleinen Haus in der Brunnengasse, nicht weit von der Offizin. Unterwegs erzählte er, dass Johannes bei der Witwe eines früheren Mitglieds der Malerzunft wohnen würde.

Frau Knopf, die Witwe, entpuppte sich als etwas rundliche, kleine Frau, die Johannes auf Anhieb sympathisch war. Mentelin stellte ihn seiner Vermieterin kurz vor und ging dann zurück in die Werkstatt. Johannes brauchte erst am nächsten Morgen wiederzukommen, da die ersten Drucke über Nacht trocknen mussten, bevor mit dem Rubrizieren begonnen werden konnte.

Die Witwe mochte ungefähr 35 Jahre alt sein, und das Auffälligste waren ihre großen, braunen Augen, die ständig in Bewegung waren und denen nicht die geringste Kleinigkeit zu entgehen schien. Sie bat Johannes freundlich herein und zeigte ihm gleich seine Kammer im ersten Stock.

»Viel ist es ja nicht, was du dein Eigen nennst«, meinte sie, als Johannes sein Bündel auf die Bettstatt legte. Er war hochzufrieden mit der Kammer, die wesentlich größer und heller war als der Verschlag, den er bei Zuckswert bewohnt hatte.

»Ein Besuch im Badhaus und beim Bader könnte auch nicht schaden«, stellte sie dann fest, in einem fast mütterlichen Tonfall, der keine Widerrede zuließ.

»Wenn Ihr meint, Witwe Knopf«, sagte Johannes.

»Das ›Ihr‹ und die ›Witwe Knopf‹ kannst du meinetwegen ruhig lassen. Kein Mensch nennt mich Witwe Knopf – außer Mentelin. Ich heiße Anna.«

Johannes nickte stumm.

»Hast du vielleicht Hunger?«, fragte sie dann.

Johannes nickte wieder.

»Kannst du auch ganze Sätze sprechen?«, wollte sie dann wissen und musste unvermutet lachen. »So einen schüchternen Burschen wie dich habe ich lange nicht mehr gesehen.«

Johannes wurde ein wenig rot. Dann antwortete er: »Ja, ich habe Hunger, und reden kann ich auch. Es ist nur – heute kommt so viel Neues zusammen. Das muss ich erst irgendwie verdauen.«

»Schon gut. Komm hinunter in die Stube. Ich habe frisches Brot gebacken, und das wird dir bestimmt schmecken.«

Während sich Johannes hungrig über die leckeren, dick mit Schmalz bestrichenen Brotscheiben hermachte, erzählte ihm Anna von ihrem Mann, der ebenso wie Zuckswert Briefmaler gewesen war und viel für Mentelin gearbeitet hatte. Nach seinem plötzlichen Tod an einer Lungenentzündung vor über einem Jahr hatte es Anna nur der Zunft und vor allem Mentelin zu verdanken, dass sie das kleine Häuschen behalten konnte, dessen Schlafkammer sie immer wieder an fahrende Gesellen vermietete. Er erfuhr auch, dass Annas Ehe kinderlos geblieben war – ein Umstand, der sie anfangs recht unglücklich gemacht hatte, über den sie jedoch inzwischen auch froh war.

»Wie hätte ich denn alleine, als Witwe, auch noch ein oder mehrere Kinder großziehen sollen?«

Es war mehr eine Feststellung als eine Frage, und Johannes nickte nur zustimmend. Als er nach dem vierten Brot genug hatte, musste er Anna natürlich auch etwas über sich erzählen, und an ihren Fragen merkte er schnell, dass ihr Mentelin wohl schon einiges mitgeteilt hatte. Johannes berichtete von seiner Jugend in Bebenhausen und den Ereignissen, die ihn schließlich dazu bewogen hatten, das Kloster zu verlassen. Er verschwieg lediglich die Rolle, die sein Bruder damals in Reutlingen gespielt hatte. Auch über die peinliche Abmachung, die Günther mit Zuckswert ohne sein Wissen getroffen hatte, sprach er nicht, um nicht als dummer Tölpel dazustehen.

»Und nun bist du also bei Mentelin gelandet«, meinte Anna, als er fertig war. »Mit ihm hast du es gut getroffen. Er hält große Stücke auf dich. Sieh zu, dass du ihn nicht ebenso enttäuschst wie dein Bruder.«

»Mein Bruder? Was wisst Ihr – ich meine, was ist mit meinem Bruder?«, fragte Johannes überrascht. Er hatte ihn absichtlich nicht erwähnt, und nun fing sie damit an.

»Offenbar hat Mentelin dir noch nichts erzählt«, stellte Anna fest. »Aber ich finde, du solltest Bescheid wissen, wenn du hier in Straßburg bleiben willst. Und es ist eigentlich auch egal, von wem du erfährst, womit der Name Zainer hier in Verbindung gebracht wird, zumindest in der Zunft der Maler.«

Sprachlos hörte Johannes nun aus Annas Mund, wie sein sauberer Bruder, der anfangs einige Zeit in Mentelins Offizin gearbeitet hatte und dann auch in die Malerzunft aufgenommen worden war, es nach und nach fertig gebracht hatte, bei der Hälfte seiner Zunftkollegen Spiel- und andere Schulden zu machen. Davon hielt ihn auch seine spätere Tätigkeit als Buchführer nicht ab. Immer, wenn er in Straßburg war, gab es im »Schwarzen Raben« Kartenspiele um hohe Einsätze, und wenn er auch hin und wieder gewann, so war sein Schuldenberg doch mit der Zeit so gewaltig angewachsen, dass er sich inzwischen nicht mehr in der Stadt blicken ließ.

Johannes glaubte jedes einzelne Wort, und er war überzeugt, dass es hier in Straßburg genauso gelaufen war wie damals in Reutlingen. Er spürte wieder die Wut in sich hochsteigen, und als Anna geendet hatte, sagte er mit einer Entrüstung, die nicht gespielt war: »Ich bin entsetzt. Wirklich. Für mich war Günther immer ein Vorbild, der große Bruder eben, dem man nacheifert. Ich hatte nicht viel mit ihm zu tun, weil ich ja im Kloster war, aber wenn das alles wahr ist, dann möchte ich ihm auch gar nicht mehr begegnen.«

»Ja, es wäre besser, wenn er hier überhaupt nicht mehr auftauchen würde«, pflichtete Anna ihm bei.

Obwohl sich Johannes im Moment nichts sehnlicher wünschte, als Günther in die Finger zu bekommen und ihn zur Rede zu stellen, sagte er: »Hoffentlich lässt er sich nie wieder hier sehen. Und hoffentlich legt man mir nicht seine Gaunereien zur Last.«

»Nein, das glaube ich nicht. Für deinen Bruder kannst du ja wirklich nichts. Und du bist anders, das weiß ich, das spüre ich, genauso wie Mentelin das sicher weiß«, meinte Anna.

»Und jetzt wird es höchste Zeit für dich«, fügte sie dann hinzu.

»Zeit? Wofür?«

»Für die beiden großen B – Badehaus und Bader«, erinnerte ihn

Anna. Sie gab ihm eine Wegbeschreibung zu einem der »normalen« Badehäuser, wie sie es augenzwinkernd nannte, und empfahl ihm einen preiswerten Bader.

So kam es, dass Johannes einen höchst angenehmen und entspannenden Nachmittag verbrachte. Zuerst saß er fast zwei Stunden in einem großen, sauberen Holzzuber, wo er immer wieder mit frischem heißem Wasser versorgt wurde, und dann eine halbe Stunde bei dem Barbier, wie der Bader hier genannt wurde. Mit frisch gestutztem Bart und einem auf eine ordentliche Länge zurückgeschnittenem Haarschopf kehrte er schließlich in die Brunnengasse zurück, wo ihn bereits ein warmes Abendessen aus Fleisch, Sauerkraut und geröstetem Buchweizen erwartete. Anna lobte sein gepflegtes Aussehen, schenkte ihm immer wieder großzügig Wein nach und war fast ein wenig enttäuscht, dass sich Johannes so bald in seine Kammer zurückzog. Aber das heiße Bad hatte ihn rechtschaffen müde gemacht, und er wollte morgen ausgeschlafen sein, wenn es bei Mentelin endlich richtig losging.

In den folgenden Tagen dachte er mehr als ein Mal an den geruhsamen Nachmittag und die faulen Stunden im Badehaus zurück, während er die schier endlosen Stapel von Ablassbriefen rubrizierte. Er fing früh am Morgen an und kehrte bei Einbruch der Dunkelheit in die Brunnengasse zurück, wo ihn Anna jeden Abend mit einer warmen Mahlzeit empfing und allmählich Mitleid mit ihm bekam, da es für ihn offensichtlich nur noch die Arbeit gab.

Die Sonntage verbrachte er mit dem gewohnten Kirchgang und viel Schlafen, denn am Montag erwarteten ihn wieder die Briefe. Jedes der bedruckten Blätter enthielt sechs große, verschnörkelte Anfangsbuchstaben zu Beginn eines jeden neuen Absatzes, und diese Buchstaben musste er rubrizieren, wobei er den Pinsel nicht nur mit roter, sondern auch mit blauer und gelber Farbe benetzte. Das Drucken lief inzwischen reibungslos, und immer, wenn Johannes den letzten über Nacht getrockneten Papierbogen aus einem der Gestelle nahm, stand bereits Helmfried neben ihm und brachte das Gestell zurück an die Druckpresse, die unaufhörlich neue Briefe ausspuckte.

Doch Johannes arbeitete sich ein. Schon nach zwei Wochen war er so schnell, dass die drei anderen, die mit dem Druck beschäftigt waren, nicht mehr nachkamen. Als er an einem Mittwochnachmittag den Pinsel vom letzten Papierbogen nahm, der über Nacht getrocknet worden war, sah ihm gerade Mentelin über die Schulter, um die Rubrikation zu prüfen.

»Perfekt. Man könnte meinen, du hättest nie etwas anderes gemacht«, sagte er anerkennend.

»Danke, Meister. Aber es geht mit der Zeit fast wie von selbst«, entgegnete Johannes und legte den Pinsel beiseite, nachdem er ihn sorgfältig ausgewaschen und abgetrocknet hatte.

»Darf ich Euch etwas fragen, Meister?«

»Ja, sicher.«

»Meint Ihr, ich könnte auch das Druckerhandwerk bei Euch erlernen?«

Erstaunt sah er, wie ein Lächeln über Mentelins Gesicht huschte.

»Genau das wollte ich dir ohnehin vorschlagen. Wenn dieser Auftrag mit den Ablassbriefen fertig ist, haben wir wieder etwas mehr Luft, und ich denke, du wirst die ›schwarze Kunst‹ genauso schnell erlernen wie das Rubrizieren.«

Johannes wusste nicht, was er sagen sollte. Sein Herz schlug aufgeregt.

»Ich verspreche Euch, dass ich mich sehr bemühen werde«, brachte er schließlich heraus.

»Daran zweifle ich nicht.«

Eine Woche später waren die letzten Ablassbriefe gedruckt, und als Johannes auch das Rubrizieren erledigt hatte, begann Mentelin, ihn in die Geheimnisse der »schwarzen Kunst« einzuweihen. Er zeigte seinem wissbegierigen Schüler zunächst einmal den Umgang mit dem Handgießgerät, das für die Herstellung der Buchstabenzeichen, die man Lettern nannte, verwendet wurde.

Der Meister besaß eine erstaunliche Geschicklichkeit. Ausgangspunkt waren die so genannten Patrizen, Stempel aus hartem Metall, in die jeweils ein Buchstabe oder Schriftzeichen eingraviert war. Sie bildeten neben der Druckpresse den wertvollsten Bestandteil der gesamten Offizin, da sie immer wieder benutzt werden konnten, um die weicheren, meist aus Kupfer bestehenden Matrizen zu prägen. Dabei wurde der Stempel mit einem Hammer in das weiche Kupfer geschlagen und erzeugte einen vertieften, seitenrichtigen Abdruck. Dieser Abdruck wurde dann mit einer geschmolzenen Legierung aus Blei, Antimon und Zinn ausgegossen – und heraus kam nach dem Abkühlen des Metalls die Rohform der Letter, die nun nur noch bearbeitet, das heißt zurechtgefeilt und geglättet werden musste.

Fasziniert sah Johannes zu, wie Mentelin das Metall für den Guss in einem Gießlöffel über dem offenen Feuer zum Schmelzen brachte und dann die flüssige Legierung in das Gießgerät mit der Matrize fließen ließ. Nachdem er dreimal genau beobachtet hatte, wie Mentelin das machte, durfte er sich selbst am Gießgerät versuchen. Doch eine halbe Stunde später stellte sich heraus, dass der Guss fehlgeschlagen war. Mentelin erklärte ihm, dass die Legierung wirklich vollständig geschmolzen sein musste, bevor sie eingegossen wurde – die von Johannes produzierte Letter war voller Blasen und Unebenheiten.

»Das ist weiter nicht schlimm«, meinte Mentelin. »Zum Glück können wir das Metall immer wieder schmelzen und neu gießen. Von Zeit zu Zeit müssen wir ohnehin neue Lettern machen, wenn sie durch das Drucken zu sehr abgenutzt sind.«

Am nächsten Tag zeigte Mentelin, wie das Setzen der Lettern vor sich ging. Entscheidend und am schwierigsten war, dass der Satz spiegelverkehrt erfolgte. Die seitenverkehrten Lettern mussten aus dem Setzkasten einzeln herausgesucht und zu Wörtern, Zeilen und Sätzen zusammengefügt werden, wobei durch passendes Blindmaterial dafür gesorgt wurde, dass die Abstände zwischen den Wörtern und auch zwischen den einzelnen Zeilen möglichst gleichmäßig wurden. Zum Abschluss wurde der Holzrahmen, den Mentelin Satzschiff nannte, mit einer Kordel umwickelt, die für die beim Drucken benötigte Festigkeit sorgte.

Johannes brauchte fast drei Tage für den Satz einer einzigen Seite, und er musste immer wieder Erasmus oder Mentelin um Rat fragen, wenn einzelne Wörter zu lang für den Rest einer Zeile waren oder er sich anderweitig nicht sicher war, wie die Lettern am besten einzulegen waren.

Dann sorgte das Wochenende für eine Unterbrechung, und am folgenden Montag war es dann endlich so weit. Erasmus richtete unter den wachsamen Augen des Meisters die Druckpresse ein. Zuerst wurde der fertige Satz auf dem beweglichen Wagen der Presse eingerichtet und festgekeilt. Erasmus trug mit einem lederbezogenen Ballen die Druckerschwärze auf die Metalllettern im Satzschiff auf, während die beiden Gehilfen einen Bogen Papier in einen am Wagen befestigten Holzrahmen einlegten, der dann über die Druckform geklappt wurde. Die Gehilfen schoben den Wagen unter die als Tiegel bezeichnete Druckplatte der Presse und drehten schließlich die Platte über eine senkrechte Spindel nach unten, bis sie das Papier fest auf die Druckform presste. Der Wagen wurde herausgefahren, der Rahmen aufgeklappt und das fertig bedruckte Papier entnommen und zum Trocknen aufgehängt.

»Das war es«, stellte Mentelin fest. »Nun werden wir etwas warten und uns dann den Druck genau ansehen. Ich bin gespannt, ob du alles richtig gesetzt hast«, fügte er an Johannes gewandt hinzu.

»Darauf bin ich auch gespannt!«

Eine halbe Stunde später war die Farbe so weit getrocknet, dass der Druck geprüft werden konnte.

Aufmerksam las Mentelin den Text und reichte den Bogen dann Johannes.

»Unglaublich! Nicht ein einziger Fehler!«, lautete sein Kommentar.

Stolz las Johannes den Bogen durch und gab ihn dem Meister zurück.

»Das war Zufall«, meinte er bescheiden.

»Ich würde eher sagen, du hast sehr viel Talent. Es gibt nicht viele, die auf Anhieb mit der seitenverkehrten Arbeit zurechtkommen«, entgegnete Mentelin. »Wenn ich da zum Beispiel an deinen Bruder denke – «, fügte er hinzu und ließ den Satz absichtlich unvollendet.

»Wieso an meinen Bruder? Hat Günther denn auch in der Offizin selbst gearbeitet?«

»Ja, ganz am Anfang. Aber er hatte bei weitem nicht so viel Begabung wie du. Und natürlich konnte er kein Latein«, erklärte Mentelin.

»Wisst Ihr vielleicht, wo er ist?«, fragte Johannes nach einer kurzen Pause.

»Nein, leider nicht. Er hatte nach ein paar Monaten genug von der Druckerschwärze und ging auf Reisen. Dabei verkaufte er in meinem Auftrag Bücher, hat aber bald auch für andere Drucker und mit anderen Waren gehandelt. Seitdem sehe ich ihn nur, wenn er für mich irgendeinen Auftrag übernimmt. Und das ist Gott sei Dank nur noch selten.«

Mentelins Miene verdüsterte sich bei diesen Worten.

»Manchmal wäre mir lieber, ich würde ihn überhaupt nicht mehr sehen«, setzte er dann hinzu.

»Warum?«

»Weil er einige Schulden bei mir hat und mich immer wieder nur vertröstet. Dabei weiß ich ganz genau, dass ich mein Geld niemals wiedersehen werde. Aber eigentlich bin ich ja selbst schuld.«

»Schulden? Was für Schulden?« Johannes hütete sich, zu verraten, dass er längst über Günther Bescheid wusste.

»Es ist das Kartenspiel. Das ist sein großes Laster, und ich verfalle ihm auch hin und wieder.«

Johannes nickte, ohne weiter zu fragen.

Als er abends in seiner Kammer lag, wollte ihm sein Bruder nicht aus dem Kopf gehen. Er war inzwischen fest davon überzeugt, dass Günther ein Taugenichts war. Ein Betrüger, wenn er es genau betrachtete. Mehrere Leute hatten ihm dies mittlerweile unabhängig voneinander bestätigt. Und er selbst war bei Zuckswert ebenfalls zum Opfer geworden, auch ohne am Kartentisch zu sitzen. Doch er konnte nichts unternehmen, solange sein Bruder Straßburg mied. Trotzdem schwor sich Johannes, ihn zur Rede zu stellen, egal, wie lange er darauf würde warten müssen.

# 1466

Susanne! Susanne!«, rief Johannes, schon als er durch die Tür des schmucken, einstöckigen Häuschens an der Ill stürmte.

»Leise! Der kleine Johann schläft«, flüsterte die hübsche junge Frau, die nun aus der kleinen Kammer in die Wohnstube kam. Sie war blond, Anfang zwanzig und etwas kleiner als Johannes, der sie mit beiden Händen an den Schultern nahm und ihr einen zärtlichen Begrüßungskuss gab. Susanne war die Nichte von Caspar Zuckswert, der vor zwei Jahren an seiner Trunksucht gestorben war, und bei dessen Beerdigung hatte sie Johannes kennen gelernt. Beide hatten sofort Gefallen aneinander gefunden und ein halbes Jahr später geheiratet.

»Du wirst es nicht glauben, wer heute in der Offizin war!«, verkündete ihr Mann mit gedämpfter Stimme, aber immer noch ganz aufgeregt.

Susanne sah ihn verwundert an. So hatte sie ihn, den eher Schweigsamen und Zurückhaltenden, schon lange nicht mehr gesehen.

»Günther! Mein verschollen geglaubter Bruder! Er hat sich tatsächlich wieder einmal nach Straßburg gewagt«, berichtete Johannes. »Stell dir vor – er ist einfach hereinspaziert. Einfach so.«

»Hast du mit ihm gesprochen?«, fragte sie, wohl wissend, was für Rechnungen er mit seinem Bruder noch offen hatte.

»Nein, nicht direkt. Er hat mit Mentelin verhandelt. Es ging um irgendein Geschäft, aber er will mich heute Abend im ›Gerberhaus‹ treffen.«

»Aha. Also nicht im ›Schwarzen Raben‹. Eigentlich klar.«

Johannes nickte. »Dort würde er mit Sicherheit ein paar unliebsame Bekannte treffen. Ich kann es jedenfalls kaum erwarten, ihm endlich meine Meinung zu sagen. Und das Geld, das er mir immer noch schuldet, käme uns jetzt sehr gelegen, oder?«

Behutsam streichelte er über den deutlich vorgewölbten Bauch Susannes, die bereits ihr zweites Kind erwartete.

»Bestimmt. Seine Schulden bei Caspar sind ja inzwischen verfallen, nachdem dieser gestorben ist«, stellte Susanne fest.

Zwei Stunden später betrat Johannes das »Gerberhaus«. Die Schankstube war voll. Er erkannte den Wirt hinter dem Tresen, der jedoch viel zu beschäftigt war, um jeden neuen Gast in Augenschein zu nehmen. Suchend blickte sich Johannes um und entdeckte schließlich die massige Gestalt Günthers an einem der hinteren Tische.

»Da bist du ja endlich!«, rief Günther, als sein Bruder vor ihm stand.

Johannes schwieg und sah ihn feindselig an.

»Ich muss mit dir reden«, sagte Günther schließlich und stand auf. »Aber nicht hier. Komm mit, wir gehen am besten in meine Kammer.«

Er bahnte sich einen Weg durch die Schänke und ließ sich am Tresen noch einen Krug Wein sowie zwei Becher geben. Johannes folgte ihm die Stufen nach oben in eine geräumige Kammer, in der sogar ein Tisch und zwei Stühle standen. So vornehm war seine Unterkunft damals nicht gewesen.

Günther bedeutete Johannes, sich zu setzen. Dann schenkte er beide Becher voll und reichte einen seinem Bruder.

»Auf unser Wiedersehen!« Mit diesen Worten wollte er mit Johannes anstoßen, doch der stellte seinen Becher trotzig vor sich auf den Tisch.

»Nicht so schnell. Ich wüsste nicht, worauf ich mit dir anstoßen sollte«, sagte er in scharfem Ton. »Du schuldest mir einige Erklärungen – ganz abgesehen von den 15 Gulden, um die du mich mit Zuckswert betrogen hast!«

Er funkelte Günther zornig an und war völlig verblüfft, als dieser daraufhin eine prall gefüllte Geldkatze unter seinem Wams hervorzog und daraus 15 Goldgulden abzählte.

»Zufrieden?«, fragte er, als er die Münzen über den Tisch schob.

Johannes fühlte sich irgendwie überrumpelt, aber es blieb ihm nichts anderes übrig, als die Goldstücke zu nehmen und einzustecken. Noch bevor er etwas sagen konnte, hielt ihm Günther erneut seinen Weinbecher entgegen.

»Willst du jetzt mit mir auf unser Wiedersehen trinken? Ich denke, wir sind quitt. Vergiss die ganze Geschichte und sei froh, dass du damals bei Zuckswert untergekommen bist. Wer weiß, ob du sonst jemals zu Mentelin gefunden hättest.«

Johannes ließ den Becher, der vor ihm stand, unberührt.

Schließlich sagte er: »Das war nicht alles.«

»Was willst du denn noch?«

»Du hast unsere Mutter auf dem Gewissen«, brach es aus dem Jüngeren hervor. Und noch bevor der völlig überraschte Günther einen

Ton erwidern konnte, fuhr er fort: »Du hast in Reutlingen mit deiner Spielerei die Schänke ruiniert, du bist schuld daran, dass Mutter und Marie in diesem Loch hausen mussten, wo sie fast verhungert sind, und du hast den Namen Zainer überall in Verruf gebracht. Selbst hier in Straßburg musste ich mir deine Missetaten und deine Schulden zum Vorwurf machen lassen!«

»Bist du jetzt fertig? Oder weißt du noch etwas?«, fragte Günther gelassen.

»Nein, das ist alles. Aber es scheint dich nicht sonderlich zu kümmern!«, schrie Johannes wütend. Er sprang auf und ging zur Tür.

Günther lief ihm nach und packte ihn an der Schulter.

»Nun warte doch. Vielleicht hast du in gewisser Weise Recht. Ich habe sicherlich Fehler gemacht. Aber die Spielerei ist vorbei. Ich habe seit einem Jahr keine Karte mehr angerührt«, versicherte Günther.

»Und deine Schulden?«

»Die werden gerade zurückgezahlt. Du hast dein Geld bekommen, und auch mit Mentelin bin ich im Reinen.«

»Woher kommt dieser plötzliche Reichtum?«, fragte Johannes spöttisch.

»Die Geschäfte gehen gut. Ich habe in Italien ordentliche Gewinne gemacht. Und damit kommen wir zu dem, was ich eigentlich mit dir besprechen wollte.«

Günther deutete mit einem Kopfnicken zum Tisch, auf dem die Weinbecher standen.

»Nun setz dich wieder hin.«

Zögernd ging Johannes zu seinem Stuhl.

»Also, jetzt auf unser Wiedersehen, nach so langer Zeit!«, sagte Günther und hielt ihm den Becher hin, bis dieser schließlich seinen Becher nahm und mit ihm anstieß.

Beide tranken einen kräftigen Schluck Wein.

»So«, meinte Günther, als er seinen Becher abgesetzt hatte, »jetzt erzähl mal, wie es dir in den letzten drei Jahren ergangen ist.«

Johannes berichtete, wie er dank Mentelins Fürsprache schon im Herbst 1463 in die Zunft der Maler aufgenommen worden war. Zur gleichen Zeit hatte der Meister mit den Vorbereitungen für den Druck einer Bibel in deutscher Sprache begonnen. Dabei hatte Johannes all die Fertigkeiten gründlich erlernt, die zum Handwerk des Druckers gehörten. Erasmus hatte ihm auch einiges über Holzschnitte beigebracht, wenngleich ihm diese Arbeiten stets weniger gut gelangen. Stolz erzählte er, dass das erste Exemplar der Bibel vor drei Monaten fertig geworden war und bereits eine große Nachfrage nach diesem Werk herrschte, da es offenbar der erste Druck der Heiligen Schrift in Deutsch und nicht in Latein war.

»Ja, das stimmt«, warf Günther ein. »Deshalb bin ich eigens aus Augsburg gekommen, aber Mentelin sagte mir heute, dass er im Moment nur noch fünf Exemplare vorrätig hat.«

»Wir arbeiten, so schnell wir können. Aber es braucht eben seine Zeit«, meinte Johannes.

»Er hat mir versprochen, in vier Wochen nochmals zwanzig Bibeln zu liefern. Aber dann haben wir November. Ich kann nur hoffen, dass mir das Wetter keinen Strich durch die Rechnung macht, denn für die Bibeln brauche ich ein Pferdegespann.«

»Wie bist du jetzt hierher gekommen?«, wollte Johannes wissen.

»Ich bin geritten. Allein«, antwortete Günther.

»Es muss toll sein, so viel zu reisen«, schwärmte Johannes.

»Toll? Ich weiß nicht. Ich finde es oft sehr beschwerlich, und es ist auch nicht ganz ungefährlich.«

Dann wechselte er abrupt das Thema.

»Du hast geheiratet, sagte Mentelin.«

Johannes nickte.

»Ja. Susanne. Caspar Zuckswerts Nichte. Ihr Vater ist Maurermeister und hat uns ein hübsches Häuschen gebaut.«

»Und? Bist du glücklich?«, fragte Günther.

Wiederum nickte Johannes und sagte lächelnd: »Das kann man wohl sagen. Sie ist wunderbar. Wir haben einen kleinen Sohn, und vielleicht bald noch einen.«

Günther seufzte und trank einen großen Schluck Wein.

»Ich denke, für mich ist es auch allmählich an der Zeit, irgendwo sesshaft zu werden«, meinte er dann. »Sprechen wir also jetzt über die Zukunft – meine und vielleicht auch deine.«

»Da bin ich aber gespannt«, sagte Johannes.

»Was würdest du davon halten, mit mir zusammen in Augsburg eine Offizin zu eröffnen?«

Susanne hatte bereits geschlafen, doch nun war sie hellwach, als ihr Johannes spätabends von Günthers Vorschlag erzählte. Die Auseinandersetzung wegen der Mutter und den Schulden erwähnte er nur kurz, denn die Pläne seines Bruders waren sehr viel interessanter. Er hatte offenbar genügend Geld zur Verfügung und auch die entsprechenden Verbindungen, um in Augsburg eine Offizin zu gründen. Aufträge seien in der wohlhabenden Stadt am Lech reichlich vorhanden. Bisher gab es dort noch keine Druckwerkstatt, und es sei nur eine Frage der Zeit, bis in diesem bedeutenden Handelszentrum jemand eine Offizin eröffnete – es würde sich auf jeden Fall lohnen, der Erste zu sein. Alles sei vorbereitet. Günther brauchte nur noch einen erfahrenen Drucker, um anfangen zu können. Und dieser Drucker sollte er sein.

»Wann will er in Augsburg anfangen?«, fragte Susanne und traf damit wie so oft gleich den entscheidenden Punkt.

»Wenn es nach Günther ginge, am liebsten sofort«, antwortete Johannes. »Aber ich habe ihm erklärt, dass daraus nichts wird. Alleine gehe ich nicht, und bevor nicht unser Kind geboren ist, können wir nicht von hier weg. Außerdem steht der Winter vor der Tür.«

Susanne schwieg eine ganze Weile. Sie schien nachzudenken. Schließlich sagte sie: »Kannst du ihm wirklich vertrauen? Nach all dem, was zwischen euch beiden gewesen ist?«

»Diese Frage stelle ich mir schon die ganze Zeit. Ich weiß es nicht. Er scheint sich geändert zu haben, aber ob das tatsächlich so ist? Jedenfalls hat er hoch und heilig geschworen, nicht mehr zu spielen, und seine alten Schulden werden angeblich auch beglichen.«

Susanne gähnte.

»Lass uns jetzt schlafen. Wir können morgen weiter darüber reden, oder?«

»Ja. Günther reist morgen ab. In vier Wochen will er wiederkommen, um bei Mentelin weitere Bibeln abzuholen. Bis dahin muss ich mich entschieden haben, hat er gesagt.«

Johannes erzählte Mentelin vorläufig nichts von Günthers Angebot. Dazu hatte ihm auch Susanne geraten. Die Bibeln machten nach wie vor genügend Arbeit, und es hätte sich ohnehin keine Zeit gefunden, mit ihm in Ruhe darüber zu reden. Davon abgesehen hatten die endlosen Diskussionen mit Susanne immer noch keine Entscheidung gebracht. Sie wusste wohl, dass es der sehnlichste Wunsch ihres Mannes war, irgendwann eine eigene Offizin zu eröffnen, doch gleichzeitig misstraute sie seinem Bruder nach all den schlechten Erfahrungen, die er mit ihm gemacht hatte. Johannes selbst wurde von ähnlichen Zweifeln geplagt, und er fürchtete den Tag, an dem Günther wieder nach Straßburg kommen würde. Der November war angebrochen, doch er verging, ohne dass sein Bruder auftauchte. Am 4. Dezember erschien schließlich ein Bote aus Augsburg und brachte zwei Briefe, einen für Mentelin und einen für Johannes. Er hatte den ausdrücklichen Auftrag, die Antworten unverzüglich wieder mitzunehmen, ebenso wie die bestellten Bibeln, für die er eigens ein Pferdefuhrwerk mitgebracht hatte.

Mentelin hatte den an ihn gerichteten Brief bereits gelesen und zur Feder gegriffen, um ihn zu beantworten, während Johannes immer noch versuchte, aus Günthers Nachricht schlau zu werden. Er schrieb, die Eröffnung der Offizin werde sich leider noch etwas verzögern, doch er rechne fest mit Johannes' Hilfe und bat ihn, ihm den ungefähren Termin seiner Ankunft mitzuteilen. Spätestens an Ostern des nächsten Jahres solle er in Augsburg sein. Johannes überlegte eine Weile und griff dann zur Feder. In kurzen Worten schrieb er auf einen leeren Briefbogen, er habe sich noch nicht entschieden. Es gebe noch viele Einzelheiten zu besprechen, bevor er mit Frau und Kindern sein Heim in Straßburg verlassen werde. Die Partnerschaft zwischen Günther und ihm müsse genau geklärt sein, auch in finanzieller Hinsicht, und er wolle auf jeden Fall Günthers nächsten Besuch in Straßburg abwarten. Dann faltete er den Brief und versiegelte ihn, bevor er ihn dem Boten gab. Mentelin hatte inzwischen fünf Bibeln geholt und in eine Kiste verpackt, die er ebenfalls dem Boten übergab, im Tausch gegen einen prall gefüllten Geldbeutel und nachdem er dessen Inhalt sorgfältig nachgezählt hatte.

Der Augsburger war wütend gewesen, als Mentelin sich entschieden geweigert hatte, ihm die restlichen 15 Bücher zu geben, war aber schließlich dann doch gegangen.

»Dein Bruder glaubt offenbar noch immer, ich sei so dumm, mit ihm ein Geschäft auf Vorschussbasis zu machen«, brummte Mentelin.

»Was heißt ›Vorschussbasis‹?«, fragte Johannes.

»Dem Boten hat er Geld für fünf Bibeln mitgegeben, und haben wollte er alle zwanzig, die er bestellt hatte«, erklärte Mentelin. »Aber auf einen solchen Handel lasse ich mich nicht ein. Nicht mit Günther.«

»Was hat er dir eigentlich geschrieben?«, wollte der Meister dann wissen.

»Ach, nichts Besonderes.«

»Habt ihr eure Meinungsverschiedenheiten beigelegt, als er das letzte Mal hier war?«

»Ja«, antwortete Johannes einsilbig und war froh, dass sich Mentelin damit zufrieden gab.

Abends erzählte er Susanne natürlich sofort, was geschehen war, und zeigte ihr auch Günthers Brief. Sie war froh über die Antwort, die Johannes dem Boten mitgegeben hatte.

»Ich habe im Moment wirklich andere Sorgen«, meinte sie und klopfte sanft auf ihren kugelrunden Bauch.

»Meinst du, es wird ein Junge?«, fragte Johannes.

»Das ist mir egal. Hauptsache, es kommt bald. Er oder sie, meine ich natürlich.«

»Auf jeden Fall wird sich vor dem Frühling die Sache mit Augsburg wohl nicht entscheiden, und ich kann mich endlich wieder ganz auf meine Arbeit konzentrieren«, stellte Johannes fest.

# 1467

Das neue Jahr begann für Johannes gleich mit zwei kräftigen Paukenschlägen. Am 1. Januar brachte Susanne endlich ihr zweites Kind zur Welt, einen strammen Jungen mit fast neun Pfund Gewicht, der auf den Namen Anselm getauft werden sollte. Doch Johannes überschwängliche Freude wurde sogleich getrübt, denn einen Tag später verkündete Meister Mentelin in seiner Offizin stolz, dass Adolf an Weihnachten um die Hand seiner einzigen Tochter angehalten habe und sie im April heiraten werde. Das versetzte Johannes einen argen Dämpfer. Adolf Rusch arbeitete erst seit einem halben Jahr in der Offizin und hatte sich durch seine arrogante Art dort nicht gerade beliebt gemacht. Er hielt sich stets für den Besten, obwohl er bei genauem Hinsehen viele Arbeiten und Techniken nicht annähernd so gut beherrschte wie etwa Erasmus oder Johannes. Das Merkwürdigste aber war, dass Mentelin an dem jungen Gesellen einen Narren gefressen hatte, seit dieser seiner Tochter den Hof machte. Außerdem bestand kein Zweifel daran, dass Adolf nach der Hochzeit Teilhaber der Offizin werden würde.

Aus diesem Grund kam Johannes nun abends immer öfter schlecht gelaunt von der Werkstatt nach Hause. Susanne brauchte ihn nur anzusehen, wenn er zur Tür hereinkam, und schon wusste sie, ob es wieder Ärger wegen Adolf gegeben hatte. Johannes erzählte für gewöhnlich nicht viel von seiner Arbeit, außer wenn ihm etwas besonders gut gelungen war, doch inzwischen beklagte er sich häufig über Adolf oder gar über Mentelin.

Eines Abends wurde es Susanne zu viel. Unverhofft unterbrach sie das Gejammere ihres Mannes und fragte: »Meinst du nicht, wir sollten doch besser nach Augsburg gehen?«

»Darüber denke ich ständig nach«, gab Johannes zu, wenngleich er sich wunderte, dass seine Frau plötzlich so dachte. Bislang war es stets sie gewesen, die bei den gelegentlichen Gesprächen Bedenken gehabt hatte.

»Wenn nur endlich Günther käme, damit wir alles nochmals besprechen können«, meinte er dann. »Mir ist die Sache einfach zu unsicher.«

»Was hältst du davon, im Frühling einfach allein nach Augsburg zu reisen und dort mit ihm zu sprechen? Ich könnte mit den Kindern ja immer noch nachkommen«, schlug Susanne vor.

»Auf keinen Fall. Wenn, dann gehen wir zusammen«, entgegnete Johannes entschieden.

So blieb nichts anderes übrig, als auf Günther zu warten.

Mitte Februar kam endlich ein Bote aus Augsburg mit einem Brief für Johannes in Mentelins Offizin. Johannes schob den Brief ungeöffnet in sein Wams und konnte es kaum erwarten, bis er abends nach Hause kam.

»Neuigkeiten von Günther!«, rief er, als er in die Wohnstube kam, und schwenkte den Brief wie eine Trophäe.

»Und? Was schreibt er?«, wollte Susanne aufgeregt wissen.

»Ich habe den Brief noch nicht gelesen. In der Offizin geht das niemanden etwas an«, antwortete Johannes und zerbrach nun das Siegel.

Rasch überflog er die Nachricht seines Bruders und warf sie dann wütend in eine Ecke.

»Er braucht mich dringend, schreibt er. Die Teilhaberschaft bietet er mir zwar immer noch an, lässt aber kein Wort darüber verlauten, wie er sich das vorstellt.«

Susanne zuckte mit den Schultern und fragte: »Du hast ihn doch in deinem letzten Brief ausdrücklich danach gefragt, oder?«

Johannes nickte.

»Ja, das habe ich, weiß Gott. Was sollen wir jetzt machen? Auf gut Glück nach Augsburg ziehen und hoffen, dass alles seine Richtigkeit hat? Oder hier in Straßburg bleiben, unter der Fuchtel von Mentelin und seinem blöden Schwiegersohn?« Er wusste es nicht.

»Hier gibt es noch andere Drucker – im Gegensatz zu Augsburg. Wenn es dort nichts wird, haben wir ein Problem«, meinte Susanne.

»Du kannst sicher sein, dass ich in Straßburg bei keinem anderen Drucker Arbeit finde, wenn es Mentelin nicht passt«, gab Johannes zu bedenken.

»Und warum sollte es ihm nicht passen?«

»Weil ich ihm den Grund nennen müsste, warum ich von ihm weg will. Und dieser Grund heißt Adolf, auf den er so große Stücke hält. Glaubst du vielleicht, er würde das gern hören?«

»Nun sieh doch nicht alles so schwarz. Rede mit Mentelin. Er ist ein vernünftiger Mensch, und er wird dich verstehen. Wenn du nicht mit Adolf zusammenarbeiten kannst, wird er das einsehen. Das ist jedenfalls kein Grund, dich bei den anderen Druckern der Zunft anzuschwärzen.«

Johannes schüttelte den Kopf.

»Ich bin mir da nicht so sicher. Und ich würde lieber nach Augsburg gehen, um ehrlich zu sein. Nur nicht ohne dich, oder besser gesagt, ohne euch«, sagte er.

So sehr ihn seine Frau auch drängte – Johannes blieb stur. Er würde erst mit Mentelin reden, wenn die Sache entschieden war. Augsburg oder Straßburg. Dann setzte er sich hin und schrieb im trüben Schein einer Kerze einen Brief an Günther. In kurzen Worten schilderte er ihm sein Dilemma und bat ihn nochmals, ihm mitzuteilen, wie diese Teilhaberschaft aussehen sollte, vor allem in finanzieller Hinsicht, da er eine Frau und zwei Kinder zu versorgen habe. Erst als er fertig war und den Brief mit Wachs versiegelt hatte, fiel ihm ein, dass er ja Günthers Anschrift in Augsburg nicht kannte. Und der Bote war sofort wieder verschwunden.

Am nächsten Morgen fasste er sich ein Herz und fragte Meister Mentelin, ob dieser wusste, wo Günther sich in Augsburg aufhielt.

»Günther? Was willst du denn von deinem Bruder?«, wunderte sich Mentelin. »Er hat jahrelang nichts von sich hören lassen, und ich dachte immer, ihr beide verstündet euch nicht sehr gut. Mir ist nicht entgangen, dass du gestern einen Brief von ihm bekommen hast. Will er irgendetwas von dir?«

Johannes versuchte, sich eine plausible Ausrede einfallen zu lassen, doch als ihm das nicht gelang, musste er Mentelin wohl oder über reinen Wein einschenken.

»Günther will in Augsburg eine eigene Offizin eröffnen«, sagte er vorsichtig.

»Und was hat das mit dir zu tun? Braucht er vielleicht wieder Geld? Eine Offizin kostet eine ganze Menge«, erklärte Mentelin.

»Er braucht mich.« Endlich war es heraus.

Mentelin wurde blass.

»Dich? Das kann nicht wahr sein! Dich? Er will mir einfach meinen besten Gesellen wegnehmen?«, fragte er fassungslos.

»So ist es. Und ich weiß nicht, wie ich mich entscheiden soll«, antwortete Johannes.

»Du weißt nicht, wie du dich entscheiden sollst? Tatsächlich?« Mentelins Stimme wurde laut und klang nun zornig. »Du arbeitest in der besten Offizin Straßburgs und weißt nicht, wie du dich entscheiden sollst?«

»Nun, Meister Mentelin, Ihr habt wohl Recht, was Eure Offizin betrifft, aber ich bin hier eben nur Geselle. Mein größter Traum – «

Schroff unterbrach ihn Mentelin. »Traum? Es ist dein Traum? Ich glaube, das Ganze ist ein Traum. Ja, anders kann es nicht sein. Ich muss das alles träumen. Mein bester Mann denkt daran, meine Offizin zu verlassen – das kann nicht wahr sein.«

Mentelin trat ganz nahe an Johannes heran.

»Du würdest es bereuen. Geselle bei mir zu sein ist zehn Mal besser als Meister in einer eigenen Offizin, glaube mir«, sagte er.

»Bei Euch allein bestimmt, aber nicht bei Eurem künftigen Schwiegersohn«, entfuhr es Johannes.

Mentelin war zunächst sprachlos, als er das gehört hatte. Er war offensichtlich zu überrascht, um sofort antworten zu können.

Schließlich war es Johannes, der das peinliche Schweigen brach.

»Es tut mir Leid, aber ich fürchte, wenn Adolf einmal das Sagen hat, ist hier kein Platz mehr für mich. Und ich denke, dieser Tag ist nicht mehr fern«, sagte er leise.

»Ich glaube, ich verstehe«, meinte Mentelin. »Ich weiß wohl, dass ihr beide euch nicht grün seid. Aber noch ist es nicht so weit, dass Adolf hier bestimmt. Am besten, du gehst wieder an deine Arbeit.«

Damit ließ er Johannes einfach stehen, der immer noch den Brief an Günther in der Hand hielt.

Die Entscheidung war nun gefallen. Johannes nahm den Brief, zerriss ihn in lauter kleine Stücke und warf ihn in den Ofen.

Am Abend erzählte Johannes Susanne von der Unterhaltung mit Mentelin. Für ihn war klar, dass der Meister es ihm übel nehmen würde, wenn er ginge – egal, ob nach Augsburg oder zu einem anderen Straßburger Drucker.

»Ich habe den Brief an Günther nicht weggeschickt«, schloss er seinen Bericht. »Bitte überleg es dir nochmals. Ich bin mir sicher, ganz sicher, dass unser Glück in Augsburg liegt.«

Susanne sah ihn nachdenklich an. Dann meinte sie: »Ich wünschte, ich könnte mir da genauso sicher sein wie du. Aber wenn wir hier nicht mehr bleiben können, ist es wohl besser, wir wagen diesen Schritt aus freien Stücken, bevor Mentelin uns dazu zwingt.«

Johannes nahm sie in seine Arme und gab ihr einen Kuss.

»Danke. Ich verspreche dir, du wirst es nicht bereuen. Und mit Günther werde ich schon einig werden. Schließlich braucht er mich mindestens genauso wie wir ihn.«

Anfang April machte sich Johannes dann mit seiner Familie auf den Weg nach Augsburg.

Die letzten Wochen bei Mentelin waren äußerst unangenehm verlaufen, da ihm der Meister seinen Weggang sehr verübelte. Johannes wäre es anders lieber gewesen, aber er konnte es nicht ändern. Nachdem er Mentelin seinen Entschluss mitgeteilt hatte, war er jeden Abend ins »Gerberhaus« gelaufen, um dort nach Fuhrleuten zu fragen, die ihn und seine Familie mit nach Augsburg nehmen konnten. Seine Geduld war auf eine harte Probe gestellt worden, doch schließlich fand er ein Gespann, das mit einer Ladung Barchent aus Ulm gekommen war und wieder fast leer dorthin zurückfuhr. Von Ulm aus würde sich bestimmt eine Möglichkeit finden, vollends nach Augsburg zu gelangen. Da die Zeit drängte, wurde es kein großartiger Abschied. Zusammen mit Susanne verschnürte Johannes alle ihre Habseligkeiten in ein paar Bündel. Das Häuschen an der Ill wollte Susannes Vater vermieten, sobald sie weg waren.

Am anderen Tag, einem kalten, klaren Aprilmorgen, hielt dann das Fuhrwerk wie vereinbart vor ihrer Tür. Johannes verstaute die Bündel so, dass Susanne und die beiden Kinder sich einigermaßen bequem hinten auf dem Wagen einrichten konnten, und setzte sich nach vorne zu den beiden Fuhrleuten auf den Bock. Dann trabten die beiden kräftigen Pferde langsam durch die Gassen der Stadt, und über die Rabenbrücke ging es hinaus in Richtung Schwarzwald, in die neue Zukunft.

Die Reise verlief ohne besondere Vorkommnisse. Der Schnee war außer auf den höchsten Bergkuppen des Schwarzwalds getaut und hatte an etlichen Stellen die Wege voller Schlammlöcher zurückgelassen, doch die beiden Ulmer Fuhrleute verstanden ihr Handwerk. Nach sechs Tagen erreichten sie Tübingen. Johannes hätte gerne seine Schwester Maria besucht, doch da sie erst spät am Abend ankamen und gleich in aller Frühe weiterfuhren, blieb dafür keine Zeit. Es dauerte weitere zwei Tage, bis sie endlich die Schwäbische Alb hinter sich gelassen hatten und sich von Blaubeuren her der Reichsstadt Ulm näherten. Am späten Nachmittag lag endlich die letzte Biegung des Blautals hinter ihnen, und schon von weitem war das alles überragende Ulmer Münster zu erkennen.

Die Fuhrleute brachten Johannes und seine Familie in die Herberge »Zum goldenen Anker« am Weinhof, nicht weit vom Ufer der Donau entfernt. Johannes war sich mit dem Herbergswirt schnell handelseins über eine große Kammer, in der er mit Susanne und den Kindern solange bleiben konnte, bis sich eine Reisegelegenheit nach Augsburg gefunden hatte. Für Johann und Anselm, die beiden Kinder, war eine eigene kleine Bettstatt vorhanden, und die vier Reisenden legten sich schon bald schlafen.

Am nächsten Tag machte sich Johannes früh auf, um sich in der fremden Stadt ein wenig umzusehen und sich bei verschiedenen Kaufleuten zu erkundigen, ob sie in den nächsten Tagen Waren nach Augsburg schickten und dabei vielleicht ihn und seine Familie mitfahren lassen könnten. Niedergeschlagen kehrte er abends in die Herberge zurück und berichtete Susanne, dass seine Suche erfolglos gewesen war.

»Diese Ulmer sind merkwürdige Leute. Denen ist ihr Geld und ihr Wohlstand ganz schön zu Kopf gestiegen«, erzählte er. »Dass mich der eine oder andere dieser Herren nicht gleich hat hinauswerfen lassen, ist fast ein Wunder, obwohl ich immer höflich gefragt habe.«

Auch Susanne war unzufrieden. Sie war mit den Kindern den ganzen Tag in der Herberge gewesen. Anselm, der Kleine, hatte sich in den letzten Tagen erkältet und Fieber bekommen. Sie hatte den Herbergswirt um ein paar frische Tücher sowie eine große Wasserschüssel gebeten, um ihrem Kind Wadenwickel machen zu können, doch er hatte nur barsch gemeint, sie solle sich die Sachen gefälligst woanders besorgen.

»Das hätte es in Straßburg niemals gegeben!«, ereiferte sie sich. »So ein unfreundlicher Geselle!«

Johannes drehte sich auf dem Absatz um und ging hinaus. Susanne hörte unten laute Stimmen, und dann kam Johannes zurück, mit zwei derben Leintüchern und einem Holzzuber voll klarem Wasser.

»So. Und für alle Fälle habe ich mir vom Wirt noch erklären lassen, wo der Stadtarzt zu finden ist«, sagte er. »Er muss ganz in der Nähe wohnen. Steinhöwel heißt er.«

Das Fieber ging trotz der Wadenwickel, die Susanne immer wieder erneuerte, über Nacht nicht zurück. Am anderen Morgen war der kleine Anselm glühend heiß. Inbrünstig betete Susanne, er möge wieder gesund werden, und wechselte weiterhin regelmäßig die kalten Wickel. Johannes machte sich gegen Mittag besorgt auf den Weg zum Stadtarzt, stand jedoch dort vor verschlossener Tür. In seiner Not klopfte er an die Tür des Nachbarhauses, bis schließlich eine ältere Frau aus einem kleinen Fenster im ersten Stockwerk sah.

»Was wollt Ihr hier?«

»Ich suche den Arzt. Wisst Ihr vielleicht, wo ich ihn finde?«, rief Johannes nach oben.

»Nein. Aber er ist viel unterwegs, der Herr Medicus.«

»Was soll ich nur machen? Gibt es in Ulm vielleicht noch einen anderen Arzt oder einen Bader?«

Die Alte schüttelte den Kopf und wies mit dem Finger nach rechts.

»Geht dort die Gasse hinunter, dann nach links und immer geradeaus weiter, dann kommt Ihr zur Apotheke.«

Johannes dankte ihr und rannte los.

Der Apotheker hörte sich Johannes' Schilderung an und gab ihm dann einen Beutel mit Kräutern. Mehr konnte er nicht tun, und einen anderen Arzt als Steinhöwel gab es nicht.

»Wo ist der Arzt?« Mit dieser Frage empfing ihn Susanne, als er in die Herberge zurückkehrte.

»Ich habe ihn nicht gefunden«, antwortete Johannes. »Anscheinend ist Steinhöwel irgendwo unterwegs. Auf jeden Fall müssen wir sehen, wie wir ohne ihn zurechtkommen.«

In Susannes Gesicht spiegelte sich eine Mischung aus Wut und Verzweiflung.

»Ich könnte diesen so genannten Arzt erwürgen! Was ist das überhaupt für ein Arzt, der nicht da ist, wenn man ihn braucht! Wenn Anselm wirklich etwas passiert, dann ist nur dieser Steinhöwel schuld daran«, stieß sie hervor.

»So schlimm wird es schon nicht werden«, versuchte Johannes, sie zu besänftigen. »Wenigstens habe ich einen Apotheker gefunden, und er hat mir das hier mitgegeben.«

Er reichte Susanne den Beutel mit den Kräutern des Apothekers. Dann holte er unten beim Herbergswirt einen kleinen Krug mit heißem Wasser, und Susanne bereitete einen kräftigen Sud zu, den sie, als er etwas abgekühlt war, dem kleinen Anselm mit vieler Mühe einflößte. Sie ließ ihren Sohn nicht aus den Augen, während Johannes die Herberge verließ und seine Suche nach einem Fuhrwerk in Richtung Augsburg fortsetzte.

Erst am späten Nachmittag zeigten sich allmählich Anzeichen einer Besserung. Der Säugling war eingeschlafen und atmete ruhig und gleichmäßig. Susanne war sich nicht sicher, ob sie sich nicht täuschte, da sie dem Kleinen schon so oft die Hand auf die Stirn gelegt hatte, doch als Johannes zurückkehrte und sich Anselm ansah, meinte er: »Ich denke, es geht ihm besser.«

»Hast du Erfolg gehabt?«, wollte Susanne wissen.

»Es ist noch nicht sicher, aber wenn wir Glück haben, können wir übermorgen weiterfahren«, antwortete Johannes und erzählte, wie er bei einem Tuchhändler erfahren hatte, dass dieser beabsichtigte, eine Barchentlieferung nach Augsburg zu schicken, vorausgesetzt, seine Weber aus Ulm und den umliegenden Dörfern konnten das Tuch rechtzeitig liefern.

»Aber in diesem Zustand kann der Kleine unmöglich auf einem Pferdefuhrwerk mitfahren«, warf Susanne ein.

»Warten wir ab. Der Tuchhändler weiß ohnehin erst morgen Nachmittag, ob es mit der Lieferung klappt.«

Dem kleinen Anselm ging es am anderen Tag wieder deutlich schlechter. Sein Atem ging nur noch flach, und das Fieber war erneut zurückgekehrt. Verzweifelt lief Johannes nochmals zum Haus des Stadtarztes, doch dieser war immer noch nicht da.

Als er in die Herberge zurückkam, hörte er Susanne schluchzen.

Er fand sie über die Bettstatt mit dem kleinen Anselm gebeugt, der nicht mehr atmete. In diesem Moment verfluchte er seine Entscheidung, Straßburg zu verlassen, aber das half auch nichts. Susanne ließ sich durch nichts trösten. Sie saß völlig apathisch an der Bettstatt, legte ihrem toten Kind immer wieder die Hand auf die Stirn und reagierte überhaupt nicht, wenn Johannes sie ansprach. Er wusste nicht mehr, was er tun sollte. Schließlich, als der ältere Junge anfing zu schreien, schaffte er es, sie mit sanfter Gewalt von dem kleinen Bett wegzuziehen.

»Ich kann dir nicht sagen, wie Leid es mir tut, dass wir ihm nicht helfen konnten«, sagte er leise. »Und wie sehr mich dieser Verlust trifft. Aber es ist nicht mehr zu ändern. Gott hat es so gewollt.«

Susanne fing wieder an zu weinen.

»Wären wir nur in Straßburg geblieben«, schluchzte sie. »Und an allem ist nur dieser Steinhöwel schuld.«

Eine Woche später trafen sie zu dritt bei herrlichem, warmem Frühlingswetter in Augsburg ein. Der kleine Anselm war gleich am anderen Tag in aller Stille in Ulm begraben worden, und kurz darauf hatte Johannes ein Fuhrwerk gefunden, das sie mitnahm.

Die Stadt war nicht viel kleiner als Ulm, und weder der Augsburger Tuchhändler noch der Wirt der kleinen Herberge, in der sie zunächst abgestiegen waren, wusste etwas über einen Günther Zainer. So machte sich Johannes noch am selben Tag wieder auf die Suche, während Susanne mit ihrem kleinen Sohn in der Herberge blieb. Er versuchte sein Glück zunächst bei verschiedenen Kaufleuten, doch erst am nächsten Tag hatte er Erfolg.

»Zainer? Der Buchdrucker aus Straßburg?«, fragte der beleibte Weinhändler, den Johannes kurz vor der Mittagsstunde in der Nähe des Doms aufsuchte.

»Ja. Das ist mein Bruder. Er soll hier in Augsburg eine Offizin aufgemacht haben«, sagte Johannes.

»Davon habe ich gehört. Am besten, Ihr fragt im Zunfthaus der Krämer nach.«

»Der Krämer?«, wunderte sich Johannes.

»Dazu gehören die Buchführer, wie alle anderen, die irgendwelches Zeug verkaufen«, erklärte der Weinhändler in herablassendem Ton.

Johannes verkniff sich die Frage, ob denn ein Weinhändler nicht auch zu dieser Zunft gehören müsste. Stattdessen bat er um eine Wegbeschreibung und bedankte sich artig für die Auskünfte, bevor er sich auf den Weg machte.

Das Zunfthaus lag im Süden, am anderen Ende der Stadt, und Johannes musste unterwegs einige Male nachfragen, bis er es endlich gefunden hatte. Es war ein solider, aus Steinen gemauerter, mehrstöckiger Bau, der einigen Wohlstand verriet. Johannes hatte bereits gewusst, dass Augsburg die bedeutendste Handelsstadt Süddeutschlands war, musste aber dennoch staunen, als er die reich verzierte Fassade des Zunfthauses sah.

Er öffnete die hölzerne, mit Schnitzereien versehene Tür und trat ein. Verwundert stellte er fest, dass nur zwei Tische besetzt waren, an denen ein paar ältere Männer von etwa vierzig bis fünfzig Jahren saßen. Jetzt, um die Mittagszeit, hatte er eigentlich damit gerechnet, die Schankstube brechend voll vorzufinden, wie er es von den Straßburger Zunfthäusern her gewohnt war.

Die Männer sahen ihn misstrauisch an, als er an einen der Tische trat und höflich fragte, ob jemand seinen Bruder kannte.

»Zainer?«, wiederholte einer der Angesprochenen den Namen und wandte sich an seinen Tischnachbarn: »Ist das nicht der bärtige Dicke, der die Werkstatt von Lechberger gewonnen hat?«

»Doch, ich meine schon«, lautete die Antwort. »Er kommt jedenfalls aus Straßburg, heißt es.«

»Da hörst du es«, sagte der Ältere, den Johannes zuerst gefragt hatte, zu ihm. »Bist du auch aus Straßburg?«, wollte er dann wissen.

»Ich? Nein, ich komme aus Reutlingen. Ich habe nur eine wichtige Nachricht für ihn«, entgegnete Johannes vorsichtig. Das Wort »gewonnen« hatte ihn alarmiert. War Günther etwa doch noch der gleiche Glücksspieler wie früher? Er musste es herausfinden, und zwar möglichst unauffällig.

»Wo finde ich ihn? Wo ist diese Werkstatt?«, fragte er den anderen, der am Tisch saß.

»In der Zeuggasse«, antwortete dieser.

»Und was ist das für eine Werkstatt?«

»Lechberger hat als Formschneider gearbeitet.«

»Wie hat Günther, ich meine, Zainer, die Werkstatt denn gewonnen?« Johannes ließ nicht locker, obwohl sich sein Gegenüber jedes Wort einzeln aus der Nase ziehen ließ.

»Wie? Na, beim Würfelspiel!«

»Die ganze Werkstatt?«

»Warte ab, bis du sie siehst«, lachte der andere. »So ein toller Gewinn ist das weiß Gott nicht gewesen.«

Johannes ließ sich den Weg erklären, bedankte sich für die Auskünfte und ging.

Die Zeuggasse war nur wenige Minuten entfernt, und bald stand er vor einem halb verfallenen Holzhaus, dessen bessere Tage längst vergangen waren. Er klopfte mehrere Male an die wurmstichige Tür, bis sie endlich geöffnet wurde.

»Johannes!« Die Stimme gehörte eindeutig Günther, wenngleich Johannes ihn nicht gleich erkannte. Sein beträchtlicher Bauch war noch um einiges dicker geworden, und sein schütteres Haar hing wirr herunter. Er trug ein verschmiertes Beinkleid und ein halb zerrissenes, ebenfalls ziemlich schmutziges Wams. Der jämmerliche Anblick, den er bot, passte erschütternd genau zu dem Haus, in das er Johannes nun hereinbat.

Im Inneren befand sich nur ein einziger, großer Raum. Rechts, in der Nähe der Feuerstelle stand ein grob gezimmertes Bettgestell, daneben ein krummbeiniger Tisch sowie ein paar Sitzschemel. Auf der anderen Seite erstreckte sich ein lang gezogener Arbeitstisch von der Vorder- bis zur Hinterwand des Hauses, auf dem einige Holztafeln und Werkzeuge wie Stechbeitel, Hämmer und Schnitzmesser lagen.

Johannes stand eine ganze Weile sprachlos in dem finsteren Verschlag, der nur durch zwei schmale Fenster auf der hinteren Seite des Hauses erhellt wurde. Dann sagte er leise: »Das hier ist also deine Offizin. Oder besser gesagt, unsere Offizin«, wobei er das Wort »unsere« betont in die Länge zog.

Günther lachte laut heraus.

»Nein! Um Himmels willen!«, wehrte er ab. »Ich habe hier nur versucht, ein paar Vorarbeiten zu machen.«

Mit diesen Worten deutete er auf die Werkzeuge. Dann meinte er: »Gut, dass du endlich da bist. Du hast ja keine Ahnung, was hier in Augsburg los war.«

»Nein, das habe ich nicht, aber du wirst es mir sicherlich erklären. Ebenso wie das hier«, sagte Johannes und beschrieb mit der rechten Hand einen großen Bogen. »Vielleicht erklärst du mir erst einmal, wie du diese Hütte beim Spiel gewinnen konntest?«, fügte er wütend hinzu. »Du hast mir in Straßburg versichert, dass du nicht mehr spielst!«

»Immer mit der Ruhe«, beschwichtigte ihn Günther. »Nun setz dich erst einmal und hör mir zu. Es ist nicht, wie du denkst.«

Widerwillig nahm sich Johannes einen der wackeligen Schemel und verschränkte die Arme vor der Brust, während Günther ihm die Ereignisse der letzten Zeit schilderte.

Erst vor wenigen Monaten war der Reichskrieg gegen das benachbarte Herzogtum Bayern nach vier Jahren zu Ende gegangen. Augsburg und sein gesamtes Umland hatten schwer an den Kriegslasten zu tragen, vor allem in finanzieller Hinsicht. Der vorher so blühende

Handel und das Gewerbe lagen seit Kriegsende fast völlig am Boden. Günther hatte diesen Wandel bei der Rückkehr von einer längeren Italienreise vorgefunden und deshalb Johannes den letzten Brief nach Straßburg geschrieben, in dem er die Verzögerung bei der Eröffnung der Offizin mitgeteilt hatte.

»Und wo willst du dann eine Druckwerkstatt aufmachen?«, unterbrach ihn Johannes.

»Nicht hier«, antwortete Günther. »Für den Augenblick habe ich mich hier verkrochen, aber nur bis zu deiner Ankunft. Es hat Unruhen in der Stadt gegeben. Die Leute sind unzufrieden und murren wegen der hohen Steuern, die ihnen der Rat auferlegt hat. Da ist es besser, man hält sich ein wenig bedeckt und zeigt nicht offen, was man hat.«

Günther stand auf.

»Komm mit, dann zeige ich dir etwas.«

Johannes folgte seinem Bruder, der hinausging und in die übernächste Gasse links einbog. Nach wenigen Schritten standen sie vor einem stattlichen, gemauerten Haus, das Günther aufschloss und nach Johannes betrat.

»Nun, wie findest du das?«, fragte Günther.

Sprachlos sah sich sein Bruder um. In der Mitte des großen, hellen Raumes stand eine Druckpresse, ringsherum befanden sich Arbeitstische, zwei Schreibpulte und etliche große Holzregale. Im hinteren Bereich führte eine Tür in einen kleinen Nebenraum, der später als Kontor dienen sollte, wie Günther erklärte.

»Wo – wo – wo hast du das alles her?«, wollte Johannes wissen, nachdem er seine Sprache wieder gefunden hatte.

»Das meiste stammt aus Italien. Ich habe es von meiner letzten Reise mitgebracht. Wir könnten anfangen, wenn wir Papier hätten«, antwortete Günther.

»Hast du auch Typen?«

Günther ging zu einem der Regale und zog eine große Holzkiste aus dem untersten Fach. In ihr befanden sich, sauber übereinander geordnet, mehrere Setzkästen, die bis an den Rand mit Lettern gefüllt waren. Mit klopfendem Herzen nahm Johannes ein paar Setzkegel heraus und begutachtete sie.

»Eine Fraktura. Nicht schlecht. Die Patrizen?«

»Habe ich leider nicht. Aber das ist kein Problem.«

Johannes kratzte sich nachdenklich am Kopf. Dann meinte er: »Ich verstehe immer noch nicht, was du in Lechbergers Werkstatt machst. Noch dazu in diesem Aufzug. Und warum er sein Haus verspielt hat.«

»Das eine ist Tarnung, das andere war Glück«, antwortete Günther grinsend. »Hier haben viele Leute keine Arbeit mehr. Sie klammern sich an jeden Strohhalm, und manche verspielen ihr letztes Hemd bei der Aussicht auf einen großen Gewinn.«

»Du hast in Straßburg geschworen, du würdest die Finger von den Karten lassen«, hielt ihm Johannes vor.

»Das hatte ich auch fest vor, aber in diesen Zeiten – jeder muss sehen, wo er bleibt«, verteidigte sich Günther. »Außerdem war es beim Würfeln.«

»Hast du das Geld für diese ganzen Dinge hier auch beim Würfeln gewonnen?«, wollte Johannes wissen, wobei er sich keine Mühe gab, seinen Ärger zu verbergen.

»Nein, das habe ich ehrlich verdient.«

»Wirklich? Womit?«

»Mit Büchern. Mit solchen Büchern wie Mentelins Bibeln. Was glaubst du, was die hier wert sind, oder wert waren, vor den Unruhen?«

Johannes zuckte mit den Schultern.

»Das Doppelte von dem, was Mentelin dafür verlangt hat. Aber das beste Geschäft sind nach wie vor die Ablassbriefe«, erklärte Günther. »Ich habe hervorragende Beziehungen zu höchsten Kirchenkreisen. Kardinal von Schaumburg kann es kaum erwarten, bis ich anfange. Ich meine, bis wir anfangen.«

Johannes dachte nach. Bis auf die Aussicht, wieder Ablassbriefe drucken zu müssen, die ihm so verhasst waren, klang das alles gar nicht so schlecht. Vorausgesetzt, es entsprach der Wahrheit. Aber das würde sich schnell herausfinden lassen. Zunächst war noch ein anderes Problem zu klären.

»Was wird aus meiner Familie?«

Überrascht drehte sich Günther um, der gerade dabei war, den Setzkasten wieder in der Kiste zu verstauen.

»Du hast sie tatsächlich mitgebracht?«

»Ja, natürlich. Ich wünschte nur, ich hätte sie in Straßburg gelassen«, seufzte Johannes und erzählte Günther vom Tod des kleinen Anselm, was diesen jedoch nicht sonderlich zu berühren schien.

»Wo sind sie?«, wollte er wissen.

»Wir sind beim ›Schwanenwirt‹ abgestiegen.«

»Gut. Dann werden wir sie dort abholen. Ihr könnt für's Erste in Lechbergers Werkstatt wohnen.«

»Bei dir?«

»Hast du etwa gedacht, ich würde dort wohnen? Mein Zuhause ist hier. Das obere Stockwerk ist gemütlich eingerichtet. Ich war nur tagsüber bei Lechberger, um ein paar Vorarbeiten zu machen. Außerdem musste ich ja auf dich warten.«

»Woher wusstest du, dass wir wirklich kommen?«

»Ich habe da etwas gehört. Mentelin bekommt einen neuen Teilhaber, heißt es. Seinen Schwiegersohn, und das soll ein schwieriger Bursche sein.«

»Du scheinst tatsächlich gute Verbindungen zu haben«, stellte Johannes verblüfft fest.

»Ja, das solltest du nicht unterschätzen. Aber jetzt lass uns gehen.«

Eine Stunde später standen sie zu viert vor dem Haus in der Zeuggasse. Günther gab Johannes den Schlüssel und verabschiedete sich eilig. Morgen würden sie in seiner Offizin besprechen, wie es weitergehen sollte. Johannes trug die beiden Bündel mit ihren Habseligkeiten hinein. Als sie im Haus standen, drehte sich Susanne ein Mal um ihre eigene Achse und rief dann entsetzt aus: »Mein Gott! Was ist das für ein Loch! Willst du wirklich hier leben?«

Johannes zwang sich zu einem Lächeln. »Es ist nur vorübergehend. Bis wir etwas anderes gefunden haben. Warte nur, bis du die Offizin siehst! Bald werden wir genügend Geld haben, um uns ein hübsches Häuschen suchen zu können!«

Susanne verzog angewidert das Gesicht.

»Hier sind bestimmt überall Ratten. In diesem Dreckloch bleibe ich keine Nacht!«

Johannes brauchte eine geschlagene Viertelstunde und seine ganze Überredungskunst, bis sie schließlich einwilligte, es wenigstens zu versuchen. Er fand einen Besen, fegte die Stube ordentlich aus und schaffte Ordnung, so gut es ging, während Susanne die Bündel aufschnürte. In einer Truhe neben der Kochstelle lagen ein paar gusseiserne Töpfe, Pfannen sowie irdenes Geschirr. Johannes holte Wasser, setzte einen Topf davon auf das Feuer und schrubbte dann das ganze Geschirr sauber, so gut es ging. Das einzige Problem war die Bettstatt, die natürlich zu klein für zwei Erwachsene und ein Kind war. Johannes versprach, sich am nächsten Tag darum zu kümmern, und schlief in der ersten Nacht bereitwillig auf dem Lehmfußboden. Er war froh, Susanne nichts darüber erzählt zu haben, wie sein Bruder zu diesem Haus gekommen war, und nahm sich fest vor, so schnell wie möglich eine andere Bleibe zu suchen.

Als er morgens aufwachte, fühlte er sich wie gerädert. Von dem harten Fußboden taten ihm alle Knochen weh. Susanne und der Kleine schliefen noch, während er sich auf den Weg machte, um Wasser zu holen. Dann entfachte er das Feuer neu. Langsam spürte er die wohltuende Wärme; die Nacht war klar und kalt gewesen. Er saß vor dem Feuer und dachte nach. Heute würde sich hoffentlich einiges klären; Günthers Offizin sah vielversprechend aus, und er war zuversichtlich, hier in Augsburg das verwirklichen zu können, wovon er immer geträumt hatte.

Johannes bereitete ein kärgliches Frühstück aus Wasser und etwas Hafergrütze zu. Er musste heute unbedingt sehen, wo er ein paar anständige Lebensmittel bekam. Und ein Bett, dachte er. Noch so eine Nacht wollte er sich nicht antun.

»Ich werde jetzt zuerst zu Günther gehen«, verkündete er, nachdem er mit Susanne und Johannes die Schale voll Haferbrei geleert hatte. »Um die Mittagszeit bin ich zurück; dann gibt es etwas Vernünftiges zu essen.«

Sein Bruder erwartete ihn bereits. Er hatte Haare und Bart ordentlich gekämmt und ein neues, sauberes Wams angezogen, was sein Aussehen im Vergleich zum Vortag völlig veränderte.

»So, nun werden wir sehen, womit wir anfangen«, meinte er voller Tatendrang. »Der Kardinal empfängt mich heute nach der Mittagsstunde, und ich muss ihm einige Fragen beantworten, was die von ihm bestellten Ablassbriefe betrifft.«

»Ich glaube, wir sollten zuerst ein paar andere Dinge klären«, warf Johannes ein. »Zum Beispiel, wie unsere Partnerschaft aussehen soll. Du hast in deinem Brief nur geschrieben, ich würde dein Teilhaber werden, aber das genügt mir nicht.«

»Wir haben wirklich Wichtigeres zu tun«, wehrte Günther ab.

»Nein, ich meine es ernst. Zuerst werden wir das festlegen. Vorher fange ich nicht an«, sagte Johannes mit Nachdruck.

»Was willst du eigentlich? Mit mir streiten oder arbeiten?«, fragte sein Bruder wütend.

»Mit dir arbeiten – aber nur unter bestimmten Voraussetzungen.«

Günther sah ihn prüfend an. Dann verzog sich sein Mund zu einem verächtlichen Grinsen, als er entgegnete: »Du kannst hier in Augsburg keine Bedingungen stellen. Ihr wohnt in meinem Haus, ich gebe dir Arbeit – was willst du noch mehr?«

»Ich habe die weite Reise gemacht, um dein Teilhaber zu werden, nicht, um für dich zu arbeiten. Und wenn dir das nicht passt, fahren wir eben zurück nach Straßburg.« Johannes wurde allmählich ebenfalls wütend.

»Straßburg? Was willst du in Straßburg? Du solltest froh sein, diese Stadt verlassen zu haben, nach deinem Streit mit Mentelin.«

»Dann gehen wir eben woanders hin«, sagte Johannes stur.

»Womit?«

»Glaubst du etwa, ich bin ein armer Schlucker? Mein Geld reicht allemal, um Augsburg zu verlassen und in irgendeiner anderen Stadt neu anzufangen!«, schrie Johannes zornig.

Daraufhin schwieg Günther zunächst.

»Du hast ja Recht«, lenkte er schließlich ein. »Ich bin nur sehr unter Druck, denn wenn ich den Auftrag des Kardinals nicht bekomme, waren meine ganzen Mühen umsonst. Also lass uns eine Vereinbarung treffen. Was hast du dir unter dieser Teilhaberschaft vorgestellt?«

»Ich denke, üblicherweise wird in zwei gleiche Hälften geteilt«, schlug Johannes vor.

»Ja, üblicherweise schon. Das heißt aber, alles wird geteilt«, meinte Günther. »Die Ausgaben ebenso wie die Einnahmen.«

»Sicherlich. Der Gewinn wird wie die Kosten gerecht aufgeteilt«, pflichtete Johannes bei.

Günther lächelte ihn nun fast eine Spur zu freundlich an.

»Dann darfst du jetzt als Allererstes fünfzig Gulden an mich zahlen, mein lieber Bruder«, sagte er schließlich.

»Fünfzig Gulden? Aber wofür?«, fragte Johannes entgeistert.

»Nun, was meinst du, was all das hier gekostet hat?« Günther zeigte mit dem Finger auf die Druckpresse und all die anderen Gegenstände in der Werkstatt.

»Fünfzig Gulden? Ist das nicht ein bisschen viel?« Johannes hatte zwar keine genaue Vorstellung, was die ganzen Gerätschaften wert waren, doch diese Summe war fast so hoch wie das, was er besaß. Sie entsprach etwas mehr als einem halben Jahresverdienst als Geselle bei Mentelin. Er und Susanne hatten recht sparsam und bescheiden gelebt, und jetzt sollte er das ganze Geld Günther geben?

Sein Bruder ließ nicht locker.

»Allein die Presse hat vierzig Gulden gekostet. Willst du nun Teilhaber sein oder nicht?«, bohrte er nach.

Johannes überlegte fieberhaft, was er tun sollte. Er hatte Straßburg mit dem festen Entschluss verlassen, hier in Augsburg als Günthers Partner einen neuen Anfang zu wagen. Das Argument seines Bruders war außerdem nicht zu widerlegen. Wer vom Gewinn profitieren wollte, musste sich auch an den Kosten beteiligen.

»Was hast du mit dem Geld vor? Und was wäre, wenn ich nicht als Teilhaber dabei bin?«

»Dann arbeitest du als Geselle bei mir. Wie jeder andere auch. Für fünf Gulden im Monat«, erklärte Günther.

»Fünf Gulden? Mentelin hat mir zuletzt sieben bezahlt«, protestierte Johannes.

»Wir sind hier nicht in Straßburg. Außerdem hast du ja auch die Wohnung in der Zeuggasse, ohne Miete. Das solltest du bedenken.«

»Fünfzig sind zu viel. Ich muss noch einige Dinge für die Wohnung kaufen«, sagte Johannes.

Günther sah ihn schweigend an.

So fragte er weiter: »Was machst du mit dem Geld, wenn ich es dir gebe?«

»Wie ich dir gestern schon sagte: Wir brauchen Papier. Ohne Papier kein Druck, und ohne Druck kein Verdienst.«

Johannes wagte noch einen letzten Versuch.

»Wie viel Papier brauchst du für den Anfang? Würden dir nicht auch vierzig Gulden reichen?«

»Na gut. Dann gib mir die vierzig. Damit können wir einen ausreichenden Vorrat anlegen und auch Druckerschwärze, Farben und Pinsel besorgen. Die restlichen zehn Gulden verrechnen wir mit dem ersten Gewinn.«

Günther streckte ihm die rechte Hand entgegen.

»Dann ist es abgemacht?«

Zögernd schlug Johannes ein.

»Einverstanden. Damit sind wir Teilhaber.«

»Also an die Arbeit!«, rief Günther.

Die beiden Brüder erstellten in den nächsten Stunden eine Liste der Dinge, die noch zu besorgen waren, wobei Johannes feststellte, dass doch noch einiges fehlte, bevor mit dem Drucken begonnen werden konnte. Um elf Uhr machten sie sich gemeinsam auf den Weg.

Günther zeigte Johannes den Marktplatz und nahm ihn mit zu Sixt Sauerloch, einem Kistler, den er gut kannte und der auch alle Arten von Schreinerarbeiten ausführte. Dort gab Johannes eine einfache Bettstatt in Auftrag, und als Günther bekräftigte, dass es sehr eilte, versprach Sauerloch, die Bettstatt schon am nächsten Tag in die Zeuggasse zu liefern. Dann trennten sich die beiden Brüder. Günther wollte noch in die Annagasse zu Johann Schüßler, dem Papierer, bevor ihn der Kardinal empfing, während Johannes auf dem Markt einkaufte, was er und seine Familie brauchten. Zuerst erwarb er bei einem Korbmacher einen großen Weidenkorb mit stabilem Tragehenkel, den er anschließend mit Getreide und Gemüse füllte. Das Angebot war jetzt im April recht spärlich. Außer Buchweizen, Hafer, Kohl und Rüben gab es nichts. Auf dem Nachhauseweg verlief er sich zunächst und musste zwei Mal nach der Zeuggasse fragen, doch das hatte den Vorteil, dass er ganz in der Nähe seiner Wohnung eine Backstube entdeckte, wo er noch einen frischen Laib Brot erstand.

Susanne war völlig überrascht, als er zur Tür hereinkam. Sie war gerade damit beschäftigt, die Kammer umzuräumen. Tisch und Schemel standen an einem der hinteren Fenster, und die Bettstatt hatte sie an die der Kochstelle gegenüberliegende Wand gestellt. Es wirkte gleich aufgeräumter und durch die Sonne, die jetzt am Mittag direkt durch die Fenster schien, auch viel freundlicher als am Vortag.

»Was bringst du da Schönes mit?«, fragte sie Johannes. »Und wieso bist du nicht in der Werkstatt?«

Er berichtete ihr nun ausführlich von der Unterhaltung mit seinem Bruder, während sie einen Kohlkopf halbierte und klein schnitt, der dann zusammen mit etwas Grütze in den Kochtopf wanderte. Als er von der Abmachung erzählte, die die Grundlage seiner Teilhaberschaft bilden sollte, hielt sie inne und sah ihn ernst an.

»Willst du das wirklich? Das ist fast unser gesamtes Geld«, sagte sie mit sorgenvoller Miene.

»Ja, ich weiß. Aber ich denke, wir können Günther vertrauen. Er müsste gerade in diesen Minuten bei Kardinal von Schaumburg sein, um dort über unseren ersten großen Auftrag zu verhandeln.«

Susanne schien zunächst beeindruckt zu sein, als sie das Wort »Kardinal« hörte, doch dann meldeten sich erneut Zweifel.

»Du setzt unsere ganze Existenz aufs Spiel. Warum hast du mich nicht vorher gefragt?«

»Dich gefragt?«

Johannes starrte sie ungläubig an.

»Dich gefragt?«, wiederholte er. »Soll ich zu Günther sagen: ›Warte, ich muss erst meine Frau fragen‹? Was glaubst du eigentlich? Ich habe fast ein Jahr gebraucht, um dieses Geld zu sparen, und ich wollte damit den Grundstein für unser neues Leben setzen. So eine Gelegenheit bietet sich nicht alle Tage, und ich denke nicht, dass ich dich dann erst um deine Erlaubnis fragen muss.«

Susanne sah ihn entgeistert an. So hatte er noch nie mit ihr gesprochen. Dann schluckte sie und sagte nur: »Verzeih mir. Natürlich hast du Recht. Es ist dein Geld, und du wirst wissen, was du tust.«

Sie wandte sich wieder ihrem Kochtopf zu, und damit war die Sache für Johannes erledigt.

Nachdem sich die beiden und der kleine Johann satt gegessen hatten, holte Johannes seine Geldkatze hervor und zählte vierzig Gulden ab, die er in den Lederbeutel zurückwarf, und gab den Rest bis auf zwei Gulden, die er in seinen altbewährten Halsbeutel steckte, Susanne.

»Hier, pass gut darauf auf. Leg es am besten hinter die Kochstelle. Es sind noch 15 Gulden, und das soll unsere eiserne Reserve sein«, sagte er. Dann schob er die Geldkatze unter sein Wams und machte sich auf den Weg zurück in die Offizin.

Er musste eine Weile vor verschlossener Türe warten, bis Günther endlich auftauchte. Seine Miene verhieß gute Neuigkeiten, und in der Offizin öffnete er dann die Schriftrolle, die er unter dem Arm getragen hatte.

»Das ist der Ablassbrief, den der Kardinal gedruckt haben möchte«, erklärte er Johannes, der das in lateinischer Sprache verfasste Schriftstück sogleich studierte.

»So, wie er ist? Keine Rubrikationen?«, fragte er dann seinen Bruder.

Günther nickte.

»Und wie viele Exemplare hat er bestellt?«, wollte Johannes wissen.

»5000 Stück. Bis Pfingsten.«

»Unmöglich!«, rief Johannes. »Das schaffen wir zu zweit auf keinen Fall!«

»Dann werde ich Schüßler bitten, dass er uns hilft. Zumindest, wenn es mit dem Drucken losgeht«, meinte Günther nach kurzem Nachdenken. »Ich muss ohnehin nochmals zu ihm. Der Kardinal wünscht feinstes Papier, und das wusste ich heute Mittag noch nicht, als ich bei ihm war. Hoffentlich kann Schüßler welches besorgen.«

»Was soll ich inzwischen machen?«

»Du kannst mit dem Setzen beginnen. Bis Pfingsten sind es nur noch sechs Wochen, und wir müssen uns wirklich beeilen. Wenn dieser erste Auftrag zur Zufriedenheit Seiner Eminenz ausgeführt ist, werden wir noch viel mehr Aufträge bekommen«, erklärte Günther, bevor er die Offizin verließ.

So nahm Johannes ein Satzschiff aus dem Regal, holte sich alle Setzkästen heraus, die er ordentlich nebeneinander auf dem Arbeitstisch aufreihte, und begann mit der mühseligen Arbeit des Setzens. Schriftzeichen für Schriftzeichen musste mit den Fingern herausgesucht und auf das Satzschiff, den rechteckigen Holzrahmen, gestellt werden, wobei die einzelnen, spiegelverkehrten Zeilen mit Hilfe des Winkelhakens ausgerichtet wurden. Johannes war etwas aus der Übung, aber als Günther nach etwa einer Stunde zurückkam, hatte er bereits das erste Drittel der Seite fertig.

»Morgen früh bringt Schüßler das Papier. Bestes Ravensburger Hadernpapier!«, verkündete Günther voller Freude.

»Du bist wirklich gut«, lobte er seinen Bruder, als er sah, wie weit der Satz bereits gediehen war.

»Hast du die 40 Gulden mitgebracht?«, fragte er dann plötzlich.

Johannes sah vom Satzschiff auf.

»Ja. Hier sind sie«, antwortete er und gab Günther die schwere Geldkatze, die er immer noch unter dem Wams getragen hatte.

Sein Bruder zählte die Münzen sorgfältig nach und brachte das Geld dann nach oben in seine Kammer. Dann half er Johannes beim Setzen, indem er die jeweils benötigten Lettern aus dem jeweiligen Setzkasten fischte, so dass sie nur noch eingepasst werden mussten. Johannes fügte bei Bedarf Blindmaterial ein, damit der Text auf beiden Seiten bündig abschloss. Bei Anbruch der Dämmerung war das Satzschiff voll. Johannes prüfte den Satz nochmals sorgfältig und meinte: »Ich denke, es ist gut so. Nun müssen wir noch einen Probedruck machen.«

Doch Günther winkte mit beiden Händen ab.

»Heute nicht mehr. Das hat auch morgen noch Zeit. Geh nach Hause.«

Johannes nickte. Er hätte zwar gerne das Ergebnis seiner Arbeit noch schwarz auf weiß gesehen, aber ihm tat bereits der Rücken weh von der ständig gebückten Haltung über dem Arbeitstisch, und so machte er sich auf den Heimweg.

In der Zeuggasse berichtete er Susanne stolz von dem, was er heute geleistet hatte.

»Unser erster Auftrag muss perfekt werden. Und ich werde dafür sorgen, dass er das auch wird«, versprach er, bevor er es sich nochmals auf dem harten Fußboden so bequem wie möglich machte.

Der erste Probedruck am nächsten Morgen ergab noch zwei kleine Fehler, die Johannes rasch ausgebessert hatte, und der zweite Druck war perfekt – zumindest, was die Rechtschreibung anging.

»Die Typen sind auch nicht mehr die besten«, stellte Johannes nach einer sorgfältigen Prüfung fest. »Wenn wir damit 5000 Blatt gedruckt haben, können wir sie einschmelzen.«

»Ach was«, wehrte Günther ab.

»Du wirst schon sehen. Am besten wäre es, wenn du dich gleich nach Patrizen oder zumindest Matrizen umsehen würdest. Ohne Matrizen bekommen wir keine neuen Typen.«

Günther nickte und meinte nur: »Ja, ja. Ich werde mich darum kümmern.«

Dann klopfte es an die Tür.

Draußen stand ein dunkelhaariger, hagerer Mann mit einem Handkarren, als Johannes die Tür öffnete.

»Ist Günther da? Ich bringe das Papier.«

»Johann! Gut, dass du kommst. Wir sind so weit und warten nur noch auf dich«, rief Günther, als er den Besucher erkannt hatte.

»Johannes, das ist Johann Schüßler, unser Papierer. Er wird uns helfen.«

Er half mit, den Handkarren in die Offizin zu ziehen, und zeigte Johann dann den zweiten Probedruck.

»Gut. Sehr gut«, meinte der Papierer. »Dein Bruder hat gute Arbeit geleistet.«

Johannes freute sich über das Lob, obwohl ihm der Neuankömmling nicht ganz geheuer war. Um seine Mundwinkel lag ein gewisser harter Zug, und die hervortretenden Wangenknochen verstärkten noch den kalten, abweisenden Gesichtsausdruck des Papierers.

»Kennt Ihr Euch mit der Druckerei aus?«, fragte Johannes ihn dann.

»Nun, ein wenig schon«, gab der andere zurück. »Ich heiße Johann, und da wir zusammen arbeiten werden, können wir uns diese förmliche Anrede eigentlich sparen, oder nicht?«

»In Ordnung. Sieh dir die einzelnen Buchstaben einmal genau an. Fällt dir nichts auf?«, wollte Johannes wissen.

Schüßler hielt sich den zweiten Probedruck, den Günther ihm gegeben hatte, ganz dicht vor die Augen.

»Nein. Was sollte mir auffallen?«

Er gab ihn Günther.

»Was ist daran so Besonderes?«

Noch bevor sein Bruder antworten konnte, sagte Johannes: »Die Typen sind schon abgenutzt. Ich denke, wir brauchen bald neue.«

»Meinst du?« Der Papierer kratzte sich unschlüssig am Hinterkopf.

»Schluss jetzt mit dieser Geschichte. An die Arbeit!«, rief Günther.

Er öffnete die Holzkiste, die auf dem Handkarren lag, und packte behutsam das darin eingeschlagene Papier aus.

»Bist du wenigstens damit einverstanden?«, fragte er seinen Bruder und reichte ihm den obersten Bogen.

Johannes nahm das schwere Hadernpapier in die Hand, befühlte es gründlich und hielt es gegen das Fenster.

»Ja, das ist wirklich hervorragend! So ein Papier bekommt man nicht alle Tage zwischen die Finger!«

»Bestes Ravensburger Papier«, erklärte Schüßler. »Nicht ganz billig, aber für Seine Eminenz ist nur das Beste gut genug.«

Die drei Männer machten sich unverzüglich an die Arbeit. Günther rieb die Druckerschwärze mit einem Lederballen auf den Satz, Johannes justierte Satzschiff und Papierrahmen und half dann

Schüßler, die Druckpresse herunterzudrehen, während sein Bruder bereits den nächsten Papierbogen befeuchtete. Schnell waren sie aufeinander eingespielt, und gegen Abend hingen und lagen mehr als einhundert fertige Ablassbriefe zum Trocknen in allen Winkeln der Offizin.

Ziemlich erschöpft kehrte Johannes in die Zeuggasse zurück. Der Kistler hatte wie versprochen die neue Bettstatt geliefert. Susanne wollte von ihrem Mann in allen Einzelheiten wissen, wie es in der Offizin gelaufen war, doch dieser war viel zu müde und vertröstete sie auf den nächsten Tag, bevor er sich zur Ruhe legte und binnen weniger Minuten tief und fest schlief.

In den folgenden Wochen herrschte ein hektisches Treiben in der Zainerschen Offizin. Die Männer arbeiteten fast ohne Unterbrechung. Nur die Sonntage blieben Johannes, um sich ein wenig um seine Familie zu kümmern. Susanne hatte das Häuschen in der Zeuggasse nach und nach etwas gemütlicher ausgestattet. Sixt Sauerloch war zu zwei weiteren Aufträgen gekommen, und inzwischen standen ein geräumiges Holzregal sowie eine große Wäschekiste in der Stube.

Kurz vor Pfingsten war es dann so weit. Der letzte Ablassbrief verließ die Presse, und am anderen Tag machten sich Günther und Schüßler auf den Weg zum Dom, um sie dem Kardinal zu liefern. Johannes räumte inzwischen die Offizin gründlich auf. Wie er schon zu Beginn befürchtet hatte, waren die Lettern nun fast nicht mehr zu gebrauchen, obwohl er den Satz mehrere Male mit anderen, noch nicht benutzten Typen erneuert hatte. Er musste Günther unbedingt davon überzeugen, dass auf jeden Fall Matrizen und ein Handgießinstrument nötig waren, wenn der nächste Druckauftrag anstand.

Doch als Günther und der Papierer vom Kardinal zurückkamen, stellte sich heraus, dass Johannes keine weitere Überzeugungsarbeit mehr zu leisten hatte. Seine Eminenz hatte es sich nicht nehmen lassen, die Ablassbriefe höchstselbst einer kritischen Prüfung zu unterziehen und dabei festgestellt, dass nicht alle Briefe seinen Erwartungen entsprachen. Trotz Günthers Einwänden war er nicht bereit gewesen, den vollen Preis zu bezahlen, der zu Beginn vereinbart gewesen war.

»Siehst du, ich habe dir gleich gesagt, das geht auf Dauer mit diesen Typen nicht mehr«, meinte Johannes.

»Das Schlimmste ist, dass ich vorerst keinen weiteren Auftrag mehr bekomme. Ich soll Seiner Eminenz erst ein Druckmuster mit neuen Lettern vorlegen«, klagte Günther.

»Also ist die Sache eigentlich klar. Wir brauchen Matrizen und ein Gießinstrument«, stellte Johannes fest. »Wo bekommen wir das hier in Augsburg?«

»Das wird nicht so einfach werden«, antwortete Günther. »Vielleicht kann uns Sixt Sauerloch helfen.«

»Der Kistler?«

»Ja. Er ist recht geschickt, und du weißt doch bestimmt von Mentelin noch, wie so etwas funktioniert.«

»Ungefähr schon«, meinte Johannes, doch es klang nicht sehr selbstbewusst. Er wünschte, er hätte sich diese Geräte damals in Straßburg etwas genauer angesehen. Ein oder zwei Mal hatte er selbst schon Typen gegossen, doch meist hatte Mentelin diese Arbeit selbst übernommen, da der Umgang mit dem flüssigen Metall einiges an Übung und Können verlangte.

»Mit den Matrizen wird es wahrscheinlich noch schwieriger«, sinnierte Günther. »So etwas wird hier nicht aufzutreiben sein.«

»Nein, das glaube ich auch nicht«, pflichtete Johannes ihm bei. »Man bräuchte zuerst einmal die Patrizen, die Stahlstempel. Damit könnten wir die Matrizen dann notfalls selbst herstellen.«

Nach einer Weile angestrengten Nachdenkens sagte Günther schließlich: »Ich werde wohl oder übel nach Straßburg reiten müssen. Dort müsste ich die Matrizen am ehesten bekommen. Vielleicht kann ich auch noch ein paar Bücher mitbringen, für den Kardinal oder für Abt Melchior, damit sich die Reise besser lohnt.«

»Abt Melchior? Wer ist das?«, fragte Johannes.

»Melchior von Stammheim ist der Abt von Kloster Sankt Ulrich und Afra. Ein wahrer Büchernarr«, erklärte Günther. »Ich werde ihn heute noch aufsuchen.«

»Meinetwegen. Was hast du eigentlich vom Kardinal für die 5000 Briefe bekommen?«, wollte Johannes wissen.

»Ausgemacht waren zwei Pfennige pro Brief; das wären über vierzig Gulden gewesen. Aber Seine Eminenz hat mir schließlich nur 25 Gulden gegeben«, antwortete sein Bruder.

»Das ist nicht gerade viel, wenn man bedenkt, wie lange wir daran gearbeitet haben«, meinte Johannes niedergeschlagen.

»Und wenn man vor allem bedenkt, für welchen Preis er sie weiterverkauft«, ergänzte Günther.

»Was kostet so ein Brief?« Johannes hatte keine Ahnung, wie viel ein reuiger Christenmensch für die Vergebung seiner Sünden zu bezahlen hatte.

»So weit ich gehört habe, werden die Briefe in den Pfarreien für acht bis zehn Pfennige verkauft, je nach dem geistlichen Stand dessen, der sie ausgestellt hat.«

»Kein schlechtes Geschäft. Aber darin sind sie immer schon gut gewesen, die Pfaffen«, stellte Schüßler mit grimmiger Miene fest, der bis jetzt stumm die Unterhaltung der beiden Brüder verfolgt hatte.

»Ja, das kann man wohl sagen«, pflichtete ihm Günther bei. »Nur nicht allzu laut, denn das hören die Herren nicht so gerne.«

Schließlich wurde vereinbart, die Offizin bis zu Günthers Rückkehr zu schließen. Er würde sicherlich drei bis vier Wochen unterwegs sein, je nachdem, wie schnell er in Straßburg Erfolg hatte. Johannes versprach, gleich am nächsten Tag zu Sauerloch zu gehen, und Schüßler musste wieder an seine Arbeit. Er hatte einen neuen Auftrag erhalten, die Abschrift eines italienischen Buchs. Wie Johannes erst jetzt erfuhr, war er eigentlich nicht Papiermacher, sondern Schreiber.

Während Günther am anderen Tag mit einem geliehenen Pferd nach Straßburg aufbrach, saß Johannes in Sauerlochs Werkstatt und versuchte, ihm das Aussehen und die Funktion eines Handgießinstruments zu beschreiben.

Das Alter des Kistlers war schwer zu schätzen. Johannes hielt ihn für Anfang vierzig. Er trug einen langen, gelockten Bart, vielleicht als Ausgleich für den schütteren Haarkranz, der ihm noch verblieben war. Seine flinken, blaugrünen Augen waren unaufhörlich in Bewegung, ebenso wie sein Verstand. Er hatte schnell begriffen, worauf Johannes hinauswollte, wenngleich er sonst nur mit Holz arbeitete. Anhand der mitgebrachten Lettern aus der Offizin erklärte Johannes, wie das Gießinstrument funktionieren sollte, soweit er sich noch aus der Zeit bei Mentelin daran erinnerte: »Das Gerät hat zwei Teile, die zusammen einen quadratischen Kanal bilden. Das eine Ende des Kanals wird durch die Matrize verschlossen, und am anderen Ende füllt man das flüssige Metall ein.«

»Was für Metall?«, fragte Sauerloch.

»Wenn ich mich nicht irre, ist es hauptsächlich Blei, mit etwas Antimon, Wismut und Zinn.«

»Aha. Genau weißt du es also auch nicht.«

»Nein. Da hat wohl jeder sein Geheimrezept. Man müsste ein wenig herumprobieren«, meinte Johannes.

»Bestimmt. Ich werde mich mal umhören. Es gibt hier in Augsburg ein paar ganz geschickte Handwerker. Komm morgen wieder, dann werden wir sehen.«

Johannes ging enttäuscht nach Hause, doch unterwegs wurde ihm schnell klar, dass er wohl zu viel erwartet hatte. Er bereute inzwischen, bei Mentelin nicht genauer aufgepasst zu haben, doch irgendwie würde er schon herausfinden, wie das Ganze funktionierte. Er hatte außerdem auch genügend Zeit, bis sein Bruder zurückkehren würde.

»Gut, dass du endlich kommst!« Mit diesen Worten empfing ihn Sixt Sauerloch am nächsten Morgen in seiner Werkstatt. Gebannt hörte Johannes zu, was er zu berichten wusste. Sixt hatte das Problem zuerst mit einem Goldschmied besprochen, der ihm sein Gießgerät gezeigt und ausführlich erklärt hatte. Dieser hatte ihm dann empfohlen, Jakob Renner aufzusuchen, einen Münzer, und dort hatte er einiges über die Anfertigung von Stempeln und verschiedene Metalllegierungen erfahren.

»Ich weiß nun, wie dein Instrument aussehen müsste«, schloss Sixt seinen Bericht. »Sobald ich meinen derzeitigen Auftrag fertig habe, werde ich damit anfangen.«

»Wenn ich dir dabei behilflich sein kann, brauchst du es nur zu sagen«, meinte Johannes, der ohnehin nichts anderes zu tun hatte.

»Dann wollen wir mal sehen, ob du geschickte Hände hast«, sagte der Kistler, und bald darauf arbeiteten sie gemeinsam bis zum Abend in der kleinen Werkstatt.

Johannes kam auch an den folgenden Tagen wieder, und bald war der Schrank fertig, den Sauerloch für einen begüterten Kaufmann schreinern musste. Mit seinem Handkarren und vereinten Kräften brachten sie das Möbelstück seinem neuen Besitzer, und dann begann Sixt mit der Arbeit an dem neuen Gießinstrument. Johannes sah zu, wie das hölzerne Gerät unter Sixts geschickten Händen allmählich Form annahm. Die Teile, die mit dem flüssigen Metall in Berührung kamen, wurden mit kleinen, aber verhältnismäßig dicken Stahlplatten ausgekleidet, die Sauerloch von einem Schmied anfertigen ließ, und nach einer Woche war das Gerät so weit fertig.

Nun brauchten sie noch eine Matrize. Die beiden suchten den Münzer auf und ließen sich nach Johannes' Angaben einen Stahlstempel schneiden, mit dessen Hilfe Johannes eine einfache Matrize herstellte: Er schlug den Stempel mit dem Hammer in ein dickes Stück Kupfer, um eine spiegelverkehrte Form zu schaffen. Dieses quadratische Kupferteil wurde an das Gießinstrument angepasst, und nun fehlte nur noch die genaue Zusammensetzung der Legierung.

Da Sixt inzwischen einen neuen Auftrag erhalten hatte, bei dem ihm Johannes zunächst nicht helfen konnte, besorgte sich dieser mit Hilfe des Schmieds kleine Mengen der benötigten Metalle und verbrachte einige Zeit in der rußgeschwärzten Schmiede damit, immer wieder neue Zusammensetzungen und Mischungen auszuprobieren. Bald schon war ihm der Umgang mit dem Gießinstrument vertraut. Es ging jetzt nur noch darum, die richtige Legierung zu finden, die nicht zu weich war, schnell erkaltete und sich dann trotzdem einigermaßen bearbeiten ließ. Jeden Abend schaute er auf dem Heimweg noch in Sauerlochs Werkstatt vorbei und berichtete ihm von seinen Erfolgen – oder besser gesagt, von seinen Misserfolgen, denn bislang war es ihm nicht gelungen, die optimale Mischung zu finden.

Anfang Juli kehrte Günther eines Nachmittags aus Straßburg zurück. Er war überrascht, seinen Bruder nicht in der Zeuggasse anzutreffen. Susanne schickte ihn zu Sauerloch, doch auch dieser war nicht in seiner Werkstatt. Verärgert ging Günther nach Hause, nachdem er nochmals bei Susanne gewesen war und ihr aufgetragen hatte, Johannes am nächsten Morgen in die Offizin zu schicken.

»Hat er dir sonst irgendetwas erzählt?«, wollte Johannes wissen, als ihm Susanne am Abend von Günthers Rückkehr berichtete.

»Nein. Er war sehr aufgebracht, nachdem er weder dich noch Sixt gefunden hatte«, antwortete sie.

Johannes war sehr gespannt, wie die Reise seines Bruders verlaufen war, und so stand er am nächsten Tag schon in aller Frühe vor der Offizin. Die Tür war nicht verschlossen. Günther beugte sich über den Arbeitstisch, der übersät war mit kleinen Kupferteilen. Daneben lag ein Handgießinstrument, wie Johannes auf Anhieb erkannte.

»Günther! Du hast es also geschafft!«, rief er voller Freude.

Sein Bruder drehte sich um und sah ihn etwas mürrisch an.

»Ja, das habe ich. Es war weiß Gott nicht leicht, Eggestein die Matrizen abzuluchsen. Und dann komme ich zurück und muss erfahren, dass du dich irgendwo herumtreibst«, raunzte er Johannes an.

»Eggestein?«, fragte Johannes überrascht, ohne auf Günthers Vorwurf einzugehen. Er kannte den Straßburger Drucker als einen der schärfsten Konkurrenten Mentelins. »Du warst also nicht bei Mentelin?«

»Nein, wozu auch. Er ist nicht gut auf mich zu sprechen und hätte mir sowieso nicht das gegeben, was ich wollte.«

»Und woher hast du das Gießinstrument? Auch von Eggestein?«

»Das habe ich Rusch abgekauft. Er wollte zuerst nicht, aber jedes Ding hat seinen Preis«, erklärte Günther nicht ohne einen gewissen Stolz.

Johannes schüttelte nur den Kopf.

»Rusch? Wie hast du das angestellt? Er ist doch sicher inzwischen Mentelins Teilhaber, oder?«

»Im ›Schwarzen Raben‹ erfährt man so einiges, und man trifft dort auch die richtigen Leute. Rusch weiß bis heute nicht, wer sein Gießinstrument wirklich gekauft hat«, lachte Günther. Doch dann wurde er sogleich wieder ernst.

»Nun sag, wo hast du dich herumgetrieben? Was hast du in den vergangenen Wochen angestellt?«, fragte er.

»Ich habe mit Sixt zusammen selbst ein Gießinstrument gebaut«, erklärte Johannes selbstbewusst. Sein Bruder sollte ruhig wissen, dass er während seiner Abwesenheit auch nicht auf der faulen Haut gelegen hatte.

»Das hättest du dir sparen können, wie du siehst«, meinte Günther abfällig.

Diese Bemerkung ärgerte Johannes gewaltig.

»Was wäre gewesen, wenn du es nicht bekommen hättest? Dann würden dir die Matrizen auch nichts nützen. Weißt du, wie man damit umgeht?«, wollte er wissen und deutete mit dem Finger auf das Gießgerät.

»Nein, das weißt ja du«, sagte Günther. »Oder etwa nicht?«

»Im Prinzip schon. Ich weiß, wie das Instrument funktioniert, aber nicht, mit welchem Metall.«

Günther grinste über das ganze Gesicht.

»So dumm, wie du denkst, bin ich auch wieder nicht.« Er zog einen Papierzettel aus dem Wams und reichte ihn Johannes. Auf dem Zettel standen die ihm bereits bekannten Metalle, die für den Guss benötigt wurden, zusammen mit verschiedenen Zahlen. Das war offensichtlich das Mischungsverhältnis, das er seit fast zwei Wochen herauszufinden versucht hatte. Er beschloss spontan, Günther nichts von seinen eigenen Experimenten zu erzählen, und gab ihm den Zettel zurück.

»Nicht schlecht. Und was hat dich das alles gekostet?«

»Dreißig Gulden. Das ist sicherlich ein Batzen Geld, aber das holen wir wieder herein. Es ist nur schade, dass ich nicht mehr viel übrig hatte, um Bücher zu kaufen«, stellte Günther fest. »Aber sieh dir das mal an – das hängt neuerdings in Straßburg an jeder zweiten Häuserecke.«

Er zeigte Johannes zwei so genannte Bücheranzeigen. Sowohl Mentelin als auch Eggestein warben neuerdings mit gedruckten Handzetteln für die von ihnen gedruckten Bücher; auch die jeweiligen Preise standen auf den Anzeigen.

»Eines Tages werden wir auch so eine Anzeige drucken können«, meinte Johannes. »Ganz bestimmt.«

»Zuerst müssen wir unsere Typen gießen«, dämpfte Günther die Begeisterung seines Bruders. »Das hat absoluten Vorrang, damit ich den Kardinal überzeugen kann, uns den nächsten Auftrag zu geben.«

Es dauerte fast drei Wochen, bis ein ausreichender Vorrat an Lettern fertig war, um mit einem neuen Probedruck beginnen zu können, denn es wurden nicht nur viele Buchstaben in mehrfacher Ausfertigung benötigt, sondern auch Klein- und Großbuchstaben, Abbreviaturen, Ligaturen, Satzzeichen und verschiedene häufig vorkommende Doppelbuchstaben.

Johannes hatte bei dem Schmied das Metall zum Gießen besorgt, und die Feuerstelle in der Offizin, die sonst nur in den Wintermonaten bei kaltem Wetter benutzt wurde, glühte von morgens bis abends. Draußen brannte die Sonne vom Himmel und sorgte zusätzlich dafür, dass in der Werkstatt Temperaturen wie in einem Backofen herrschten. Bald erkannten die beiden Brüder, dass sie zu zweit längst nicht schnell genug vorankamen. Der Kardinal drängte Günther, so schnell wie möglich eine neue Bestellung Ablassbriefe zu drucken, und so hatten sie Sixt Sauerloch gebeten, ihnen zu helfen. Der Kistler bewies auch im Umgang mit den gegossenen Typen erstaunliches Geschick.

Johannes erhitzte das Metall, während Günther das Gießinstrument vorbereitete oder bei Bedarf eine neue Matrize einsetzte. Dann entfernte Sixt die nach dem Guss vorhandenen Rauigkeiten und feilte alle Setzkegel auf gleiche Höhe. Ohne diese letzten Korrekturen wäre ein sauberer Druck der fertig gesetzten Seiten nicht möglich gewesen. Johannes nahm auch immer wieder einige der ganz abgenutzten alten Lettern zum Einschmelzen, da diese ohnehin nicht mehr zu gebrauchen waren.

Susanne beschwerte sich schon nach der ersten Woche, dass sie Johannes so gut wie gar nicht mehr zu Gesicht bekam, doch er antwortete nur verbissen: »Die Arbeit geht vor. Kümmere dich um das Kind und den Herd. Es kommen auch wieder andere Zeiten.« Die Tage waren lang, jetzt im Sommer; wenn er rußverschmiert aus der Offizin nach Hause kam, aß er hastig und hungrig, was Susanne gekocht hatte, und fiel dann erschöpft auf die Bettstatt – bis zum nächsten Morgen.

Als sich die Gießarbeit allmählich dem Ende zuneigte, begann Johannes bereits mit dem Setzen des neuen Ablassbriefs. Der erste Probedruck sah hervorragend aus. Ein kleiner Satzfehler war schnell behoben, und Günther riss seinem Bruder das zweite gedruckte Blatt förmlich aus der Hand, um es dem Kardinal zu zeigen.

»Geschafft! Wir haben den Auftrag!«, rief er, als er eine Stunde später in die Werkstatt gestürmt kam. »Der Kardinal war ganz begeistert von den neuen Typen und hat sogleich 4000 Briefe bestellt.«

»4000! Das ist ja unglaublich!« Johannes konnte es gar nicht fassen.

Merkwürdigerweise schien sich Günther nicht so zu freuen wie sein Bruder. Er kratzte sich am Hinterkopf und sagte dann: »Die Sache hat allerdings einen Haken – oder besser gesagt, gleich zwei davon.«

»Lass mich raten. Vermutlich ist es wieder einmal äußerst dringend, oder?«

»Ja. Wir haben sechs Wochen.«

»Und was ist der zweite Haken?«

»Kardinal von Schaumburg wünscht Rubrikationen, zu Beginn eines jeden Absatzes«, erklärte Günther.

Johannes sah sich den Probedruck nochmals an. Der Ablassbrief bestand aus 31 Zeilen, verteilt auf vier Absätze. Wenn die vier Anfangsbuchstaben dieser Absätze rubriziert werden sollten, musste der Satz komplett neu erstellt werden, abgesehen von der zusätzlichen Arbeit, die schmückenden Großbuchstaben nach dem Druck von Hand zu ergänzen. Sechs Wochen – das war mörderisch!

»Ich glaube nicht, dass wir das schaffen«, meinte er dann. »Wir bräuchten mindestens noch zwei Gehilfen, einen für den Druck und einen für die Rubrikationen. Aber der Rubrikator muss sein Handwerk verstehen.«

Günther überlegte.

»Schüßler. Ich werde Johann fragen. Vielleicht kennt er einen guten Rubrikator. Wir müssen es schaffen – und dieses Mal wird uns der Kardinal ordentlich bezahlen.«

»Was habt ihr vereinbart?«, fragte Johannes.

»Drei Pfennige pro Brief, allein schon wegen der Rubrikationen.«

»Das ist trotzdem nicht viel. Wir müssen ja auch die Gehilfen bezahlen«, wandte Johannes ein.

»Dann sparen wir eben am Papier«, schlug Günther vor.

»Aber wir haben doch noch mindestens fünf Ries von dem Ravensburger. Was sollen wir damit machen?«

»Das werden wir schon noch brauchen. Ich werde gleich zu Johann gehen und mit ihm reden. Du kannst dir inzwischen überlegen, wie wir die Rubrikationen gestalten.«

»Der macht es sich recht einfach«, stellte Sixt Sauerloch fest, als Günther gegangen war. Der Kistler hatte die Unterhaltung der beiden Brüder schweigend verfolgt, während er in aller Ruhe die letzten gegossenen Abbreviaturen bearbeitete.

Johannes nickte. Aber was sollte er machen? Allmählich wurde es Zeit, dass die Offizin einen Gewinn abwarf. Seine Straßburger Ersparnisse waren inzwischen beträchtlich zusammengeschmolzen.

»Einer muss sich auch um die Aufträge kümmern«, nahm er seinen Bruder in Schutz. »Und um das ganze Drumherum«, fügte er hinzu, und damit war das Thema erledigt.

Er nahm das Satzschiff mit dem Ablassbrief und gruppierte die Lettern neu, so dass zu Beginn der Absätze genügend Platz für einen schmucken Großbuchstaben blieb. Dann half ihm Sixt noch, einen Probedruck zu machen, und als Günther endlich zurückkam, war Johannes gerade dabei, den letzten Buchstaben zu malen. Da der Druck noch nicht trocken war, verschmierte er mit seiner Hand zwangsläufig die nassen Buchstaben, doch darauf kam es jetzt nicht an.

»Nicht schlecht!«, rief Günther, als er ihm über die Schulter sah.

Johannes vollendete das schön geschwungene »S« und legte den Pinsel beiseite. Dann nahm er den Bogen und legte ihn auf den Arbeitstisch zum Trocknen.

»Schüßler hat noch sechs Ries seines eigenen Papiers«, verkündete Günther nun. »Er bringt es morgen früh mit und will sich bis dahin noch nach einem Rubrikator umsehen. Oder einem Schreiber. Du kannst ihm ja zeigen, wie die Rubrikationen gemacht werden.«

Johannes runzelte die Stirn.

»Meinst du, das geht so einfach von heute auf morgen?«

»Das wird sich zeigen. So schwer kann das ja nicht sein.«

»Du kannst es gerne versuchen«, brummte Johannes.

Dann schlug er sich plötzlich mit der flachen Hand auf die Stirn.

»Jetzt hätte ich es fast vergessen. Wir brauchen unbedingt Trockengestelle, und zwar einige«, rief er aus.

Günther sah ihn verständnislos an.

»Wenn wir von Hand rubrizieren, muss jeder Brief zwei Mal trocknen«, erklärte Johannes und wandte sich dann an Sixt.

»Meinst du, du könntest uns diese Gestelle so schnell wie möglich machen?«

Der Kistler nickte.

»Kein Problem. Ich muss nur die Größe wissen, und es muss ja kein besonderes Holz ein, oder?«

»Nein, nein. Das Holz ist völlig egal; wir brauchen nur möglichst viele Fächer. Nimm einen Foliobogen mit, dann hast du die Maße.«

»Ich werde wohl überhaupt nicht gefragt«, warf Günther entrüstet ein.

»Wozu? Wir brauchen die Gestelle, und das so schnell wie möglich«, stellte Johannes seelenruhig fest. »Sonst kannst du dem Kardinal gleich sagen, dass wir es nicht schaffen. 4000 Briefe in sechs Wochen, das sind mehr als hundert pro Tag. Wo willst du die hinlegen?«

Mitte September entlud sich die zunehmende Spannung zwischen Johannes und seinem Bruder in einem ordentlichen Gewitter. In der Offizin war bis zum letzten Tag der Lieferfrist fieberhaft gearbeitet worden. Johann Schüßler hatte einen gewissen Anton Sorg mit in die Werkstatt gebracht. Der Brief- und Kartenmaler erwies sich als unschätzbare Hilfe bei der Rubrikation der gedruckten Ablassbriefe, und so konnte Günther wiederum mit Johann und dessen Handkarren genau am vereinbarten Tag in den frühen Nachmittagsstunden die beiden schweren Kisten mit den Briefen zu Kardinal von Schaumburg bringen.

Freudestrahlend schwenkte er zwei Stunden später einen dicken Lederbeutel, als er in die Offizin zurückkehrte.

»Der Kardinal war äußerst zufrieden!«, rief er jubelnd. »Seine Eminenz hat mich auch unverzüglich entlohnt. Das wollen wir gebührend feiern! Schluss für heute – wir gehen in das ›Goldene Rad‹!«

Johann und Anton klatschten wie kleine Jungen in die Hände und vollführten einen wahren Freudentanz in der Werkstatt.

»Was ist mit dir? Freust du dich denn überhaupt nicht?«, wollte Günther von Johannes wissen, der niedergeschlagen vor sich hin starrte.

»Ich muss mit dir reden.«

»Hat das nicht Zeit bis morgen?«

»Nein. Lieber heute«, antwortete Johannes.

»Gut. Aber nur kurz. Geht ihr ruhig schon voraus«, rief Günther Anton und Johann zu, die an der Tür auf die beiden anderen warteten.

»Nun, was gibt es?«, wandte er sich wieder Johannes zu.

»Kannst du mir meinen Anteil auszahlen?«, sagte dieser. »Und zwar möglichst bald.«

»Deinen Anteil? Ich muss das zuerst ausrechnen«, behauptete Günther.

»Dann gib mir einen Vorschuss.«

»Was hast du denn plötzlich? Hast du etwa kein Geld mehr?«

Johannes zögerte. Dann meinte er: »Doch, meine eiserne Notreserve habe ich schon noch. Aber du musst verstehen, da sind auch noch Susanne und der Kleine. Es wird Herbst. Wir brauchen warme Kleidung. Und überhaupt – ich sehe nicht ein, dass ich hier Wochen und Monate schufte, ohne einen einzigen Pfennig zu sehen.«

»Aber du weißt doch selbst, was wir für Ausgaben hatten. Die Matrizen, das Gießgerät, Papier, alles kostet Geld.«

»Ich verlange nur, was mir zusteht.«

»Was dir zusteht? Wenn ich mich nicht irre, bist du mir noch zehn Gulden schuldig, die ich dir nur vorläufig gestundet habe«, entgegnete Günther verärgert.

»Es tut mir Leid, aber ich muss auf meinem Anteil bestehen. Du reitest in der Weltgeschichte herum, machst deine Geschäfte mit fremden Büchern, und ich soll hier schuften, für nichts und wieder nichts. Wenn das deine Vorstellung von einer Teilhaberschaft ist, dann kann ich darauf verzichten. Ich will meinen gerechten Anteil, eigentlich auch von deinem Gewinn, den du mit den Straßburger Büchern gemacht hast. Ohne mein Geld hättest du sie nicht kaufen können.« Johannes spürte, wie sich der Zorn Luft machte, der sich in den vergangenen Wochen angestaut hatte, jedes Mal, wenn Günther wieder für Stunden aus der Offizin verschwunden war, um irgendwelchen Geschäften nachzugehen.

Günther sah ihn an. Aus seinem Gesicht war jegliches Lächeln verschwunden. Die Lippen waren nur noch zwei schmale Striche, und seine Augen funkelten in mühsam beherrschter Wut.

»So ist das also. Du glaubst tatsächlich, ich müsste alles mit dir teilen? Was heißt gerecht? Hör mir jetzt gut zu«, zischte er drohend. »Ich habe dieses Haus gekauft. Ich habe die Presse und das ganze Handwerkszeug gekauft. Ich habe die Aufträge besorgt. Ich habe ...«

»Und ich habe gearbeitet, bis zum Umfallen«, fiel ihm Johannes ins Wort. »Ich weiß kaum noch, wie meine Frau und mein Sohn aussehen, weil ich nur noch in der Offizin bin.«

Günther schwieg eine Weile. Dann machte er Johannes überraschend einen Vorschlag: »Du bekommst fünf Gulden, wenn du willst, sofort. Die genaue Abrechnung machen wir später. Einverstanden?«

Johannes überlegte. Er hatte längst im Kopf ausgerechnet, dass die Briefe den Kardinal fünfzig Gulden gekostet hatten. Fünf Gulden waren nicht viel, aber wenigstens konnte er Susanne endlich etwas Geld geben, ohne seine Ersparnisse weiter zu strapazieren.

»In Ordnung. Das ist für's Erste genug«, sagte er schließlich. »Aber wir rechnen morgen ab.«

Günther nickte, zählte das Geld in verschiedenen Münzen ab und gab es seinem Bruder.

»Kommst du jetzt mit ins ›Goldene Rad‹?«, wollte er dann wissen.

»Nein, ich gehe lieber nach Hause.«

»Wie du willst. Dann also bis morgen.«

»Fünf Gulden? Ganze fünf Gulden? Das ist ja lächerlich!« Susanne stemmte die Hände in die Hüften und sah Johannes wütend an, als er ihr in der Zeuggasse von der Unterhaltung mit Günther berichtet hatte. »Wir sind jetzt ein halbes Jahr hier. Du arbeitest Tag und Nacht, und dann lässt du dich mit fünf Gulden abspeisen?«

»Morgen wird abgerechnet«, versuchte Johannes seine Frau zu beschwichtigen. »Du kannst dich darauf verlassen, dass die fünf Gulden nicht alles sind, was ich bekomme.«

Susanne fing plötzlich an zu weinen.

Er nahm sie in seine Arme und drückte sie fest an sich.

»Ich habe mir das auch anders vorgestellt. Morgen wird sich bestimmt zeigen, dass ich mehr verdient habe als diese fünf Gulden«, tröstete er sie.

»Hoffentlich«, schluchzte Susanne. »Wären wir nur in Straßburg geblieben.«

»Nein«, widersprach Johannes energisch. »Es war die einzig richtige Lösung. Und ich glaube, bald kommen bessere Zeiten.«

# 1468

Meditationes de vita Christi« hieß das erste richtige Buch, dessen erstes von mehr als zweihundert Exemplaren am 12. März 1468 des Jahres in der Zainer'schen Offizin fertig gestellt wurde.

Inzwischen hatte sich dort einiges geändert. Außer Anton Sorg, der nun fest angestellt war, arbeiteten noch zwei Gehilfen in der Werkstatt. Günther hatte mittlerweile so viele Aufträge von Kardinal von Schaumburg, meist kirchliche Amtsbriefe und Merkblätter, dass er und Johannes eine zweite Druckpresse angeschafft hatten, deren Preis sich bereits nach zwei Monaten bezahlt gemacht hatte. Die beiden Brüder hatten sich nach dem Streit im September geeinigt. Johannes erhielt seitdem einen festen monatlichen Betrag ausbezahlt, und der über das Jahr insgesamt erwirtschaftete Gewinn wurde am Jahresende gerecht, das hieß jeweils zur Hälfte, aufgeteilt. Dabei waren im Januar diesen Jahres zwar nur vier Gulden herausgekommen, doch Johannes war überzeugt, dass es am Ende des Jahres 1468 anders aussehen würde. Er hatte es auch geschafft, sich wieder etwas mehr um Susanne und den kleinen Johannes zu kümmern, wenngleich er nach wie vor die meiste Zeit in der Offizin gewesen war.

Die »Meditationes« waren auf Anregung von Abt Melchior entstanden, der Günther die Handschrift Bonaventuras gezeigt hatte. Bonaventura war ein italienischer Ordensgeneral der Franziskaner und auch Kardinal gewesen, der im 13. Jahrhundert gelebt und zahlreiche Schriften verfasst hatte.

Günther hatte lange mit Johannes diskutiert, ob ein Druck dieses Werkes und dessen Verkauf auf eigene Rechnung sich lohnen würde. Johannes hatte erst zugestimmt, nachdem Melchior bei Günther verbindlich zehn Exemplare bestellt hatte, obwohl der Preis noch nicht festgesetzt werden konnte. Doch es würde auf jeden Fall reichen, das Papier und die Formschneider zu bezahlen. Das Buch umfasste mehr als vierhundert Seiten und wurde großformatig als Folioband gedruckt, wobei die von den Formschneidern eigens als Holzschnitte angefertigten Schmuckinitialen erstmals mit gedruckt und nicht nachträglich ergänzt wurden. Auch das beidseitige Drucken war, zumindest für Günther, eine Neuheit.

Die meiste Arbeit erledigte Johannes. Er hatte sich mittlerweile damit abgefunden, dass Günther selbst nicht mehr viel tat. Sein Bruder war meist unterwegs, oft auch für längere Zeit, um neue Aufträge zu besorgen oder mit anderen Büchern zu handeln. Erst kurz vor der Fertigstellung der »Meditationes« hielt er sich wieder häufiger in der Offizin auf und beteiligte sich an den letzten anstehenden Arbeiten wie dem Falzen und Sortieren der einzelnen Druckbogen.

Endlich lag das erste fertige Exemplar auf dem Arbeitstisch. Es war wie üblich noch nicht gebunden. Viele Käufer legten Wert darauf, ihre Bücher selbst nach ihren Vorstellungen binden zu lassen, und auch der Transport war ohne die schweren Einbände wesentlich einfacher. Stolz betrachtete Johannes »sein« Werk, während Günther es ehrfurchtsvoll durchblätterte. Die gedruckten Schmuckinitialen fügten sich perfekt in das Schriftbild ein, und auch der Text selbst war gestochen scharf abgebildet.

»Ein Meisterwerk«, sagte Günther mit anerkennendem Blick zu Johannes.

»Nun sieh zu, dass du es an den Mann bringst«, antwortete dieser.

»Keine Sorge. Wenn ihr genügend Exemplare fertig habt, werde ich mich auf die Reise machen.«

»Was verstehst du unter genügend?«

»Dreißig oder vierzig Stück sollten es schon sein«, meinte Günther. »Ich nehme ein Packpferd mit, und dann ab nach Nürnberg!«

»Das wird aber noch ein paar Wochen dauern, zumal ja die ersten zehn Exemplare für Abt Melchior bestimmt sind«, stellte Johannes fest und machte sich wieder an die Arbeit.

Ende April ritt Günther dann los. Im Gepäck befanden sich etliche Bücheranzeigen, mit denen er auf seiner Reise Werbung für das neue Buch machen wollte. Der Preis war auf drei Gulden festgesetzt worden, nach sorgfältigem Studium und Vergleich mit den Bücheranzeigen, die Günther im vergangenen Jahr aus Straßburg mitgebracht hatte, und nachdem auch Abt Melchior diesen Preis anstandslos bezahlt hatte. Die Zeiten, als noch zwanzig oder dreißig Gulden als Kaufpreis für ein gedrucktes Buch wie etwa Mentelins erste deutsche Bibel galten, waren vorbei.

In der Offizin wurde es nach seiner Abreise etwas ruhiger. Der Kardinal brauchte zwar fortlaufend kleinere Druckschriften, aber nun, nachdem beide Pressen wieder zur Verfügung standen, war die Arbeit leicht zu bewältigen. Johannes war froh, wieder mehr Zeit zu Hause verbringen zu können. Zum ersten Mal seit seiner Ankunft in Augsburg hatte er das Gefühl, wirklich etwas erreicht zu haben, und er begann sich in aller Stille nach einem anderen Haus umzusehen, das mehr Platz für die Familie bot.

Doch er hatte sich zu früh gefreut. Günther kehrte nach fünf Wochen niedergeschlagen zurück. Von den vierzig Büchern, die er mitgenommen hatte, waren nur fünf verkauft. Die übrigen lagen verstreut bei anderen Buchführern und Kaufleuten, die er auf den verschiedenen Stationen seiner Reise getroffen hatte, in Kommission, wie er enttäuscht berichtete.

»Was heißt das?«, wollte Johannes wissen.

»Sie haben die Bücher gegen eine Quittung behalten und versuchen, sie zu verkaufen. Wenn ihnen das nicht gelingt, werde ich die Bücher beim nächsten Mal wieder mitnehmen«, erklärte Günther. »Und wenn sie sie verkaufen, bekommen sie ihre Provision«, fügte er hinzu. »Auf jeden Fall war meine Reise nicht so erfolgreich, wie ich gehofft hatte.«

»So schlimm ist es auch wieder nicht«, versuchte Johannes ihn aufzumuntern. »Es werden sich schon noch Käufer finden.«

»Das gebe Gott«, seufzte Günther und ließ sich dann berichten, was während seiner Abwesenheit vorgefallen war.

Johannes erzählte ihm von den neuen Aufträgen des Kardinals und zeigte ihm die bereits fertigen Drucke. Dann fasste er sich ein Herz und fragte seinen Bruder unvermittelt: »Ich suche ein neues Haus, so bald wie möglich. Kannst du mir vielleicht dabei behilflich sein?«

»Ein neues Haus? Warum das? Ist euch eure Bleibe in der Zeuggasse nicht mehr gut genug?«

»Ich, oder besser gesagt, wir fühlen uns dort nicht besonders wohl«, antwortete Johannes. »Du weißt selbst, wie klein dein Haus in der Zeuggasse ist. Wir brauchen einfach etwas mehr Platz. Ich dachte, wenn wir ausziehen, könntest du das Haus auch verkaufen oder richtig vermieten.«

»Gut. Ich werde mich ein wenig umsehen«, versprach Günther.

Schon drei Tage später kam Günther morgens mit der frohen Kunde in die Offizin, er habe ein passendes Haus für Johannes gefunden.

»Es liegt am Predigerberg, hat drei Kammern und eine große Stube, aber nur ein Stockwerk«, beschrieb er das Häuschen, das er soeben besichtigt hatte.

»Ist es zu mieten oder zu kaufen?«, wollte Johannes wissen.

»Beides – wie du willst. Es gehört Jodokus Pflanzmann.«

»Dem bischöflichen Notar?« Johannes kannte ihn nur dem Namen nach.

»Ja, genau dem. Wenn du möchtest, zeige ich dir das Haus. Er hat mir den Schlüssel anvertraut.«

Das musste er Johannes nicht zweimal sagen. Rasch zog dieser seine Arbeitsschürze aus und folgte Günther.

Das Haus am Predigerberg sah von außen nicht besonders einladend aus, war aber innen hell und geräumig, geräumiger, als es von außen den Anschein hatte. Da das Haus mit der Giebelseite zur Gasse stand, wirkte es auf den ersten Blick wesentlich kleiner, als es im Inneren tatsächlich war. Zwei Schlafkammern lagen hinter der großen Wohnstube, entlang eines schmalen Flurs, der zu einer weiteren Tür führte. Als Johannes diese Tür neugierig öffnete, entdeckte er einen Garten – das war immer schon Susannes heimlicher Traum gewesen!

»Was soll es kosten?«, fragte er seinen Bruder aufgeregt.

»Nun, Pflanzmann wird dir bestimmt einen guten Preis machen. Du wirst es doch kaufen, oder? Nicht mieten.«

»Kommt darauf an. Ich weiß nicht, ob wir uns das leisten können.«

Günther begleitete ihn zum Dom und brachte ihn sogleich zum bischöflichen Notar. Jodokus Pflanzmann ließ ihn etwas warten und bat ihn dann herein. Der Notar war ihm auf Anhieb sympathisch. Er war etwa gleich groß wie er, kräftig gebaut und hatte warme, braune Augen. Doch als Johannes den Kaufpreis hörte, musste er schlucken. Fünfzig Gulden waren weit mehr, als er besaß.

»Würdet Ihr das Haus auch vermieten?«, fragte er vorsichtig.

»Nur ungern. Ich vermute, Ihr habt nicht genug Geld, um es zu kaufen, oder?«

Johannes nickte.

»Wie Ihr wisst, habe ich mit Günther zusammen die Offizin gegründet. Es läuft nicht schlecht, aber von solchen Summen können wir im Augenblick nur träumen.«

»Mit Günther zusammen? Seid Ihr sein Teilhaber?« Der Notar sah ihn verwundert an.

»Ja, schon von Anfang an«, antwortete Johannes.

»Das habe ich nicht gewusst. Ich war felsenfest davon überzeugt, die Offizin gehöre Günther alleine. Er ist es ja auch, der stets zu Seiner Eminenz kommt. Doch wenn Ihr Teilhaber seid, werden wir sicher eine Möglichkeit finden und uns über den Preis einig werden. Ihr müsstet auch nicht den ganzen Betrag sofort begleichen.«

»Ich werde es mir überlegen. Habt einstweilen vielen Dank. Ihr werdet morgen von mir hören.« Mit diesen Worten verabschiedete sich Johannes.

»Nun? Wie gefällt es dir?«, fragte Günther, als er in die Offizin zurückkehrte.

»Es ist wunderbar – nur zu teuer«, erwiderte Johannes und erzählte seinem Bruder von dem stattlichen Kaufpreis, den der Notar verlangte.

»Nachdem sich nun auch die ›Meditationes‹ nicht so gut verkaufen, werden wir wohl in der Zeuggasse bleiben müssen«, stellte er niedergeschlagen fest.

»Ich werde nochmals mit Jodokus reden. Ich hätte einen Käufer für das Haus in der Zeuggasse, und das käme mir sehr gelegen. Vielleicht lässt der Notar noch mit sich handeln«, meinte Günther und machte sich unverzüglich auf den Weg zum Dom.

Als er um die Mittagszeit zurückkam, brachte er gute Neuigkeiten mit. Pflanzmann wäre mit vierzig Gulden zufrieden. Johannes sollte die Hälfte sofort und den Rest in zwei gleichen Teilen bis zum Jahresende bezahlen.

Das musste Johannes natürlich unverzüglich Susanne erzählen. Sie war überrascht, als er zu so ungewohnter Zeit zu Hause auftauchte, und noch überraschter, als er ihr von seinen Plänen berichtete, von denen er bisher noch kein Wort verraten hatte.

»Das wäre ja wunderbar!«, rief sie aus, nachdem Johannes ihr das kleine Häuschen am Predigerberg beschrieben hatte.

»Und einen Garten hättest du auch, nicht groß, aber immerhin«, sagte er freudestrahlend.

Doch dann erlosch das Lächeln auf Susannes Gesicht.

»Wir können uns so etwas doch gar nicht leisten«, meinte sie leise.

»Sei unbesorgt. Dank Günthers Fürsprache ist der Preis nicht allzu hoch, und wir werden das schon schaffen.« Johannes hatte beschlossen, den Preis etwas niedriger anzugeben, damit sich Susanne keine Sorgen machte.

»Meinst du? Allzu reich sind wir bislang hier in Augsburg nicht geworden. Dafür, dass ihr beide Teilhaber seid, Günther und du, geht es uns nicht besonders«, stellte sie fest.

»Warum? Dir und Johannes fehlt es doch an nichts, oder?«

»Wir haben ein Dach über dem Kopf und genug zu essen«, gab sie zurück. »Aber sonst? Sieh dich doch an – mit deinem verschmierten Wams. Warum siehst immer nur du so aus, während Günther sich stets nach der neuesten Mode kleidet? Und glaubst du nicht, ich würde auch gerne einmal ein hübsches Kleid tragen, wenn wir am Sonntag zur Kirche gehen?«

»Es dauert eben seine Zeit, bis die Offizin entsprechende Gewinne abwirft«, verteidigte sich Johannes.

»Und warum schwimmt dann dein Bruder offensichtlich im Geld? Das ist mir eine schöne Teilhaberschaft. Du arbeitest von früh bis spät, und er ist auf Reisen.«

Johannes musste seinen Ärger hinunterschlucken. Das war nun heute schon das zweite Mal, dass seine Partnerschaft mit Günther in Frage gestellt wurde. Genau genommen hatte Susanne ja Recht – eine gleichberechtigte Teilhaberschaft war das weiß Gott nicht. Er hätte eigentlich mit Günther darüber reden müssen, aber gerade jetzt, wo dieser ihm bei der Suche nach dem Haus geholfen und auch den Preis noch heruntergehandelt hatte, war der Zeitpunkt denkbar ungünstig.

»Vergiss nicht, dass es Günther war, der die Offizin gegründet und eingerichtet hat. Ohne ihn – «

»Ohne ihn wären wir gar nicht hier«, fuhr Susanne ärgerlich dazwischen. »Ohne ihn säßen wir in Straßburg, ohne Sorgen. Du hättest deine Arbeit, deinen gerechten Lohn, und ich müsste nicht wie ein Bettelweib herumlaufen und mich vor den anderen schämen!«

»Schämen? Vor wem musst du dich schämen?«, fragte Johannes entgeistert.

»Ich brauche nur auf den Markt zu gehen. Du solltest einmal sehen, wie mich die anderen Frauen oft anstarren und wie sie über mich tuscheln«, heulte Susanne.

»Schluss jetzt! Ich gehe morgen zu Pflanzmann und kaufe das Haus. Und anschließend schicke ich den Schneider zu dir. Dann werden wir sehen, wer noch über dich tuschelt«, knurrte Johannes.

Es ging alles sehr schnell. Drei Wochen später bezog Johannes mit seiner Familie das Haus am Predigerberg, und noch am gleichen Tag wechselte das Haus in der Zeuggasse seinen Besitzer. Günther hatte sich nach einer längeren, ernsthaften Unterredung mit seinem Bruder bereit erklärt, diesem die noch fehlenden zwanzig Gulden als Vorschuss auf seine Gewinnbeteiligung für das laufende Jahr auszuzahlen, so dass Johannes dem Notar den vollen Betrag hatte übergeben können. Susanne wusste von all dem nichts. Der Schneider hatte ihr das versprochene neue Kleid genäht, und nach dem Umzug spazierte sie darin hoch erhobenen Hauptes durch die Gassen Augsburgs, wenn sie ihre Einkäufe erledigte.

Johannes spürte die Veränderung, die in ihr vorgegangen war. Nun blieb nur noch zu hoffen, dass die Offizin in diesem Jahr genügend Gewinn abwerfen würde. An Aufträgen mangelte es nicht, und er stürzte sich wieder mit allen Kräften in seine Arbeit.

# 1470

»Womit kann ich Euch behilflich sein, werter Herr?«, fragte Johannes den Fremden, der an einem warmen Septembermorgen an der Tür der Offizin geklopft hatte.

»Ich suche Meister Zainer, den Drucker. Das hier ist doch seine Werkstatt, oder?« Der Besucher war auffallend gut gekleidet. Er mochte etwa fünfzig Jahre alt sein, hatte schneeweißes Haar und einen ebensolchen Bart, der allerdings auf das Sorgfältigste gestutzt war.

»Darf ich fragen, wer Ihr seid?« Johannes war mit den beiden Gehilfen alleine in der Offizin. Günther hatte eine Unterredung beim Kardinal.

»Verzeiht – wie unhöflich von mir. Ich bin Heinrich Steinhöwel aus Ulm, und mir ist zu Ohren gekommen, dass Meister Zainer wohlfeile und gute Druckwerke anfertigt«, antwortete der Fremde mit einer leichten Verneigung.

»Ich bin Johannes Zainer, der Bruder und Teilhaber von Günther Zainer. Er ist vor einer Stunde gegangen, aber er müsste bald zurückkommen«, erklärte Johannes, während er noch sinnierte, woher er diesen Namen kannte. »Ihr könnt gerne hier auf ihn warten, wenn Ihr wollt.«

»Nein, ich habe es eilig. Ich muss noch einige andere Dinge in der Stadt erledigen. Würdet Ihr ihm bitte bestellen, dass ich um die Mittagszeit noch einmal herkommen werde?«

»Wie Ihr wünscht, mein Herr«, antwortete Johannes.

»Gut. Ich werde gegen zwölf Uhr wieder hier sein.«

Erst als der vornehme Besucher gegangen war, fiel es Johannes wieder ein. Steinhöwel – das war der Name des Arztes in Ulm gewesen, als sein kleiner Anselm damals auf der Reise nach Augsburg krank geworden war. Er wunderte sich über den seltsamen Zufall. War es tatsächlich der Ulmer Stadtarzt gewesen? Was mochte ihn in eine Augsburger Druckwerkstatt führen?

Als Günther von Abt Melchior zurückkam, wieder mit einem größeren Auftrag in der Tasche, erzählte Johannes ihm von dem ungewöhnlichen Besucher.

»Steinhöwel? Der Name sagt mir überhaupt nichts. Und er hat nicht gesagt, was er will?«, wunderte sich Günther, und beide konnten es kaum erwarten, bis der restliche Vormittag endlich vergangen war.

Fast genau mit dem Schlag der Kirchturmuhr klopfte es an der Tür, gerade als die beiden Gehilfen gegangen waren. Johannes empfing den Besucher und führte ihn in die Offizin. Günther hatte bereits einen Tisch und drei Stühle aus dem oberen Stockwerk geholt und bat den Herrn, sich zu setzen, nachdem Johannes die beiden einander vorgestellt hatte.

»Wie mein Bruder mir berichtet hat, sucht Ihr einen Drucker«, begann Günther, der im Gegensatz zu Johannes ein kunstvoll besticktes Wams und reich verziertes Beinkleid trug. In dieser Aufmachung war er beim Abt gewesen und hatte sich natürlich nicht umgezogen, als er von dem bevorstehenden Besuch erfahren hatte.

»So ist es. Ich habe Euren Namen zuerst auf einer Bücheranzeige in Ulm entdeckt, und inzwischen habe ich hier in Augsburg einige Erkundigungen über Euch eingezogen«, sagte Steinhöwel.

»Man hat Euch hoffentlich nur Gutes über mich erzählt.«

»Nun, es heißt, Ihr druckt recht ordentlich, zusammen mit Eurem Teilhaber.« Dabei sah er nun zum ersten Mal Johannes an, der bislang nur stummer, fast unbemerkter Zeuge gewesen war.

Günther straffte sich merklich.

»Ich kann Euch einige unserer Werke zeigen«, schlug er dann vor. Die Offizin hatte in der Zwischenzeit einen ansehnlichen Bestand gedruckter Bücher vorrätig. Auf der letzten Bücheranzeige, die Günther auf seiner Frühjahrsreise durch den süddeutschen Raum verteilt hatte, waren nicht weniger als 17 Werke aufgeführt, darunter das »Catholicon« von Johannes Balbus. Dieses zweite größere Werk hatte sein Auftraggeber, Kardinal von Schaumburg, leider nicht mehr zu Gesicht bekommen, da er Anfang des vergangenen Jahres gestorben war.

»Nun, dann lasst sehen, was Ihr habt«, meinte Steinhöwel.

Interessiert und, wie es schien, auch fachkundig, blätterte er zwei der Bücher sorgfältig durch, die Günther ihm vorlegte, wobei er immer wieder zustimmend nickte.

»Sehr gut, wirklich. Ausgezeichnete Arbeit«, meinte er schließlich. »Könnt Ihr auch in deutscher Sprache drucken?«

»Nein – äh – «, wand sich Günther, während gleichzeitig Johannes laut »Ja!« rief.

Steinhöwel sah verwundert von einem zum anderen und fragte: »Was nun – Ja oder Nein?«

Noch bevor Günther antworten konnte, erklärte Johannes: »Das ist eigentlich kein Problem. Wir müssten zusätzlich einige Lettern gießen, die nur in der deutschen Sprache vorkommen.«

»Aber Ihr habt es noch nie gemacht, oder?«

»Hier in Augsburg nicht«, gab Johannes freimütig zu. »Doch in Straßburg habe ich selbst an der Deutschen Bibel von Meister Mentelin mitgearbeitet.«

»Bei Mentelin? Ihr? Kaum zu glauben!«, rief Steinhöwel überrascht. »Dann muss ich mich nicht mehr über die gute Qualität Eurer Werke wundern.«

Günther, offensichtlich etwas gekränkt, dass er überhaupt nicht mehr zu Wort kam, wandte sich nun an den Arzt und fragte: »Darf ich wissen, was Ihr gedruckt haben wollt? Doch nicht etwa ein deutsches Werk?«

»Genau das möchte ich. Vor Jahren schon habe ich einen antiken Roman in die deutsche Sprache übersetzt, und ich denke, nun ist die Zeit reif, ihn drucken zu lassen«, erklärte Steinhöwel.

»Ihr habt einen Roman übersetzt? Seid Ihr etwa Übersetzer? Und was ist das für ein Roman?«, schaltete sich Johannes wieder ein.

»Ich bin kein Übersetzer, sondern Arzt«, antwortete der Gefragte. »Stadtarzt von Ulm. Doch ich beschäftige mich sehr viel mit Literatur. Der Roman heißt ›König Apollonius von Tyrus‹.«

Als er die verständnislosen Gesichter der beiden Brüder sah, erklärte Steinhöwel, dass es sich bei diesem Text um eine altgriechische Sage handelte, die er aus dem Lateinischen in leicht verständliches Deutsch übersetzt hatte.

»Sie handelt von den Irrfahrten und Schicksalsschlägen des Apollonius, wobei sich letztlich doch alles zum Guten wendet. So etwas wird in jüngster Zeit gerne gelesen.«

»Meint Ihr?«, fragte Günther skeptisch.

»Dessen bin ich mir sicher. Es muss nur in deutscher Sprache angeboten werde. Latein können die wenigsten Leser, selbst wenn sie ansonsten sehr gebildet sind«, meinte Steinhöwel.

»Welchen Umfang hat Euer Werk? Und wie hoch soll die Auflage sein?«, wandte sich Günther wieder der praktischen Seite zu.

»Das Manuskript hat etwas mehr als hundert Seiten. Nun hängt es von Eurer Schriftgröße und dem Satz ab, wie viele gedruckte Seiten das werden. Über die Auflage habe ich mir noch keine allzu großen Gedanken gemacht. Das ist sicherlich auch eine Frage des Preises.«

»Habt Ihr das Manuskript bei Euch?«, fragte Johannes.

Der Stadtarzt zog ein paar zusammengerollte und von einem Band gehaltene Blätter aus seinem Umhang hervor und reichte sie Johannes.

»Hier, das sind die ersten Seiten, die ich in Ulm von einem Schreiber kopieren ließ.«

Während Johannes die Blätter aufrollte und sie zu lesen begann, verhandelte Günther die geschäftlichen Dinge mit Steinhöwel.

Sie kamen überein, dass von den ersten Blättern ein Probedruck angefertigt und eine vorläufige Berechnung der Druckkosten erstellt werden sollte. Der Arzt würde in drei Wochen wieder nach Augsburg kommen und sich nach Prüfung der Drucke und des Angebots entscheiden, ob und wie viele Exemplare er gedruckt haben wollte.

»Könnt Ihr auch Illustrationen einfügen?«, fragte Steinhöwel dann.

»Sicherlich. Ich kenne hier in Augsburg mehrere gute Formschneider, die Euch bestimmt die passenden Holzschnitte anfertigen können, wenn Ihr ihnen entsprechende Angaben macht«, bot Günther an.

»Das wird nicht nötig sein. Formschneider haben wir in Ulm zur Genüge. Ich werde die Holzschnitte bei meinem nächsten Besuch mitbringen.«

Johannes, der sich damit auskannte, erklärte Steinhöwel noch, wie die Holzschnitte beschaffen sein mussten, damit er sie in den Satz einfügen konnte, und schließlich verabschiedete sich der vornehme Gast.

»So etwas Verrücktes«, brummte Günther, als er gegangen war.

»Was meinst du?«

»Einen Roman auf Deutsch drucken. Glaubst du wirklich, das will jemand lesen? Gebildete Leute können Latein, und sie lesen christliche Schriften, meinetwegen auch die Bibel, aber Romane?«

Johannes reichte ihm die Blätter, die der Arzt zurückgelassen hatte.

»Dann lies selbst. Das ist nicht schlecht. Ich bin jetzt schon gespannt, wie es weitergeht«, meinte er.

Günther wehrte mit einer geringschätzigen Handbewegung ab.

»Für so etwas habe ich keine Zeit. Der Abt braucht wieder einmal Ablassbriefe. Also mach dich an die Arbeit. Morgen ist Anton wieder da, und wir sollten so schnell wie möglich anfangen.«

Abt Melchior hatte inzwischen den gewinnträchtigen Handel mit den Briefen übernommen, den der Nachfolger des Kardinals noch nicht für sich und seine Pfründe entdeckt hatte. Seufzend legte Johannes die Manuskriptseiten Steinhöwels beiseite und nahm den handschriftlichen Ablassbrief, den Günther ihm reichte. Dann bereitete er das Satzschiff vor, nahm die Setzkästen heraus und legte die Lettern gewissenhaft in das Schiff, wobei er sich insgeheim nichts sehnlicher wünschte, als dass Steinhöwel das Buch in Auftrag geben würde. Das Einzige, was ihn störte, war die Tatsache, dass dieser tatsächlich der Ulmer Stadtarzt war. Er beschloss, Susanne vorerst nichts davon zu erzählen.

Während Anton und die beiden Gehilfen am folgenden Tag mit dem Druck der Ablassbriefe anfingen, machte sich Johannes mit den Manuskriptblättern auf zu Sixt Sauerloch. Der Kistler sollte ihm die Typen machen, die er für den deutschen Probedruck benötigte; im Lateinischen gab es mehrere Buchstaben und Ligaturen nicht, die im Deutschen häufig vorkamen, wie etwa das »y« oder auch die Umlaute.

Gemeinsam gingen die beiden Steinhöwels Blätter durch und notierten die fehlenden Lettern, die Johannes dann anschließend fein säuberlich mit der Feder aufmalte, passend zu der Fraktura-Schrift, die in der Offizin verwendet wurde. So hatte Sixt eine ordentliche Vorlage, und er versprach, die Lettern in einigen Tagen zu liefern.

Die Setzarbeit, mit der Johannes begann, nachdem er von Sixt die Typen bekommen hatte, war zunächst etwas ungewohnt, da er dieses Mal das vorliegende Original nicht einfach auf den Satz übertragen konnte. Die Handschrift war kleiner als die von ihm verwendete Fraktura. So entstand ein völlig anderer Zeilenumbruch, der entsprechende Sorgfalt erforderte. Johannes hatte den Ehrgeiz, Steinhöwel auf jeden Fall einen tadellosen Probedruck vorzulegen, und nach etlichen Korrekturen war er schließlich zufrieden.

Auf den Tag genau drei Wochen nach seinem ersten Besuch betrat der Ulmer Stadtarzt Anfang Oktober wieder die Zainer'sche Offizin. Er war sehr beeindruckt von der geleisteten Arbeit, wobei wie immer Günther das Wort führte. Johannes ärgerte sich insgeheim darüber, dass wieder einmal sein Bruder das Lob für das einheimste, was eigentlich er geschaffen hatte, doch er ließ sich nichts anmerken. Steinhöwel hatte das vollständige Originalmanuskript und die fertigen Holzschnitte dabei. Nach einer raschen Seitenzählung rechnete Günther aus, wie viele Druckseiten zu veranschlagen waren.

»Wünscht Ihr doppelseitigen oder einseitigen Druck?«, fragte er den Arzt.

»Natürlich doppelseitig. Dadurch braucht Ihr auch weniger Papier, und der Preis wird niedriger.«

»Das wird sich nicht so gravierend bemerkbar machen, da der Schön- und Widerdruck mehr Arbeitsaufwand verursachen. Aber wir können gerne doppelseitig drucken. Wie steht es mit der Auflage?«

»Würdet Ihr das Buch in Euer Sortiment aufnehmen? Wie ich weiß, seid Ihr auch Buchführer und viel in anderen Städten unterwegs«, meinte Steinhöwel.

»Nun, für eine anständige Beteiligung kann ich Euch sicher behilflich sein, das Buch zu verkaufen.«

Dann nahm Günther einen Bogen Papier sowie seine bereits vorbereitete Aufstellung und fing an, einige Berechnungen durchzuführen.

Johannes verfolgte, wie geschickt sein Bruder verhandelte, und obwohl Steinhöwel sich sehr gut auskannte, auch was die Preise betraf, hatte es Günther eine Stunde später geschafft. Mit Handschlag besiegelten er und Steinhöwel den Auftrag, insgesamt zweihundert Exemplare des »Apollonius« zu drucken, für einen festen Preis von 250 Gulden. Der Verkaufspreis sollte zwei Gulden betragen, und der Arzt war sehr zuversichtlich, genügend Leser für sein Buch zu finden. Sie vereinbarten, dass die Bücher bis zum Lichtmesstag des folgenden Jahres fertig sein sollten. Steinhöwel würde dann nach Augsburg kommen und sie persönlich abholen. Günther erklärte sich einverstanden, fünfzig Exemplare zu behalten und in Steinhöwels Auftrag zu verkaufen, doch er bestand unnachgiebig darauf, dass Steinhöwel den Druck dieser fünfzig Bücher gleichfalls bezahlte.

Er rieb sich vergnügt die Hände, nachdem sich der Arzt verabschiedet hatte, und meinte: »Das wird ein gutes Geschäft.«

»Aber auch ein ordentliches Stück Arbeit«, brummte Johannes, der ganz genau wusste, dass der Löwenanteil dieser Mühen wie üblich ihm zufallen würde. Doch der Gedanke an den damit verbundenen Gewinn stimmte ihn schnell zuversichtlicher. Susanne würde sich bestimmt ebenfalls freuen. Er hatte ihr natürlich in den vergangenen Wochen von dem möglichen neuen Auftraggeber erzählt, wenngleich er dessen Namen und Herkunft aus gutem Grund verschwiegen hatte. Er wollte sie nach wie vor nicht an die unglückseligen Tage vor drei Jahren erinnern.

# 1471

Was ist denn das?«, rief Günther wütend, als er eher zufällig ein Blatt des Drucks für Steinhöwel vor das Fenster hielt, durch das die milchige Januarsonne schien, und dabei das Wasserzeichen der Ravensburger Papiermühle entdeckte.

Johannes sah kurz von seinem Satzschiff auf. Die Arbeit ging zügig voran, und er war zuversichtlich, den vereinbarten Liefertermin Anfang Februar einhalten zu können.

»Was meinst du?«, fragte er erstaunt.

»Das Papier! Du hast doch nicht etwa das teure Ravensburger genommen, oder?« Günthers Miene verhieß nichts Gutes.

»Aber sicher doch. Ich dachte, du wüsstest das«, rechtfertigte sich Johannes. »Außerdem ist jetzt schon mehr als die Hälfte fertig, und du siehst dir weiß Gott nicht zum ersten Mal die Drucke an.«

»Habe ich dir vielleicht gesagt, du sollst das Ravensburger nehmen?«

»Nein, aber ich denke, das ist doch selbstverständlich. Für so ein Werk muss ein ordentliches Papier her, nicht das grobfaserige Zeug, das Schüßler fabriziert.«

»Das ist nicht zu fassen!«, tobte Günther. »Ich verhandle mit Steinhöwel, mache ihm einen besonders guten Preis, und dann druckst du auf dem teuersten Papier, das wir haben. Da können wir unseren Gewinn an einer Hand abzählen.«

Doch Johannes war sich keiner Schuld bewusst. »Du hast nichts vom Papier gesagt. Es hieß immer nur ›arbeite ordentlich, streng dich an‹ und was sonst noch alles«, entgegnete er. »Und wenn du gleich zu Beginn gesagt hättest, dass du nicht das Ravensburger haben willst, wäre das kein Problem gewesen.«

»Ich kann mich nicht um alles kümmern«, knurrte Günther.

»Das weiß ich, aber wenn dir das so wichtig ist, hättest du es früher sagen müssen. Jetzt bleibt uns nichts anderes übrig, als mit dem gleichen Papier weiterzumachen.«

Natürlich hatte Johannes Recht, und sein Bruder wusste das so gut wie er selbst.

»In Zukunft werde ich dir ganz genau sagen, welches Papier du zu nehmen hast, wenn du nicht in der Lage bist, mich vorher zu fragen.«

»Ja, mach das. Aber denk daran, dass du dazu auch hier sein musst.« Johannes ärgerte sich schon seit längerer Zeit über Günthers immer häufigere Abwesenheit und ergriff nun diese Gelegenheit, sein Missfallen deutlich zum Ausdruck zu bringen.

Günther starrte ihn wütend an.

»Was soll das heißen?«

»Dass du uns hier schuften lässt, während du dich irgendwo herumtreibst.«

»Das ist – das ist eine Frechheit! Wer kümmert sich denn um das Geschäft? Wer besorgt die ganzen Aufträge? Was würdet ihr denn machen, wenn ich nicht wäre?«, schrie er und drehte sich dabei um, damit sich Anton und die beiden Gehilfen auch angesprochen fühlten.

Während ihn die Gehilfen nur verlegen ansahen, ging Anton um die Druckpresse herum, an der er gerade arbeitete, und hob beschwichtigend die Hände, als er zwischen den beiden streitbaren Brüdern stand.

»Nun ist es genug«, sagte er ruhig. Dann wandte er sich an Günther und meinte: »Johannes hat Recht. Du musst dich mehr um deine Offizin kümmern, nicht nur um die Geschäfte. Das mit dem Papier ist vielleicht falsch gelaufen, aber vielleicht ist Steinhöwel ja bereit, etwas mehr zu bezahlen, wenn er die hervorragende Qualität sieht.«

Günther war überrascht, als er Anton so sprechen hörte. Er schien nicht so ganz zu wissen, wie er darauf reagieren sollte. Doch schließlich gab er nach.

»Vergesst das Ganze. Und nun wieder an die Arbeit«, brummte er, nahm seine Kappe und verließ ohne weitere Kommentare die Werkstatt.

»Danke«, sagte Johannes zu Anton. »Auf dich kann man sich verlassen.«

»Meinst du, ich sehe nicht, wie dein Bruder sich auf unsere Kosten ein feines Leben macht?« Anton arbeitete nun schon seit drei Jahren als Geselle in der Offizin. Er redete für gewöhnlich nur, wenn er gefragt wurde, und Johannes mochte seine ruhige, bedächtige Art. Ohne den früheren Kartenmaler wären einige Drucke gar nicht möglich gewesen. Bis heute hatte er sich nie beschwert oder beklagt, und umso erstaunter hatte Johannes verfolgt, wie er sich soeben eingeschaltet hatte.

»Ja, ja«, bekräftigte er, »richtige Arbeit mochte er noch nie. Andererseits muss sich wirklich jemand um unsere Aufträge kümmern – und das kann er wirklich gut.«

»Also vergessen wir diese kleine Meinungsverschiedenheit«, schlug Anton vor und fügte dann augenzwinkernd hinzu: »Ich hätte auf jeden Fall auch das Ravensburger genommen.«

Die wenigen Wochen bis Lichtmess vergingen wie im Flug. Johannes arbeitete bis zur Erschöpfung und kam nur zum Essen und Schlafen nach Hause. Er spürte wohl, dass sich Susanne vernachlässigt fühlte, konnte aber nicht viel dagegen tun. Der einzige Trost, den er ihr geben konnte, war die Aussicht auf den beträchtlichen Gewinn, den der Druck für Steinhöwel abwerfen würde, wobei er ihr immer noch nicht erzählt hatte, wer der Auftraggeber des Buches war. Susanne fragte nie danach, ebenso wenig wie nach anderen täglichen Kleinigkeiten, die seine Arbeit betrafen. Nur glaubte er manchmal, in ihren Blicken einen stummen Vorwurf zu lesen.

»Nächste Woche werden wir fertig«, meinte Johannes am letzten Sonntag im Januar, als sie mit dem kleinen Johannes auf dem Rückweg von der Kirche waren. »Dann nehme ich mir einen oder zwei Tage frei.«

»Bist du sicher?«, fragte Susanne spöttisch. »Günther wird bestimmt eine neue Arbeit für dich haben.«

»Nein, das hat er nicht. Ich habe schon mit ihm gesprochen.«

»Hast ihn um Erlaubnis gebeten, oder?« Ihr Spott klang verächtlich.

»Ich habe ihm lediglich gesagt, dass ich einen oder zwei Tage nicht in der Offizin sein werde.«

Der Lichtmesstag fiel in diesem Jahr auf einen Mittwoch, und am späten Vormittag erschien der Ulmer Stadtarzt mit einem Pferdegespann, um wie vereinbart seine fertigen Drucke abzuholen. Er war begeistert von der guten Qualität und geizte nicht mit Lob für Günther und die anderen in der Offizin, die alle mitgearbeitet hatten, um das Werk pünktlich fertig zu stellen. Sogar Günther selbst hatte in den letzten beiden Tagen beim Sortieren und Falten der Foliobogen mit Hand angelegt, wie Johannes anerkennen musste.

Während die beiden Gehilfen den Fuhrleuten halfen, die ungebundenen Bücher sorgfältig in den mitgebrachten Fässern zu verstauen, machte Günther Steinhöwel auf das hochwertige Ravensburger Papier aufmerksam.

»Wie Ihr seht, haben wir unser bestes Papier genommen«, erklärte er.

»Ja, das ist ganz ausgezeichnet«, pflichtete Steinhöwel bei.

»Es gibt da nur ein kleines Problem. Dieses Papier ist wesentlich teurer als das normale Augsburger Papier.«

»Und wo liegt das Problem?«

»Nun, bei meiner Berechnung der Kosten habe ich billigeres Papier zu Grunde gelegt«, sagte Günther.

»Aha.« Steinhöwel begriff allmählich, worauf Günther hinauswollte. »Der Druck soll also teurer werden.«

»Nun – es ist – wir dachten, für so ein Werk – «

»Warum habt Ihr nicht früher daran gedacht?«, unterbrach ihn Steinhöwel mit einem säuerlichen Lächeln.

»Eigentlich war es die Idee meines Bruders«, antwortete Günther. »Er fertigte probehalber einige Seiten mit dem Ravensburger Papier, und wir waren beide davon überzeugt, es würde Euch gefallen.«

»Darum geht es nicht. Dieses Papier ist von exzellenter Qualität, aber ich sehe nicht ein, warum ich nun mehr als den vereinbarten Preis bezahlen soll. Wie viel teurer ist es überhaupt?«

»Ungefähr zehn Gulden«, antwortete Günther, ohne zu zögern.

Steinhöwel runzelte die Stirn. Er überlegte kurz und schüttelte dann energisch den Kopf.

»Es tut mir Leid, Meister Zainer, aber das müsst Ihr Euch beim nächsten Mal früher überlegen. Wenn ich Geschäfte mache, dann verlasse ich mich auf das, was meine Partner sagen.« Dem Tonfall des Arztes war deutlich anzumerken, dass er keine weitere Diskussion mehr wünschte.

So blieb Günther nichts weiter übrig, als zerknirscht einzuwilligen.

»Gut, es war mein Fehler. Es wird nicht mehr vorkommen – falls Ihr gedenkt, uns weitere Aufträge zu geben.«

Steinhöwel lachte erleichtert auf.

»Das gedenke ich in der Tat. Ich werde in den nächsten Wochen eine neue Übersetzung vollenden, bevor ich nach Italien reise.«

»Nach Italien? Wohin genau?«

»Nach Padua. Nach dem Osterfest will ich aufbrechen, und ich werde Euch das Werk mitbringen, da mich mein Weg ohnehin über

Augsburg führt. Nun lasst uns aber unser erstes Geschäft zu Ende bringen.« Mit diesen Worten zog Steinhöwel zwei volle Lederbeutel hervor, die Günther mit leuchtenden Augen entgegennahm.

Auf einer Ecke des Arbeitstisches zählte er die Gulden zwei Mal nach und reichte dem Arzt die leeren Beutel zurück.

»Die könnt Ihr behalten«, wehrte Steinhöwel ab. Dann wandte er sich plötzlich an Johannes und sagte: »Besten Dank für Euren ausgezeichneten Einfall! Ich bin sicher, dass das Buch sich mit diesem Papier noch besser verkauft.«

Johannes trat verlegen von einem Bein auf das andere.

»Es war mir eine Ehre, an diesem Werk mitarbeiten zu dürfen«, erwiderte er schließlich, wobei er es vermied, dem Blick seines Bruders zu begegnen.

Inzwischen waren die Bücher fertig verpackt und die Fässer auf dem Fuhrwerk verstaut, das draußen auf der Gasse wartete. Der Medicus verabschiedete sich und versprach nochmals, nach dem Osterfest wiederzukommen.

»Das haben wir nun davon!«, klagte Günther lauthals, als Steinhöwel weg war, und sah dabei abwechselnd seinen Bruder und Anton an.

»Ich hätte schon gedacht, dass Steinhöwel etwas großzügiger sei«, meinte Anton.

»Die Hauptsache ist doch, dass er zufrieden ist«, stellte Johannes fest, obwohl er genau wusste, dass für Günther das Geld die Hauptsache war.

»Zehn Gulden. Die werden wir nächstes Jahr verrechnen, wenn wir den Gewinn aufteilen«, wandte sich Günther nun an seinen Bruder.

»Meinetwegen. Ich gehe jetzt erst einmal nach Hause«, antwortete dieser. »Am Montag bin ich wieder hier.«

»Am Montag? Aber wir müssen – «

»Das ist mir egal«, unterbrach ihn Johannes. »Ich habe Susanne versprochen, ein paar Tage frei zu nehmen, wenn der ›Apollonius‹ fertig ist, und das werde ich jetzt auch machen, ob es dir passt oder nicht. Vergiss nicht, dass wir Partner sind – ich bin nicht dein Leibeigener!«

Und noch bevor Günther irgendetwas erwidern konnte, hatte er die Tür der Offizin bereits hinter sich geschlossen.

Die folgenden Tage nutzte Johannes, um sich ein wenig auszuruhen und sich um seine Familie zu kümmern. Susanne war sichtlich froh, ihren Mann um sich zu haben. Beide vermieden es, so gut es ging, über die Offizin oder Günther zu sprechen. Stattdessen erkundeten sie die Stadt Augsburg, deren Wohlstand inzwischen nicht mehr zu übersehen war. Die Ungeldunruhen waren längst vergessen, Handel und Handwerk gediehen prächtig, neue Häuser wurden gebaut, und die meisten Bewohner der Stadt hatten wieder ihr Auskommen.

Johannes begleitete Susanne auch bei einem ihrer Einkäufe auf dem Markt. Es gab jetzt im Februar naturgemäß nicht viel an Gemüse oder Obst, dafür aber reichlich Fisch, Fleisch und Geflügel, Letzteres in lebender Form oder auch bereits geschlachtet. Susanne bat Johannes, ein paar Hühner zu kaufen, um immer mit frischen Eiern versorgt zu sein, und er tat ihr den Gefallen gerne. Sein Interesse galt vor allem den Kräutern und Gewürzen aus aller Herren Länder, die an mehreren Ständen feilgeboten wurden, und er bewunderte auch die vielen handwerklichen Gegenstände, die hier auf einen neuen Besitzer warteten. Keramikwaren, Flechtwerk, Stoffe, Filzhüte, lederne Beutel, Talglichter, Töpfe und Pfannen, allerlei Werkzeuge aus Holz oder Eisen, auch Seifen und Kämme – das Angebot war überwältigend. Wenn ich nur mehr Geld hätte, dachte Johannes, als er all die verlockenden Dinge sah, und ihm entging nicht, wie Susanne hin und wieder seufzte, wenn er sie mit sanfter Gewalt von einem Stand zum nächsten weiterzog. Schließlich kehrten sie zurück zu ihrem Häuschen am Predigerberg. Der kleine Johannes war natürlich begeistert von den Hühnern und versprach hoch und heilig, auf sie aufzupassen und sie jeden Tag zu füttern. Er half seinem Vater dabei, rasch aus ein paar Brettern einen kleinen Stall zu zimmern, und ließ die Hühner nicht mehr aus den Augen.

»Warum haben wir die Tiere nicht schon früher gekauft? Der Kleine ist ja ganz aus dem Häuschen, oder?«, fragte Johannes seine Frau, während beide ihren Sohn dabei beobachteten, wie er die Hühner mit ein paar Brosamen fütterte.

»Ich habe dir mehrere Male gesagt, wir sollten eigene Hühner haben, aber du hast offensichtlich überhaupt nicht zugehört«, stellte Susanne fest.

»Es tut mir Leid. Und ich verspreche dir, dass das ab jetzt anders wird.«

Johannes nahm Susanne in seine Arme, doch sie entwand sich seiner Umarmung und sah ihn skeptisch an.

»Da bin ich aber gespannt. Wir werden ja sehen, was dein lieber Bruder sagt, wenn du am Montag wieder in die Offizin kommst«, meinte sie spöttisch.

Am Montag wurde schnell klar, dass Susanne Recht behalten sollte. Als Johannes morgens die Offizin betrat, hatte Günther ihm große Neuigkeiten zu berichten. Er war in der vergangenen Woche bei Abt Melchior gewesen, um ihm den »Apollonius« zu zeigen und vielleicht sogar ein Exemplar zu verkaufen. Melchior hatte zwar kein Buch erworben, Günther jedoch stattdessen die Übersetzung der »Legenda aurea«, zu Deutsch »Heiligenleben«, von Jacobus de Voragine gezeigt. Dieses Buch wollte der Abt gedruckt haben, mit noch mehr und noch aufwändigeren Holzschnitten als in Steinhöwels letztem Werk.

Günther hatte geschickt verhandelt und einen ordentlichen Preis vereinbart. Abt Melchior wollte selbstverständlich ebenfalls Ravensburger Papier, wobei die Mehrkosten keine Rolle spielten. Dem Kloster Sankt Ulrich und Afra ging es gut, nicht zuletzt auch dank der Ablassbriefe, die immer noch reißenden Absatz fanden und in fast regelmäßigen Abständen in der Zainer'schen Offizin gedruckt wurden.

Johannes kam erst spät nach Hause. Draußen war es längst dunkel, und Susanne empfing ihn mit vorwurfsvollen Blicken.

»Das war vielleicht ein Tag«, seufzte Johannes und ließ sich erschöpft auf einen Schemel fallen.

»Vor allem ein langer«, bemerkte Susanne spitz.

»Ja, ich weiß. Meinst du, ich komme absichtlich so spät? Es gab noch einiges zu besprechen – Günther hat einen neuen Großauftrag bekommen.« Johannes' Stimme klang verärgert. Er hatte keine Lust, jetzt auch noch mit seiner Frau zu diskutieren. Für heute reichte es.

»Hier, dein Essen.« Susanne stellte ihm eine Tonschüssel mit Suppe hin, die sie auf der Kochstelle warm gehalten hatte, und wandte sich ab.

Lustlos und schweigend löffelte Johannes die Suppe und aß etwas Brot dazu. Eigentlich war ihm der Appetit vergangen.

Dann schob er die Schüssel weg und sagte: »Ich gehe schlafen. Morgen wird ein anstrengender Tag.«

»Es ist, wie es immer war. Du bist und bleibst der Hanswurst deines Bruders«, stellte Susanne fest und ging nochmals nach draußen, um nach den Hühnern zu sehen.

Johannes zog es vor, nicht darauf zu antworten. So wartete er erst gar nicht ab, bis sie wiederkam, sondern verschwand in der Schlafkammer.

In den folgenden Wochen arbeitete er wie besessen an dem Auftrag des Abtes. Die ersten Probedrucke waren zu dessen voller Zufriedenheit ausgefallen, und Melchior nahm regen Anteil am Fortschritt seines Buches. Mindestens zweimal in der Woche tauchte er in der Offizin auf, um sich die neu gedruckten Seiten anzusehen, wobei er immer wieder die Geschicklichkeit von Johannes mit lobenden Worten bedachte. Johannes wusste dieses Lob wohl zu schätzen. Die ganze Verantwortung lastete allein auf seinen Schultern, nachdem sein Bruder Anfang März mit einigen Exemplaren des »Apollonius« zu seiner nächsten Reise aufgebrochen war.

Dank Anton und der unermüdlichen beiden Gehilfen ging die Arbeit rasch voran. Kleinere Verzögerungen entstanden nur durch die Holzschnitte zur Illustration, die Abt Melchior bei einigen Augsburger Formschneidern in Auftrag gegeben hatte und die nicht immer fristgerecht geliefert wurden.

Als Günther in der Karwoche nach Augsburg zurückkehrte, brachte er durchweg gute Nachrichten mit. Fast alle Drucke des »Apollonius« waren verkauft, und in Nürnberg hatte er ein neues Betätigungsfeld entdeckt, dem er sich in seiner eigenen Offizin künftig ebenfalls widmen wollte: gedruckte Kalender auf nur einem einzigen Blatt. Diese demzufolge als »Einblattkalender« bezeichneten Drucke in deutscher Sprache fanden in Nürnberg bereits reißenden Absatz in der Bürgerschaft und auch bei den Handwerkern, die des Lesens kundig waren. Die Jahreskalender enthielten kurze, fromme Sprüche, auch Empfehlungen, welche Tage sich besonders für bestimmte Tätigkeiten wie etwa Säen, Pflanzen oder auch einen Aderlass eigneten. Günther hatte einige unterschiedliche Exemplare mitgebracht und zeigte sie voller Begeisterung Johannes.

»Das wird ein gutes Geschäft«, meinte er.

»Wir haben im Moment mehr als genug zu tun«, entgegnete Johannes.

»Ach was«, wehrte Günther ab. »Die ganzen Holzschnitte kommen sowieso nie pünktlich, und eine der beiden Pressen könnten wir ruhig für die Kalender nutzen.«

»Wenn du das willst – meinetwegen. Aber für den Satz habe ich momentan keine Zeit.«

»Das kann Anton auch machen.«

Johannes runzelte die Stirn. Genau genommen hatte sein Bruder Recht. Da tatsächlich die nächsten Holzschnitte fehlten, die dringend benötigt wurden, war der Druck für den Abt ins Stocken geraten. Außerdem war die Setzarbeit für ein einzelnes Blatt wirklich keine große Sache. Er selbst konnte es im Moment nicht erledigen, aber Anton würde das schon schaffen.

»Gut«, sagte er. »Lass ihn den Kalender setzen. Den Druck kannst du ja selbst besorgen«, schlug er vor.

»Wir werden sehen«, wich Günther aus. »Zuerst muss gesetzt werden – der Druck wird dann auch kein Problem mehr sein.«

Eine Woche später, am Dienstag nach Ostern, erschien Abt Melchior mit bedrückter Miene in der Offizin und verlangte Günther zu sprechen, der gerade mit Anton an der zweiten Druckpresse stand und mit dem Einfärben des Satzes für das Kalenderblatt beschäftigt war. Günther unterbrach seine Arbeit, und Johannes hörte überrascht mit, was der Abt in dem kleinen Kontor neben dem großen Werkstattraum zu berichten wusste.

»Es gibt Ärger mit den Formschneidern«, begann Melchior.

»Ärger? Weshalb?«, fragte Günther verwundert.

»Sie haben sich bei mir beschwert, dass ihnen Eure Druckkunst die Arbeit wegnimmt.«

»Das ist ja lächerlich. Sie arbeiten doch für mich, oder in diesem Fall für Euch«, entgegnete Günther.

»Ja, schon. Aber sie behaupten, durch die großen Druckauflagen würden weniger Holzschnitte gebraucht als früher. Und das ist noch nicht alles – auch die Briefmaler fürchten um ihre Existenz.«

»Die Briefmaler? Was haben die denn damit zu tun?«

»Sie wollen, dass nur noch ohne Illustrationen und Initialen gedruckt wird. Aller Zierrat soll wie früher nachträglich von Hand eingefügt werden«, erklärte der Abt.

»Wollt Ihr das wirklich? Was soll dann aus Eurem ›Heiligenleben‹ werden?«

»Das habe ich mir schon überlegt. Wir werden zwei Bände daraus machen. Der erste Band soll das enthalten, was Ihr bisher gedruckt habt oder mit den bereits bestellten Holzschnitten noch drucken könnt. Und der zweite Band wird nur als Text gedruckt.«

Günther schüttelte den Kopf.

»Das kann ich nicht akzeptieren«, widersprach er energisch. »So war es nicht vereinbart.«

»Die Formschneider werden die restlichen Holzschnitte nur liefern, wenn Ihr dieser Vereinbarung zustimmt. Ich habe ihnen bereits mein Wort gegeben, dass Ihr das tun würdet«, erklärte der Abt mit einem fadenscheinigen Lächeln.

»Ich werde mit ihnen sprechen und sie davon überzeugen, dass wir ihnen nicht Arbeit wegnehmen, sondern Arbeit geben. Dann wird sich zeigen, wie es weitergeht. Das ›Heiligenleben‹ bleibt auf jeden Fall erst einmal liegen – mit oder ohne Holzschnitte.« Günthers Tonfall ließ deutlich erkennen, dass für ihn die Unterhaltung damit beendet war.

Wütend drehte sich der Abt um und verließ das Kontor.

Günther sah ihm kopfschüttelnd nach, und als der Abt die Tür der Offizin hinter sich geschlossen hatte, rief er: »Anton! Johannes! Kommt in mein Kontor!«

Die beiden unterbrachen ihre Arbeit sofort. Anton hatte im Gegensatz zu Johannes nichts von dem mitbekommen, was im Kontor gesprochen worden war.

Günther berichtete in knappen Worten von seiner Unterredung mit Abt Melchior und der Weigerung der Formschneider und Briefmaler, weiter für Günthers Offizin zu arbeiten.

»So ganz verstehe ich das nicht«, warf Johannes ein. »Die Formschneider bekommen doch Aufträge von uns ebenso wie die Maler. Wir brauchen Holzschnitte, wir müssen Rubrikationen und Initialen machen lassen, und dafür brauchen wir sie, so, wie wir Anton brauchen.«

»Offenbar sehen das einige von ihnen anders«, entgegnete Günther. »Wenn wir zum Beispiel die Initialen mit drucken, fällt dieser Schritt weg. Mit den Holzschnitten sieht es etwas anders aus. Wir drucken ja wesentlich größere Stückzahlen mit einem einzigen Holzschnitt, aber der Formschneider erhält deswegen nicht mehr dafür. Wahrscheinlich wollen die Gesellen nur mehr Geld.«

»Du solltest im Zunfthaus mit ein paar Leuten reden«, schlug Johannes vor. »Nimm Anton ruhig mit. Als Briefmaler kann er sicherlich einiges erklären und seine Kollegen beruhigen.«

Günther nickte.

»Ja, das will ich hoffen. Diese Streitereien führen zu nichts. Es muss eine Lösung geben. Am besten, wir klären das gleich heute Abend im Zunfthaus.«

»Und? Was habt ihr gestern erreicht?«, fragte Johannes am anderen Morgen, als er in die Offizin kam, wo Anton bereits an der Druckpresse stand.

»Dein Bruder hat ganze Arbeit geleistet«, brummte Anton mürrisch.

»Was soll das heißen?«

»Im Zunfthaus braucht er sich so schnell nicht mehr blicken lassen. Und ich mich auch nicht.«

»Würdest du mir bitte erklären, was los war?« Johannes wurde allmählich ärgerlich.

Anton unterbrach schließlich seine Arbeit an der Presse und erzählte Johannes, was sich am Vorabend abgespielt hatte. Günther hatte zunächst versucht, die anwesenden Briefmaler und Formschneider mit vernünftigen Argumenten zu überzeugen. Doch als diese sich beharrlich geweigert hatten, weiter zu den bisherigen Bedingungen für die Offizin zu arbeiten, hatte er kurzerhand verkündet, sich die benötigten Holzschnitte eben woanders fertigen zu lassen – dann würden sie schon sehen, wo sie Arbeit herbekamen. Und mit dieser unmissverständlichen Drohung war er einfach aufgestanden und gegangen.

»Und du?«, fragte Johannes.

»Was blieb mir anderes übrig, als auch zu gehen?«

Johannes schüttelte den Kopf.

»Das kann er doch nicht machen. Wir brauchen die Augsburger, jetzt und auch in Zukunft«, stellte er fest.

»Ja, das sehe ich ganz genauso. Du musst nochmals mit Günther reden«, meinte Anton. »Sonst könnt ihr die Offizin über kurz oder lang zumachen.«

Am späten Vormittag tauchte Günther endlich auf. Seinem Gesichtsausdruck nach zu schließen hatte er nicht die beste Laune, und ohne Anton oder Johannes eines Blicks zu würdigen verschwand er schnurstracks in seinem Kontor. Johannes folgte ihm unverzüglich und schloss dann die Tür, um ungestört mit seinem Bruder reden zu können.

»Was hast du dir dabei gedacht?«, fragte er ohne große Umschweife.

Günther starrte ihn feindselig an.

»Soll ich mir von diesen Holzwürmern auf der Nase herumtanzen lassen? Die haben nur noch nicht begriffen, dass die alten Zeiten für die Formschneider und Briefmaler vorbei sind. Meinst du, dass in ein paar Jahren noch irgendjemand Handschriften fertigt? Wenn sie nicht mit uns Druckern zusammenarbeiten, hat ihr letztes Stündlein geschlagen«, prophezeite er.

»Aber wie stellst du dir das vor? Gerade jetzt, wo wir dringend die nächsten Holzschnitte für das ›Heiligenleben‹ brauchen – wo willst du die herkriegen?«

»Lass mich nur machen. Ich war soeben bei Abt Melchior; er will sein Buch, notfalls auch ohne Bilder, aber ich habe ihm klargemacht, dass wir es entweder mit Holzschnitten oder überhaupt nicht drucken.«

»Es ist fast zur Hälfte fertig.«

»Ich weiß. Ich werde aber auf keinen Fall weitermachen, bis das mit den Holzschnitten geklärt ist.«

Es war deutlich zu hören, dass Günther es ernst meinte. Trotzdem wagte Johannes noch einen letzten Versuch.

»Willst du nicht nochmals mit ihnen reden?«

»Sie wissen, wo sie mich finden. Wenn sie reden wollen, werden sie schon kommen.«

»Du bist ein sturer Hund!«, entfuhr es Johannes.

»Kümmere dich um deine Arbeit und lass mich die meine machen!«, schrie Günther ihn an.

Johannes zog es vor, darauf nicht mehr zu antworten. Er drehte sich um und ging aus dem Kontor. Als ihn Anton fragend ansah, schüttelte er nur den Kopf und sagte: »Nichts zu machen.«

Zehn Minuten später kam Günther aus dem Kontor gestürmt und wies Anton an, so schnell wie möglich mit den Einblattkalendern weiterzumachen, an beiden Pressen. Als Johannes protestierte, gab ihm Günther klar zu verstehen, dass der Auftrag des Abts bis auf weiteres ruhen würde.

»Ich werde übermorgen losreiten und mich nach geeigneten Formschneidern umsehen. Bei dieser Gelegenheit möchte ich auch gleich die fertigen Kalender mitnehmen. Also macht euch an die Arbeit!«

Am Freitag brach Günther wie geplant auf, mit etwa vierhundert Einblattkalendern im Gepäck. Er wollte über Ulm nach Reutlingen reiten, in der Hoffnung, in diesen beiden Städten willige Formschneider zu finden, und nahm deshalb auch einige der Original-Illustrationen aus dem »Heiligenleben« mit. Die Stimmung beim Abschied war äußerst frostig, und sowohl Anton als auch Johannes waren froh, als Günther endlich weg war.

»Ich gehe nach Hause«, meinte Johannes.

»Meinetwegen«, brummte Anton. »Ich werde noch ein wenig aufräumen, und am Montag machen wir eben mit den Kalendern weiter.«

»Diese verfluchten Kalender.«

Anton nickte und meinte achselzuckend: »Ja, sicher, aber immer noch besser als nichts, oder?«

Johannes klopfte ihm zum Abschied auf die Schulter und machte sich dann auf den Heimweg.

»Was ist denn heute los?«, empfing ihn Susanne verwundert.

Johannes ließ sich niedergeschlagen auf einen Schemel fallen und erzählte ihr dann von Günthers Streit mit den hiesigen Formschneidern und den Ereignissen der letzten Tage. Bisher hatte er den Ärger mit seinem Bruder für sich behalten, doch nun brach unvermittelt alles aus ihm heraus.

»Du lässt Günther wieder einmal machen, was er will«, stellte sie schließlich fest, als Johannes fertig war.

»Was soll ich denn tun?«

»Rede selbst mit den Formschneidern. Entweder bist du Teilhaber oder nicht!« Die Entrüstung war Susanne deutlich anzumerken.

»Aber Günther – «

»Kein ›Aber‹. Du musst mit ihnen reden, und das am besten jetzt, wo Günther weg ist«, unterbrach sie ihn.

Johannes schüttelte den Kopf.

»Das kann ich nicht machen. Für das Geschäftliche war und ist er zuständig. Auch wenn es mir hundert Mal nicht passt – ich werde mich da nicht einmischen«, stellte er fest.

»Feigling!«

Der Streit wäre wohl noch weiter eskaliert, wenn es nicht in diesem Moment an die Türe geklopft hätte.

Johannes öffnete und sah erstaunt Anton vor sich stehen.

»Du? Was ist denn los?«

»Du solltest in die Offizin kommen. Steinhöwel ist da!«

»Steinhöwel?«

»Ja, und er ist höchst ungehalten, dass Günther verreist ist.«

Johannes fiel siedend heiß ein, dass Steinhöwel ja angekündigt hatte, nach Ostern wieder in Augsburg zu sein. Daran hatten wegen des Ärgers mit den Formschneidern weder er noch sein Bruder gedacht. So beeilte er sich und hastete unverzüglich mit Anton in die Offizin, wo der Medicus ungeduldig wartete.

»Da seid Ihr ja endlich! Ihr habt mich wohl vergessen«, meinte Steinhöwel ungehalten.

»Nun, ich muss zugeben, dass wir diese Woche nicht mehr mit Euch gerechnet haben«, versuchte Johannes sich herauszureden. »Womit kann ich Euch dienen?«

Steinhöwel deutete auf ein dickes Manuskript, das vor ihm auf dem Arbeitstisch lag.

»Hier ist meine fertige Übersetzung der ›Griseldis‹-Novelle von Boccaccio. Ich will sie gedruckt haben«, sagte er.

Johannes nahm das Manuskript in die Hand und fing an, darin herumzublättern.

»Lateinisch und Deutsch?«, fragte er, als er sah, dass die einzelnen Seiten in zwei Spalten jeweils in der einen und anderen Sprache beschrieben waren.

»Ja. So können es die gebildeteren Leser im Original lesen, und die anderen auf Deutsch«, erklärte Steinhöwel.

Als Johannes die zahlreichen Illustrationen entdeckte, die Steinhöwel offenbar eigens von Hand hatte malen lassen, gab er ihm das Manuskript zurück und meinte: »Wir haben im Moment ein ernstes Problem.«

»Was für ein Problem?«

Johannes schilderte ihm in kurzen Worten den Streit mit den Formschneidern, der es bis auf weiteres unmöglich machte, Drucke mit Holzschnitt-Illustrationen anzufertigen.

»Deshalb ist Günther ja auch nach Ulm geritten«, sagte er.

»Nach Ulm?«

»Ja, heute Morgen. Ihr hättet ihm eigentlich begegnen müssen.«

Steinhöwel schüttelte den Kopf.

»Ich bin gestern Abend bereits hier angekommen. Was will er denn in Ulm?«

»Sich nach anderen Formschneidern umsehen, die für uns arbeiten könnten.«

»Da wird er wohl kein Glück haben. Es gibt wohl eine Reihe guter Handwerker bei uns in Ulm, doch sie sind im Moment alle mit den Arbeiten für unser Münster beschäftigt«, stellte Steinhöwel fest. »Aber es muss doch eine Möglichkeit geben, das Problem mit den Augsburgern zu lösen.«

»Ich wüsste keine«, gab Johannes zu.

Steinhöwel dachte angestrengt nach. Dann gab er Johannes das Manuskript zurück.

»Macht Euch an die Arbeit! Beginnt mit dem Setzen – ich werde am Montag nochmals herkommen. Bestimmt lassen die Formschneider mit sich reden. Ich habe da so eine Idee.«

»Ich weiß nicht so recht«, meinte Johannes unschlüssig.

»Dann wartet meinetwegen bis Montag. Ich werde sehen, was ich erreichen kann.«

Als Steinhöwel weg war, sagte Johannes zu Anton: »Glaubst du, er schafft es?«

»Ich weiß nicht. Ich habe nur gehört, dass er in Augsburg über gute Beziehungen verfügt«, erwiderte Anton.

»Gute Beziehungen? Steinhöwel? Als Ulmer?«, wunderte sich Johannes.

»Er ist mit Anastasia Egen verheiratet.«

Johannes sah ihn verständnislos an.

»Du bist zwar schon eine Weile in Augsburg, aber viele Leute kennst du hier wohl nicht, oder?«, lachte Anton. Dann erzählte er Johannes einiges über die angesehene Patrizierfamilie Egen, die zu den reichsten Augsburgs gehörte. Anastasias Vater Konrad war Mitglied des Großen Rats, der alle wichtigen Entscheidungen in Augsburg traf.

»Patrizier« – allein schon dieses Wort hatte in Johannes' Ohren einen eindrucksvollen Klang. In Straßburg waren gelegentlich einige hohe Ratsmitglieder in Mentelins Offizin zu Gast gewesen, doch Johannes hatte diese vornehmen Herren stets nur aus gebührender Entfernung zu sehen bekommen. Der Ulmer Stadtarzt musste eine wesentlich bedeutendere Persönlichkeit sein, als er bislang gedacht hatte.

»Wer weiß – vielleicht kann er uns mit diesen Formschneidern tatsächlich helfen«, meinte Anton dann. Er sah sich in der Offizin um und verkündete anschließend, dass er nun nach Hause gehen würde, da ohnehin nichts mehr zu tun war. Günther hatte ihm die Schlüssel zur Werkstatt anvertraut, und so musste Johannes ebenfalls gehen. Er zögerte einen Moment und nahm schließlich das Manuskript Steinhöwels mit, um es zu Hause in Ruhe zu lesen.

»Was hast du denn da?«, fragte Susanne, als er mit dem dicken Manuskript unter dem Arm zurückkehrte.

»Ein neues Werk von Steinhöwel«, antwortete Johannes geistesabwesend.

»Steinhöwel? Wer ist das?«, wollte sie wissen.

Erst jetzt wurde Johannes bewusst, dass er womöglich einen Fehler gemacht hatte.

»Einer unserer Auftraggeber«, sagte er und versuchte, seine Stimme so beiläufig wie möglich klingen zu lassen.

»Lass mich mal sehen«, bat Susanne.

Sie nahm ihm das Manuskript aus der Hand und schlug es auf.

Rasch blätterte sie die erste, lateinische Seite um und las dann laut den deutschen Titel. »Griseldis. Von Giovanni Boccaccio. Zu Deutsch – Heinrich Steinhöwel, Medicus aus Ulm.«

Stirnrunzelnd wiederholte sie den Namen.

»Steinhöwel. War das nicht dieser Arzt damals, mit Anselm?«

Johannes sah, wie ihre Augen feucht wurden. Er nickte stumm und wollte sie in die Arme nehmen, um sie zu trösten, doch sie stieß ihn wütend weg.

»Wie kannst du für ihn arbeiten? Ausgerechnet für ihn!«, schluchzte sie.

»Für mich ist es in erster Linie ein Kunde. Und außerdem kann er doch wohl nichts dafür, dass unser Anselm an diesem Fieber gestorben ist, oder?«

»Er hätte ihn bestimmt retten können. Aber er war nicht da«, heulte Susanne weiter. »Ganz sicher wäre Anselm noch am Leben.«

»Das glaube ich nicht. Was hätte Steinhöwel schon tun können? Anselm war einfach zu geschwächt, auch von der langen Reise«, versuchte Johannes, sie zu beruhigen. Doch stattdessen lieferte er ihr damit nur ein neues Stichwort.

»Ja, diese verfluchte Reise! Warum sind wir nur aus Straßburg weg? Wir könnten dort in Frieden leben, und ich hätte auch meinen Sohn noch! Du und deine verdammte Offizin – ihr seid schuld an dem ganzen Unglück! Und dabei bist du immer noch nichts anderes als der Leibeigene deines Bruders!«

»Es reicht«, sagte Johannes leise.

»Ja, es reicht. Mir reicht es! Ich habe genug von hier, von dieser jämmerlichen Stadt, von dieser blöden Offizin und diesem elenden Leben!« Sie sank in sich zusammen und weinte hemmungslos vor sich hin.

»Lass mich in Ruhe!«, schrie sie, als er ihr die Hand auf die Schulter legen wollte.

»Was ist mit ihr?« Überrascht sah Johannes, wie sein kleiner Sohn in der hinteren Tür stand und seine weinende Mutter verstört anschaute.

»Sie ist traurig«, sagte er, nahm den Jungen an der Hand und ging mit ihm hinaus in den kleinen Garten. »Lass uns nachsehen, ob die Hühner vielleicht ein paar Eier gelegt haben.«

Er setzte sich unter einen der beiden Apfelbäume und beobachtete, wie Johannes systematisch alle möglichen Verstecke absuchte, in denen vielleicht ein Ei liegen könnte. Leider war die Suche erfolglos, und so half Johannes seinem Sohn, wenigstens ein paar Würmer zu finden, mit denen er dann die Hühner füttern konnte.

Als er wieder ins Haus kam, stand Susanne schweigend am Herd und knetete Teig. Johannes nahm das Manuskript, das auf dem Tisch lag, und ging wieder hinaus. Doch er schaffte es nicht, sich auf die Lektüre zu konzentrieren. Immer wieder kehrten seine Gedanken zu Susanne zurück. Was ihn so getroffen hatte, waren nicht ihre Vorwürfe gegen Steinhöwel gewesen, sondern die gegen ihn selbst gerichteten. Am schlimmsten war, dass seine Frau sogar irgendwie Recht hatte. Was konnte er ihr schon bieten? Von morgens bis abends stand er in der Offizin, außer an den Sonntagen, an denen man gemeinsam in die Kirche ging und vielleicht am Nachmittag ein wenig durch den nahe gelegenen Wald spazierte. Richtige Freunde hatten sie nicht. Johannes kannte eigentlich nur eine Hand voll Leute hier in Augsburg – Anton hatte es heute in der Offizin ja ganz ähnlich ausgedrückt. Susanne hatte natürlich die Bekanntschaft einiger Frauen aus der unmittelbaren Nachbarschaft gemacht, doch für diese war sie immer noch eine Fremde, mit der man wohl beim Wäschewaschen ein paar Worte wechselte, aber keine engere Beziehung aufbaute.

Was sollte er dagegen tun? Ihm selbst fehlte einfach die Zeit, und vielleicht auch die Lust, sich einen Freundeskreis zu schaffen. Sein Platz war in der Offizin. Dort hatte er seine Arbeit, die ihn nach wie vor faszinierte, und seine Kollegen, vor allem Anton. Ab und zu kam er auch mit Sixt Sauerloch zusammen, wenn wieder einmal Typen oder andere Gerätschaften benötigt wurden. Das reichte ihm, Susanne jedoch offenbar nicht. Er wusste nur nicht, wie er das ändern sollte. Mit einem Seufzer wandte er seine Aufmerksamkeit erneut dem Manuskript zu, aber es wurde einfach nichts daraus. Schließlich stand er auf und ging zurück ins Haus. Nach ein paar zaghaften, allerdings vergeblichen Versuchen, mit Susanne ins Gespräch zu kommen, griff er nach seiner Jacke. Es kam nicht oft vor, aber heute Abend wollte er noch einen oder zwei Schoppen Wein trinken. Und in Ruhe nachdenken.

Als er am anderen Morgen aufwachte, brummte ihm der Schädel. Er hatte doch mehr getrunken, als ihm gut tat, und war erst spät in der Nacht heimgekommen. Nachdem er sich mühsam erhoben hatte, stellte er fest, dass weder Susanne noch der kleine Johannes zu Hause waren. Doch dann fiel ihm ein, dass heute ja Samstag und damit der allwöchentliche Waschtag war. Rasch trank er einen großen Schluck Wasser, um den bleiernen Geschmack auf seiner Zunge los zu werden, und zog sich an. Seine trübsinnigen Gedanken vom vergangenen Abend gingen ihm immer noch im Kopf herum, und er beschloss, den Tag in der Offizin zu verbringen, um in aller Ruhe Steinhöwels Manuskript zu lesen und mit dem Satz zu beginnen.

Er lief zuerst zu Anton, holte sich dort den Schlüssel und sperrte sich dann in der Offizin ein, um ungestört zu bleiben. Schon nach wenigen Minuten war er völlig in die Lektüre der »Griseldis« versunken, wobei er auch immer wieder den lateinischen Text mit der deutschen Übersetzung verglich und schnell zu der Überzeugung gelangte, dass Steinhöwel hier hervorragende Arbeit geleistet hatte. Die Novelle selbst war eher banal. Sie handelte von weiblicher Demut und Treue. Diese Griseldis war vollkommen anders als Susanne, wie er zwischendurch immer wieder feststellte. Aber sie war ja auch eine erdachte Figur. Er verscheuchte die Gedanken an Susanne und zwang sich zum Weiterlesen.

Als er fertig war, holte er die Setzkästen aus dem Regal und überprüfte zuerst, ob auch alle benötigten Typen vorrätig waren. Tatsächlich fehlten einige Abbreviaturen und auch verschiedene Ligaturen, die in der lateinischen Fassung wiederholt auftraten. Gewissenhaft notierte Johannes die fehlenden Typen und ging dann am Nachmittag zu Sixt Sauerloch, um sie dort in Auftrag zu geben.

Der Kistler begrüßte ihn zunächst freudig, erkundigte sich jedoch gleich darauf nach dem Streit mit den Formschneidern, von dem er natürlich auch schon gehört hatte. Nachdem Johannes darüber nichts Neues zu berichten hatte, meinte Sixt: »Ich werde heute Abend jedenfalls ins Zunfthaus gehen. Samstags ist immer großer Stammtisch, und bestimmt gibt es dort etwas zu erfahren. Willst du nicht mitkommen?«

»Nein, lieber nicht«, wehrte Johannes ab. »Es ist vielleicht besser, wenn kein Zainer dort auftaucht, solange die Sache nicht geklärt ist.«

»Wie du willst. Wahrscheinlich hast du Recht. Stimmt es eigentlich, dass Günther nach Reutlingen geritten ist, um dort Formschneider anzuwerben?«

»Du bist wirklich gut informiert«, stellte Johannes fest. »Ja, er ist gestern losgeritten, und er will auch in Ulm versuchen, ein paar gute Holzschneider zu finden.«

»Glaubst du, er schafft es?«

»Ich weiß nicht. Wenn es jemand schafft, dann jedenfalls Günther«, meinte Johannes.

»Und wenn nicht?«

»Dann sieht es schlecht aus. Dann werden wir wieder um ein oder zwei Jahre zurückgeworfen, wenn wir nur noch ohne Illustrationen drucken können.«

Sixt nickte zustimmend. Er nahm die Liste mit den fehlenden Typen, die Johannes ihm mitgebracht hatte, und überflog sie kurz.

»Bis wann brauchst du die?«, wollte er wissen.

»Wenn es geht, bis nächste Woche.«

»Wofür sind sie, wenn ich fragen darf?«

»Für ein neues Buch.«

»Ach ja? Darauf wäre ich vermutlich nicht gekommen, werter Meister«, gab Sixt mit säuerlicher Miene zurück.

»Du erfährst es schon noch. Aber der Auftrag ist noch nicht sicher«, erklärte Johannes.

»Und was ist mit mir? Die Typen musst du auf jeden Fall bezahlen, hörst du?«

»Kein Problem. Die werden ja nicht schlecht. Ich denke außerdem, dass der Auftrag klappt.«

»Verrätst du mir wenigstens den Auftraggeber? Ist es wieder Abt Melchior?« Sixts Neugier war erstaunlich hartnäckig.

»Du wirst es erfahren. Sobald der Auftrag unter Dach und Fach ist«, versprach Johannes. »Und nun entschuldige mich. Ich muss zurück in die Offizin.«

Nur widerstrebend ließ Sixt ihn ziehen. Johannes ging jedoch nicht in die Werkstatt, sondern schlug spontan den Weg nach Hause ein, und mit jedem Schritt wurde sein Wunsch stärker, sich mit Susanne auszusöhnen.

Sie empfing ihn kühl und reserviert. Der Samstag war normalerweise ein Arbeitstag wie jeder andere, und Johannes hatte ihr gestern nicht mehr erzählt, dass er eigentlich hatte frei nehmen wollen. Als der kleine Johannes nach dem Abendbrot in der Schlafkammer verschwunden war, bat der große Johannes Susanne mit knappen, aber aufrichtigen Worten um Verzeihung.

»Ich werde mich bessern«, gelobte er. »Ab jetzt nehme ich mir mehr Zeit für dich und unseren Sohn.«

»Wieder einmal. Und das soll ich dir glauben, ja?«, fragte Susanne spöttisch.

»Ich bitte dich darum. Lassen wir diese sinnlose Streiterei sein. Bitte.«

»Und was ist mit diesem Arzt? Willst du immer noch für ihn arbeiten?«

»Der Auftrag ist noch nicht sicher. Aber wenn er kommt, wird mir wohl nichts anderes übrig bleiben. Immerhin zahlt er gut, und wir könnten uns ein paar neue Möbel anschaffen.«

Susanne schien nicht recht zu wissen, was sie darauf antworten sollte. Offensichtlich hatte Johannes ihren wunden Punkt erwischt.

»Wollen wir morgen ausgehen«, schlug er vor.

»Ausgehen? Wohin denn?«

»Nun, ich dachte, wir könnten uns ein vornehmes Mittagessen leisten. Der Ratskeller soll eine vorzügliche Küche haben«, meinte Johannes.

»Das – das – das wäre wunderbar!«, rief Susanne aus.

»Also gut! Abgemacht!«

Eine halbe Stunde später besiegelten sie ihre Versöhnung in der Kammer, während der kleine Johannes ruhig und gleichmäßig atmend auf seiner Schlafstatt lag.

Obwohl Johannes und Susanne am anderen Tag ihr bestes Sonntagsgewand trugen, musterte sie der Wirt im Ratskeller etwas mitleidig, als Johannes dort nach dem gemeinsamen Kirchgang um einen Tisch bat. Sie waren nur zu zweit. Johannes hatten sie nach der Kirche nach Hause gebracht, da es sich in einem so vornehmen Gasthaus nicht schickte, mit Kindern zu erscheinen.

»Darf ich nach Eurem werten Namen fragen, mein Herr?«, säuselte der beleibte Wirt.

»Johannes Zainer.«

»Seid Ihr mit dem Drucker verwandt?«

»Ich bin ebenfalls Drucker. Günther ist mein Bruder. Wir betreiben die Offizin gemeinsam«, gab Johannes selbstbewusst zurück. »Habt Ihr nun einen Tisch oder soll ich mit meiner Gemahlin ein anderes Gasthaus aufsuchen?«

»Aber nicht doch, mein Herr! Kommt!« Der Wirt geleitete die beiden höchstpersönlich an einen der wenigen noch freien Tische.

»Was könnt Ihr heute empfehlen?«, fragte Johannes, als er und Susanne Platz genommen hatten.

»Wir haben frisches Wildbret, oder vielleicht einen gebratenen Fasan?«

»Das Wildbret. Und einen Krug roten Wein«, bestellte Johannes.

Susanne, die den Auftritt ihres Mannes bislang schweigend verfolgt hatte, sah ihn erstaunt an.

»So kenne ich dich gar nicht«, meinte sie, als der Wirt gegangen war.

»Ich mich eigentlich auch nicht«, gab Johannes zu. »Aber mit solchen Wichtigtuern wie diesem Wirt werde ich allemal fertig.«

Das Essen war vorzüglich, und beide genossen dieses außergewöhnliche Mittagsmahl sehr. Der schwere, süffige Rotwein tat ein Übriges hinzu, und so verließen die beiden satt und zufrieden fast als letzte Gäste den Ratskeller, wobei sich der Wirt nicht verkneifen konnte, sie mit den Worten »Beehren Sie uns recht bald wieder« zu verabschieden. Der Sonntag war jedenfalls rundum gelungen, und Johannes nahm sich fest vor, schon bald wieder in den Ratskeller zu gehen, wenngleich dieses Vergnügen nicht gerade billig gewesen war. Aber er war schließlich Teilhaber einer florierenden Offizin, immer noch der einzigen, die in ganz Augsburg zu finden war, und als solcher konnte er sich ruhig ab und zu etwas gönnen. Mit diesen und ähnlichen Gedanken schlief er dann abends ein, der neuen Arbeitswoche entgegen.

Am Montagmorgen regnete es in Strömen, als Johannes sich auf den Weg in die Offizin machte. Da er den Schlüssel hatte, war er etwas früher als gewöhnlich aufgestanden, um Anton und die beiden Gehilfen nicht unnötig vor verschlossener Tür warten zu lassen.

Er fing sofort mit dem Satz für Steinhöwel an. Als die anderen eintrafen, arbeiteten sie zu dritt weiter an den Einblattkalendern, wobei beide Druckpressen zum Einsatz kamen. Immer wieder sah Johannes ungeduldig zur Tür und konnte es kaum erwarten, dort endlich Steinhöwel zu sehen.

Doch es wurde fast Mittag, bis der Ulmer Stadtarzt schließlich erschien. Johannes führte ihn sogleich in das Kontor.

»Ich bringe gute Neuigkeiten«, hob Steinhöwel an. »Die Formschneider und auch die Briefmaler sind bereit, weiterhin für Euch zu arbeiten.«

»Das ist ja großartig! Wie habt Ihr das nur fertig gebracht?«

»Nun, mit etwas Vernunft und Geschick ließen sie sich überzeugen, dass es wohl vernünftiger ist, mit den Druckern zu arbeiten anstatt gegen sie. Einen kleinen Haken hat die Sache allerdings«, meinte der Arzt.

»Welchen?«

»Sie wollen besser bezahlt werden. Das wäre eigentlich auch gerecht, oder? Durch die höheren Auflagen der Drucke verdient Ihr ja auch mehr als gewöhnliche Schreibstuben.«

Johannes nickte zustimmend.

»Das ist sicher richtig. Ich weiß nur nicht, ob Günther damit einverstanden sein wird«, gab er zu bedenken. »Wie viel mehr wollen sie haben?«

»Zwanzig Prozent. Weniger war nicht verhandelbar.«

»Damit können wir bestimmt leben. Das glaube ich wenigstens. Aber entscheiden muss es Günther, da ich mich mit den Preisen nicht so genau auskenne.«

»Das solltet Ihr aber. Schließlich seid Ihr doch Teilhaber, oder nicht?«

»Ja doch«, versicherte Johannes hastig. »Es ist nur so, dass wir uns bislang gewissermaßen die Aufgaben geteilt haben. Günther ist für das Kaufmännische verantwortlich, und ich mehr für die Drucke selbst.«

»Dann ist die gute Qualität Eurer Offizin also in erster Linie Euer Werk – und die hohen Preise dafür sind Sache Eures Bruders.« Aus Steinhöwels Mund klang diese Feststellung nüchtern und sachlich.

Johannes schwieg verlegen.

»Was soll ich nun den Formschneidern sagen?«, fragte Steinhöwel.

»Können wir nicht warten, bis Günther zurück ist?«

»Ich fürchte, nein. Ich werde schon morgen nach Italien weiterreisen, doch zuvor möchte ich, dass der Druck meiner neuen Übersetzung gesichert ist. Andernfalls wäre ich gezwungen, mich nach einer anderen Offizin umzusehen.«

»Das sind die gleichen Methoden, die mein Bruder anwendet«, stellte Johannes fest.

Steinhöwel lachte.

»Nur mit dem Unterschied, dass ich eher eine andere Offizin finde als er neue Formschneider.«

»Also gut. Dann treffe ich diese Entscheidung eben alleine. Richtet den Handwerkern aus, dass wir einverstanden sind.«

»Ich gratuliere zu diesem weisen Entschluss! Und gleichzeitig zu Eurem neuen Auftrag!«

Steinhöwel reichte ihm die Hand, Johannes schlug ein, und damit war das Geschäft abgeschlossen. Den genauen Preis würden sie aushandeln, wenn Günther zurück war.

»Es gibt da noch etwas, das mir am Herzen liegt«, sagte der Arzt und zog ein schmales Büchlein aus seinem Wams hervor, das er Johannes gab.

»Ich habe dieses Buch gestern bei meinem Schwiegervater entdeckt. Es wurde in Italien gedruckt«, erklärte er.

»Und was ist damit?«

»Seht Euch diese Typen an, diese Schrift.«

Johannes war zuerst gar nicht aufgefallen, dass die Schrift so ganz anders aussah als die Fraktura, die er kannte, da er zunächst nur versucht hatte, den Titel zu verstehen, der jedoch in einer anderen, ihm unbekannten Sprache gedruckt war.

Das wichtigste und entscheidende Merkmal dieser Schrift waren die klaren Rundungen, im Gegensatz zu den gezackten, abgewinkelten Formen der Fraktura. Ein »O« sah hier aus wie ein Kreis, während es in der Fraktura-Schrift mehr einem Rhombus ähnelte.

»Wie gefällt sie Euch?«, fragte Steinhöwel.

»Gut, sehr gut. Was ist das für eine Sprache? Italienisch?«

»Ja. Und die Schrift nennt sich ›Antiqua‹. Drucker aus Subiaco haben sie erstmals verwendet, und sie findet immer mehr Gefallen«, meinte Steinhöwel.

»Habt Ihr einen guten Schriftgießer zur Hand?«, fragte er dann.

Johannes dachte sofort an Sixt Sauerloch.

»Ja, einen sehr guten sogar. Aber Ihr wollt doch nicht etwa – «

»Doch. Genau das. Ich möchte die ›Griseldis‹ in dieser Schrift gedruckt haben. Egal, was es kostet.«

Johannes brauchte einige Augenblicke, bis er das verdaut hatte.

»Aber – aber – das hieße, eine komplett neue Type herzustellen! Das dauert Wochen, wenn nicht Monate!«, wandte er ein.

»Auch das spielt keine Rolle. Ich werde erst in etwa sechs Wochen zurückkommen, und bis dahin sollte ein erster Probedruck wohl zu schaffen sein.«

»Ich werde mein Möglichstes tun«, versprach Johannes.

Steinhöwel verabschiedete sich. Johannes wünschte ihm eine gute Reise und rief dann nach Anton. Er erzählte ihm in kurzen Worten, was Steinhöwel bei den Formschneidern und Briefmalern erreicht hatte.

»Ihr könnt heute nochmals an den Kalendern arbeiten, aber morgen machen wir mit dem ›Heiligenleben‹ weiter. Ich werde nachher zu Abt Melchior gehen und ihm ebenfalls Bericht erstatten«, sagte Johannes.

Als er wieder allein im Kontor saß, nahm er sich das italienische Buch zur Hand und begann sorgfältig, ein Alphabet in der neuen Schrift zu malen. Für den Anfang genügten die Klein- und Großbuchstaben. Wenn Sixt mit der Herstellung der Typen begonnen hatte, konnte er ihm die übrigen Schriftzeichen wie Ligaturen oder Abbreviaturen immer noch abschreiben. Johannes verglich die von ihm gemalten Buchstaben nochmals kritisch mit dem Druck, der vor ihm lag, und rollte das Blatt zusammen. Dann verließ er die Offizin und lief mit schnellen Schritten zu Sixt Sauerloch.

Der Kistler schlug die Hände über dem Kopf zusammen, als er hörte, was Johannes von ihm wollte.

»Eine ganz neue Type? Mit diesen komischen Rundungen da? Was soll das? Und was wird aus den anderen Lettern, die du bei mir bestellt hast?« Die Fragen sprudelten nur so aus ihm heraus.

»Wie lange wirst du brauchen?« Johannes ging gar nicht erst auf diese Fragen ein.

Sixt starrte ihn verblüfft an.

»Hast du nicht gehört? Ich will wissen, was du mit diesen Typen willst. Hast du überhaupt eine Vorstellung, was dich das kosten wird?«, fragte er hartnäckig.

»Wir haben einen neuen Auftrag.«

»Von wem?«

»Was geht dich das an?«

»Nun, ich frage mich, ob du die Typen bezahlen kannst. Es heißt, ihr habt Schwierigkeiten mit den hiesigen Formschneidern und könnt euren jetzigen Auftrag nicht liefern. Wer garantiert mir also, dass ich mein Geld bekomme?«

Johannes atmete tief durch. Er überlegte kurz und entschied sich dann, Sixt die ganze Geschichte zu erzählen. Bestimmt konnte er ihm vertrauen, und davon abgesehen war Steinhöwels Auftrag ja kein allzu großes Geheimnis. Also berichtete er ihm ausführlich von den Plänen des Stadtarztes und natürlich auch von seiner Rolle als erfolgreicher Vermittler im Streit mit den Handwerkern.

»So ist das also. Steinhöwel steckt dahinter«, meinte Sixt und nickte bedächtig.

»Kennst du ihn etwa?«

»Wer kennt ihn nicht, den vornehmen Medicus? Spätestens seit seiner Heirat mit Anastasia Egen kennt ihn doch ganz Augsburg. Das war vielleicht eine Hochzeit!«, schwärmte Sixt und schilderte die Feierlichkeiten, die die Stadt vor ein paar Jahren tagelang in Atem gehalten hatten.

»Wenn Steinhöwel dein Auftraggeber ist, kannst du von mir haben, was immer du willst«, stellte er dann fest.

»Wann kannst du anfangen?«

»Von mir aus noch heute. Die anderen Fraktura-Lettern sind fertig.«

Johannes nahm sie entgegen und versprach, sie sobald wie möglich zu bezahlen. Dann verließ er höchst zufrieden die kleine Werkstatt und machte sich auf den Weg zu Abt Melchior. Dieser ließ ihn geraume Zeit warten, und erst, als er sich bei dem schwarzberockten, etwas schmuddeligen Mönch beschwerte, der über die Gemächer des Abtes wachte, wurde er endlich vorgelassen.

Der Abt zeigte sich zunächst hocherfreut über die Einigung mit den Formschneidern. Doch als Johannes wissen wollte, ob die Offizin jetzt sofort mit dem Druck des »Heiligenleben« weitermachen sollte, winkte Melchior sogleich ab.

»Ich habe einen dringenderen Auftrag für Euch. Wir benötigen nochmals 5000 Ablassbriefe, und zwar so schnell wie möglich. Wisst Ihr schon, wann Euer Bruder zurückkehrt?«

Johannes schüttelte den Kopf.

»Nein, leider nicht. Aber wenn Ihr mir den Text gebt, können wir uns unverzüglich an die Arbeit machen.«

Der Abt zögerte etwas.

»Seid Ihr sicher, dass Ihr das könnt? Ich meine, ohne Günther?«

»Hochwürdiger Vater, ich versichere Euch, dass wir alles zu Eurer größten Zufriedenheit ausführen werden. Ich selbst werde wie immer alle Arbeiten überwachen.«

»Wie immer? Ich dachte, Günther – «

»Nein, ich selbst«, unterbrach ihn Johannes, der sich nur mühsam beherrschte. Was zum Teufel glaubte dieser Mönch eigentlich? Günther hatte bislang äußerst selten wirklich mitgearbeitet, nur, wenn es gar nicht anders gegangen war.

Melchior sah ihn erstaunt an. Dann sagte er: »Also gut, fangt an. Die Zeit drängt. Hier ist der Text. Ich möchte die Initialen genau so wie hier im Original. Sucht Euch einen guten Formschneider, der Euch das macht. Und bestellt Eurem Bruder, dass ich ihn sofort nach seiner Rückkehr zu sehen wünsche.«

Der Abt streckte ihm seine rechte Hand entgegen, die Johannes ehrerbietig nahm und küsste, und damit war die Unterredung beendet.

Mit höchst gemischten Gefühlen ging Johannes in die Offizin zurück. Es wurmte ihn gewaltig, dass ihn auch der Abt wie einen besseren Laufburschen seines Bruders behandelt hatte. Nach Günthers Rückkehr gab es einiges zu klären, in erster Linie die Zuständigkeiten in dieser so genannten Teilhaberschaft.

In der Werkstatt besprach er sich kurz mit Anton und schrieb rasch den kurzen Text des Ablassbriefs ab. Er schickte Anton unverzüglich zu Thomas Rüger, einem der besten Augsburger Formschneider, damit dieser die Initialen anfertigen konnte. Dann wies er die beiden Gehilfen an, den Druck der Kalender abzubrechen und beide Pressen für die Ablassbriefe vorzubereiten. Er selbst fing sogleich mit dem Satz an und arbeitete bis zum Anbruch der Dunkelheit. Anton hatte bei seiner Rückkehr berichtet, dass Rüger die vier Schmuckinitialen gleich am nächsten Morgen liefern würde – und dann konnte der Druck beginnen.

Susanne war nicht gerade begeistert, als er ziemlich spät nach Hause kam und ihr kurz erzählte, was sich alles ereignet hatte. Sie erinnerte ihn an sein Versprechen, sich etwas mehr um seine Familie zu kümmern, doch er wandte ein, dass zuerst die Offizin kam, solange Günther noch unterwegs war. Dabei vermied er bewusst den Ausdruck »Teilhaber« – dieses Wort war für seinen Geschmack heute schon mehr als genug strapaziert worden. Susanne schien mit seiner Erklärung halbwegs zufrieden zu sein und wirkte auch nicht sonderlich enttäuscht, als Johannes nach dem späten, hastig verschlungenen Abendbrot schnell in der Schlafkammer verschwand.

Die Woche verging wie im Flug. Die Druckpressen waren pausenlos im Einsatz, und am Samstagabend stapelten sich bereits mehr als tausend Ablassbriefe in allen Ecken der Werkstatt. Günther war noch nicht aufgetaucht, und Johannes war so erschöpft, dass er am Sonntag die meiste Zeit schlief. Er konnte sich nicht einmal zum üblichen Kirchgang aufraffen und ließ Susanne und den Kleinen alleine gehen. Am Nachmittag beschloss er dann, Sixt einen kurzen Besuch abzustatten, doch dessen Werkstatt war verschlossen. Er wartete eine Weile, klopfte immer wieder an die Türe und ging schließlich unverrichteter Dinge wieder zurück zum Predigerberg.

Dort erwartete ihn Susanne völlig aufgelöst.

»Du musst sofort in die Offizin! Günther ist zurück – er war hier und wollte dich unbedingt sprechen!«

»Und? Warum regst du dich so auf? Er war jetzt lange genug weg«, meinte Johannes.

»Er scheint ziemlich wütend zu sein. Hast du in seiner Abwesenheit irgendetwas angestellt?«, fragte sie besorgt.

»Nein, ganz im Gegenteil. Er müsste eigentlich froh sein, dass wir so viel zu tun haben. Wer weiß, was ihm wieder nicht passt«, erwiderte Johannes beschwichtigend.

»Nun sieh zu, dass du in die Offizin kommst!«

Johannes hatte es nicht besonders eilig und grübelte unterwegs, was wohl mit Günther los sein mochte, konnte sich aber die ganze Aufregung nicht erklären. Jedenfalls war er sich keiner Schuld bewusst.

Günther saß in seinem Kontor. Vor ihm lagen ein paar der frisch gedruckten Ablassbriefe, und als Johannes eintrat, sprang er von seinem Stuhl auf und schrie: »Da bist du ja endlich! Kannst du mir erklären, was das hier soll?«

Mit einer ungestümen Handbewegung wischte er ein paar Briefe vom Tisch, direkt vor Johannes' Füße.

»Das ist ein neuer Auftrag von Abt Melchior. Ablassbriefe«, erklärte Johannes, ohne recht zu wissen, was Günther so erzürnte.

»Ja, das sehe ich selbst. Aber wie kommst du dazu, diesen Auftrag anzunehmen? Und auch gleich mit dem Druck zu beginnen?«

»Was hätte ich denn machen sollen? Es sind doch nicht die ersten Briefe, die wir für Melchior drucken, oder?«

Johannes verstand überhaupt nichts mehr. Er bückte sich und begann, die verstreuten Briefe aufzusammeln.

»Lass das!«, fuhr Günther ihn an.

Langsam kam Johannes hoch und knallte die Briefe vor seinem Bruder auf den Schreibtisch.

»Jetzt reicht es mir aber allmählich! Du wirst mir auf der Stelle erklären, was in dich gefahren ist! Ich habe wirklich versucht, die Werkstatt weiterzuführen, so gut es ging, und nun bist du wieder da und hast an allem etwas auszusetzen.«

Die beiden Brüder standen sich Auge in Auge gegenüber und starrten sich regungslos an, bis Günther plötzlich lächelte.

»Setz dich«, sagte er mit ruhiger Stimme und ließ sich ebenfalls in seinen Stuhl zurücksinken.

»Setz dich hin, dann erzähle ich es dir.«

Überrascht hörte Johannes nun von dem handfesten Streit, den Günther bei seinem letzten Besuch mit dem Abt ausgefochten hatte. Er wusste wohl, dass Günther sich geweigert hatte, das »Heiligenleben« ohne Illustrationen zu drucken. Doch der Streit war damit erst richtig losgegangen. Melchior hatte sich über die zuletzt gedruckten Ablassbriefe beschwert, vor allem über den seiner Meinung nach zu hohen Preis, worauf Günther ihm geantwortet hatte, er solle sich seine Briefe in Zukunft woanders drucken lassen, wenn ihm das zu teuer sei.

»Dieser scheinheilige Bruder!«, entfuhr es Johannes.

»Wieso?«

»Weil er mit keiner Silbe etwas von diesem Streit erwähnt hat«, antwortete Johannes wahrheitsgemäß und erzählte Günther dann, wie er zu dem Auftrag gekommen war.

»Er hat sich sogar noch nach dir erkundigt, und er wollte zuerst gar nicht, dass ich gleich mit dem Druck anfange. Aber du sollst dich unverzüglich bei ihm melden.«

»Das hat er wirklich geschickt eingefädelt. Er wusste mit Sicherheit, dass ich verreist war, und hat die Gelegenheit beim Schopf ergriffen, uns den nächsten Auftrag unterzuschieben.«

»Aber ich verstehe nicht – er wollte doch eigentlich nicht mehr bei uns drucken lassen, nach dem Streit?«

»Habt ihr über den Preis gesprochen?«, fragte Günther unvermittelt.

»Nein, natürlich nicht. Das ist normalerweise deine Sache.«

Günther nickte versonnen. Dann verzog sich sein Mund zu einem hämischen Grinsen.

»Soll ich dir sagen, wie es weitergeht?«

Johannes sah ihn gespannt an.

»Wenn ich morgen zu ihm komme, wird er vermutlich behaupten, er hätte sich mit dir auf einen Preis geeinigt – natürlich auf einen sehr günstigen Preis.«

»Das kann er doch nicht machen!«

»Das glaubst du vielleicht. Willst du ihn etwa der Lüge bezichtigen? So einen frommen Gottesdiener? Wenn er etwas behauptet, steht sein Wort gegen deines, und das müsste genügen.«

Allmählich begriff Johannes, wie diese ganze Sache gelaufen war. Mit angewidertem Gesichtsausdruck schob er die Briefe beiseite.

»Was machen wir nun? Ich konnte das wirklich nicht ahnen«, meinte er.

»Ich werde sehen, was ich tun kann. Aber das nächste Mal überlässt du die Geschäfte mir, ja?«

Johannes schluckte. Es war wohl nicht der passende Zeitpunkt, um mit seinem Bruder über ihre Partnerschaft zu reden. Bestimmt würde sich bald eine andere Gelegenheit ergeben, dachte er und wechselte rasch das Thema.

»Wie war deine Reise? Hattest du in Ulm und Reutlingen Erfolg?«

Diese Frage traf offensichtlich den nächsten wunden Punkt.

»Erfolg? Nein, weiß Gott nicht! Diese dickköpfigen Schwaben! Nicht einen einzigen Formschneider konnte ich überreden, für uns zu arbeiten. Sie sind angeblich alle viel zu beschäftigt mit dem Innenausbau des Ulmer Münsters. Ich wollte noch mit Steinhöwel sprechen, aber der war verreist«, antwortete Günther, dessen Gesicht sich erneut vor Zorn zu röten begann.

»Dann habe ich wenigstens eine gute Nachricht für dich«, meinte Johannes.

»Welche?«

»Der Streit mit den Formschneidern ist beigelegt. Sie werden wieder für uns arbeiten«, erklärte Johannes nicht ohne einen gewissen Stolz.

Dann erzählte er in allen Einzelheiten von Steinhöwels Besuch und dessen Vermittlung, die schließlich zu der Einigung geführt hatte.

»Und die haben ohne weiteres nachgegeben?«, fragte Günther erstaunt.

»Nicht ganz. Steinhöwel hat sich mit ihnen auf einen höheren Lohn geeinigt. Aber nur zwanzig Prozent«, antwortete Johannes.

»Zwanzig Prozent? Seid ihr verrückt? Das ist ja Wucher!«, ereiferte sich Günther. »Das kann ich nicht dulden, auf gar keinen Fall!«

Nun war es Johannes, der mit einem Mal einen roten Kopf bekam. Er schlug mit der Faust auf den Tisch und schrie: »Mir reicht es allmählich! Was glaubst du eigentlich, wer du bist? Treibst dich wochenlang herum, ohne greifbare Ergebnisse, kommst nach Hause und willst hier alles schlecht machen! Wenn es dir nicht passt, was ich hier erreicht habe, dann bleib nächstes Mal hier und kümmere dich selbst darum. Was ist denn schon dabei? Es sind lächerliche zwanzig Prozent! Ich sage, es gilt. Wir sollten wirklich froh sein, dass der Streit ein Ende hat!«

Günther war sichtlich überrascht, seinen Bruder so sprechen zu hören.

»Was sind denn das für Töne? Wie redest du denn mit mir?« Seine Stimme klang drohend.

»So, wie es sein muss«, gab Johannes scharf zurück. »Ich bin nicht einer deiner Gehilfen, sondern dein Teilhaber, und mir liegt das Wohl der Offizin mindestens genauso am Herzen wie dir.«

»Das Wohl der Offizin«, äffte Günther ihn nach. »Hört, hört. Weißt du, was das Wohl der Offizin ist? Dass wir Geld damit verdienen – das ist es!«

»Du und dein Geld. Geld ist alles, was dich interessiert!«

»Dich etwa nicht? Wer hat denn das hier alles aufgebaut? Wer hat das bezahlt? Etwa du, du armseliger Schlucker?«

»Mein Geld steckt genauso in der Offizin wie deines. Vielleicht nicht so viel, aber ich denke, dass ich in den paar Jahren hier genügend gearbeitet habe, um mir das nicht vorwerfen lassen zu müssen!«

»Arbeit! Arbeit!«, höhnte Günther.

»Für dich ein Fremdwort!«, gab Johannes zurück.

»Wenn ich die Aufträge nicht besorgt hätte, gäbe es keine Arbeit. Vergiss das nicht!«

Die beiden starrten sich wütend an.

Schließlich war es Johannes, der einzulenken versuchte.

»Anstatt uns zu streiten sollten wir uns lieber ernsthaft darüber unterhalten, wie es nun weitergehen soll«, meinte er.

»Ja? Sollten wir das?«

»Du solltest dir gut überlegen, ob du nicht doch die Lohnerhöhung für die Formschneider akzeptieren willst. Und ich glaube, auch unsere so genannte Teilhaberschaft müsste endlich einmal klar geregelt werden«, erklärte Johannes.

»Da gibt es nichts zu überlegen und auch nichts zu regeln. Es bleibt, wie es ist. Punkt, aus, amen.«

»Dann kannst du dir einen anderen Dummen suchen, der dir deine Arbeit macht.«

Mit diesen Worten drehte sich Johannes um und verließ das Kontor. Als er vor der Offizin in der warmen Nachmittagssonne stand, atmete er erst einmal tief durch und überlegte. Sollte Günther sehen, wo er blieb.

Er war froh, dass diese Unterhaltung nun überstanden war, wenngleich er natürlich auf ein anderes Ergebnis gehofft hatte. Susanne würde sicherlich nicht gerade begeistert sein, wenn sie von diesem Streit erfuhr, und so beschloss er, nicht gleich nach Hause zu gehen, sondern stattdessen nochmals bei Sixt anzuklopfen.

Dieses Mal hatte er mehr Glück. Der Kistler öffnete die Tür und war sichtlich erfreut, Johannes zu sehen. Er bat ihn herein und zeigte ihm voller Stolz die ersten Lettern, die er nach seiner Vorlage gegossen hatte.

»Du scheinst dich ja nicht gerade übermäßig zu freuen«, stellte er fest, als er Johannes' niedergeschlagenen Gesichtsausdruck bemerkte. »Oder gefallen dir die Typen nicht?«

»Doch, doch«, wehrte Johannes ab. »Sie sind sehr schön. Ausgezeichnete Arbeit, ganz bestimmt.«

»Was ist dann los? Du machst ein Gesicht wie drei Tage Regenwetter.«

»Ich weiß nicht, wie es weitergeht. Und ob ich diese Typen überhaupt jemals brauche«, seufzte Johannes.

Er erzählte Sixt von seinem Streit mit Günther und zeigte sich entschlossen, seinem Bruder nicht nachzugeben.

»Das würde ich an deiner Stelle auch nicht tun. Ohne dich ist er doch aufgeschmissen«, stellte Sixt nüchtern fest. »Und wenn Anton davon erfährt, wird er sich bestimmt auf deine Seite stellen.«

»Glaubst du?«

»Dessen bin ich mir sicher. Anton weiß ganz genau, wer die Offizin am Laufen hält.«

»Ich gehe jedenfalls morgen nicht hin.«

»Was soll ich jetzt mit Steinhöwels Lettern machen?«

»Lass sie liegen, wenn du eine andere Arbeit hast. Wenn nicht, dann mach weiter. Steinhöwel wird sie dir notfalls abkaufen, wenn er zurückkommt. Und wenn alle Stricke reißen, bezahle ich dir die Arbeit und das Material aus meiner Tasche.«

»Gut. Im Moment habe ich nichts anderes zu tun. Ich werde morgen früh weitermachen«, versprach Sixt.

»Dann sehe ich jetzt zu, dass ich nach Hause komme«, meinte Johannes und machte sich schweren Herzens auf den Weg.

Susanne sah ihm offenbar sofort an, dass etwas vorgefallen war. Erst nach einigem Drängen erzählte Johannes ihr alles, aber zu seiner Verblüffung erntete er kein Mitgefühl. Stattdessen ergriff Susanne eindeutig für Günther Partei.

»Warum musst auch ausgerechnet du Geschäfte machen? Das hat dich doch bislang auch nicht interessiert«, warf sie ihm vor, als er von den Ablassbriefen des Abts berichtete.

»Was hätte ich denn tun sollen? Schließlich ist der Abt ein guter Kunde, mit dem wir schon manchen Gulden verdient haben. Woher soll ich wissen, dass Günther sich mit ihm angelegt hat und Hochwürden uns gegeneinander ausspielen wollte?«

»Was ihm offensichtlich gelungen ist«, warf Susanne ein.

»Ach, lass mich doch in Frieden. Was weißt du denn schon!«

»Ich weiß zum Beispiel, dass du angeblich Teilhaber deines Bruders bist. Nur merkt man leider nicht allzu viel davon«, meinte sie zynisch.

»Ich bin Teilhaber gewesen. Ich gehe morgen nicht in die Offizin, nur damit du es weißt. Soll ihn der Teufel holen!«, schrie Johannes wütend. Dann stand er auf und ging hinaus in den kleinen Garten, wobei er die hölzerne Tür krachend hinter sich zuzog.

Die beiden wechselten den ganzen Abend kein einziges Wort mehr miteinander, auch nicht, als sie später zusammen auf der Bettstatt lagen. Johannes wälzte sich unruhig von einer Seite auf die andere, und es dauerte sehr lange, bis er endlich in den Schlaf fand.

Der Montag verging, ohne dass Johannes am Predigerberg irgendjemanden zu Gesicht bekam. Er saß teilnahmslos zu Hause herum und grübelte, was er nun machen sollte. Susanne ging ihm aus dem Weg, so weit das in dem kleinen Häuschen überhaupt möglich war, und die Stimmung war eisig. Wie zum Hohn schien draußen den ganzen Tag die Frühlingssonne von einem strahlend blauen Himmel. Am Nachmittag setzte er sich eine Weile in den Garten, aber davon wurde die Stimmung auch nicht besser.

Überraschend tauchte dann am Dienstagvormittag plötzlich Anton auf. Er sollte Grüße von Günther bestellen und Johannes bitten, in die Offizin zu kommen, doch dieser blieb stur.

»Richte meinem Bruder aus, wenn er etwas von mir will, soll er es mir selbst sagen«, knurrte Johannes.

»Was ist nur in dich gefahren?«, klagte Anton. »Wir brauchen dich wirklich.«

»Frag lieber Günther, was in ihn gefahren ist! Ich weiß, dass du nichts dafür kannst, aber unter den gegebenen Umständen werde ich die Offizin nicht mehr betreten.«

Anton sah offenbar ein, dass er nichts ausrichten konnte, und ging niedergeschlagen zurück.

Eine halbe Stunde später stand Günther vor der Tür. Höflich begrüßte er Susanne und folgte dann Johannes nach draußen in den Garten, als dieser ihn darum bat.

»Nun, hast du es dir überlegt?«, fragte Johannes ohne Umschweife.

»Was willst du genau?«

»Ich will über deine, oder besser gesagt, unsere Geschäfte Bescheid wissen.«

»Was gibt es da schon zu wissen, was du nicht ohnehin schon weißt?«

»Was ich weiß? Ich weiß eigentlich gar nichts. Du verkaufst die Bücher, die Ablassbriefe und auch all die anderen gedruckten Werke, und ich weiß weder, was Papier und Druckerschwärze kosten, noch, was du für die Drucke bekommst.«

»Meinst du, ich haue dich über's Ohr? Wir haben doch bisher immer gerecht geteilt, oder?«

»Wie soll ich das wissen? Du sagst mir ein Mal im Jahr, dass wir zwanzig oder hundert Gulden Gewinn gemacht haben, gibst mir davon die Hälfte, und das war's auch schon.«

»Dir geht es also auch nur um Geld. Hab ich Recht?«

Johannes schüttelte energisch den Kopf.

»Nein, ganz bestimmt nicht. Ich will einfach nur besser Bescheid wissen. Nicht in meinem, sondern in unserem Interesse. Dann kann uns auch ein Abt Melchior nicht mehr so leicht übertölpeln.«

»Ich war gestern bei ihm und habe ihm meine Meinung gesagt«, erklärte Günther.

»Und was wird mit den Briefen?«

»Wir drucken sie, aber zu einem vernünftigen Preis. Es ist also eigentlich nicht viel passiert.«

»Bist du nun einverstanden?«

»Womit?« Günther sah ihn fragend an.

»Mich an deinen Geschäften Teil haben zu lassen, so wie es das Wort ›Teilhaber‹ besagt.«

»Wenn dir das so wichtig ist – ja.«

»Ohne Ausnahme?«

»Ja, in Gottes Namen. Aber jetzt komm mit – die Arbeit wartet!«

Nachdem Johannes sich nach seiner Rückkehr davon überzeugt hatte, dass in der Werkstatt alles reibungslos lief, ging er zu Günther, der in seinem Kontor saß und ihn etwas verwundert ansah.

»Warum bist du nicht am Setzkasten? Brauchst du noch etwas?«, wollte er wissen.

»Ja, dich.«

»Wozu?«

»Du willst mich doch in deine Geschäfte einweihen. Also fangen wir an.«

Und Johannes ließ nicht locker, bis Günther schließlich begann, ihm den kaufmännischen Teil der Offizin zu erklären. Sie verbrachten den ganzen Nachmittag im Kontor, und Johannes machte sich eifrig Notizen, während Günther über Papiersorten und ihre Preise, Lieferanten und Nachlässe, Märkte, Gewinnspannen und Risiken erzählte.

Als er abends nach Hause kam, drehte sich ihm immer noch der Kopf vor lauter Zahlen, doch er hatte nun endlich das Gefühl, wirklich Günthers Partner zu sein. In dieser gehobenen Stimmung berichtete er Susanne, dass er sich mit seinem Bruder ausgesöhnt hatte und dieser ihn nun als vollwertigen Teilhaber akzeptierte.

»Bist du nun zufrieden?«, fragte er und sah ihr in die Augen.

Sie nickte und antwortete: »Ja, das hört sich gut an. Das klingt nun endlich nach einer echten Partnerschaft.«

»Dann geh rasch in die Schänke und hol uns einen Krug Wein. Wir sollten das gebührend feiern!«

Ein paar Wochen später war Johannes' Euphorie zum größten Teil verflogen. Er musste feststellen, dass sich in Wirklichkeit nicht allzu viel geändert hatte. Günther war entweder in seinem Kontor oder unterwegs, bei Abt Melchior, bei einem Formschneider oder beim Papierer – auf jeden Fall war er so gut wie nie in der Offizin selbst zu finden. Johannes hatte auf der anderen Seite Arbeit wie selten zuvor. Als die Ablassbriefe fertig waren, ging der Druck des »Heiligenleben« mit den neuen, inzwischen gelieferten Holzschnitten weiter. Er musste setzen, den doppelseitigen Druck überwachen, immer wieder alles überprüfen, und das von morgens bis abends. Erschwerend kam hinzu, dass einer der beiden Gehilfen eines Tages einfach nicht mehr erschienen war. Bartel, der andere, war ausgerechnet der Ungeschicktere, und so hatten Anton und Johannes ihre liebe Not. Günther versprach, sich nach einem anderen Gehilfen umzusehen, doch immer wenn Johannes ihn daran erinnerte, fand er eine passende Ausrede, warum er noch niemanden eingestellt hatte.

Völlig unerwartet stand dann eines Tages im Mai Steinhöwel in der Offizin.

Johannes ließ vor Schreck den Lederballen fallen, mit dem er gerade den Satz einfärbte.

»Ihr?!«, rief er entgeistert.

»Was ist? Sehe ich etwa aus wie mein eigenes Gespenst?«, fragte Steinhöwel scherzhaft.

»Ich – ich – ich habe noch nicht mit Eurer Rückkehr aus Italien gerechnet«, stammelte Johannes verlegen.

In diesem Moment kam Günther aus dem Kontor. Er hatte Johannes' Schrei gehört. Als er den Ulmer Stadtarzt sah, eilte er sofort auf ihn zu.

»Welch eine Freude, Euch zu sehen, werter Medicus!«

»Die Freude ist ganz meinerseits. Leider komme ich etwas früher, als ich gedacht hatte. Meine Reise nach Italien war, nun, sagen wir, erfolgreicher als geplant.«

»Was verschafft uns die Ehre Eures Besuchs?«, wollte Günther wissen.

Steinhöwel runzelte die Stirn. Er sah Johannes an, der seinem Blick jedoch auswich, und dann Günther. Schließlich wandte er sich doch an Johannes und fragte unverblümt: »Habt Ihr die Probedrucke etwa noch nicht fertig?«

Johannes wäre am liebsten im Erdboden versunken. Sein »Nein« war fast unhörbar leise geflüstert.

»Was für Probedrucke?« Günthers Verblüffung war echt.

»Ich habe das Gefühl, die Herren haben etwas unter vier Augen zu besprechen«, erklärte Steinhöwel. »Morgen um die gleiche Zeit werde ich wiederkommen. Ich bin erst vor einer Stunde in Augsburg eingetroffen und ein wenig erschöpft von der langen Reise.«

Mit diesen Worten machte er auf dem Absatz kehrt und verließ die Werkstatt.

Ohne dass Günther auch nur das Geringste sagte, folgte Johannes ihm wie ein getretener Hund in sein Kontor.

»Du kannst mir sicher erklären, was Steinhöwel soeben hier wollte«, fing Günther an.

Johannes räusperte sich kurz. »Eigentlich wollte ich es dir schon die ganze Zeit sagen, aber es kam immer etwas dazwischen. Er war hier, kurz nachdem du nach Ulm geritten bist. Und dann war unser

Streit, nach deiner Rückkehr. Ich habe zunächst nicht mehr an ihn gedacht, und – «

»Was wollte er?«, unterbrach Günther ihn schroff.

»Er will ein neues Buch gedruckt haben.«

»Ja und? Was ist daran schlimm?«

»Mit einer völlig neuen Schrift.«

»Auch nicht schlimm. Soll er doch seine Typen bringen – wir drucken ihm dann sein Buch schon.«

»Nein, ganz so ist es nicht. Wir sollen auch die Typen liefern, und ich habe Sixt damit beauftragt. Für kommenden Sonntag hatte ich mir fest vorgenommen, bei ihm vorbeizuschauen, wie weit er inzwischen ist.«

»Du hast ihn beauftragt? Weißt du, was ein Satz Typen kostet, ein ganzer Satz?«

»Nein, aber – «

»Das wird ja immer besser!«

»Nun lass mich doch endlich ausreden. Steinhöwel bezahlt auch die Typen – egal, was sie kosten.«

Günthers Zornfalten wichen augenblicklich einem breiten Grinsen.

»Ja dann! Dann ist es ja überhaupt kein Problem, oder?«, rief er aus.

»Bis auf die Probedrucke.«

»Was ist das für ein Buch?«, wollte Günther wissen.

»Es heißt ›Griseldis‹. Eigentlich ist es ein italienisches Buch. Steinhöwel hat die lateinische Ausgabe ins Deutsche übersetzt und will einen zweisprachigen Druck. Mit vielen Illustrationen«, fügte Johannes noch hinzu.

»Über den Preis oder die Auflage habt ihr vermutlich noch nicht geredet, oder?«

Johannes schüttelte den Kopf.

»Nun, worauf wartest du noch? Sieh zu, dass du zu Sixt kommst! Bring alles mit, was er an Typen fertig hat, und dann fangen wir an!«

Johannes war zu überrascht, um darauf noch irgendetwas zu erwidern. Mit dieser Reaktion seines Bruders hatte er nicht gerechnet. Er lief aus dem Kontor, warf seine Arbeitsschürze auf den Tisch und eilte zur Tür.

»Johannes!«, rief Anton ihm noch nach, aber da war er bereits verschwunden.

Als Steinhöwel am nächsten Tag wie angekündigt wieder in die Offizin kam, zog Johannes gerade den ersten Probedruck aus der Presse. Sixt Sauerloch hatte bereits eine stattliche Anzahl Lettern gegossen gehabt und ihm diese etwas überrascht ausgehändigt. Johannes war zu sehr in Eile gewesen und hatte ihm versprochen, ihn am Sonntag zu besuchen und ihm alles zu erklären. Danach war er bis spät am Abend noch in der Offizin gesessen und hatte die ersten drei Seiten in der für ihn ungewohnten Schrift gesetzt. Natürlich hatten sich bei dem trüben Licht einer Talglampe gegen später etliche Fehler eingeschlichen, doch beim ersten Tageslicht war er bereits wieder in der Werkstatt gewesen, um diese Fehler zu korrigieren.

Der Ulmer Stadtarzt trat an die Presse und schaute Johannes über die Schulter.

»Sehr schön, sehr ordentlich«, sagte er lobend.

»Es ist das erste Blatt«, erklärte Johannes. »Ihr seid einfach zu früh gekommen.«

»Ich weiß, und ich mache Euch ja auch keinen Vorwurf deswegen«, beschwichtigte ihn Steinhöwel.

»Ah, der Medicus!«

Günther hatte wohl Steinhöwels Stimme gehört und stand in der Tür seines Kontors.

»Darf ich Euch zu mir bitten? Johannes wird wohl noch ein Weilchen brauchen, und wir könnten inzwischen noch einige Dinge besprechen«, schlug er vor.

»Lasst Euch Zeit. Es muss vor allem gut werden«, ermahnte der Stadtarzt Johannes und ging dann gemessenen Schrittes zu Günther hinüber.

Es wurmte Johannes, dass Günther demonstrativ die Tür schloss, nachdem Steinhöwel im Kontor war. Nun würde sein Bruder dort drinnen wieder auf eigene Faust verhandeln, ohne dass er etwas davon mitbekam. Doch ihm blieb nichts anderes übrig, als sich wieder mit seiner ganzen Konzentration der Druckpresse zuzuwenden. Zu gut war ihm Steinhöwels Bemerkung im Gedächtnis geblieben, dass dieser sich eine andere Offizin suchen würde, wenn die Zainers sein Buch nicht nach seinen Wünschen druckten.

Nach einer halben Stunde hatte er weitere zwei Seiten fertig. Er ging zum Kontor und klopfte vorsichtig an. Steinhöwel selbst öffnete ihm die Tür.

»Ich bin fertig«, verkündete Johannes.

»Dann wollen wir mal sehen.«

Steinhöwel folgte Johannes zum Arbeitstisch, auf dem die drei Probedrucke fein säuberlich zum Trocknen lagen. Er prüfte sie sorgfältig und sagte zu Johannes: »Wirklich hervorragend.«

Dann wandte er sich an Günther.

»Ihr könnt anfangen. Was machen wir mit den Illustrationen?«

»Ich werde sie hier in Augsburg fertigen lassen, genau nach Eurer Vorlage. Wenn Ihr möchtet, könnt Ihr sie in etwa zwei oder drei Wochen begutachten.«

»Das wird nicht nötig sein«, wehrte Steinhöwel ab. »Ich vertraue auf Euer Urteil – und das Eures Bruders natürlich.«

»Alles andere haben wir ja besprochen«, meinte Günther. »Die Bücher sind Anfang September fertig.«

»Gut. Sollte ich vorher nochmals nach Augsburg kommen, werde ich Euch besuchen.«

Der Stadtarzt verabschiedete sich von den beiden Brüdern und verließ die Offizin.

»Was für einen Preis hast du mit ihm vereinbart?«, wollte Johannes wissen.

»Den gleichen wie beim ersten Mal«, antwortete Günther kurz angebunden und ging in sein Kontor zurück.

Johannes überlegte, ob er ihm nachgehen sollte, ließ es aber dann doch bleiben. Die Zeit drängte. Abt Melchior hatte sich schon mehrfach erkundigt, wann das »Heiligenleben« endlich fertig würde, und so machte sich Johannes wieder an die Arbeit, die er am Vortag nach Steinhöwels Besuch unterbrochen hatte. Mit Günther konnte er immer noch reden.

»Eine Katastrophe! Es ist eine absolute Katastrophe!«

Mit diesen Worten kam Günther an einem regnerischen, kalten Morgen Ende Oktober in die Offizin gestürmt.

Johannes arbeitete gerade mit Bartel und Konrad, dem neuen Gehilfen, an der Druckpresse. Da momentan keine größeren Aufträge vorlagen, hatten die beiden Brüder beschlossen, eine größere Stückzahl Einblattkalender für das kommende Jahr zu drucken. Als er Günther hörte, sah er auf und erschrak. Sein Bruder hatte einen hochroten Kopf, und die beiden Adern an seiner Stirn waren kurz vor dem Bersten.

»Was um Himmels willen ist denn los?«

»Der Abt will selbst drucken! Er ist gerade dabei, sich eine Werkstatt einzurichten«, antwortete Günther wutschnaubend. »Und weißt du, was das Allerbeste ist?«

»Nein, was denn?« Johannes konnte sich keine Steigerung dieser Hiobsbotschaft mehr vorstellen.

»Anton hilft ihm dabei.«

»Anton? Unser Anton? Das ist nicht wahr. Sag, dass das nicht wahr ist!« Anton war schon seit Tagen nicht mehr zur Arbeit gekommen. Günther hatte Bartel mehrmals zu dem kleinen Häuschen geschickt, in dem er wohnte, doch ohne Erfolg. Er war wie vom Erdboden verschluckt. Johannes hatte sich bereits Sorgen gemacht. Doch wenn das stimmte, was Günther behauptete, war das wirklich die größte Katastrophe.

Günther schlug mit der Faust auf den großen Arbeitstisch in der Offizin, dass der schwere Setzkasten zwei Handbreit hoch sprang.

»Dieser verfluchte Hund!«, schrie er.

Bartel und Konrad sahen ängstlich zu ihm hin. Sie hatten seinen Jähzorn in der letzten Zeit hin und wieder zu spüren bekommen. Johannes ging zu seinem Bruder und legte ihm besänftigend die rechte Hand auf die Schulter.

»Komm, gehen wir in das Kontor«, sagte er ganz ruhig.

Günther schlug nochmals auf die Tischplatte, dann richtete er sich auf und holte tief Luft.

»Hol einen Krug Wein«, befahl er Bartel, der ihn immer noch anstarrte, und tappte mit schweren Schritten in das Kontor, wo er sich erschöpft und schwer atmend auf einen Schemel fallen ließ.

Johannes folgte ihm und schloss die Tür.

»Geht es wieder?«, fragte er, nachdem er sich ebenfalls gesetzt hatte.

Günther winkte ab.

»Lass nur. Jetzt trinken wir erst einmal einen ordentlichen Schluck Wein. Danach sehen wir weiter.«

Sie warteten stumm, bis Bartels zaghaftes Klopfen an der Tür zu hören war. Johannes stand auf, nahm den Weinkrug entgegen und gab Bartel durch ein flüchtiges Augenzwinkern zu verstehen, dass die Gefahr zunächst gebannt war. Ihm war klar, dass sich die beiden Gehilfen mittlerweile vor seinem Bruder fürchteten. Günther war ziemlich aufbrausend geworden. Wenn ihm irgendetwas nicht passte, ließ er seine schlechte Laune häufig an seinen Gehilfen aus, wobei er auch vor handfesten Ohrfeigen nicht zurückschreckte.

Günthers Hand zitterte, als er den Wein in zwei Becher einschenkte und einen davon Johannes reichte. Ohne ein Wort stieß er mit seinem Bruder an und nahm einen tiefen Zug.

»So, und nun erzählst du mir, was beim Abt vorgefallen ist«, sagte Johannes, der so früh am Tag eigentlich keinen Wein mochte und nur kurz genippt hatte.

Nach Günthers Schilderung hatte ihn Abt Melchior zunächst freundlich empfangen. Vor einer Woche waren die letzten Exemplare des »Heiligenleben« geliefert worden. Günther wollte nun den Lohn für die monatelange Arbeit abholen. Doch der Abt hatte sich plötzlich über zahlreiche Mängel beschwert – hier ein Druckfehler, da ein etwas unscharfer Holzschnitt, dort zu viel Abstand zwischen den Zeilen und so weiter und so fort. Als Günther ihn darauf aufmerksam gemacht hatte, dass er selbst in der Offizin immer wieder den Arbeitsfortschritt kontrolliert und dabei nie etwas hatte verlauten lassen, redete Melchior sich darauf hinaus, dass die Fehler wohl auf den Blättern zu finden waren, die er nicht gesehen hatte. Auf jeden Fall war er nicht bereit gewesen, den vereinbarten Preis zu bezahlen. Der Ton der Unterhaltung war schärfer geworden, und als Günther schließlich gedroht hatte, nichts mehr für Melchior drucken zu wollen, hatte ihn dieser einfach ausgelacht – in Kürze sei die klostereigene Druckerei fertig, und auf Günthers Dienste könne er künftig dankend verzichten.

»Das hat uns gerade noch gefehlt«, unterbrach Johannes seinen Bruder. »Aber was hat Anton damit zu tun?«

»Ganz einfach«, erklärte Günther. »Während ich wartete, bis dieser schmuddelige Wachhund von einem Mönch das Geld holte, habe ich Anton gesehen. Er ist mächtig erschrocken und sofort in der nächstbesten Tür verschwunden.«

»Bist du ganz sicher?«

»Absolut sicher. Das erklärt ja auch sein plötzliches Verschwinden.«

»Hast du den Abt nach ihm gefragt?«

»Nein. Ich habe Melchior nicht mehr gesehen. Als ich mein Geld hatte, musste ich gehen. Ich fürchte, er wird mich wohl auch nicht mehr empfangen.«

Günther schenkte sich erneut Wein ein und klopfte mit den Fingerspitzen nervös auf die Tischplatte.

»Was machen wir nun?«, fragte Johannes.

Die Fingerspitzen hörten auf zu klopfen.

»Ich weiß nicht. Lass dir doch auch mal etwas einfallen«, brummte Günther und trank weiter.

Johannes schloss die Augen und versuchte, nachzudenken. Bis heute Morgen hatte alles so rosig ausgesehen. Steinhöwels »Griseldis« war ein voller Erfolg gewesen. Auch das »Heiligenleben« mit seinen zahlreichen Holzschnitten konnte sich durchaus sehen lassen. Mit Ablassbriefen und anderen Aufträgen war in den vergangenen Monaten zusätzlich gutes Geld verdient worden, doch nun stand alles in Frage. Er versuchte sich erst gar nicht vorzustellen, was Susanne zu dieser Neuigkeit sagen würde, nachdem er in der letzten Zeit wegen der vielen Arbeit ohnehin nur selten zu Hause gewesen war. In ihrer Ehe kriselte es immer noch. Susanne war im fünften Monat schwanger, offensichtlich die Folge der stürmischen Versöhnung, als er damals den Auftrag Steinhöwels erhalten hatte. Johannes hatte sich so sehr auf den Familienzuwachs gefreut, doch jetzt schauderte ihm bei dem Gedanken an ein zweites Kind, das er auch noch ernähren musste. Wie sollte das alles weitergehen?

Er öffnete die Augen einen Spalt breit und betrachtete Günther. Sein Bruder trank neuerdings ein bisschen zu viel. Vielleicht rührte sein Jähzorn daher. Jedenfalls hatte er sich verändert, und das nicht unbedingt zu seinem Vorteil. Nun trank er schon wieder.

Johannes gab sich einen Ruck und setzte sich kerzengerade.

»Findest du da drin eine Lösung?«, fragte er und deutete mit einem Kopfnicken auf den Weinkrug.

»Vielleicht. Vielleicht auch nicht.«

»Was würdest du davon halten, auf eigenes Risiko so etwas wie die ›Griseldis‹ zu drucken?«, schlug Johannes vor.

»Blödes Zeug«, winkte Günther ab.

»Warum? Es verkauft sich doch nicht schlecht, oder?«

»Wo sollen wir die Vorlage hernehmen? Nein, das ist keine gute Idee.«

»Ich finde sie ganz gut. Besser als diese Einblattkalender oder ähnliches Zeug. Wenigstens sind wir jetzt die Ablassbriefe los«, stellte Johannes fest.

»Das freut dich wohl auch noch, oder? Damit haben wir jedenfalls ordentlich verdient.«

»Dir geht es immer nur darum, wie viel wir verdienen?«

»Und dir?«

»Mir macht das Drucken Freude. Verstehst du das? Wenn ich an ein Buch wie ›Griseldis‹ denke, an die Holzschnitte, die Schrift – mein Werk, oder besser gesagt, unser Werk«, verbesserte er sich hastig. »Das nehme ich in die Hand, schlage es auf und bin stolz darauf.«

»Aber essen kannst du es nicht.«

»Ja, und trinken auch nicht.«

Günther sah ihn feindselig an.

»Spar dir deine Anspielungen. Ich trinke, wann, was und wie viel ich will. Das lasse ich mir nicht von meinem kleinen Bruder vorschreiben!«

Zur Bekräftigung nahm er seinen Becher und trank ihn leer.

»Ich reite morgen los«, verkündete er dann plötzlich. »Wir werden Einblattkalender drucken und sie in der ganzen Gegend verkaufen. Wirst schon sehen.«

»Wenn du meinst«, sagte Johannes und stand auf.

Die Diskussion mit seinem leicht angetrunkenen Bruder widerte ihn an. Er ließ ihn einfach sitzen und ging ohne ein weiteres Wort zurück an seine Arbeit.

Wie er befürchtet hatte, war Susanne am Abend außer sich, als er ihr von der Klosterdruckerei und dem damit verbundenen Verlust vieler Aufträge erzählte. Sie konnte es zunächst gar nicht fassen. Johannes berichtete, dass Günther im Kloster zufällig Anton gesehen hatte und diesen verdächtigte, Abt Melchior beim Aufbau seiner Werkstatt zu helfen.

Susanne kannte Anton, den ruhigen, bedächtigen Gehilfen, der sie und Johannes schon einige Male am Predigerberg besucht hatte.

»Anton? Glaubst du das wirklich?«, fragte sie.

»Er ist schon seit fast zwei Wochen verschwunden, einfach so«, erklärte Johannes. »Ich verstehe es ja auch nicht. Aber Günther hat ihn erkannt.«

»Weißt du was?«, sagte Susanne mit einem säuerlichen Grinsen. »Er hat vermutlich Recht gehabt. In der Klosterdruckerei verdient er bestimmt mehr als bei euch.«

»Kann sein. Aber uns so plötzlich im Stich zu lassen ist schäbig. Ich hätte es ihm nicht zugetraut«, stellte Johannes fest.

Susanne sah ihn kalt an.

»Warum bist du denn nicht zum Abt gegangen?«

»Ich? Wieso zum Abt?« Johannes wusste nicht, worauf sie hinauswollte.

»Weil du es dann vielleicht auch endlich zu etwas bringen würdest.«

»Was soll das denn nun wieder heißen?«

»Du warst und bist doch nur der Hanswurst deines Bruders. Du arbeitest Tag und Nacht, und wofür? Für ein Butterbrot! Sieh dich doch um, wie wir hausen. Wir sitzen in diesem Loch, und dein feiner Bruder macht sich ein schönes Leben, reist hierhin und dorthin, hat eine Dienstmagd und – «

»Genug jetzt!«, unterbrach Johannes. »Es reicht.«

»Ja, es reicht!« Susanne schrie fast. »Mir reicht es schon lange, aber das interessiert dich ja überhaupt nicht!«

Johannes schwieg. Zum zweiten Mal an diesem Tag hatte er das Gefühl, dass jede weitere Diskussion sinnlos war. Er ließ Susannes Klagen wortlos über sich ergehen. Vielleicht hatte sie ja wirklich Recht.

»Wo willst du hin?«, fragte sie, als er plötzlich aufstand und seine Jacke anzog.

»Ich gehe ins Zunfthaus. Ich muss herausfinden, was es mit Anton und der Klosterdruckerei auf sich hat«, antwortete er.

»Das hättest du schon viel früher tun sollen!«, rief sie ihm noch nach, als er die Tür hinter sich schloss. Der Satz klang ihm den ganzen Abend immer wieder in den Ohren.

Johannes kam sehr spät aus dem Zunfthaus zurück. Susanne schlief bereits. Er schaffte es, unter die Wolldecke zu kriechen, ohne sie aufzuwecken, und lag dann trotz der drei Becher Wein, die er getrunken hatte, noch stundenlang wach.

Im Zunfthaus hatte er nichts als Gerüchte erfahren. Keiner der anwesenden Maler oder Formschneider wusste etwas Näheres über Anton oder die im Entstehen begriffene Druckerei des Benediktinerklosters. Die ganze Sache war sehr mysteriös, aber Johannes zweifelte nicht daran, dass Günthers Bericht wahr gewesen war. Er hätte nur zu gerne mit Anton gesprochen, doch dieser war und blieb verschwunden. Susannes Vorwürfe gingen ihm auch nicht aus dem Sinn. Sie atmete ruhig und gleichmäßig neben ihm, und er hätte sie am liebsten in den Arm genommen. Warum schaffte er es nicht, sie glücklich zu machen? Er liebte sie noch immer, wie ganz am Anfang in Straßburg. Wehmütig dachte er an die Zeit zurück, an Mentelin, an Zuckswert und vieles, was er dort erlebt hatte. Wäre es wirklich besser gewesen, in Straßburg zu bleiben? Hier in Augsburg sah es im Moment jedenfalls nicht gut aus. Wie würde es weitergehen? Was konnte er selbst machen? Seine Gedanken drehten sich immer wieder im Kreis, bis ihn irgendwann der Schlaf übermannte.

Nach einem schweigsamen Frühstück mit der offensichtlich immer noch wütenden Susanne machte sich Johannes am anderen Tag etwas später als gewöhnlich auf den Weg in die Offizin. Der Herbst zeigte sich von seiner unangenehmen Seite. Durch die engen Gassen pfiff ein eisiger Wind, und Johannes war froh, als er endlich die Werkstatt erreicht hatte.

Dort fand er nur Bartel und Konrad vor. Die Tür zum Kontor stand weit offen, doch es war leer.

»Wo ist Günther?«, fragte er Bartel.

»Unterwegs nach Nürnberg. Er ist vor einer halben Stunde losgeritten«, antwortete der Gehilfe.

»Ohne auf mich zu warten?«

»Er sagte, er hätte es eilig. Und wir sollen mit den Kalendern weitermachen, bis er zurück ist.«

Johannes nickte und gab den beiden Gehilfen ein paar Anweisungen. Konrad, der Neue, stellte sich inzwischen recht geschickt an. Ihm konnte Johannes getrost die Arbeit an der Presse überlassen. Er grübelte immer noch über Anton nach. Als sein Blick auf die Setzkästen fiel, kam ihm plötzlich eine Idee. Rasch stand er auf, zog seine Jacke an und verließ die Offizin.

Zehn Minuten später klopfte er an die Tür zu Sixt Sauerlochs kleiner Werkstatt. Der Kistler begrüßte ihn freudig und bat ihn herein.

Johannes sah sofort, dass Sixt offensichtlich sehr beschäftigt war. Überall lagen frisch gegossene Typen herum, und die Feuerstelle war voll weiß glühender Holzkohle.

»Du hast wohl eine Menge Arbeit«, stellte er fest.

»Ja, das kann man schon sagen«, pflichtete Sixt ihm bei.

»Für wen sind die Typen?«, fragte Johannes neugierig, genau wissend, dass Sixts Ruf als hervorragender Schriftgießer mittlerweile weit über Augsburg hinaus bekannt war.

Sixt zögerte einen Augenblick.

»Ich nehme an, du kannst es dir denken«, sagte er schließlich mit betretener Miene.

Nun dämmerte es Johannes allmählich.

»Für Melchior? Für die Klosterdruckerei?«

Dann hörte er verblüfft, wie der Abt vor einigen Wochen den Kistler aufgesucht und um seine Hilfe gebeten hatte. Sixt erzählte ausführlich von Melchiors Plänen, für deren Umsetzung er weder Mühe noch Kosten scheute. Der Abt war offensichtlich bereit, die Schwindel erregende Summe von mehr als 700 Gulden auszugeben, um sich im Kloster eine Druckerei einzurichten, mit fünf Druckpressen und allem, was dazugehörte.

»Und warum, in Gottes Namen, macht er das?«, entfuhr es Johannes.

»Das habe ich ihn auch gefragt. Er meinte, bei dem Bedarf, den Sankt Ulrich und Afra hätten, wäre das ein durchaus lohnendes Unterfangen«, erklärte Sixt. »Und es fiel auch der Name Zainer.«

»In welchem Zusammenhang?«

»Im Zusammenhang mit unverschämten Preisen.«

Johannes nahm Sixt diese ehrliche Aussage nicht übel, wenngleich er sich etwas darüber wunderte. Soweit er wusste, waren die von Günther mit dem Abt vereinbarten Preise durchaus angemessen gewesen.

»Weißt du etwas Näheres darüber?«, fragte er deshalb nach.

»Nein, leider nicht. Melchior lässt sich nur ungern in die Karten schauen. Du kennst diesen schlauen Mönch ja bestimmt. Auf jeden Fall wird er an den Ablassbriefen und den anderen Drucksachen nicht schlecht verdienen, wenn die Werkstatt fertig ist.«

»Arbeitet Anton auch für ihn?« Diese Frage war eigentlich der Hauptgrund gewesen, warum Johannes den Kistler aufgesucht hatte.

Nun wurde Sixt sichtlich verlegen.

»Ja«, sagte er schließlich leise.

In diesem Moment ging die Tür auf.

»Du?!«, rief Johannes verdutzt.

Im Türrahmen stand Anton Sorg. Ihm war deutlich anzusehen, dass er nicht weniger überrascht war über dieses unerwartete Treffen. Er kam herein und blieb vor Johannes stehen.

»Welch ein Zufall«, sagte Anton dann. »Was führt dich hierher?«

»Wenn du es genau wissen willst – ich bin auf der Suche nach dir«, antwortete Johannes wahrheitsgemäß. »Ich dachte, Sixt wüsste vielleicht, wo du steckst, nachdem du einfach verschwunden bist.«

»Es tut mir Leid. Wegen dir und auch wegen Bartel und Konrad. Aber ich bin wegen Günther gegangen.«

»Du hättest wenigstens Bescheid sagen können, oder?«

»Ja, vielleicht. Aber ich wollte deinem Bruder eins auswischen, diesem launischen Leuteschinder«, gab Anton mit fester Stimme zurück.

Johannes wusste zuerst nicht, was er darauf erwidern sollte. Anton hatte wohl Recht. Dann sagte er ernst: »Ich muss mich wohl damit abfinden, dass du nun für unsere Konkurrenz arbeitest und auch Sixt von dem Abt Aufträge annimmt. Das hätte ich wirklich nicht vermutet.«

Sixt und Anton schwiegen betreten, und so machte sich Johannes niedergeschlagen auf den Rückweg in die Offizin. Er würdigte die beiden Gehilfen keines Blickes, sondern ging schnurstracks in das Kontor, um dort Günthers Aufzeichnungen zu durchsuchen. Sixts Anspielung wegen der überhöhten Preise ließ ihm keine Ruhe, doch alles, was er fand, sah völlig normal aus. Die verschiedenen Lieferungen von Ablassbriefen, die in den letzten Jahren für den Abt gedruckt worden waren, waren mit seiner Meinung nach vernünftigen Preisen eingetragen. Johannes konnte das inzwischen sehr wohl beurteilen. Also blieb ihm das Ganze rätselhaft. Der Einzige, der ihm hätte weitere Auskünfte geben können, saß in diesem Moment auf einem schnellen Pferd und würde wohl erst in zwei oder drei Wochen zurückkommen.

Die eintönige Arbeit an den Einblattkalendern passte zu den vielen nebelverhangenen Novembertagen, die nur selten von ein paar Stunden Sonnenschein unterbrochen wurden. Günther kam um die Monatsmitte herum von seiner Reise zurück. Er hatte weder in Nürnberg noch in Donauwörth, Nördlingen oder den anderen kleineren Städten großen Erfolg gehabt und war dementsprechend schlecht gelaunt. Johannes' Bericht von seinem kurzen Besuch bei Sixt machte es nur noch schlimmer, obwohl dieser ihm gar nichts über das Wiedersehen mit Anton erzählte.

Günther musste schließlich die beiden Gehilfen fortschicken, da es keine Arbeit mehr für sie gab. Die wenigen Schriftstücke für ein paar Augsburger Kaufleute, die gelegentlich zu drucken waren, schaffte Johannes auch gut allein. So verbrachte Günther die meiste Zeit im Zunfthaus oder anderen Schankstuben, während Johannes in seinem Haus am Predigerberg saß. Susannes Bauch gedieh prächtig, doch weder sie noch Johannes konnten sich aufrichtig auf den bevorstehenden Familienzuwachs freuen. Es herrschte eine gedrückte Stimmung. Die beiden redeten nur das Nötigste miteinander. Susanne jammerte nur noch selten. Johannes vermutete, dass sie sich mit ihrem Schicksal abgefunden hatte, fand aber keinen Weg, sie aufzumuntern, da er selbst mehr und mehr Zweifel über das Fortbestehen der Offizin hatte.

Kurz vor Weihnachten klopfte eines Morgens Günther an die Tür. Johannes öffnete selbst und bat seinen Bruder herein.

»Was treibt dich so früh auf den Predigerberg?«, wollte er wissen.

»Kannst du dich noch an Jodokus Pflanzmann erinnern?«, lautete Günthers Gegenfrage.

»Den Notar?«

»Ja.«

»Sicherlich. Er hat mir doch damals dieses Haus verkauft. Was ist mit ihm?«

Günther erzählte, wie er den Notar am vergangenen Abend zufällig im Ratskeller getroffen hatte. Pflanzmann hatte ihm eröffnet, dass er Günther ohnehin in den nächsten Tagen in seiner Offizin aufgesucht hätte. Bischof Johann Graf von Werdenberg, der Nachfolger Peter von Schaumburgs, war in einen heftigen Streit mit Abt Melchior geraten. Es ging um bestimmte Zuständigkeiten innerhalb der Diözese Augsburg, die der Bischof alleine für das Domkapitel beanspruchte und nicht mit den Benediktinern teilen wollte.

»Und was hat dieser Streit mit uns zu tun? Warum erzählst du mir das überhaupt?«, unterbrach Johannes seinen Bruder.

»Nun, wie du weißt, hat der Bischof seine Drucke stets aus Italien bezogen. Seit Schaumburgs Tod haben wir fast gar nichts mehr für die Diözese gedruckt.«

»Das hat mich ehrlich gesagt immer schon gewundert – wo wir doch hier in Augsburg nur ein paar Steinwürfe vom Dom entfernt sitzen.«

»Nun, ich hatte dem Bischof vor zwei Jahren meine Aufwartung gemacht und meine Dienste angeboten, doch er wollte nichts davon wissen«, erklärte Günther.

»Und jetzt? Nun erzähl schon!«

»Also, jetzt ist folgende Situation eingetreten: Die Druckerei in Italien wurde vor ein paar Wochen aufgelöst. Daraufhin wollte von Werdenberg eigentlich bei Melchior drucken lassen.«

»Natürlich. Die Pfaffen halten doch zusammen wie Pech und Schwefel«, warf Johannes ein.

»Ja, normalerweise schon. Aber der Bischof hat sich mit dem Abt zerstritten, und er benötigt jetzt dringend eine Reihe von Schriften. Pflanzmann hat ihm vorgeschlagen, sie bei uns drucken zu lassen, und wie es scheint, ist der Bischof nicht abgeneigt!«

Johannes starrte ihn mit offenem Mund an.

»Du meinst – du glaubst – wir könnten für den Bischof arbeiten? Das wäre ja die Lösung!«, rief er freudestrahlend.

Günther blieb überraschend nüchtern und sachlich.

»Sicher, das wäre nicht schlecht. Ich soll nachher gleich zum Bischof kommen. Es gibt einiges zu besprechen und zu verhandeln.«

»Verhandeln? Was willst du da groß verhandeln?«

»Zum Beispiel die Preise. Pflanzmann deutete an, dass die Italiener wohl sehr günstig gewesen sind, und dass sein Bischof nicht gedenkt, künftig wesentlich mehr zu bezahlen.«

Johannes musste wieder an Sixts Bemerkung über die Preise denken, doch angesichts der schwierigen Lage, in der sich die Offizin nun befand, beschloss er, sie für sich zu behalten. So bat er seinen Bruder nur, keine allzu hohen Forderungen zu stellen. Ein billiger Auftrag war immerhin besser als gar kein Auftrag.

Sie verabredeten sich für den Nachmittag in der Offizin, und Günther machte sich auf den Weg zu Bischof von Werdenberg.

Gleich nach dem Mittagessen lief Johannes in die Werkstatt, um dort nach dem Rechten zu sehen. Die beiden Druckpressen standen schon seit zwei Wochen still. Er schmierte die große Spindel, nachdem er alles sauber gemacht hatte, und räumte anschließend die Setzkästen ordentlich auf. Immer wieder ging sein Blick zur Tür.

Endlich kam Günther herein. Seiner Miene war nicht anzumerken, ob er Erfolg gehabt hatte.

»Und? Was war beim Bischof?«, drängte Johannes gespannt.

»Wir sind uns einig geworden. Ab sofort werden wir für ihn drucken«, antwortete sein Bruder kurz angebunden.

»Deine Freude ist ja kaum zu übersehen«, stellte Johannes fest.

»Sie hält sich auch sehr in Grenzen – bei den Preisen, die Seine Exzellenz zu zahlen bereit ist«, brummte Günther und erzählte dann, wie unnachgiebig der Bischof verhandelt, oder besser gesagt, diktiert hatte. Außerdem war der erste Auftrag eine Art Probe. Nur wenn er mit der Qualität der Drucke zufrieden sei, würde er die Zainersche Offizin mit weiteren Aufträgen bedenken.

»Das ist doch schon etwas«, meinte Johannes. »Wegen der Qualität brauchen wir uns keine Sorgen zu machen, das bekommen wir sicherlich hin.«

»Aber viel verdienen werden wir nicht.«

»Immer noch besser, als nur herumzusitzen, oder?«

Günther nickte und gab seinem Bruder dann die Druckvorlage des Bischofs. Es war ein dünnes Messbuch mit einer neuen Liturgie, die der Bischof in den Sprengeln seiner Diözese verteilen wollte.

Johannes blätterte das Büchlein durch und fragte dann: »Wann soll es fertig sein?«

»Noch vor Weihnachten. Meinst du, wir schaffen es?«

»Wenn du ordentlich mit anpackst, müsste es gehen.«

Günther sah ihn zwar etwas seltsam an, doch dann sagte er: »Also gut, fangen wir an. Wenn es eng wird, können wir ja immer noch Bartel oder Konrad holen.«

Schon wenige Tage später stellte sich heraus, dass es nicht ohne einen der beiden Gehilfen ging. Johannes musste ständig hinter Günther her sein, ihm dieses und jenes immer wieder zeigen und erklären, bis es ihm zu viel wurde und er schließlich eines Abends nach der Arbeit zu Bartel ging. Er hatte Glück, da dieser noch nichts anderes gefunden hatte, und ab da machte der Druck für den Bischof rasche Fortschritte.

Die Messbücher wurden pünktlich geliefert und für gut befunden. Günther bekam noch vor Weihnachten den nächsten Auftrag, und die weitere Zukunft der Offizin schien zunächst gesichert.

# 1472

Im Januar erhielt Johannes seinen Gewinnanteil des vergangenen Jahres ausbezahlt. Es waren gerade 15 Gulden, ein lächerlich niedriger Betrag. Er hatte sich insgeheim deutlich mehr erhofft, konnte aber anhand der Zahlen, die Günther ihm zeigte und vorrechnete, erkennen, dass nicht mehr zu holen war.

Susanne war noch enttäuschter als er selbst und ließ ihn das bei jeder Gelegenheit spüren. Ihre Schwangerschaft näherte sich ihrem Ende und war noch beschwerlicher als die vorangegangenen, was die Stimmung in dem kleinen Häuschen am Predigerberg fast unerträglich machte.

Johannes verbrachte auch aus diesem Grund mehr Zeit denn je in der Offizin. Darüber machte er sich zwar insgeheim immer wieder Vorwürfe, doch er sah keinen Ausweg aus der verfahrenen Situation. Der Bischof war mit den Drucken aus der Zainer-Werkstatt hochzufrieden. Johannes und Bartel hatten reichlich zu tun, und Günther hielt sich von der Druckpresse fern, so gut es ging.

Mitte Februar bekam Susanne überraschend ein Mädchen. Überraschend deshalb, weil weder sie noch ihr Mann vor März damit gerechnet hatten. Johannes war wie jeden Morgen in die Offizin gegangen, und als er abends nach Hause kam, war alles vorbei. Am Vormittag hatten plötzlich die Wehen eingesetzt. Susanne hatte den kleinen Johannes gerade noch rechtzeitig zur Hebamme geschickt, mit deren Hilfe das Kind dann ein paar Stunden später zur Welt gekommen war.

Da die Geburt Susanne ziemlich mitgenommen hatte, blieb Johannes die folgenden beiden Tage zu Hause und versorgte Mutter und Tochter, so gut es ging. Er freute sich riesig über das kleine Mädchen, das dann auf den Namen Agnes getauft wurde, sobald Susanne sich etwas erholt hatte. Und fast noch mehr freute er sich darüber, dass er und seine Frau wieder normal miteinander reden konnten. Durch das Neugeborene hatte sie offenbar neuen Auftrieb bekommen. Die ständigen Vorwürfe und Klagen waren Vergangenheit. Johannes bemühte sich nach ganzen Kräften darum, dass es auch so blieb, und kam nun oft schon am späten Nachmittag nach Hause, um bei seiner Familie zu sein. Er hatte das untrügliche Gefühl, jetzt endlich den Durchbruch geschafft zu haben – die Offizin lief gut, am Predigerberg war alles in bester Ordnung, und er war zum ersten Mal seit langer Zeit rundum zufrieden. Zumindest glaubte er das bis zu dem Tag, an dem der Bote ihm Steinhöwels Nachricht brachte.

Es war dies ein ganz gewöhnlicher Tag im April. Johannes arbeitete gerade mit Bartel am Satz einer mehrseitigen Denkschrift, die Bischof von Werdenberg kürzlich auf Lateinisch verfasst hatte, als es draußen an der Tür klopfte. Mit einem Kopfnicken bedeutete Johannes dem Gehilfen, nachzusehen, und war überrascht, als dieser ihm einen gefalteten, versiegelten Papierbogen reichte.

»Was ist das?«, fragte er.

»Ein Bote hat es für dich abgegeben«, antwortete Bartel.

»Für mich? Nicht etwa für Günther?«

»Nein, der Bote sagte ausdrücklich, es sei für dich.«

Johannes wunderte sich. Es war nicht ungewöhnlich, dass sein Bruder irgendwelche Nachrichten auf diesem Wege zugestellt bekam, doch er selbst hatte dergleichen noch nie erhalten. Neugierig brach er das Siegel auf und las:

*Werter Meister Johannes, ich würde mich gerne unter vier Augen mit Euch besprechen. Da ich gerade in Augsburg weile, könnt Ihr mich morgen um die Mittagszeit im Haus meines Schwiegervaters Konrad Egen aufsuchen.*

*Hochachtungsvoll*
*Heinrich Steinhöwel, Medicus*
*Postscriptum: Behandelt meine Bitte vertraulich.*

Schnell faltete Johannes den Brief wieder zusammen und steckte ihn in sein Wams, wobei er nicht verhindern konnte, dass seine Hände zitterten. Was mochte Steinhöwel von ihm wollen? Wozu diese Geheimniskrämerei?

Als er aufblickte, sah er Bartels neugierigen Gesichtsausdruck, entschloss sich jedoch, nichts zu sagen. Stattdessen macht er sich wieder an die Arbeit. Aber es dauerte keine zwei Minuten, bis Bartel es nicht mehr aushielt.

»Gute oder schlechte Botschaft?«, fragte er vorsichtig.

»Schwer zu sagen«, wich Johannes geschickt aus.

»Von wem ist denn der Brief?«

»Von Mentelin.« Etwas Besseres fiel Johannes auf die Schnelle nicht ein.

»Aus Straßburg?« Bartel wusste natürlich, bei wem Johannes in die Lehre gegangen war.

»Ja, natürlich. Und nun mach weiter, oder glaubst du, die Arbeit tut sich von alleine?«

Enttäuscht wandte Bartel sich ab und zog seinen Setzkasten heran.

Auch Johannes versuchte, sich wieder auf das vor ihm liegende Satzschiff zu konzentrieren, wenngleich es ihm äußerst schwer fiel. Es war nicht nur die Tatsache allein, dass Steinhöwel ihn sprechen wollte, sondern viel mehr noch dieser seltsame Weg, auf dem er ihn um die Unterredung bat. Warum war er nicht einfach in die Offizin gekommen? Ob es etwas mit dem letzten Druckauftrag zu tun hatte? Alles Überlegen half nichts. Er würde sich bis morgen gedulden müssen. Jedenfalls war er froh, dass Günther wieder einmal für einige Tage verreist war und nichts von all dem mitbekommen würde.

Da er wusste, dass Susanne nach wie vor nicht gut auf den Ulmer Stadtarzt zu sprechen war, erzählte er ihr abends nichts von der merkwürdigen Botschaft und dem bevorstehenden Treffen im Hause Egen. Es gelang ihm, seine innere Unruhe vor ihr zu verbergen, doch raubte sie ihm in der Nacht fast gänzlich den Schlaf.

Der erste klare Gedanke, der ihm am anderen Morgen durch den Kopf schoss, war, dass er ja gar nicht wusste, wo Egen wohnte. So beeilte er sich, um noch rasch bei Sixt Sauerloch nachzufragen, bevor er in die Offizin ging. Der Kistler sah ihn zwar leicht verwundert an, fragte ihn aber nicht, wozu er die Adresse des Patriziers brauchte, sondern gab bereitwillig Auskunft. Johannes bedankte sich ohne weitere Erklärungen und eilte in die Werkstatt, um den Satz der Denkschrift für Bischof Werdenberg noch vor der Mittagsstunde fertig zu stellen, damit Bartel mit dem Druck beginnen konnte. Er arbeitete wie besessen und schaffte es gerade noch rechtzeitig.

Mit dem ersten Schlag der Domglocken stand er dann am Stadtmarkt vor dem prächtigen, dreistöckigen Haus von Konrad Egen. Etwas zaghaft klopfte er an das schwere Eichenportal. Ein schmächtiger Diener in blauem Wams öffnete das Tor und geleitete ihn über marmorne Bodenplatten durch einen eindrucksvollen, hohen Gang zu einer zweiflügeligen, reich mit Holzschnitzereien verzierten Tür. Dort musste er kurz warten, während der Diener hinter der Tür verschwand. Doch schon nach wenigen Augenblicken kam der Livrierte zurück und ließ Johannes eintreten.

Die Pracht des Zimmers, in dem er sich nun befand, raubte ihm beinahe den Atem. Der Raum war fast so groß wie sein ganzes Haus am Predigerberg. Verschnörkelte, schneeweiße Stuckornamente zierten Wände und Decke. Der Fußboden bestand aus fein geschliffenen Holzstreifen, die von mehreren dicken und offensichtlich sehr kostbaren, über das ganze Zimmer verteilten Teppichen bedeckt waren. In der Mitte des Raums stand ein ovaler, massiver Holztisch, umgeben von sieben oder acht Stühlen. Johannes war zu überwältigt, um sie genau zu zählen.

Der Tisch war für zwei Personen gedeckt, und auf einem der Stühle saß Steinhöwel.

»Tretet näher, werter Meister!«, rief er, nachdem er Johannes etwas Zeit gelassen hatte, die Pracht des Raums zu bewundern.

»Ich freue mich, dass Ihr meiner Einladung gefolgt seid«, fuhr Steinhöwel fort. »Nehmt Platz und macht es Euch bequem.«

»Nun – ich – äh – ich – danke Euch für Euren Brief, Herr Medicus«, stammelte Johannes etwas verlegen. »Und natürlich für die Einladung. Ein prächtiges Haus!«

Er stand immer noch unschlüssig vor dem großen Tisch.

»Jetzt setzt Euch doch! Wir werden unverzüglich das Essen serviert bekommen«, verkündete Steinhöwel. »Mit leerem Magen lässt sich nicht vernünftig reden.«

Johannes nickte ergeben und setzte sich schließlich auf den leeren Stuhl direkt gegenüber von Steinhöwel, auf den der Arzt mit dem Finger gedeutet hatte und vor dem sich das zweite Gedeck befand. Kaum hatte er sich gesetzt, griff Steinhöwel zu einer kleinen Klingel, die vor ihm auf dem Tisch stand, und auf dieses Zeichen hin erschien der Diener mit dem ersten Gang, einer Platte frisch gekochter Flusskrebse.

Die Unterhaltung kam nur mühsam in Gang. Johannes brauchte einige Zeit, um seine Befangenheit in dieser ungewohnten Umgebung abzulegen, obwohl er Steinhöwel ja bereits geraume Zeit kannte. Meist sprach der Medicus. Er erkundigte sich nach den Geschäften in der Offizin, erzählte dann von seinen Reisen nach Italien und ließ immer wieder Bemerkungen über das Essen mit einfließen. Eine richtige Ernährung, abwechslungsreich und maßvoll, war nach seiner Meinung der wichtigste Schlüssel zu einer guten Gesundheit.

Johannes pflichtete ihm zwar bei, dachte aber insgeheim, dass sich diese Art von Ernährung wohl die wenigsten Leute leisten konnten. Krebse, gedünstetes Gemüse, mageres Rindfleisch oder auch frisches Obst waren nicht unbedingt Bestandteile seiner üblichen Speisepläne, wie er sie kannte. Nicht zuletzt deswegen genoss er dieses Mahl in vollen Zügen.

Als der Diener die letzte Platte abgetragen hatte, lehnte sich Steinhöwel zufrieden zurück und rülpste ungeniert.

»Auch das gehört zu einer guten Verdauung«, meinte er lachend, als er Johannes' verlegenen Blick sah.

Dann beugte er sich unvermittelt vor und sagte: »Ich will Euch nicht länger auf die Folter spannen. Sicherlich fragt Ihr Euch, warum ich Euch sprechen wollte.«

Johannes nickte nur.

»Ich trage mich mit dem Gedanken, in Ulm eine Offizin zu gründen. Oder besser gesagt, ich suche einen fähigen, geschickten Drucker, der zu mir nach Ulm kommt, dort eine Offizin einrichtet und für mich arbeitet.«

Johannes war sprachlos.

Noch bevor er irgendetwas sagen konnte, fuhr Steinhöwel bereits fort: »Das ständige Reisen wird mir allmählich zu beschwerlich, und es wäre sehr viel praktischer, wenn ich vor Ort in Ulm drucken lassen könnte. Ihr habt bisher gute Arbeit geleistet, und deshalb ist meine erste Wahl auf Euch gefallen.«

Erwartungsvoll sah er Johannes an.

»Nun, was sagt Ihr zu meinem Vorschlag?«

»Ich – ich – ich weiß überhaupt nicht, was ich dazu sagen soll. Es ist – nun – es ist so – völlig überraschend«, brachte Johannes schließlich hervor. In seinem Kopf schien sich alles zu drehen. Ulm! Eine Offizin!

»Natürlich seid Ihr überrascht«, gab Steinhöwel zu. »Mir selbst ist dieser Gedanke auch erst während meiner Reise hierher gekommen. Aber es wäre bestimmt keine schlechte Lösung.«

Johannes versuchte krampfhaft, seine Gedanken und die Fragen, die ihm durch den Kopf schwirrten, zu ordnen.

»Wie soll das alles gehen?«, wollte er wissen.

»Ich werde mich nach geeigneten Räumlichkeiten umsehen, und Ihr richtet dann die Offizin so ein, wie Ihr es für richtig haltet.«

»Wer bezahlt das?«

»Ich.«

»Wisst Ihr überhaupt, was Euch das kosten wird?«, fragte Johannes und dachte daran, was er über die Klosterdruckerei von Abt Melchior gehört hatte.

Steinhöwel wehrte mit beiden Händen ab.

»Nein, aber das ist nicht entscheidend. Wichtig ist nur, dass ordentlich gedruckt wird. Ein guter Druck lässt sich allemal mit Gewinn verkaufen, oder?«

»Ich denke schon, wenngleich ich damit nicht allzu viel Erfahrung habe. Darum kümmert sich mein Bruder, wie Ihr wisst.«

»Auf jeden Fall ist das nicht das dringendste Problem. Zuerst muss die Offizin fertig sein, dann wird sich alles weitere schon fügen«, meinte Steinhöwel.

»Ihr redet, als hätte ich bereits zugestimmt«, warf Johannes ein.

»Wollt Ihr denn etwa nicht nach Ulm kommen? Ich dachte eigentlich, dass Ihr so ein Angebot nicht ausschlagen würdet.«

»Es ist verlockend, das gebe ich zu. Aber es kommt aus heiterem Himmel. So etwas muss reiflich überlegt sein.«

»Wie lange werdet Ihr brauchen, um Euch zu entscheiden?«, fragte Steinhöwel ruhig und gelassen.

»Ein oder zwei Tage werden genügen«, antwortete Johannes. Er konnte inzwischen wieder so weit klar denken, dass er beschlossen hatte, nicht zu warten, bis Günther zurückgekehrt war. Es ging ihm nur darum, mit Susanne zu sprechen und alles nochmals in Ruhe abzuwägen.

»Gut. Ich bin noch bis Anfang nächster Woche in Augsburg. Sagt mir Bescheid, wenn Ihr Euch entschieden habt.«

Johannes nickte, bedankte sich bei Steinhöwel für dessen Gastfreundschaft und ließ sich von dem Diener hinausbegleiten, den der Arzt herbeigeklingelt hatte.

Als er draußen auf dem Marktplatz stand, holte er erst einmal tief Luft. Steinhöwels Angebot hatte mit einem Schlag alles verändert. Tief in seinem Innersten spürte Johannes, dass sein sehnlichster Wunsch kurz vor seiner Erfüllung stand. Für eine eigene Offizin wäre er bis ans Ende der Welt gegangen. Die einzige Frage war nur noch, ob Susanne mit ihm nach Ulm kommen würde. Doch da sie sich ja immer wieder über das Leben hier in Augsburg beschwert hatte, zweifelte er nicht im Geringsten daran. Für ihn war die Sache eigentlich klar, und mit energischen Schritten lief er zurück in die Werkstatt.

Johannes sah zu, dass er abends etwas früher nach Hause kam. Bartel hatte ordentlich gearbeitet, und der erste Stapel Drucke lag schon zum Trocknen aus, so dass für heute ohnehin nichts mehr zu tun war.

Susanne freute sich zunächst über seine zeitige Heimkehr und bereitete rasch das Abendessen vor. Als Brot, Käse und Wasser auf dem Tisch standen, rief sie den kleinen Johannes herein. Agnes lag friedlich schlummernd in ihrer Wiege.

»Heute war ein ganz besonderer Tag«, fing Johannes, der es kaum noch erwarten konnte, vorsichtig an.

»Warum? Ist in der Offizin etwas vorgefallen?«, fragte Susanne.

»Nein. Ich war zum Mittagessen im Haus von Konrad Egen.«

»Ist das nicht der Ratsherr, der am Marktplatz wohnt?«

»Ja, genau der«, bestätigte Johannes.

»Was wollte denn der von dir?«

»Eigentlich war ich nicht bei Egen selbst, sondern bei dessen Schwiegersohn.«

»Nun mach es nicht so spannend!«

»Man hat mir angeboten, in Ulm eine eigene Offizin zu gründen. Was sagst du jetzt?« Gespannt beobachtete Johannes seine Frau und wartete auf ihre Reaktion.

»In Ulm? Du? Aber wie – « Sie rang nach Worten und war offensichtlich genauso überrascht, wie er es ein paar Stunden zuvor gewesen war.

»Also der Reihe nach, ganz langsam«, sagte Johannes. »Steinhöwel hat mich in das Haus seines Schwiegervaters bestellt, mich dort bewirtet und mir dann diesen Vorschlag gemacht. Er will in Ulm eine Druckwerkstatt haben und ist bereit, alles zu finanzieren.«

»Steinhöwel?«, fragte Susanne und sah ihn entgeistert an. »Steinhöwel? Niemals!«

Damit hatte er nicht gerechnet. Fassungslos sah er in Susannes wütendes Gesicht.

»Aber wo ist das Problem? Es kann dir oder uns doch egal sein, wer die Offizin bezahlt. Hauptsache, ich kann dort arbeiten, wie ich will. Und Hauptsache, wir kommen hier von Augsburg weg, oder? Du bist es doch, die ständig jammert«, versuchte er, sie zu beschwichtigen.

»Nicht Steinhöwel. Vergiss es. Er hat unseren Sohn auf dem Gewissen. Ich will mit diesem Menschen nichts zu tun haben, hörst du? Unter gar keinen Umständen«, erwiderte sie, immer noch aufgebracht.

Johannes schüttelte den Kopf.

»Ich verstehe dich nicht. Das ist die Gelegenheit! So ein Angebot kommt vielleicht nie wieder – und du willst es ausschlagen, nur weil dir Steinhöwels Nase nicht passt. Wie oft habe ich dir schon erklärt, dass er Anselm auch nicht hätte helfen können!«

»Woher willst du das wissen? Er ist Arzt, und er war nicht da, als wir ihn gebraucht hätten. Anselm würde noch leben, wenn man ihm geholfen hätte«, schluchzte sie nun.

Ratlos saß Johannes ihr gegenüber und wusste nicht, was er machen sollte. Er selbst war nach wie vor davon überzeugt, dass nichts und niemand auf der Welt seinen kleinen Sohn hätte retten können. Er war einfach zu geschwächt gewesen von der langen Reise. Wie oft hatte er sich selbst Vorwürfe gemacht, dass er es nicht geschafft hatte, rechtzeitig einen Arzt für das kranke Kind zu finden. Doch Steinhöwel gab er keine Schuld. Dieses Fieber hätte auch er wahrscheinlich nicht heilen können. Und selbst wenn – er war nun einmal nicht da gewesen. Es war einfach Schicksal.

»Nun sei doch vernünftig«, bat er, als Susanne aufgehört hatte zu weinen. »Denk daran, dass wir endlich von hier wegkommen. Das wolltest du doch immer!«

»Ja, weg von hier – aber doch nicht nach Ulm! Was soll ich in Ulm? Wenn, dann will ich nach Straßburg zurück.«

Johannes schlug mit der Faust auf den Tisch.

»Schluss jetzt. Wir gehen entweder nach Ulm oder wir bleiben hier. Überleg es dir.«

Damit stand er auf und ging hinaus in den Garten, um in Ruhe nachdenken zu können.

Ein paar Minuten später kam Susanne ihm nach.

»Mir ist etwas eingefallen«, fing sie vorsichtig an. Da er schwieg, fuhr sie fort: »Warum erkundigst du dich nicht tatsächlich einmal, wie es in Straßburg steht? Vielleicht ist dort noch Platz für eine weitere Offizin, und wir könnten einen neuen Anfang versuchen.«

»Du verstehst nicht, worum es geht. Ich bekomme die Gelegenheit, eine Werkstatt zu gründen, ohne dass mich das einen einzigen Pfennig kostet. Wenn ich das alles selbst bezahlen müsste, bräuchte ich mindestens dreihundert Gulden. So viel werde ich in zehn Jahren hier nicht verdient haben«, gab Johannes zurück.

»Das ist wieder das andere Problem mit dir und Günther. Ihm geht es doch auch ganz gut, oder? Wenn du wolltest, hättest du schon längst deinen gerechten Anteil beansprucht.«

»Nun fang nicht wieder damit an! Ich kann es nicht mehr hören. Und ich sage dir, ich gehe nach Ulm! Schluss mit Günther, mit dieser so genannten Teilhaberschaft! Und mit dieser ewigen Stichelei!« Er war nun richtig wütend geworden.

»Mach doch, was du willst!«, schrie Susanne. »Ich bleibe jedenfalls hier!«

»Ach, zum Teufel!«

Johannes ließ sie einfach stehen, stürmte ins Haus und griff nach seiner Jacke. Ohne sich umzudrehen ging er hinaus und marschierte in Richtung Zunfthaus. Vielleicht würde er dort seine Ruhe finden, und vielleicht würde ihm bei einem Becher Wein die Entscheidung leichter fallen.

Aus dem einen Becher Wein waren schließlich vier geworden. Er wachte am anderen Morgen mit ziemlich schwerem Kopf auf. Die Bettstatt neben ihm war leer. Susanne empfing ihn in der Stube mit eisigem Schweigen, und so aß er wortlos seine Hafergrütze und machte sich dann auf den Weg zur Arbeit.

Bartel stand bereits an der Presse, als er in die Offizin kam. Mit einem raschen Blick sah Johannes, dass er den Satz der zweiten Seite nicht ordentlich ausgerichtet hatte. Alle bisher gedruckten Blätter waren leicht schief – nicht viel, aber doch deutlich sichtbar. Er schimpfte den Gehilfen gehörig aus, justierte dann den Satz selbst nach und ließ ihn weiterarbeiten. Die fast zwanzig schon gedruckten Papierbogen warf er achtlos ins Feuer. Es widerte ihn an, ständig auch die kleinsten Kleinigkeiten überwachen oder korrigieren müssen. Wieder stand in Gedanken das Bild seiner eigenen Offizin vor seinen Augen. Er hatte ganz klare Vorstellungen, wie sie aussehen müsste: zwei getrennte Räume, einer für das Setzen und die Nacharbeiten wie etwa Rubrizieren, Falzen und Sortieren, der andere für das Drucken selbst, mit großen Regalen rund um die Druckpresse, in die die fertigen Bogen zum Trocknen gelegt werden konnten. Nicht so ein Durcheinander wie hier, wo meist alles kreuz und quer herumlag. Und einen vernünftigen Gehilfen würde er auch haben. Nicht so einen Tölpel wie Bartel, der an manchen Tagen zu überhaupt nichts zu gebrauchen war.

Johannes ging ins Kontor, wo Günther auch jeweils ein Exemplar aller bisher gedruckten Bücher aufbewahrte. Sein Bruder zeigte das eine oder andere Buch oft möglichen Auftraggebern als Muster, um die verschiedenen Satzspiegel, Illustrationen und andere Merkmale zu demonstrieren. Einige dieser Bücher waren von Steinhöwel, und es waren gerade die, die ihm am besten gefielen. Er hatte gestern überhaupt nicht daran gedacht, den Stadtarzt zu fragen, was er eigentlich drucken lassen wollte. Das musste unbedingt noch geklärt werden, obwohl er sich ziemlich sicher war, dass es in Ulm nicht um Ablassbriefe oder Einblattkalender gehen würde.

Niedergeschlagen riss er sich von seinen Tagträumen los. Es war noch nicht so weit. Wie sollte er Susanne überreden? Wenn es nur nicht ausgerechnet Steinhöwel wäre! Bei jedem anderen Geldgeber hätte sie bestimmt ja gesagt. Aber es war nun einmal nicht zu ändern. Er hatte ihm das Angebot gemacht, und Johannes musste sich entscheiden.

Am Abend versuchte er nochmals, mit Susanne zu reden, aber er biss auf Granit. Sie blieb unnachgiebig auf ihrem Standpunkt bestehen und wollte auf gar keinen Fall nach Ulm gehen. Da er Steinhöwel versprochen hatte, sich nach zwei Tagen Bedenkzeit zu melden, trat er am nächsten Morgen schweren Herzens den Gang zum Stadtmarkt an. Er wusste immer noch nicht, was er dem Arzt erzählen sollte.

Steinhöwel empfing ihn sogleich, dieses Mal in der Bibliothek seines Schwiegervaters. Ehrfurchtsvoll musterte Johannes die schweren Folianten, die in Reih und Glied in mehreren eichenen Bücherschränken standen.

»Nun, wie habt Ihr Euch entschieden?«, fragte Steinhöwel nach ein paar einleitenden Begrüßungsfloskeln.

Johannes trat unruhig von einem Bein auf das andere. Schließlich fasste er sich ein Herz und sagte: »Ich stecke in der Klemme.«

Dann berichtete er Steinhöwel von der Ablehnung seiner Frau und dem Gewissenskonflikt, in dem er sich seit zwei Tagen befand.

»Warum will Eure Frau nicht nach Ulm gehen?«, wollte der Medicus wissen.

Nach einiger Überlegung fasste Johannes Mut und erzählte Steinhöwel die ganze Geschichte. Er schilderte die Fahrt nach Ulm und die Krankheitssymptome, die der kleine Anselm gezeigt hatte.

»Wir haben Euch gesucht, weil wir Eure Hilfe dringend gebraucht hätten. Aber Ihr wart nicht in der Stadt, und Anselm ist am anderen Tag gestorben«, schloss Johannes seinen Bericht.

Der Arzt sah ihn nachdenklich an.

»Es tut mir aufrichtig Leid, was Euch in Ulm widerfahren ist«, meinte er dann. »So, wie Ihr es schildert, muss das Fieber sehr hoch gewesen sein.«

»Ja, der Kleine war glühend heiß, trotz der unablässigen Wadenwickel.«

»Ich kann unmöglich eine Diagnose stellen«, erklärte Steinhöwel. »Und ich kann beim besten Willen nicht sagen, ob ich dem Kind hätte helfen können. Hohes Fieber bei kleinen Kindern ist sehr gefährlich. Wenn es länger anhält, sind auch wir Ärzte meistens machtlos.«

»Das glaube ich Euch. Wirklich. Ich habe auch schon oft versucht, Susanne davon zu überzeugen, dass Anselm nicht gestorben ist, weil kein Arzt da war. Aber sie will das nicht hören«, sagte Johannes.

»Soll ich mit ihr sprechen?«, fragte der Medicus.

Johannes schüttelte den Kopf.

»Das würde nichts bringen. Sie hasst die Stadt Ulm, und ich fürchte, sie hasst auch Euch.«

»Würdet Ihr auch ohne Eure Frau und Eure Kinder mit mir kommen? Ihr müsst Eure Familie ja nicht unbedingt mitnehmen. So weit ist Ulm auch nicht entfernt. Wenn die Offizin erst läuft, könnt Ihr sie sicher ab und zu besuchen. Und wer weiß – vielleicht überlegt Eure Susanne es sich doch noch anders. Bei den Frauen kann man nie wissen«, meinte der Arzt.

Johannes dachte kurz über das nach, was er soeben gehört hatte. Es war wohl der einzig mögliche Weg aus diesem Dilemma – und er würde ihn gehen!

Er streckte Steinhöwel die Hand entgegen.

»Ich habe mich entschieden. Ich komme zu Euch nach Ulm.«

Steinhöwel nahm die angebotene Hand und drückte sie fest und entschlossen.

»Ich danke Euch, und ich verspreche, Ihr werdet es nicht bereuen!«, sagte er.

»Wie soll es nun weitergehen?«, wollte Johannes wissen.

»Ich werde gleich morgen nach Ulm zurückfahren und mich nach geeigneten Räumlichkeiten umsehen. Sobald ich etwas gefunden habe, komme ich wieder. Ihr könnt inzwischen anfangen, Euch die Gerätschaften zu besorgen, die Ihr für die Offizin braucht. In Ulm dürfte das sehr schwierig werden, da unsere Offizin die erste sein wird und kein Handwerker bislang eine Druckpresse oder ein Gießinstrument gesehen hat.«

»Darf ich fragen, was Ihr eigentlich drucken wollt? Das habe ich vorgestern ganz vergessen, aber es ist wichtig, damit ich die richtigen Schrifttypen besorgen kann«, warf Johannes ein.

»Das erste Werk wird ein von mir selbst verfasstes Büchlein gegen die Pestilenz sein. Dafür wird wohl eine Fraktura oder Antiqua am besten geeignet sein«, antwortete Steinhöwel, der sich inzwischen recht gut auskannte, wie Johannes feststellte.

»Auf Deutsch oder Lateinisch?«, fragte Johannes.

»Zuerst auf Deutsch. Wir werden später auch lateinische Lettern brauchen, aber am Anfang reichen die deutschen.«

»Gut. Ich werde mich darum kümmern.«

»Wartet einen Moment«, sagte Steinhöwel dann und verließ mit schnellen Schritten die Bibliothek.

Als er kurz darauf zurückkam, hielt er einen Lederbeutel in der Hand, den er Johannes übergab.

»Nehmt das mit. Es wird Euch bei Euren Besorgungen sicher von Nutzen sein, wenn Ihr gleich bezahlen könnt. Nach meiner Erfahrung beschleunigt Geld den Lauf der Dinge manchmal in unglaublicher Weise«, sagte er schmunzelnd.

Johannes nahm den Beutel, öffnete ihn und sah lauter Goldgulden darin aufblinken.

»Es sind fünfzig Gulden«, erklärte Steinhöwel. »Legt sie gut an, für Eure künftige Offizin.«

Mit ernstem Blick antwortete Johannes: »Ihr könnt Euch auf mich verlassen. Ich werde jede Ausgabe sorgfältig überlegen und Euch selbstverständlich Rechenschaft darüber geben.«

»Deswegen mache ich mir keine Sorgen. Und falls das Geld nicht reicht, könnt Ihr Euch zur Not auf mich oder meinen Schwiegervater berufen. Das dürfte hier in Augsburg allemal genügen.«

»Ich denke, für fünfzig Gulden wird einiges zu bekommen sein. Wie sieht es mit Papier aus?«

»In Ulm gibt es eine Papiermühle. Ich weiß nur nicht, welche Qualität das Papier hat«, antwortete Steinhöwel.

»Vielleicht könnt Ihr bei Eurem nächsten Besuch einige Musterbogen mitbringen«, schlug Johannes vor.

Der Stadtarzt versprach, sich darum zu kümmern, und da nun die wesentlichen Punkte besprochen waren, verabschiedeten sich die beiden in bestem Einvernehmen voneinander.

Johannes lief gemächlich zurück in die Offizin, während er überlegte, was nun zu tun war. Die schwierigste Hürde war genommen, nachdem er seine Entscheidung getroffen hatte. Falls sich Susanne nicht doch noch überreden ließ, würde er zunächst ohne sie nach Ulm gehen. Das nächste Problem würde sein Bruder werden, doch davor hatte er keine Angst.

Er betrat die Werkstatt, kontrollierte kurz Bartels Fortschritte und zog sich in das Kontor zurück, wo er vorsichtshalber die Tür schloss, um nicht gestört zu werden. Dann nahm er Papier und Feder zur Hand und schrieb sorgfältig eine Liste mit all den Dingen, die er in Ulm brauchen würde. Je mehr er nachdachte, desto länger wurde die Aufstellung. Es war eine ganz andere Situation als damals bei seiner Ankunft in Augsburg, wo Günther ja bereits vieles besorgt und vorbereitet hatte. Schließlich glaubte er, an alles gedacht zu haben. Er faltete das Papier zusammen und schob es unter sein Wams, wo sich auch der Lederbeutel mit Steinhöwels Gulden befand.

Am späten Nachmittag verließ er die Offizin und ging zu Sixt Sauerloch. Er musste ihn ins Vertrauen ziehen, da er das meiste, was er benötigte, nur von ihm bekommen würde. Davon abgesehen war der Kistler so ziemlich der einzige Freund, den Johannes hatte, und er verspürte immer dringender das Bedürfnis, mit jemandem über die Ereignisse der letzten Tage zu sprechen.

Sixt staunte nicht schlecht, als Johannes seinen Bericht beendet hatte, und seine erste Reaktion war aufrichtige Freude. Er beglückwünschte ihn zu seinem Entschluss, notfalls auch ohne Susanne den Neuanfang in Ulm zu wagen. Dann gingen die beiden gemeinsam die Liste durch, die Johannes zusammengestellt hatte, und Sixt versprach, sich um alles zu kümmern.

»Wissen deine Frau und dein Bruder schon davon?«, fragte er schließlich.

Johannes schüttelte den Kopf.

»Nein, außer dir weiß es niemand. Und sie werden es auch erst erfahren, wenn Steinhöwel zurückkommt.«

»Das wird Ärger geben«, prophezeite Sixt.

»Vermutlich. Aber ich sehe keine andere Lösung«, meinte Johannes.

Als ihn Susanne abends auf Steinhöwel ansprach, wich er ihr aus und gab vor, der Stadtarzt wisse nun doch nicht so recht, ob und wie er seine Pläne verwirklichen würde. Damit war das Thema in der Predigergasse zunächst abgeschlossen.

Eine Woche später waren die Denkschriften für Bischof von Werdenberg fertig. Da Günther immer noch unterwegs war, machte sich Johannes zusammen mit Bartel auf, um die Drucke beim Domkapitel abzuliefern.

Jodokus Pflanzmann empfing ihn und strahlte vor Freude, als er hörte, dass Johannes die Schriften bereits dabei hatte. Er bat Bartel, sie in das Vorzimmer des Bischofs zu bringen, und bot Johannes an, in seiner Schreibstube Platz zu nehmen.

»Ich werde Euch sogleich den vereinbarten Lohn holen lassen«, sagte er und klingelte nach einem Bediensteten.

Dieser kam wenige Minuten später mit einer Geldkassette zurück. Pflanzmann öffnete die Kassette und begann, die Guldenstücke herauszuzählen.

»Hier, Eure 15 Gulden.«

Mit diesen Worten schob er die Münzen über die Tischplatte zu Johannes hinüber, der sich artig bedankte und das Geld in seinem eigenen Lederbeutel verstaute.

»Vielen Dank. Es war mir eine Ehre, und wenn Ihr wieder etwas braucht, dann lasst es uns wissen«, sagte Johannes.

»Ja, bestimmt. Vielleicht melden wir uns schon bald«, gab der bischöfliche Notar zurück.

Draußen vor dem Dom schickte Johannes Bartel nach Hause, da es im Moment nichts mehr zu tun gab, und ging dann alleine zurück in die Offizin. Im Kontor suchte er nach der Liste, in der Günther alle Aufträge festhielt. Als er sie endlich gefunden hatte, stutzte er.

Die Denkschriften für den Bischof waren zwar bereits eingetragen, doch mit einem ganz anderen Preis. »Acht Gulden« lautete die Angabe in der entsprechenden Spalte. Er studierte aufmerksam die übrigen Einträge, doch eine Verwechslung war ausgeschlossen. Es musste dieser Auftrag sein.

Ihm kam ein erschreckender Verdacht. Mit zitternden Fingern nahm er ein Blatt Papier und schrieb sorgfältig die letzten Aufträge für das Domkapitel ab. Dann legte er die Liste zurück an ihren Platz und überlegte, was er nun machen sollte. Es gab nur einen Weg, herauszufinden, welches Spiel sein Bruder hier spielte.

Eine Stunde später stand er wieder in Jodokus Pflanzmanns Schreibstube.

»Uns ist ein großes Missgeschick passiert. Der neue Gehilfe hat versehentlich Druckerschwärze über die Liste mit unseren Aufträgen geschüttet«, erzählte Johannes dem Notar.

»Ja und?«, fragte dieser verständnislos.

»Nun, wir brauchen eine neue Aufstellung. Vor allem für den Steuereintreiber. Hättet Ihr vielleicht die Freundlichkeit, mir kurz die letzten Aufträge zusammenzustellen?«, bat Johannes und fügte hinzu: »Ihr habt das doch sicherlich in Euren Büchern. Titel, Auflage und Preis würde vollkommen genügen.«

Pflanzmann sah ihn etwas verwundert an, doch dann sagte er: »Kommt morgen Vormittag wieder. Ich werde sehen, was ich tun kann.«

Johannes bedankte sich überschwänglich, schimpfte nochmals über den ungeschickten Gehilfen und versprach, morgen wiederzukommen.

Am anderen Tag übergab ihm der Notar tatsächlich die gewünschte Aufstellung, und Johannes konnte es kaum erwarten, sie in Günthers Kontor mit dessen Liste zu vergleichen. Ihm wurde beinahe übel, als er seinen Verdacht bestätigt fand: Sein Bruder hatte durchweg nur etwa die Hälfte des Preises notiert, den Pflanzmann ihm tatsächlich bezahlt hatte! Er hatte ihn also schändlich betrogen – und sicher nicht nur bei den Aufträgen für den Bischof, sondern auch bei allen anderen, wenn Johannes nicht zufällig dabei gewesen war, als ein Preis vereinbart wurde.

Johannes spürte, wie eine kalte Wut in ihm hochstieg. Er würde es Günther heimzahlen. Dieses Mal würde er nicht ungeschoren davonkommen. Er legte die Liste zurück, nahm Pflanzmanns Aufstellung an sich und ging nach Hause, wo er das Blatt des Notars unter der gleichen Fußbodendiele versteckte, unter der bereits die zuvor gefertigte Abschrift von Günthers Auftragsliste lag. Vielleicht würde er diese beiden Listen noch brauchen.

Günther kam zwei Tage später zurück. Er hatte zwei neue Aufträge mitgebracht und ließ sogleich nach seinem Bruder schicken. Als Johannes ihm als Erstes die 15 Gulden von Pflanzmann aushändigte, nahm er das Geld ohne weiteren Kommentar an sich und fing an, von seiner Reise zu erzählen. Er war in Landshut gewesen und hatte dort einen Gelehrten kennen gelernt, der sich ebenso wie Steinhöwel mit der Übersetzung lateinischer Schriften in das Deutsche beschäftigte und händeringend einen Drucker suchte.

Johannes nahm das Manuskript, das Günther ihm gab, und blätterte es durch.

»Nicht schlecht, aber Steinhöwels Deutsch liest sich besser«, meinte er.

»Meinetwegen. Aber das kann uns eigentlich egal sein. Wir sollen es nur drucken – verkaufen will es der gute Mann selbst«, erklärte Günther. »Er wird in einer Woche hier sein, und bis dahin brauchen wir ein paar ordentliche Probedrucke. Also an die Arbeit!«

Mit diesen Worten verschwand er im Kontor, und Johannes begann mit den Vorbereitungen zum Setzen. Es hatte ihn einige Überwindung gekostet, seinen Bruder nicht sogleich zur Rede zu stellen, doch er hatte beschlossen, damit zu warten, bis er Nachricht von Steinhöwel hatte. Diesen Trumpf wollte er nicht leichtfertig verspielen.

Seine Geduld wurde auf eine harte Probe gestellt. Woche um Woche verging, ohne dass irgendeine Nachricht von Steinhöwel kam. Johannes arbeitete lustlos an den neuen Aufträgen, die Günther mitgebracht hatte, und suchte immer wieder Sixt auf, um sich von dessen Fortschritten berichten zu lassen. Der Typensatz in Fraktura war bereits fertig. Inzwischen bastelte der Kistler an den Setzkästen und dem Handgießinstrument herum, das Johannes unbedingt haben wollte.

Die fünfzig Gulden von Steinhöwel waren längst aufgebraucht, doch damit hatten weder Johannes noch Sixt ein Problem. Der Ulmer Stadtarzt hatte sein Wort gegeben, und das genügte.

»Hast du eigentlich nochmals mit Susanne gesprochen?«, fragte Sixt bei einem der unregelmäßigen Besuche von Johannes.

»Nein. Ich habe ihr erzählt, dass Steinhöwel sich die ganze Sache nochmals überlegen will«, antwortete Johannes. »Außerdem sprechen wir ohnehin nicht mehr viel miteinander.«

»Schade«, meinte Sixt. »Ich habe euch immer irgendwie beneidet.«

Johannes vermied es, ihn direkt anzusehen. Der Kistler war immer noch Junggeselle, und er würde es wohl auch bleiben. Mit Frauen hatte er ein Problem, was vielleicht auch an seiner barschen, nach außen hin stets abweisenden Art lag.

»Da gibt es nichts zu beneiden«, erklärte Johannes. »Wir haben uns irgendwie auseinander gelebt. Oder nie so richtig zusammengefunden.«

»Das kann ich nicht beurteilen. Auf jeden Fall ist es schade.«

»Wem sagst du das? Glaubst du, ich würde nicht auch lieber mit ihr zusammen nach Ulm gehen? Aber sie hasst nun einmal Steinhöwel. Dagegen ist nichts zu machen«, stellte Johannes fest.

Als Sixt nach dem Grund für Susannes Hass fragte, erzählte er ihm die Geschichte von Anselms Tod, wobei er seine Überzeugung nicht verschwieg, dass Steinhöwel den Kleinen hätte auch nicht retten können.

»Und was ist mit Günther?«, wollte Sixt wissen.

»Nichts. Er kümmert sich nach wie vor nicht groß um die Arbeit in der Offizin, ist viel unterwegs und immer auf der Suche nach neuen Aufträgen«, antwortete Johannes.

»Nein, ich meine, in Bezug auf deine Pläne. Er ahnt nichts davon, oder?«

Johannes seufzte.

»Bisher nicht. Aber es wird wohl nicht mehr lange dauern, bis Steinhöwel kommt«, meinte er. »Das hoffe ich wenigstens.«

Dann wandten sich die beiden wieder der Liste mit den noch zu erledigenden Dingen zu, die schon seit Wochen bei Sixt lag, und besprachen weitere Einzelheiten. Es fehlte nicht mehr viel. Sobald der Stadtarzt nach Augsburg kam, konnte es losgehen.

Eine Woche später brachte ein Bote eine Nachricht von Steinhöwel in die Zainer'sche Offizin und übergab sie Johannes, der sie unverzüglich öffnete.

»Kommt noch heute zu mir ins Haus meines Schwiegervaters. Steinhöwel.«

Das war alles, aber mehr war auch nicht nötig.

Johannes konnte es kaum erwarten und hatte beträchtliche Mühe, seine Vorfreude auf das Wiedersehen mit Steinhöwel zu verbergen. Mit neuem Schwung setzte er seine Arbeit fort. Günther war bei Bischof von Werdenberg und würde heute nicht mehr in die Werkstatt kommen. Er war vor einigen Wochen umgezogen und wohnte nun nicht mehr im oberen Stockwerk der Offizin, sondern in einem schmucken Fachwerkhaus nahe Sankt Ulrich. So konnte Johannes sicher sein, ihm nicht mehr zu begegnen.

Am frühen Nachmittag hatte er den Satz fertig, den Bartel für den nächsten Druck brauchte, und machte sich auf den Weg zum Stadtmarkt. Steinhöwel ließ ihn etwas warten und empfing ihn dann wieder in der Bibliothek.

Er hatte einige Schwierigkeiten gehabt, in Ulm die passenden Räume zu finden, und entschuldigte sich zunächst für diese Verzögerung. Als ihm Johannes von den Fortschritten bei der Beschaffung der benötigten Werkzeuge und Materialien berichtete, war er hocherfreut. Das einzige, das noch fehlte, war die Druckpresse, für die sich noch kein Handwerker gefunden hatte.

Steinhöwel runzelte die Stirn.

»Das ist das Wichtigste überhaupt«, stellte er fest. »Ohne Presse können wir nichts machen.«

Johannes nickte und meinte: »Ja, das ist richtig. Aber für den Anfang brauchen wir sie nicht unbedingt.«

Er erklärte Steinhöwel, dass er sicherlich einige Wochen benötigen würde, um den Satz für das geplante Büchlein herzustellen. Außerdem musste erst einmal alles nach Ulm transportiert, eingeräumt und aufgestellt werden.

Plötzlich kam ihm ein Gedanke.

»Sagt, habt Ihr in Ulm nicht auch Weinkeltereien?«, fragte er unvermittelt.

»Ja, natürlich. Es sind nicht viele, aber ein Teil des Weines, der in Ulm ausgeschenkt wird, stammt aus den dortigen Keltereien. Warum fragt Ihr danach?«

»Nun, zwischen einer Weinkelter und einer Druckpresse ist kein allzu großer Unterschied.«

Steinhöwel hatte sofort begriffen, worauf er hinauswollte.

»Kennt Ihr diesen Unterschied genau?«

»Ja.«

»Dann werden wir uns unsere Druckpresse in Ulm bauen lassen.«

Damit war das dringendste Problem gelöst, zumindest aus Steinhöwels Sicht, denn er fuhr nun fort: »Wir können in ein oder zwei Tagen aufbrechen.«

Johannes erschrak. So schnell hatte er eigentlich nicht damit gerechnet.

»Das – das – das ist zu früh«, entgegnete er hastig.

»Warum?«

Der Stadtarzt sah ihn erstaunt und fragend an.

»Es gibt noch etliches zu erledigen. In der Offizin – «

»Arbeitet Ihr etwa immer noch dort?«, unterbrach ihn Steinhöwel.

»Natürlich. Ihr habt doch auch Euren Boten dorthin geschickt, oder?«

»Nein. Er sollte zu Eurem Haus am Predigerberg gehen. Jedenfalls hatte ich gedacht, Ihr hättet Euch bereits von Eurem Bruder getrennt«, meinte der Arzt.

Als Johannes betreten schwieg, überlegte er kurz und schlug dann vor: »Wir haben nun den 14. Juni. Die Räume in Ulm sind mit Beginn des nächsten Monats gemietet. Ich selbst werde übermorgen nach Ulm zurückkehren und könnte die Gerätschaften mit einem Fuhrwerk bereits mitnehmen. Dann hättet Ihr noch einige Tage Zeit, Eure Angelegenheiten hier zu regeln.«

Dankbar nahm Johannes dieses Angebot an. Er hätte nicht gewusst, wie er innerhalb von ein oder zwei Tagen Augsburg verlassen sollte. Es würde auch mit dieser verlängerten Frist schwierig genug werden.

»Wollt Ihr mich noch zu Sixt Sauerloch begleiten?«, fragte er schließlich.

»Sauerloch? Wer ist das?«

»Ein sehr geschickter Kistler und auch Schriftgießer. Er hat fast alles gefertigt, was wir in Ulm brauchen werden«, erklärte Johannes.

Steinhöwel willigte erfreut ein, und so machten sie sich zu Fuß auf den Weg.

Sixt war offensichtlich sehr überrascht, als Johannes mit dem Ulmer Stadtarzt kurze Zeit später in seiner Werkstatt stand. Nachdem Johannes die beiden einander vorgestellt hatte, ließ sich Steinhöwel von Sixt verschiedene Gerätschaften zeigen, die der Kistler bereits für die Ulmer Offizin hergestellt hatte. Der Arzt sparte nicht mit Lob für die solide handwerkliche Arbeit und kündigte an, am folgenden Tag mit einem Fuhrwerk wiederzukommen, um alles aufzuladen. Dann verabschiedete er sich, während Johannes noch in Sixts Werkstatt blieb, um mit diesem den Umbau einer Weinkelter zur Druckpresse zu besprechen.

Sixt erklärte ihm in allen Einzelheiten, worauf er würde achten müssen, und bot schließlich an, selbst nach Ulm zu kommen, falls es erforderlich wäre, um bei diesem Umbau zu helfen.

»Wenn du mich brauchst, schick einfach einen Boten«, meinte der Kistler.

»Ja, abgemacht. Aber ich denke, ich werde es schon hinkriegen«, antwortete Johannes. »Auf dich kann man sich eben verlassen«, fügte er mit einem tiefen Seufzer hinzu.

»Du hast wohl immer noch nicht mit Günther gesprochen?«, fragte Sixt.

Johannes schüttelte den Kopf.

»Und mit Susanne?«

Ein weiteres Kopfschütteln war Johannes' einzige Reaktion.

»Dann sieh zu, dass du das hinter dich bringst. Dabei kann ich dir leider nicht helfen«, meinte Sixt und klopfte Johannes aufmunternd auf die Schulter.

Susanne wunderte sich, als ihr Mann schon am Spätnachmittag nach Hause kam. Johannes war von Sixt aus auf direktem Weg heimgegangen. Er drückte sich zuerst einige Zeit unschlüssig um die Feuerstelle herum, wo Susanne gerade einen leckeren Eintopf kochte. Dann fasste er sich ein Herz und sagte: »Ich war heute bei Steinhöwel.«

Susanne drehte sich zu ihm um und sah ihn feindselig an.

»Ich weiß. Sein Bote war bei mir. Was wollte er von dir?«

»Nun, wie soll ich sagen – es ist – er hat – «, stammelte Johannes.

»Er hat was? Nun sag schon!«

»Er hat in Ulm die Räume für die Offizin gefunden.« Endlich war es heraus.

»Was geht das dich an? Ich dachte, das Thema sei erledigt«, meinte Susanne.

»Ist es auch. Ich werde nach Ulm gehen.«

»Du wirst was?«, schrie sie erbost. »Nach Ulm gehen? Ich höre wohl nicht richtig?«

»Es ist eine einmalige Gelegenheit – und ich werde sie nutzen«, entgegnete Johannes und staunte selbst, wie ruhig er das plötzlich sagte.

»Und was wird aus mir? Aus den Kindern?«

»Ihr könnt jederzeit mitkommen. Oder nachkommen.«

»Niemals! Nicht nach Ulm, und nicht zu diesem Quacksalber!«

»Du kannst es dir immer noch überlegen. Ulm ist ja nicht aus der Welt. In drei Tagen ist man dort.«

Susanne schüttelte heftig den Kopf.

»Ich werde nächste Woche aufbrechen«, stellte Johannes fest. »Und wenn die Offizin fertig eingerichtet ist, komme ich und hole euch ab, dich und die Kinder.«

»Das werden wir ja sehen!«

»Ja, das werden wir.«

Damit war für Johannes die Diskussion beendet. Es war sinnlos. Susanne ließ nicht mit sich reden. Er würde allein gehen müssen, doch er hoffte insgeheim immer noch, dass sie irgendwann ein Einsehen haben würde.

Am anderen Tag machte er sich schon früh auf den Weg zur Offizin, ohne Susanne und die Kinder zu wecken. Er hatte sowieso die halbe Nacht kein Auge zugetan und immer wieder überlegt, wie er die Sache seinem Bruder beibringen sollte. Sixt hatte ihm noch einen guten Rat gegeben, nur wusste er nicht so recht, ob er ihn befolgen sollte.

Die Werkstatt war um die frühe Morgenstunde noch verlassen und leer. Rasch prüfte Johannes die Drucke, die Bartel noch fertig gestellt hatte, und fing dann an, die Setzkästen mit den Antiqua-Typen zu sortieren. Etwa eine Stunde später kam Bartel. Johannes schob den Setzkasten beiseite, an dem er gerade saß, und arbeitete mit dem Gehilfen weiter an der Druckpresse, bis endlich Günther erschien.

Johannes folgte ihm wortlos in das Kontor und schloss die Tür hinter sich.

»Was gibt es?«, fragte sein Bruder verwundert.

»Ich muss mit dir reden.«

Johannes nahm sich unaufgefordert den Schemel, der in der Ecke stand, und setzte sich vor Günthers Schreibtisch.

»Unsere Wege werden sich trennen«, fing er behutsam an.

Günther sah ihn verständnislos an und hörte zunächst nur zu, als ihm Johannes mit ein paar kurzen Sätzen von Steinhöwels Angebot und seiner Entscheidung erzählte, nach Ulm zu gehen.

»Das kannst du nicht machen!«, rief er dann fassungslos. »Du kannst doch nicht einfach gehen!«

»Wieso nicht?«

»Weil – weil – weil es einfach nicht geht. Was soll ich ohne dich machen?« Der Schreck stand Günther deutlich ins Gesicht geschrieben.

»Du wirst dir einen anderen suchen müssen, der für dich die Arbeit macht«, stellte Johannes nüchtern fest.

»Ich lasse das nicht zu!«, schrie sein Bruder mit hochrotem Kopf.

»Ich wüsste nicht, wie du mich daran hindern willst. Überleg dir lieber, wie du mich auszuzahlen gedenkst«, meinte Johannes. Das war Sixts Idee gewesen.

»Auszahlen? Was meinst du damit?« Günther sah ihn völlig entgeistert an.

»Ich bin immer noch Teilhaber, und ich habe Geld in die Offizin gesteckt. Das will ich jetzt zurückhaben«, erklärte Johannes seelenruhig.

»Du bist ja verrückt! Wie stellst du dir das vor?«

»Du gibst mir einfach mein Geld zurück.«

»Das geht nicht. Ich – ich habe im Moment gar nicht so viel.«

»Dann machen wir es anders«, meinte Johannes, der insgeheim nur auf diesen Moment gewartet hatte und Günther außerdem kein Wort glaubte.

»Ich nehme die Antiqua mit, dann sind wir quitt«, schlug er vor.

»Nein, das auf keinen Fall! Die Typen bekommst du nicht!«

Johannes stand auf und sah Günther kalt an.

»Du wirst mich nicht daran hindern. Ich nehme, was mir zusteht.«

Mit diesen Worten ließ er seinen Bruder stehen und verließ das Kontor. Seelenruhig ging er zu seinem Arbeitstisch und stapelte dort die ganzen Setzkästen mit den Antiqua-Typen sorgfältig übereinander. Günther war ihm nachgelaufen und baute sich nun drohend vor Johannes auf.

»Die Typen bleiben hier!«

Ohne sich um ihn zu kümmern, bat Johannes Bartel, ihm den Handwagen von draußen zu holen, was dieser widerspruchslos auch tat. Dann lud er die Setzkästen auf, zog seine Arbeitsschürze aus und warf sie Günther vor die Füße.

»Hier, die kannst du behalten. Und jetzt geh mir aus dem Weg.«

Günther schnaubte verächtlich und stemmte die Hände in die Hüften, ohne sich vom Fleck zu rühren.

»Was ist hier überhaupt los?«, wollte Bartel wissen, der die Szene bislang stumm verfolgt hatte.

»Ich gehe, und ich nehme mit, was mir gehört«, erklärte Johannes.

Bartel sah verständnislos von einem zum anderen und schüttelte immer wieder den Kopf.

Da Günther sich nicht bewegte, nahm Johannes die Wagendeichsel in die Hand und schob den Karren ein Stück zurück, um an ihm vorbeizukommen. Als Günther sich daraufhin erneut in den Weg stellte, packte Johannes ihn mit eisernem Griff am Kragen.

»Zwing mich nicht, Gewalt anzuwenden«, knurrte er und ließ dann wieder los.

Günther starrte ihn mit zusammengebissenen Zähnen an.

»Das wir dir noch Leid tun«, flüsterte er schließlich und trat beiseite.

Johannes verzichtete auf eine Erwiderung und zog den Karren hinaus. Vor der Offizin holte er tief Luft. Es war geschafft! Er hatte sich am Morgen alles reiflich überlegt und brachte die Setzkästen nun direkt zu Sixt, um sie dort mit auf das Fuhrwerk verladen zu lassen, das Steinhöwel bereitstellen wollte.

Der Kistler war froh, als Johannes ihm berichtet hatte, wie glimpflich die Sache mit Günther verlaufen war, denn es war schließlich seine Idee gewesen, die Antiqua-Typen mitzunehmen. Er half mit, die Setzkästen abzuladen, und Johannes zog den leeren Handwagen zurück zur Offizin. Dort traf er nur Bartel an, dem er alles kurz erklärte, und dann machte er sich auf den Heimweg.

Auf den letzten Metern dachte er daran, dass nun eigentlich alles erledigt war, was in Augsburg noch anstand. Wozu sollte er also noch länger hier bleiben? Er konnte seine Sachen packen und sich kurz von seiner Familie verabschieden. Mit Susanne nochmals zu reden konnte er sich sparen.

Er machte kehrt und lief mit schnellen Schritten zum Marktplatz, um Steinhöwel Bescheid zu geben, doch dieser war nicht da. Johannes hinterließ eine kurze Nachricht, dass der Arzt ihn nochmals aufsuchen sollte, bevor er die Stadt verließ, und ging dann nach Hause.

Susanne empfing ihn mit eisiger Miene, und auch die beiden Kinder mieden ihn, so gut es ging. Johannes setzte sich draußen im Garten unter seinen Lieblingsbaum, um ungestört zu sein, und war sicher, dass er nichts besseres würde tun können als gleich mit Steinhöwel nach Ulm zu fahren. Er musste weg von hier, weg von Günther und auch von Susanne. Sicher würde die Zeit für ihn arbeiten. Wenn in Ulm alles lief, würde er sie und die beiden Kleinen nachholen.

»Johannes! Johannes!« Susannes Rufe rissen ihn aus seinen Gedanken. Er stand auf und ging ins Haus, wo ihn zu seiner Überraschung zwei stämmige Uniformierte der Stadtwache erwarteten.

»Ihr seid Johann Zainer?«, fragte der Größere der beiden barsch.

»Ja, der bin ich«, gab Johannes zurück.

»Mitkommen.«

»Wie?« Johannes glaubte, sich verhört zu haben, doch der Uniformierte musterte ihn mit finsterem Blick und wiederholte seinen Befehl.

»Darf ich fragen, warum?«

»Man hat Euch des Diebstahls bezichtigt. Kommt Ihr nun freiwillig mit oder müssen wir Euch binden?«

»Diebstahl? Aber – wer – warum?«, stammelte Johannes.

»Wir haben Befehl, Euch in Gewahrsam zu nehmen. Alles weitere erfahrt Ihr auf der Wache«, unterbrach ihn der andere der beiden Wachleute.

Ehe sich Johannes versah, stand er draußen auf der Gasse. Die beiden nahmen ihn in ihre Mitte und marschierten mit großen Schritten den Predigerberg hinunter in Richtung Hauptwache. Trotz seiner Proteste fand sich Johannes eine Viertelstunde später in einem kargen Verlies wieder. Er würde erst morgen hören, wessen man ihn beschuldigte, und er glaubte immer noch fest daran, Opfer einer Verwechslung geworden zu sein.

Ein Wächter brachte ihm eine Kanne Wasser und einen Kanten trockenes Brot; dann war er wieder allein. Seine Augen hatten sich inzwischen an die Dunkelheit gewöhnt, und er sah sich vorsichtig um. Das Verlies war nur wenige Fuß breit. Eine Holzpritsche an der einen langen Wand war das einzige Möbelstück, und die Hand voll Stroh darauf roch muffig und feucht. Er wischte das Stroh auf den Lehmboden und streckte sich, so gut es ging, auf der Pritsche aus. Dann schloss er einen Moment die Augen und öffnete sie wieder, in der Hoffnung, das alles nur geträumt zu haben, doch es war kein Traum. Etwas raschelte durch das Stroh, und als er rasch hinsah, erkannte er eine Ratte. Unwillkürlich zog er die Beine an und schüttelte sich. Er rief ein paar Mal laut nach dem Wächter, aber es rührte sich nichts. Wenn er nur wüsste, warum er hier gelandet war, eingesperrt wie ein Verbrecher! Doch so sehr er auch grübelte und sich den Kopf zermarterte – er konnte sich das Ganze nicht erklären. Er fand auch keinen Schlaf, sondern döste nur immer wieder kurz ein, um gleich darauf durch irgendein Geräusch erschreckt hochzufahren. Sein Zeitgefühl war in diesem finsteren Verschlag völlig durcheinander geraten.

Irgendwann hörte er Schritte, die langsam näher kamen. Der gleiche Wächter, der ihm Wasser und Brot gebracht hatte, stand mit einer Talglampe vor dem Gitter und leuchtete herein.

»Aufstehen!«, befahl er mit einer völlig gleichgültigen Stimme.

Johannes sah sich genau an, wohin er seine Füße setzte, bevor er sich von der Pritsche erhob.

Der Wächter sperrte das Türgitter auf.

»Mitkommen. Und keine Dummheiten.«

Gehorsam folgte Johannes ihm den Gang entlang und eine Treppe hinauf. Der Wächter brachte ihn in einen kleinen Raum mit einer vergitterten Fensteröffnung, durch die mattes Tageslicht fiel, und ließ ihn dort allein. Die Tür wurde von außen verriegelt.

Kurz darauf hörte Johannes, wie der Riegel wieder zurückgeschoben wurde.

Als die Tür aufging, hätte er am liebsten vor Freude geschrien. Steinhöwel trat ein, gefolgt von einem Uniformierten der Stadtwache.

»Ihr?«, rief Johannes erleichtert. »Wie habt Ihr mich gefunden?«

»Eure Frau hat mir berichtet, dass Ihr gestern festgenommen wurdet.«

»Wisst Ihr vielleicht, warum?« Das war die Frage, die Johannes am brennendsten interessierte.

»Nun, Euer Bruder behauptet, Ihr hättet ihn bestohlen.«

»Günther? Das kann doch nicht wahr sein!«

»Das habe ich dem Kommandanten der Stadtwache auch gesagt«, erklärte Steinhöwel. »Er hat mir erlaubt, Euch aufzusuchen und mit Euch zu sprechen. Es kann sich doch nur um ein Missverständnis handeln, oder?«

»Allerdings«, sagte Johannes, und dann berichtete er dem Arzt von dem gestrigen Streit mit Günther und der Sache mit den Schrifttypen.

Steinhöwels Miene wurde ernst, als er hörte, wie Johannes die Typen einfach mitgenommen hatte.

»Also habt Ihr ihm etwas genommen, was ihm gehörte«, stellte er sachlich fest.

»Aber ich bin, oder besser gesagt, war sein Teilhaber. Ich wollte, dass er mich ausbezahlt, doch als er mir das verweigert hat, habe ich die Typen mitgenommen. Sie stehen mir von Rechts wegen zu«, verteidigte sich Johannes.

»Habt Ihr irgendeinen Vertrag mit Günther gemacht, was Eure Teilhaberschaft betrifft?«

»Nein.«

»Dann steht sein Wort gegen das Eure. Wenn Ihr keinen Beweis dafür habt, dass Ihr Günther als Teilhaber Geld bezahlt habt, sieht die Sache nicht gut aus.«

Johannes spürte, wie die Wut in ihm hochstieg.

»Dieser Dreckskerl hat mich betrogen, jahrelang. Allein das würde schon genügen, um die Typen für mich zu beanspruchen«, stieß er zornig hervor.

»Er hat Euch betrogen? Könnt Ihr wenigstens das beweisen?«, wollte Steinhöwel wissen.

Johannes nickte und erzählte ihm dann von den beiden Listen, die er mit Jodokus Pflanzmanns unbeabsichtigter Hilfe glücklicherweise erhalten hatte.

Über Steinhöwels Gesicht huschte ein leichtes Lächeln. Er dachte kurz nach; dann sagte er: »Ich werde Euren Bruder unverzüglich aufsuchen und mit ihm sprechen. Wahrscheinlich seid Ihr bald wieder ein freier Mann.«

Dann wandte er sich an den Uniformierten und bat, hinausgelassen zu werden. Johannes wurde kurz danach von dem Wächter abgeholt und wieder in das Kellerverlies gebracht. Doch es dauerte nicht lange, bis er die schlurfenden Schritte des Wächters erneut hörte.

Oben erwarteten ihn Steinhöwel – und Günther.

»Euer Bruder möchte gerne aus Eurem Munde hören, wessen Ihr ihn beschuldigt«, sagte der Stadtarzt zu Johannes.

»Du hast mich jahrelang betrogen!«, stieß Johannes hervor.

Günther antwortete entrüstet: »Das ist ungeheuerlich. Zuerst bestiehlst du mich, und nun wirfst du mir auch noch Betrug vor! Wovon redest du überhaupt?«

»Von deinen Machenschaften mit Pflanzmann, zum Beispiel. Du hast ihm ganz andere Beträge für unsere Drucke abgenommen, als du in deinen Auftragslisten vermerkt hast.«

»Das behauptest du. Aber das sind reine Märchen!«

»Du lügst. Und ich kann es beweisen«, verkündete Johannes.

»Beweisen? Wie denn?«

»Euer Bruder besitzt Abschriften der Auftragslisten«, schaltete sich Steinhöwel ein.

Günther erbleichte.

»Ich würde Euch gut raten, Eure Anklage wegen Diebstahls zurückzuziehen«, fuhr der Arzt fort. »Wenn Euer Betrug bekannt wird, seid Ihr es, der im Verlies landet.«

Ohne ein weiteres Wort drehte Günther sich um und ging hinaus. Steinhöwel folgte ihm, während Johannes unter Bewachung des Uniformierten zurückbleiben musste.

Zehn Minuten später kehrte Steinhöwel freudestrahlend zurück.

»Er hat seine Anschuldigung zurückgezogen!«, verkündete er triumphierend. »Ihr seid frei und könnt gehen!«

Johannes reichte ihm die Hand.

»Ich danke Euch«, sagte er.

Ohne weiter auf die Stadtwachen zu achten, folgte er Steinhöwel nach draußen. Erst als er sicher war, dass ihn niemand sonst hörte, fragte er: »Wie habt Ihr das fertig gebracht? Ich stehe in Eurer Schuld.«

»Nein, gewiss nicht. Günther hat Euch Unrecht getan. Ich habe ihn aufgesucht und ihn gebeten, mit mir zur Hauptwache zu kommen. Dort habt Ihr selbst dafür gesorgt, dass alles wieder ins rechte Lot gekommen ist«, wehrte der Arzt entschieden ab.

»Wann wollt Ihr abreisen?«, fragte Johannes nach einer kurzen Pause.

»Noch heute, wenn es geht. Mein Fuhrwerk steht bereits bei Sauerloch.«

»Habt Ihr noch Platz für eine Person?«

Steinhöwel sah ihn verwundert an.

»Aber ich dachte – «

»Ja, ich dachte auch, es sei noch mehr zu erledigen«, fiel ihm Johannes ins Wort. »Doch wie es aussieht, bin ich hier fertig. Wenn es Eure Zeit erlaubt, würde ich nur rasch nach Hause gehen und meine Habseligkeiten packen. Eine Stunde müsste reichen.«

»Abgemacht«, sagte Steinhöwel.

Johannes war froh, dass er noch heute aus Augsburg würde abreisen können, und machte sich unverzüglich auf den Heimweg.

Als Susanne ihn mit Vorwürfen empfing, warum er seinen eigenen Bruder bestohlen hatte, fiel es ihm mehr als leicht, schnell sein Bündel zu schnüren und sich zu verabschieden. Er hielt es nicht für notwendig, sie über den wahren Sachverhalt und Günthers schäbigen Betrug aufzuklären. Es tat ihm zwar Leid um die beiden Kinder, doch das würde warten müssen. Er küsste die kleine Agnes und seinen Sohn Johannes und drückte sie innig an sich, sagte Susanne kurz Lebewohl und sah zu, dass er zu Sixt kam.

Dort erwartete ihn Steinhöwel bereits. Alle Gerätschaften und natürlich auch die Antiqua-Typen aus Günthers Offizin waren sicher verstaut. Der Abschied von Sixt war herzlicher als der von seiner Familie, und Johannes spürte, dass er der Einzige war, den zurückzulassen ihm weh tat. Doch es war ja nicht für immer. Johannes versprach, ihm einen Brief zu schreiben, sobald die Einrichtung der Ulmer Offizin fertig war, und irgendwann im Herbst wollte er auf jeden Fall nochmals nach Augsburg kommen.

Dann setzte er sich mit Steinhöwel auf die Bank hinter dem Fuhrmann. Die Reise konnte beginnen, und gemächlich stapften die beiden kräftigen Kaltblüter durch die schmalen Gassen in Richtung Stadttor.

Drei Tage später erreichte das Pferdefuhrwerk am späten Nachmittag sein Ziel. Das Einzige, woran Johannes sich von seinem ersten Aufenthalt noch erinnerte, war der mächtige Turm des Ulmer Münsters.

Steinhöwel lud ihn freundschaftlich ein, die erste Nacht in seinem Haus zu verbringen, und Johannes nahm dieses Angebot dankbar an. Anastasia, die Frau des Stadtarztes, hieß ihn herzlich willkommen und zeigte ihm sein Zimmer im ersten Stockwerk des geräumigen Hauses, das direkt hinter der Stadtmauer in der Großen Herdbruckergasse lag.

Der Arzt machte sich gleich auf den Weg, um einige dringende Patientenbesuche zu erledigen, und würde erst kurz vor Einbruch der Dunkelheit zurückkehren, wie er ankündigte. Johannes war erstaunt, als ihm seine Frau anbot, inzwischen ein Bad zu nehmen, um sich von den Strapazen der Reise zu erholen. Er dachte zunächst, sie würde ihm den Weg zu einem Badhaus weisen, und war völlig überrascht, dass es im Haus selbst eine Badestube gab, wo ihn ein großer Zuber mit heißem Wasser erwartete.

Während er sich entspannt im Wasser zurücklehnte, dachte er über die Ereignisse der letzten Tage nach und kam zu dem Schluss, dass er sich zweifellos richtig entschieden hatte. Hier in Ulm würde er nochmals von vorne anfangen. Wenn er es vielleicht auch nicht zu so einem Haus bringen würde, wie es Steinhöwel besaß – er war fest entschlossen, sein Bestes zu geben und seine Offizin weit über die Stadt an der Donau hinaus bekannt zu machen.

Frisch und ausgeruht erschien Johannes am anderen Morgen zum Frühstück an der reich gedeckten Tafel in Steinhöwels Speisezimmer. Er war nach seinem Bad am vergangenen Abend gleich schlafen gegangen und stürzte sich heißhungrig auf all die Köstlichkeiten, die vor ihm standen. Es gab Geräuchertes, gebratene Eier, frisches Brot, verschiedene Sorten Käse und Wurst. Solch einen Luxus hatte er bislang nicht erlebt. Steinhöwel ermunterte ihn immer wieder, doch noch etwas zu nehmen, bis Johannes irgendwann meinte, er müsse platzen.

Dann gingen die beiden zu Fuß die wenigen Schritte bis zur Krongasse, wo die von Steinhöwel gemieteten Räume lagen. Es war ein kleines Fachwerkhaus mit zwei Stockwerken, das eingezwängt zwischen zwei höheren und auch wesentlich breiteren Stadthäusern stand. Als Steinhöwel die Tür aufgesperrt hatte, traten sie ein. Johannes war überrascht, wie hell es im Inneren des Raumes war, in dem sie nun standen und der das gesamte untere Stockwerk ausmachte. Das Licht kam durch drei große Fenster auf der gegenüberliegenden Seite herein, die nach Südosten zeigten. Der Raum war vollkommen leer. Etwa in der Mitte standen zwei mächtige Holzbalken, die die Decke stützten, und auf gleicher Höhe führte eine schmale Treppe an der Wand entlang ins obere Stockwerk.

Zusammen mit Steinhöwel stieg Johannes die Treppe hoch und fand zwei Kammern vor, die durch eine Wand in der Mitte des Hauses voneinander getrennt waren.

»Ich dachte, hier oben könntet Ihr bequem schlafen und wohnen«, meinte Steinhöwel.

Johannes nickte und ging zu den Fenstern auf der Südseite, die den Blick auf einen kleinen Garten boten. Die beiden Nachbarhäuser waren länger, und so lag der Garten geschützt zwischen den Mauern dieser Häuser, die sich fast bis zur Stadtmauer erstreckten.

»Wo bekomme ich eine Bettstatt und ein paar andere Möbelstücke her?«, fragte Johannes.

»Keine Sorge. Daran habe ich schon gedacht. Ich habe einem Schreiner den Auftrag bereits gegeben, wenngleich ich nicht damit gerechnet hatte, Euch so bald in Ulm zu sehen«, erklärte Steinhöwel und versprach, sich noch heute darum zu kümmern.

Die beiden gingen wieder hinunter. Johannes inspizierte die Feuerstelle, die sich an der Wand gegenüber der Treppe befand, und dann mussten sie warten, bis das Fuhrwerk mit all den Dingen kam, die sie aus Augsburg mitgebracht hatten. Steinhöwel hatte am Vortag mit den Fuhrleuten vereinbart, den Karren über Nacht sicher im Mietstall zu verwahren und ihn heute in die Krongasse zu bringen. Er war sichtlich ungeduldig, da bereits wieder einige Patienten auf ihn warteten, wie er schon während des Frühstücks erzählt hatte.

Endlich erschienen die beiden Fuhrleute. Steinhöwel schimpfte sie wegen ihrer Unpünktlichkeit zuerst ordentlich aus und befahl ihnen dann, die Setzkästen und all das andere Material aus Sauerlochs Werkstatt nach Johannes' Anweisungen abzuladen und in das Haus zu bringen.

Da Johannes noch keine genauen Vorstellungen hatte, wie er die Offizin einrichten sollte, ließ er alles unter der Treppe aufstapeln. Dann sperrte er die Tür sorgfältig mit dem Schlüssel ab, den Steinhöwel ihm gegeben hatte, und ging wie vereinbart zurück zu dessen Haus. Da Steinhöwel mit seinen Patienten beschäftigt war und mit seiner Rückkehr nicht vor dem späten Nachmittag zu rechnen war, beschloss er, sich ein wenig in der Stadt umzusehen und seine Erinnerungen etwas aufzufrischen.

Ulm war eine sehr wohlhabende Stadt. Sie gefiel ihm auf Anhieb wesentlich besser als Augsburg, ohne dass er den genauen Grund dafür hätte nennen können. Er hielt sich längere Zeit im Münster auf, wo im Inneren fleißig gearbeitet wurde. Staunend betrachtete er die aufwändigen Holzschnitzereien. Kein Wunder, dass es Günther seinerzeit nicht gelungen war, hier Holzschneider als Ersatz für die sich weigernden Handwerker in Augsburg zu finden. Wer hier im Münster einen Auftrag hatte, war auf Jahre hinaus ausgelastet.

Johannes ging weiter, entdeckte einige einladende Schänken und setzte sich schließlich in das Zunfthaus der Fischer, um dort einen Becher Wein zu trinken. Dann lief er an der Blau entlang bis zur Stadtmauer und kehrte am späten Nachmittag in die Herdbruckergasse zurück. Steinhöwel war noch nicht da. Seine Frau führte ihn in die Bibliothek ihres Mannes, die nicht ganz so groß wie die ihres Vaters in Augsburg war. Johannes bestaunte die aufgereihten Bücher, von denen die meisten aus Oberitalien stammten, wie Anastasia ihm stolz erklärte. Steinhöwel hatte seine zahlreichen Reisen über die Alpen stets dazu benutzt, immer wieder neue Bücher zu erwerben. Johannes erfuhr außerdem, dass der Ulmer Stadtarzt, der eigentlich aus Weil stammte, einige Jahre in Padua studiert hatte, bevor er nach Ulm gekommen war.

Kurze Zeit später kehrte Steinhöwel dann von seinen Hausbesuchen zurück. Anastasia ließ die beiden Männer in der Bibliothek allein und widmete sich wieder ihren hausfraulichen Pflichten.

Johannes erkundigte sich nach den bestellten Möbeln, musste jedoch hören, dass es wohl noch einige Zeit dauern würde, bis der Schreiner sie fertig hatte. Dankend nahm er deshalb Steinhöwels Angebot an, bis dahin in seinem Haus wohnen zu können.

»Der gleiche Schreiner macht übrigens auch die Arbeitstische und Regale für die Offizin«, erklärte Steinhöwel. »Das ist im Augenblick wichtiger, damit wir möglichst bald anfangen können.«

»Dazu fehlt uns aber noch eine Presse«, warf Johannes ein.

»Auch dafür ist gesorgt«, meinte der Arzt. »Morgen ist Samstag, und ich habe mir den Vormittag frei gehalten, damit wir nach Sevelingen hinausfahren und uns dort bei einem Küfer umsehen können.«

Johannes wusste zwar nicht, wo Sevelingen war, doch das war ihm eigentlich auch egal. Hauptsache, sie würden eine brauchbare Presse finden, die sich ohne große Mühen umbauen ließ.

Sevelingen war ein kleines Dorf vor den Toren Ulms, etwa eine Wegstunde von Steinhöwels Haus entfernt. Mit dem kleinen Pferdegespann, das der Arzt ansonsten für Besuche bei weiter entfernten Patienten nutzte, waren er und Johannes in einer knappen halben Stunde bei Meister Hartkorn angelangt. Dieser war Küfer und zugleich Winzer, wie Steinhöwel während der Fahrt erzählt hatte, und er war bereit, eine seiner alten Weinpressen umzubauen und sie dem Stadtarzt zu verkaufen.

Hartkorn war ein rundlicher, eher kleiner Mensch von etwa vierzig Jahren, mit wettergegerbten Gesichtszügen und einem stets freundlichen Lächeln. Er führte die beiden Besucher sogleich in seine

Werkstatt, wo inmitten zahlreicher Weinfässer in unterschiedlichem Fertigungszustand eine schwere Weinpresse stand.

Johannes sah sich die Presse genau an. Sie war aus kräftigem Eichenholz gefertigt und trotz ihres Alters, das man ihr auf den ersten Blick ansah, noch in einem sehr guten Zustand. Rasch erklärte er dem Küfer die erforderlichen Umbauten, die Hartkorn auf Anhieb zu verstehen schien.

»Am allerwichtigsten ist der Druck, der sich gleichmäßig über die ganze Fläche verteilen muss«, betonte Johannes. Er wusste aus den ersten Erfahrungen in Augsburg, dass dieser Punkt meist die Schwachstelle umgebauter Weinpressen war, bei denen der größte Druck stets in der Mitte ausgeübt wurde. Für das Keltern von Weintrauben oder Äpfeln war das von Vorteil, für das Bedrucken von Papier jedoch absolut ungünstig, da dann in den Randbereichen nur wenig oder gar keine Druckerschwärze haften blieb.

Dem Küfer leuchtete das ein und er versprach, sich eine schwere, völlig ebene Eichenholzplatte fertigen zu lassen, die er dann einbauen würde. Der Wagen für das Satzschiff war kein größeres Problem. Hier mussten nur wenige Änderungen vorgenommen werden, damit anstelle der Traubenmaische der Druckrahmen in die Presse geschoben werden konnte.

Johannes bat um ein Blatt Papier und fertigte rasch zwei grobe Skizzen an, damit Hartkorn bei seiner Arbeit eine entsprechende Vorlage hatte. Steinhöwel vereinbarte mit dem Küfer, die fertige Presse in drei Wochen abzuholen, und nach einem Becher Sevelinger Weins fuhren er und Johannes gut gelaunt zurück in die Stadt.

Die folgenden Wochen bestanden zum größten Teil aus Warten. Mitte Juli lieferte der Schreiner zunächst die bestellten Arbeitstische und Regale. So konnte Johannes wenigstens die Offizin so weit einrichten, alle Setzkästen ordentlich verstauen und die sonstigen Gerätschaften sortieren. Doch schon nach zwei Tagen war das erledigt, und er hatte wieder nichts zu tun. Er bewohnte immer noch das Zimmer im Hause Steinhöwels, doch die anfängliche Herzlichkeit in diesem Haus war einer gewissen Gleichgültigkeit gewichen. Der Arzt hatte sehr viel zu tun, ganz im Gegensatz zu Johannes, der sich mehr und mehr danach sehnte, endlich in der Krongasse mit seiner Arbeit beginnen zu können. Anfang August brachte der Schreiner dann eine Bettstatt, einen

Tisch, zwei Stühle und eine einfache Holztruhe für seine Habseligkeiten. Johannes zog um und war zunächst heilfroh darüber, merkte aber schon bald, dass nun seine Ersparnisse, die er aus Augsburg mitgebracht hatte, wesentlich schneller schrumpften, da er jetzt sein Essen und Trinken aus eigener Tasche bezahlen musste. Mitte des Monats fuhr er mit Steinhöwel nochmals nach Sevelingen, doch die Presse war noch nicht fertig. Meister Hartkorn versprach, sie in zwei Wochen zu liefern, und die beiden mussten sich wohl oder übel damit abfinden. Steinhöwel war verärgert, konnte aber nichts machen, und Johannes verbrachte weitere Tage damit, durch Ulm zu streifen und auch die nähere Umgebung zu erkunden. Da Steinhöwel die handschriftliche Vorlage für das Pestilenz-Büchlein noch nicht fertig hatte, gab es absolut nichts, was Johannes in der Offizin hätte machen können. Als dann am Monatsende die Presse kam, dauerte es nochmals zwei volle Tage, bis er endlich anfangen konnte, denn Meister Hartkorn und sein Gehilfe mussten das Ungetüm erst noch zusammenbauen. Johannes half mit, so gut er konnte, und setzte nebenbei eine Seite von Steinhöwels Manuskript mit seinen Antiqua-Typen, um unverzüglich die ersten Probedrucke machen zu können.

Schon der erste Versuch war eine große Enttäuschung. Die Randbereiche waren ungleichmäßig bedruckt, die Spindel lief sehr schwer und auch der Wagen mit dem Satzschiff passte nicht genau unter den Presstiegel. Johannes eilte mit dem Probedruck sofort zu Steinhöwel.

»Woran liegt es?« Das war zunächst der einzige Kommentar des Stadtarztes, als er den Druck sah.

»Der Pressdruck ist zu sehr auf die Mitte gerichtet«, erklärte Johannes.

»Aber Ihr habt es Hartkorn doch genau beschrieben, oder?«

»Ja, sicher. Irgendetwas hat er jedenfalls falsch gemacht.«

Steinhöwel schickte unverzüglich einen Boten nach Sevelingen, und am anderen Morgen erschien der Küfer in der Offizin, wo ihn Johannes und Steinhöwel bereits erwarteten. Als Hartkorn den Probedruck sah, kratzte er sich verlegen am Hinterkopf.

»Ich verstehe das nicht«, sagte er dann. »Ich habe alles so gemacht, wie Ihr es mir beschrieben habt.«

Er untersuchte die Platte zusammen mit Johannes nochmals ganz genau.

»Sie hat sich wohl verzogen«, stellte er fest.

»Und was nun?«, schaltete sich Steinhöwel ein.

»Ich muss wohl oder übel eine neue Platte einbauen«, antwortete der Küfer.

»Wie lange wird das dauern?«

»Etwa eine Woche, wenn ich das Holz rechtzeitig bekomme.«

»Dann seht zu, dass Ihr es beschafft!« Der Ärger in Steinhöwels Stimme war nicht zu überhören.

»Wieder eine Woche vertan«, seufzte Johannes, als der Küfer gegangen war.

Steinhöwel nickte zustimmend.

Er ließ seine Blicke durch die Offizin schweifen und fragte dann plötzlich: »Hättet Ihr Lust, mich morgen nach Augsburg zu begleiten? Ich muss dort einige Dinge erledigen, und Ihr könnt hier ohnehin nichts tun.«

»Nach Augsburg?« Johannes war völlig überrascht von diesem Angebot.

»Ja. Eure Frau und Eure Kinder würden sich bestimmt freuen, Euch wiederzusehen.«

Johannes bezweifelte das zwar, wenn er an Susanne dachte, aber was die Kinder betraf, hatte Steinhöwel sicherlich Recht. Außerdem würde er hier in Ulm sowieso nur seine Zeit totschlagen, und so beschloss er, den Medicus zu begleiten.

Sie brachen am anderen Morgen mit Steinhöwels kleinem Pferdegespann auf, übernachteten in Krumbach und kamen am folgenden Abend in Augsburg an, völlig durchgeschüttelt und müde. Nach einer erholsamen Nacht im Hause Egen, wo Johannes in einem geräumigen Gästezimmer schlafen konnte, und einem ausgiebigen Frühstück machte sich Johannes auf den altvertrauten Weg zum Predigerberg. Er hatte den ganzen Tag zu seiner Verfügung. Der Stadtarzt wollte seine Geschäfte erledigen und dann am nächsten Tag nach Ulm zurückfahren.

Sein Herz klopfte immer heftiger, je näher er dem kleinen Häuschen kam. Er klopfte vorsichtig an und wartete. Doch auch nach mehrmaligem Klopfen tat sich nichts. Wo mochten sie sein? Er überlegte kurz und kam zu dem Schluss, dass Susanne wohl mit den Kindern auf den Markt gegangen war. Also machte er kehrt und lief zu Sixt Sauerloch, den er ebenfalls besuchen wollte.

Dort hatte er mehr Glück. Sein alter Freund war völlig überrascht und freute sich riesig über den unverhofften Besuch. Natürlich interessierte er sich brennend dafür, wie es Johannes in Ulm ging, und er war sehr erstaunt, dass jetzt nach über zwei Monaten die Offizin immer noch nicht fertig war.

Johannes schilderte ihm die Probleme mit der Presse, worauf ihm Sixt noch einige Tipps gab. Dann ließ sich Johannes von dem Kistler berichten, was sich seit seiner Abreise in Augsburg alles ereignet hatte. Sixt erzählte ausführlich von Anton Sorg und der Druckwerkstatt in Sankt Ulrich. Der Abt war offensichtlich sehr zufrieden mit dessen Arbeit und verdiente ein hübsches Sümmchen mit den Erzeugnissen der Klosterdruckerei.

»Und Günther?«, fragte Johannes schließlich. »Wie läuft es bei ihm?«

»Angeblich nicht so besonders. Die Geschichte mit deiner Verhaftung hat sich schnell herumgesprochen, und der Stadtrat lässt nichts mehr bei ihm drucken«, antwortete Sixt.

»Der Stadtrat? Was hat der denn damit zu tun?«, wunderte sich Johannes.

»Das fragst du noch? Einer der einflussreichsten Stadträte ist Konrad Egen. Hast du das etwa vergessen?«

»Nein, natürlich nicht. Ich kann mir nur nicht erklären, was Egen mit Günther zu schaffen hat.«

»Dein Ulmer Arzt hat seinem Schwiegervater bestimmt von Günthers etwas, sagen wir, seltsamen Geschäftsmethoden erzählt. Und von seinen überhöhten Preisen.«

»Ich glaube, ich weiß, worauf du hinauswillst. Egen sorgt nun dafür, dass Günther keine Aufträge mehr bekommt. Aber was ist mit dem Kardinal?«

»Auch nicht mehr viel. Jodokus Pflanzmann hat sich mit Günther zerstritten. Ohne den Herrn Notar läuft im Dom so gut wie nichts. Es heißt, Günther hält sich vor allem mit seinen Einblattkalendern über Wasser.«

Johannes konnte seine Befriedigung über diese Neuigkeiten nur schwer verbergen und lächelte still vor sich hin. Er glaubte zu wissen, worüber Günther und Pflanzmann gestritten hatten.

Als Sixt dieses Lächeln sah, sagte er plötzlich: »Du weißt es also noch nicht, oder?«

»Was?«

»Das mit Susanne.«

»Susanne? Was ist mit ihr? Ist ihr etwas zugestoßen?«, fragte Johannes besorgt. »Oder etwa den Kindern?«

Sixt schüttelte den Kopf.

»Nein, sie sind alle wohlauf. Sie sind nur nicht mehr am Predigerberg.«

»Ach, deshalb hat mir vorhin niemand aufgemacht!«, rief Johannes. »Aber wo sind sie dann?«

»Bei Günther.«

Die Worte trafen Johannes wie ein Keulenschlag. Bei Günther?

Wie durch einen Schleier hörte er Sixt sagen: »Günther hat angefangen, ihr den Hof zu machen, gleich nachdem du weg warst. Und vor zwei Wochen ist sie mit den Kindern zu ihm gezogen.«

Johannes sprang mit einem Satz auf. »Das kann ich nicht glauben!«, rief er und ging zur Tür.

Sixt lief ihm hinterher und hielt ihn am Wams fest.

»Nun beruhige dich doch erst einmal«, bat er seinen alten Freund.

Johannes fuhr herum und riss sich los.

»Beruhigen? Dieser Schuft! Erst betrügt er mich, und dann nimmt er mir noch die Frau weg! Dem werd ich es zeigen!«

»Hör zu, was ich dir zu sagen habe. Dann kannst du immer noch gehen«, schlug Sixt vor.

Widerwillig ließ sich Johannes erzählen, was nach seiner Abreise vorgefallen war, zumindest soweit Sixt davon erfahren hatte, aber in diesen Tagen war Johannes' Verhaftung und sein überstürztes Verschwinden Stadtgespräch Nummer eins gewesen.

Günther hatte weiterhin felsenfest behauptet, Johannes hätte ihn bestohlen und sei deshalb aus Augsburg geflohen. Nicht wenige hatten ihm geglaubt, darunter auch Susanne, die sehr darunter gelitten hatte, dass ihr Mann nun für viele als flüchtiger Dieb galt. Dann war Günther eines Tages am Predigerberg gesehen worden, und kurz darauf hatten die Verleumdungen seines Bruders ein plötzliches Ende gehabt. Und nach etlichen weiteren Besuchen von Günther war sie nun zu ihm gezogen.

»Denkst du allen Ernstes daran, sie dort herauszuholen?«, fragte Sixt.

Johannes schwieg. Schließlich sagte er: »Ich muss auf jeden Fall mit ihr reden, schon der Kinder wegen.«

»Wenn du meinst. Aber es wird nicht viel ändern – oder willst du vielleicht die Kinder mit nach Ulm nehmen? Wer soll sich dort um sie kümmern?«

»Wahrscheinlich hast du Recht, aber sicher verstehst du, dass ich sie einfach sehen muss.«

»Ich glaube schon. Versuch wenigstens, Günther nicht zu begegnen. Ich möchte nicht, dass ihr euch gegenseitig totschlagt.«

»Das könnte durchaus passieren«, knurrte Johannes.

»Lass es sein. Es bringt nichts.«

Johannes überlegte kurz. Dann fasste er den Entschluss, Sixt von den beiden Listen zu erzählen, die vermutlich immer noch unter der Bodendiele im Haus am Predigerberg lagen. Sie waren der eindeutige Beweis dafür, dass Günther ihn betrogen hatte, und Sixt sollte darüber Bescheid wissen. Er beschrieb, wo die Listen versteckt waren und was sie enthielten, bevor er sich verabschiedete, und versprach, nur mit Susanne zu reden. Günther würde jetzt mit ziemlicher Sicherheit in seiner Offizin sein, so dass keine allzu große Gefahr bestand, ihm über den Weg zu laufen.

Susanne selbst öffnete ihm eine Viertelstunde später die Tür, als er vor Günthers Haus stand.

»Du?«, rief sie ungläubig. »Du wagst es, dich hier in Augsburg sehen zu lassen?«

Johannes erkannte sie kaum wieder. Das auffällige, bunte Kleid, das sie an diesem ganz gewöhnlichen Wochentag trug, passte überhaupt nicht zu dem, was Sixt über die wirtschaftliche Lage seines Bruders gesagt hatte. Vermutlich verfügte sein Bruder noch über ansehnliche Reserven.

»Willst du mich nicht hereinbitten?«, fragte Johannes mit gespielter Gelassenheit.

»Ich denke gar nicht daran, einen Dieb in mein Haus zu lassen!«

»So, so, in dein Haus.« Johannes betonte besonders das »dein« und fuhr dann fort: »Ich kenne es nur als Günthers Haus.«

»Wir leben jetzt zusammen«, verkündete Susanne überflüssigerweise.

»Interessant«, stellte Johannes fest. »Eine verheiratete Frau lebt mit ihren Kindern beim Bruder ihres Ehemanns.«

»Du bist nicht mehr mein Mann. Ich bin nicht mit einem Dieb verheiratet. Und außerdem hast du mich verlassen.«

»Der einzige Dieb, den ich kenne, ist mein lieber Bruder Günther«, entgegnete Johannes. »Er hat mich betrogen, wahrscheinlich jahrelang, er hat mir nicht gegeben, was mir zustand, und somit hat er mich bestohlen – nicht ich ihn.«

»Lügen! Das sind alles Lügen!«

Johannes spürte einen dicken Kloß im Hals. Diese Frau hatte nichts mehr mit der Susanne gemeinsam, die er damals in Straßburg geheiratet hatte. Es war vorbei.

»Wo sind die Kinder?«, fragte er leise. Er wollte nichts anderes mehr als seine Kinder noch ein Mal sehen.

»Nicht hier«, antwortete sie mit trotzig verschränkten Armen.

»Vater! Vater! Agnes, komm schnell! Vater ist da!«

Das war die Stimme des kleinen Johannes, der plötzlich neben Susanne in der Türöffnung stand und seinem Vater um den Hals fiel, nachdem er ihn erkannt hatte. Und gleich darauf kam auch Agnes angerannt.

Die Kinder bestürmten ihn mit allen möglichen Fragen, doch Johannes hatte Tränen in den Augen und brachte kein Wort heraus. Er küsste seine Tochter und dann seinen Sohn.

»Gott segne und beschütze euch«, sagte er schließlich mit erstickter Stimme und wandte sich zum Gehen. Insgeheim hoffte er bis zuletzt, Susanne würde noch irgendetwas sagen, doch es kam nichts.

Niedergeschlagen kehrte er zurück in das Haus des Stadtrats. Dort ging er in sein Zimmer und legte sich auf die Bettstatt. Er fühlte sich völlig leer und ausgebrannt. Wenn ich gewusst hätte, was mich hier erwartet, wäre ich besser in Ulm geblieben, dachte er.

Irgendwann raffte er sich dann auf und ging nach unten in die Bibliothek. Es hatte keinen Sinn, in Selbstmitleid zu ertrinken. Seine Ehe war endgültig gescheitert, und insgeheim hatte er das schon seit langem gewusst. Warum sollte er der Vergangenheit nachtrauern? Es war, wie es war, und er konnte nicht das Geringste mehr daran ändern. Deshalb vergrub er sich in Egens Büchern und entdeckte dabei einige Kostbarkeiten, die ihm wertvolle Anregungen für seine künftige eigene Arbeit gaben.

Das Abendessen nahm er gemeinsam mit Konrad Egen ein, den er erst an diesem Morgen persönlich kennen gelernt hatte, obwohl er ja schon einige Male in dessen Haus zu Gast gewesen war. Steinhöwel war am Spätnachmittag kurz gekommen und gleich wieder verschwunden, da sich der Zustand eines seiner Patienten verschlechtert hatte.

Der Stadtrat war ein zuvorkommender, gebildeter Mensch, der offenbar großes Vergnügen daran hatte, mit Johannes über die Offizin und die verschiedensten Bücher zu sprechen, und Johannes war seinerseits sehr froh, auf diese Weise etwas Ablenkung zu finden. Als Egen sich nach dem Essen zurückzog, ging er ebenfalls schlafen. Steinhöwel wollte am nächsten Tag sehr früh aufbrechen. Ihm selbst konnte es gar nicht schnell genug gehen. Je eher er aus Augsburg weg kam, desto besser.

»Nun, wie ist es Euch ergangen?«, fragte Steinhöwel am anderen Tag, als sie nach einem kurzen Frühstück schon kurz nach Anbruch der Dämmerung auf dem Pferdewagen saßen.

Johannes erzählte ihm ohne erkennbare Regung von seinen Besuchen bei Sixt und Susanne und schloss mit den Worten: »Das war mit Sicherheit meine letzte Reise nach Augsburg.«

»Dann stimmt es also, was man mir gestern zugetragen hat«, stellte Steinhöwel fest. Er hatte einiges über Günther zu hören bekommen, es aber zunächst nicht geglaubt.

Auf Johannes' direkte Frage gab er zu, damals seinem Schwiegervater von den falschen Anschuldigungen Günthers und auch dessen Betrug an seinem eigenen Bruder erzählt zu haben.

»Euer Schwiegervater scheint mir ein sehr ehrenwerter Mann zu sein«, meinte Johannes.

»Ja, das ist er, weiß Gott. Ich hätte nur nicht gedacht, dass er diese Sache so ernst nimmt. Euer Bruder scheint tatsächlich nicht mehr allzu viele Aufträge zu haben.«

»Günther hat alles bekommen, was er verdient hat«, stellte Johannes fest.

Erst als ihn Steinhöwel erstaunt ansah, fiel ihm die genaue Bedeutung seiner Worte auf, und er fügte rasch hinzu: »Ich meine, was seine Offizin angeht.«

Nach einer längeren Pause sagte er dann sarkastisch: »Vielleicht hat er auch Susanne verdient. Sie kann sich jetzt herausputzen und sich für etwas Besseres halten – das war es vermutlich, was ihr immer gefehlt hat.«

Als Steinhöwel darauf nichts erwiderte, meinte Johannes: »Dieses Thema ist für mich abgeschlossen. Ich kann es kaum erwarten, wieder nach Ulm zu kommen und endlich mit dem Drucken anzufangen.«

»Ja, es wird höchste Zeit«, pflichtete Steinhöwel ihm bei und erzählte dann, dass er in Augsburg noch mit einem Kollegen gesprochen hatte und nun sein Pestbüchlein endlich fertig stellen konnte.

Die beiden schmiedeten eifrig Zukunftspläne, während der Pferdewagen eilig nach Westen rollte, und bald war Augsburg nur noch eine blasse Erinnerung in weiter Ferne.

# 1473

Am 11. Januar, dem Montag nach Erhardi, rannte Johannes um die Mittagszeit aufgeregt aus seiner Offizin. In der Hand hielt er das erste fertige Exemplar des von Steinhöwel verfassten Werkes »Büchlein der Ordnung, wie der Mensch sich halten soll zu den Zeiten dieser grausigen Krankheit«, des »Pestbüchleins«. Die gedruckten Seiten lagen zwischen zwei derben Buchdeckeln und mussten erst noch ordentlich gebunden werden, aber das spielte im Augenblick keine Rolle.

Völlig außer Atem gelangte er zum Haus des Stadtarztes in der Herdbruckergasse und klopfte stürmisch an die Tür. Als ihm der Hausdiener endlich öffnete, verlangte er dringend, Steinhöwel zu sprechen. Dieser saß mit seiner Frau gerade beim Mittagessen und blickte zunächst ungehalten über die Störung auf seinen Besucher. Doch als er das Buch sah, trat ein freudiges Lächeln auf sein Gesicht.

»Ihr habt es also geschafft!«, rief er erleichtert.

»Ja, es ist fertig. Ich hätte es selbst nicht geglaubt, aber dank Conrads Hilfe ging es zum Schluss doch schneller als erwartet«, erklärte Johannes und reichte Steinhöwel das Buch, der es mit einer gewissen Ehrfurcht in seine Hände nahm und sogleich anfing, es durchzublättern. Sein Teller blieb unberührt vor ihm stehen. Anastasia hatte ebenfalls aufgehört zu essen, war aufgestanden und sah ihrem Mann nun über die Schulter.

Johannes spürte eine unendliche Erleichterung. Er war zwar erschöpft, doch das war in diesem Moment egal. Das erste in seiner Offizin gedruckte Buch war fertig – und es würden bald noch viele weitere folgen. Gespannt wartete er, bis Steinhöwel fertig war, und als dieser das Büchlein schließlich zuklappte, gab er es Johannes zurück.

»Es ist hervorragend! Wirklich sehr, sehr gute Arbeit«, sagte der Stadtarzt anerkennend.

Selbstbewusst nahm Johannes dieses Lob entgegen und verabschiedete sich dann mit dem Hinweis, dass in der Offizin noch jede Menge Arbeit auf ihn wartete.

»Ich werde Euch morgen aufsuchen«, versprach Steinhöwel und wandte sich wieder seinem Teller zu.

Erst am späten Abend legte Johannes das letzte fertige Satzschiff beiseite und lehnte sich zurück. Für heute musste es genügen. Müde ging er nach oben in seine Kammer, aß ein Stück Brot und schenkte sich aus dem kleinen Weinfass, das ihm Meister Hartkorn kurz vor Weihnachten geschenkt hatte, einen Becher Sevelinger Wein ein. Den hatte er sich weiß Gott redlich verdient. Er dachte an all die Widrigkeiten, die er bis zum heutigen Tag überwunden hatte, und auch daran, dass er mehr als ein Mal beinahe aufgegeben hätte.

Nach der Rückkehr aus Augsburg hatte es nur Probleme gegeben. Meister Hartkorns Presse funktionierte nach wie vor nicht, und zu allem Überfluss hatte der Küfer wochenlang keine Zeit mehr, sich darum zu kümmern, da inzwischen die Weinlese vor der Tür stand. Fässer waren nun wichtiger als alles andere, und weder Drohungen noch gutes Zureden konnten etwas daran ändern. Wenigstens hatte Steinhöwel innerhalb von drei Wochen nach ihrer Ankunft in Ulm sein Manuskript fertig gestellt, so dass Johannes mit der Setzarbeit beginnen konnte und nicht mehr tatenlos herumsitzen musste.

Ende Oktober war die Presse dann endlich einsatzbereit gewesen. Nach fast zwei Wochen endloser Probedrucke, Justierungsarbeiten und letzter Korrekturen hatte Johannes schließlich das erste makellose Blatt herausgenommen. Durch all das Herumprobieren war der erste Papiervorrat, den Steinhöwel bei Hans Harscher, dem einzigen in Ulm ansässigen Papierhändler erworben hatte, rasch geschrumpft. Außerdem war Johannes bei seiner Arbeit aufgefallen, dass die Papierqualität sehr zu wünschen übrig ließ. Das Hadernpapier mochte sich wohl für Handschriften eignen, war jedoch für das Bedrucken einfach zu faserig und zu grob. Johannes erinnerte sich an Martin Ensslin, seinen ersten Lehrmeister aus Reutlingen, und machte sich mit Steinhöwels Einverständnis auf, um bei ihm Papier zu kaufen. So verging wieder eine Woche, bis er aus Reutlingen zurückkam. Ensslin hatte sich zwar sehr über das Wiedersehen gefreut, die von Johannes benötigte Menge allerdings nicht auf Lager gehabt und versprochen, ein Pferdefuhrwerk nach Ulm zu schicken, sobald Nachschub eingetroffen war. Steinhöwel war allmählich ungeduldig geworden. Er hätte das Büchlein gerne noch vor Weihnachten fertig gesehen, doch daraus würde nun nichts werden.

Das Papier war dann Anfang Dezember eingetroffen. Johannes hatte fast Tag und Nacht durchgearbeitet, aber es waren immer neue

Verzögerungen aufgetreten, an denen teilweise auch Steinhöwel selbst Schuld hatte. So wollte er von Anfang an unbedingt auf jeder Seite eine Randleiste mit dem Ulmer und dem Steinhöwelschen Familienwappen haben. Er hatte zwar einen Formschneider gefunden, der ihm dieses Zierwerk anfertigte, doch bis die Vorlage endgültig druckreif war, musste Johannes vier oder fünf Mal Korrekturen vornehmen lassen.

Die einzige positive Überraschung hieß Conrad Dinckmut. Er war eine Woche vor Weihnachten unvermutet in der Offizin aufgetaucht und hatte Johannes gefragt, ob er nicht Arbeit für ihn habe. Conrad war ein pausbäckiger, gutmütiger junger Mann von 21 Jahren, der bereits in verschiedenen Schreibstuben gearbeitet und schließlich von der neuartigen Werkstatt in der Krongasse gehört hatte. Er hatte Johannes auf Anhieb gefallen und zeigte großes Interesse an den ganzen Gerätschaften in der Offizin. Außerdem kannte er sich mit der Buchbinderei aus. Johannes war noch am gleichen Abend zu Steinhöwel gegangen und hatte diesen gefragt, ob er Conrad probeweise einstellen durfte. Nachdem der Stadtarzt immer noch sein Geldgeber war und bislang sämtliche Ausgaben bestritten hatte, war es selbstverständlich, dessen Erlaubnis einzuholen.

Der junge Dinckmut hatte schon am nächsten Tag in der Offizin angefangen und war gerade in der Endphase des Drucks eine unschätzbare Hilfe gewesen. Johannes hatte sich nun ganz auf die Setzarbeit konzentrieren können, während sein neuer Gehilfe die Presse bediente, als ob er noch nie etwas anderes gemacht hätte. Bogen um Bogen hatte die umgebaute Kelter verlassen und war nach dem Trocknen auf die verschiedenen Stapel gewandert. Nur am Weihnachtstag hatten die beiden nicht gearbeitet.

Johannes schenkte sich noch einen zweiten Becher Wein ein. Er war zufrieden mit dem, was er geleistet hatte, und seine Gedanken richteten sich auf die Zukunft. Unter ihm in der Offizin lagen bereits die ersten Probedrucke für das nächste Werk. Das Pestbüchlein hatte er mit der Antiqua-Type gedruckt, und seit der Fertigstellung des letzten Satzes arbeitete er mit der von Sixt Sauerloch gegossenen Fraktura an den »Flores temporum«, einer von Steinhöwel in den vergangenen Wochen in Deutsch bearbeiteten Weltchronik. Der Stadtarzt war ein ebenso besessener Arbeiter wie er selbst und steckte voller Pläne und Ideen.

Das Einzige, was Johannes allmählich etwas Sorgen bereitete, war die finanzielle Seite seiner Werkstatt. Bis zum heutigen Tag hatte Steinhöwel alles bezahlt, was in der Offizin stand. Lediglich die wenigen Möbelstücke in der oberen Kammer, die Johannes bewohnte, gehörten wirklich ihm, da er es sich nicht hatte nehmen lassen, den Schreiner selbst zu entlohnen, noch bevor Steinhöwel von der Lieferung erfahren hatte. Doch seine Augsburger Ersparnisse waren stark geschrumpft. Er würde in den nächsten Tagen auf jeden Fall mit Steinhöwel reden müssen.

Er trank den letzten Schluck Sevelinger Wein und legte sich auf die Bettstatt. Während er sich überlegte, was er dem Medicus sagen würde, schlief er schließlich irgendwann ein.

Wie versprochen erschien Steinhöwel am anderen Tag in der Offizin, allerdings erst gegen Abend, als Johannes alleine am Satzschiff saß. Conrad war bereits gegangen.

»Ihr arbeitet wirklich unermüdlich«, stellte Steinhöwel fest.

»Es gibt auch weiß Gott genügend zu tun«, gab Johannes zurück.

»Wie weit seid Ihr mit den ›Flores‹?«

»Wir werden nächste Woche mit dem Druck beginnen. Dort sind die neuen Probebogen.«

Johannes deutete mit dem Finger auf den Arbeitstisch neben der Druckpresse und beobachtete, wie Steinhöwel die Drucke kritisch prüfte.

»Hier ist ein Fehler!«, meinte dieser dann und reichte Johannes den Bogen, den er gerade in der Hand hielt.

Rasch markierte Johannes den falschen Buchstaben und legte den Bogen beiseite.

»Aber ansonsten sieht alles sehr gut aus. Ich muss sagen, ich bin wirklich sehr zufrieden«, meinte Steinhöwel, als er den letzten Probedruck begutachtet und insgesamt nur drei Druckfehler entdeckt hatte.

Johannes schob das Satzschiff weg und wandte sich dem Stadtarzt zu.

»Ich würde gerne mit Euch reden«, fing er etwas unbeholfen an.

»Ja, gerne. Wo drückt Euch der Schuh?«

»Nun, es geht um die Offizin, und um mich.«

»Nur heraus mit der Sprache«, meinte Steinhöwel. »Wir können doch über alles reden, oder?«

»Was ich sagen möchte, ist, dass es wohl an der Zeit wäre, über Geld zu sprechen, jetzt, wo die Offizin richtig läuft.« Johannes spürte sein Herz klopfen, als er diesen umständlichen Satz endlich heraus hatte.

»Über Geld? Habe ich Euch richtig verstanden?« Steinhöwel sah ihn erstaunt an.

»Ja. Wir müssen über Geld reden. Über meinen Lohn«, erklärte Johannes.

»Dann lasst hören, was Ihr zu sagen habt.«

»Ich weiß nicht, womit ich beginnen soll.« Johannes zögerte. Er überlegte kurz und fuhr dann fort: »Als Ihr mir in Augsburg das Angebot gemacht habt, hier in Ulm eine Offizin zu eröffnen, war ich begeistert, wie Ihr wisst. Nun ist ein halbes Jahr vergangen. Die Offizin ist fertig, und die ersten gedruckten Bücher können sich durchaus sehen lassen.«

»Und wo ist das Problem?«, unterbrach ihn Steinhöwel.

»Nun, es ist Eure Offizin, nicht die meine. Wie soll das in Zukunft weitergehen? Bisher habe ich mich nicht beklagt, und ich weiß Eure Großzügigkeit wohl zu schätzen, was die Ausstattung der Werkstatt betrifft. Aber meine eigenen Ersparnisse sind jetzt fast aufgebraucht. Ich frage mich, wovon ich künftig leben soll.«

»Daran habe ich ehrlich gesagt überhaupt noch nicht gedacht«, gab Steinhöwel zu. »Aber Ihr habt natürlich Recht. Conrad erhält schließlich auch seinen Lohn.«

Johannes nickte. »So ist es.«

Nach einer kurzen Pause sagte Steinhöwel: »Gebt mir einen oder zwei Tage Zeit, darüber nachzudenken. Ich bin sicher, wir werden eine Lösung finden.«

»Ganz wie Ihr wünscht. Ich werde mir auch ein paar Gedanken machen«, antwortete Johannes und fügte noch hinzu: »Ich möchte, dass wir klare Verhältnisse schaffen.«

Der Stadtarzt bat Johannes, ihn übermorgen Nachmittag in seinem Haus aufzusuchen, und verabschiedete sich.

Wie vereinbart trafen sich die beiden zwei Tage später in der Herdbruckergasse. Steinhöwel empfing Johannes in seiner Bibliothek, die ihm gleichzeitig als Arbeitszimmer diente. Er hatte sich offenbar sehr gewissenhaft vorbereitet, denn vor ihm auf dem Tisch lagen einige handbeschriebene Blätter, die er Johannes nun der Reihe nach erklärte.

Auf dem ersten Blatt waren fein säuberlich sämtliche Geldbeträge aufgeführt, die Steinhöwel in die Offizin investiert hatte – für jeden einzelnen Posten, von den in Augsburg bei Sauerloch gefertigten Werkzeugen und Typen über die Druckpresse aus Sevelingen bis hin zum Reutlinger Papier. Der Gesamtbetrag belief sich auf über vierhundert Gulden. Als Nächstes kamen die laufenden Kosten, die im Wesentlichen aus dem Mietzins für das Häuschen in der Krongasse und dem Lohn für Conrad bestanden. Beides zusammen machte im Monat weitere sechs Gulden aus. Das dritte Blatt enthielt nur den Titel und die gedruckte Auflage des Pestbüchleins, und auf dem vierten Blatt stand Johannes' Name, das Datum 1. Juli 1472 sowie das Wort »Typen«.

Johannes blickte etwas ratlos drein, nachdem Steinhöwel mit seiner Aufzählung fertig war.

»Ich verstehe nicht ganz, was Ihr mit diesen Zahlen bezweckt«, meinte er.

»Sie sollen nur als Grundlage für die Vereinbarung dienen, die ich Euch anbieten möchte«, antwortete Steinhöwel. »Oder hättet Ihr selbst einen geeigneten Vorschlag zu machen?«

»Eigentlich nicht«, gab Johannes zu. Er hatte sich zwar seit der letzten Unterhaltung fast pausenlos mit diesem Problem beschäftigt, war aber zu keinem vernünftigen Ergebnis gekommen. Dazu verstand er leider immer noch zu wenig von den kaufmännischen Dingen, wie er sich ärgerlicherweise eingestehen musste. Deshalb blieb ihm nichts anderes übrig, als Steinhöwel nun aufmerksam zuzuhören, als dieser mit seinen Ausführungen fortfuhr.

»Nehmen wir nun das Pestbüchlein. Wir haben etwa zweihundert Stück gedruckt, und ich würde es für einen Gulden verkaufen. Das macht zweihundert Gulden.«

Johannes nickte, und der Arzt schrieb den Betrag auf das dritte Blatt.

»Nun zu Euch.«

Steinhöwel nahm das vierte Papier zur Hand.

»Die Antiqua-Typen werden wohl um die fünfzig Gulden wert sein«, meinte er und notierte auch diesen Betrag. »Und Eure Arbeit? Ich würde meinen, acht Gulden im Monat wären angemessen. Oder?«

Johannes sah unschlüssig auf. Darüber hatte er noch gar nicht nachgedacht.

»Ich weiß nicht«, sagte er zögernd. Acht Gulden waren mehr, als er damals in Straßburg verdient hatte, aber dort hatte er ja nur als Geselle gearbeitet. Andererseits – wenn er an Augsburg dachte ...

»Als Stadtarzt in Ulm erhalte ich jährlich hundert Gulden, also fast den gleichen Betrag«, erklärte Steinhöwel.

»Dann ist Euer Angebot sehr großzügig«, stellte Johannes fest.

»Ihr seid also einverstanden?«

»Ja.«

»Gut.«

Steinhöwel notierte auf dem vierten Blatt den Betrag von 48 Gulden.

»Damit habt Ihr insgesamt ungefähr hundert Gulden gut.«

Johannes nickte und sah den Stadtarzt erwartungsvoll an, bis dieser schließlich fortfuhr: »Ich habe mir unsere Vereinbarung folgendermaßen vorgestellt: Bis zum Jahresende erhaltet Ihr jeden Monat Euren Lohn. Ich werde den Verkauf der Bücher übernehmen und für die laufenden Kosten aufkommen, sei es der Mietzins, Conrads Lohn, das Papier oder die Druckerschwärze. Zu Beginn des nächsten Jahres rechnen wir ab und sehen, was die Offizin tatsächlich abgeworfen hat.«

»Und dann?« Johannes begriff nicht ganz, worauf Steinhöwel hinauswollte.

»Nun, je eine Hälfte des Gewinns wird uns beiden gutgeschrieben, und wenn Ihr mir irgendwann mein zu Beginn investiertes Geld zurückzahlen könnt, gehört die Offizin Euch.«

Es dauerte eine Weile, bis Johannes das soeben Gesagte wirklich verstanden hatte.

»Ist das Euer Ernst?«, fragte er ungläubig.

»Ja, voll und ganz«, bekräftigte Steinhöwel. »Seid Ihr einverstanden?«

Johannes nickte. Er brachte vor lauter Aufregung kein Wort heraus.

»Dann werde ich diese Papiere sorgfältig aufbewahren.«

Steinhöwel legte die Blätter in die Tischschublade und rief nach seinem Diener. Er ließ einen Krug Wein bringen, und die beiden tranken auf das Wohl der Offizin und auf die getroffene Vereinbarung. Bevor Johannes ging, gab ihm Steinhöwel noch einen Lederbeutel, in dem sich offensichtlich Münzen befanden.

»Hier ist Euer Lohn für diesen Monat, mit einem kleinen nachträglichen Weihnachtsgeschenk, damit Ihr nicht noch Euren letzten Pfennig ausgeben müsst.«

Johannes wagte nicht, den Beutel zu öffnen, sondern schob ihn unter sein Wams, bedankte sich mit ein paar unbeholfenen Worten und verabschiedete sich.

Erst als er zu Hause war, sah er nach und fand zu seiner freudigen Überraschung zehn Gulden, die er sogleich zu seinen restlichen Ersparnissen legte. Er konnte immer noch nicht fassen, was ihm Steinhöwel angeboten hatte, und lag noch lange wach, während ihm alle möglichen Zahlen durch den Kopf schwirrten. Nur eines war klar: Jetzt lag es an ihm – je mehr er arbeitete und je besser sich die Bücher verkauften, desto eher würde sich sein Traum erfüllen, irgendwann einmal wirklich eine eigene Offizin zu besitzen.

In den folgenden Monaten fand sich Johannes in einem wahren Schaffensrausch. Schon am 10. Februar waren die »Flores temporum« fertig gedruckt, ebenfalls in einer Auflage von zweihundert Exemplaren, und das nächste Werk, »De mysterio misse« von Albertus Magnus, ließ auch nicht lange auf sich warten. Mit »De claris mulieribus«, der lateinischen Ausgabe des Werkes von Giovanni Boccaccio, erschien das erste üppig illustrierte Buch aus der Zainer-Offizin. Insgesamt 79 Holzschnitte verzierten das prächtige Buch, das sich auf Anhieb gut verkaufte.

Steinhöwel war ebenfalls nicht untätig. Er vollendete Mitte des Jahres seine deutsche Übersetzung der von Francesco Petrarca überarbeiteten Griseldis-Novelle aus dem Decamerone Boccaccios, und Johannes druckte das Buch unter dem Titel »Historia Griseldis«. Daneben entstanden einige Einblattdrucke und zwei kleinere theologische Schriften, »De adhaerendo Deo« von Albertus Magnus und »Tractatus de periculis contingentibus circa sacramentum eucharistiae et de remediis eorundem ex dictis Sancti Thomae de Aquino : Epistola ej. de Judaeis« von Thomas von Aquin. Das Besondere an den beiden letztgenannten Drucken war, dass diese von Ludwig Fuchs, dem Prior des Ulmer Dominikanerklosters, in Auftrag gegeben worden waren. Johannes' Offizin hatte sich innerhalb kurzer Zeit einen guten Ruf erworben, und so war eines Tages ein Dominikanermönch in der Werkstatt erschienen und hatte Johannes gebeten, den Prior aufzusuchen, der ihm dann das erste Manuskript gezeigt hatte. Steinhöwel hatte nichts dagegen einzuwenden gehabt, dass in der Offizin auch für andere Auftraggeber gedruckt wurde, sondern Johannes im Gegenteil sogar ermuntert, solche Aufträge anzunehmen.

Den Abschluss des arbeitsreichen Jahres bildete schließlich ein liturgisches Handbuch, »Rationale divinorum officiorum«, verfasst von Guillelmus Duranti und eines der meistverbreiteten theologischen Bücher der Zeit, dessen erstes Exemplar am 3. Dezember fertig wurde.

# 1474

Johannes konnte es kaum erwarten, bis Steinhöwel die Abrechnung für das vergangene Jahr fertig hatte. Anfang Februar war es dann soweit. Er suchte den Arzt auf und ließ sich von ihm geduldig jeden einzelnen Rechnungsposten erklären. Die sauber untereinander geschriebenen Aufzeichnungen ergaben, dass die Offizin einen Reingewinn von 250 Gulden gemacht hatte. Somit konnte der Stadtarzt weitere 125 Gulden auf das Blatt mit Johannes' Guthaben schreiben. Wenn es so weiterging, würde Johannes die Werkstatt in zwei oder drei Jahren sein Eigen nennen können. Doch Steinhöwel riet ihm in freundschaftlichem Ton, trotzdem etwas kürzer zu treten und mehr auf seine Gesundheit zu achten. Die dunklen Ringe unter Johannes' Augen und dessen ständige Gehetztheit waren ihm nicht verborgen geblieben.

Johannes kam in freudiger Erregung von seinem Besuch bei Steinhöwel zurück und beschloss, sich nun zwei freie Tage zu gönnen, da er selbst spürte, dass er zu viel arbeitete. Er schlief in letzter Zeit schlecht, war tagsüber oft unkonzentriert und machte dementsprechend häufig Fehler, die ihm dann nachts wieder den Schlaf raubten. Gelegentlich hatte er abends einige Becher Wein getrunken, um sich zu betäuben, aber als er gemerkt hatte, dass ihm das am nächsten Tag nur neue Probleme bereitete, hatte er auf den Schlummertrunk verzichtet.

Er unternahm am anderen Tag eine Wanderung nach Blaubeuren, wo er übernachtete, und kehrte frischen Mutes zurück in die Krongasse, wo er sich unverzüglich wieder an seine Arbeit machte, mit dem festen Vorsatz, sich nicht wieder zu überanstrengen. Doch dieser Vorsatz hielt nicht lange an. Er hatte Steinhöwel versprochen, sich künftig an den Wochenenden von der Offizin fern zu halten, aber schon wenige Wochen später saß er wieder an den Samstagen und oft auch sonntags über seine Setzkästen gebeugt.

Im April bekam er plötzlich hohes Fieber. Er schickte nach Steinhöwel, und der Stadtarzt gab ihm sogleich eine bittere Medizin, verordnete strenge Bettruhe und wies Conrad an, auf seinen Meister zu achten und diesem keinesfalls zu erlauben, die Offizin zu betreten. Johannes lag eine volle Woche in seiner Kammer und kämpfte mit dem Fieber, und erst nach insgesamt drei Wochen fühlte er sich so weit erholt, dass er seine Arbeit wieder aufnehmen konnte.

Er hatte sich in der tatenlosen Zeit, die er im Bett verbrachte, fest vorgenommen, als Nächstes eine eigene Bücheranzeige zu drucken, die alle seine bisherigen Werke enthielt, und präsentierte diese Anzeige bald darauf Steinhöwel. Dieser versprach, sich um die Verteilung zu kümmern, und so hingen bald in etlichen benachbarten Städten die Zainer'schen Anzeigen aus, vor allem in Schänken, die oft gleichzeitig als Umschlagplätze für Bücher und Einblattdrucke dienten. Es gab mittlerweile eine ganze Menge Buchführer, die von Stadt zu Stadt reisten, ihre mitgebrachten Bücher verkauften und dafür sorgten, dass die Druckerzeugnisse aus den verschiedensten Offizinen unter die Leute kamen.

Johannes und Conrad brachten den ganzen Sommer mit der Arbeit an einem ehrgeizigen Großprojekt zu, dessen Handschrift aus den Beständen in Steinhöwels Bibliothek stammte. Verfasser war ein gewisser Alvarus Pelagius, und sein Werk mit dem Titel »De planctu ecclesiae« war eine denkwürdige Klage über den verderbten und reformbedürftigen Zustand der Kirche. Sowohl Johannes als auch Steinhöwel waren entschiedene Gegner des immer noch blühenden Handels mit Ablassbriefen, der nur einer der in diesem Buch angeprangerten Missstände war, und hatten beschlossen, das Werk zu drucken.

Der Großfoliodruck umfasste schließlich mehr als vierhundert Seiten. Jede einzelne Seite war am Rand mit einer so genannten Narrenranke geschmückt, einem üppigen Rankenornament, in dem eine Narrenfigur saß und das Johannes schon im vergangenen Jahr für einen anderen Druck verwendet hatte. Das erste Exemplar wurde am 26. Oktober fertig, und erst drei Wochen später lag das letzte der hundert Bücher in der zweiten Kammer im oberen Stockwerk des Hauses, die bereits im vergangenen Jahr aus Platzgründen zum Buchlager umfunktioniert worden war. Damit war der letzte Auftrag des Jahres abgeschlossen und Johannes zu einer Zwangspause verurteilt, die ihm jedoch half, seine immer noch leicht angeschlagene Gesundheit endgültig wiederherzustellen.

# 1475

Zu Johannes' und Steinhöwels Enttäuschung war der umfangreiche Druck des Buches von Pelagius zunächst alles andere als ein Erfolg. Vor allem der Stadtarzt hatte sich einige sehr abfällige Bemerkungen seitens der Geistlichkeit anhören müssen, die höchst verärgert über die Veröffentlichung dieser gegen die Kirche gerichteten Kritikschrift war, und das Ulmer Dominikanerkloster hatte einen geplanten Druckauftrag zurückgezogen.

Im Laufe des Frühjahrs stieg zwar die Nachfrage nach dem Pelagius durch die Buchführer etwas an, nachdem Johannes' neue Bücheranzeige erschienen war, aber das änderte nichts an der Tatsache, dass die Offizin 1474 aufgrund der hohen Ausgaben für »De planctu ecclesiae« keinen nennenswerten Gewinn abgeworfen hatte. Der Traum von der Übernahme der Werkstatt war für Johannes wieder in weite Ferne gerückt.

Mitte Mai ließ Steinhöwel Johannes zu sich kommen und enthüllte ihm seine neuen Pläne. Ungeachtet der soeben gemachten Erfahrung mit dem Pelagius-Druck wollte er erneut ein großes Werk in Angriff nehmen, doch dieses Mal wollte er nach verschiedenen Gesprächen mit einigen Buchführern den Geschmack des Leserpublikums besser treffen.

»Woran habt Ihr gedacht?«, fragte Johannes, den die einleitenden Worte Steinhöwels sehr neugierig gemacht hatten.

»Kennt Ihr die Fabeln des Aesop?«

Johannes glaubte, sich dunkel an den Namen des griechischen Dichters erinnern zu können, doch die Fabeln sagten ihm nichts.

»Es sind alles kurze Geschichten aus dem Tierreich, die immer eine treffliche Lehre enthalten. Sie lassen sich sehr leicht vom Tier auf den Menschen übertragen«, erklärte Steinhöwel weiter, ohne auf Johannes' Schweigen zu achten.

Dann ging er zu der Truhe, in der er seine Manuskripte aufbewahrte, zog einen dicken Stapel Papier hervor und legte ihn vor Johannes auf den Tisch.

»Das ist meine Übersetzung der lateinischen Fassung, oder zumindest das, was ich bislang fertig habe. Nehmt es mit und seht es Euch in Ruhe zu Hause an«, schlug er vor.

Schon zwei Tage später brachte Johannes das Manuskript zurück. Die Fabeln hatten ihm ausnehmend gut gefallen, was auch an der Übersetzung liegen mochte, denn Steinhöwel hatte dieses Mal bewusst eine einfache, zum Teil auch recht derbe Sprache gewählt. So etwas ließe sich bestimmt ganz gut verkaufen, dachte er, und diese Ansicht teilte er dem Stadtarzt unverzüglich mit, als dieser ihn nach seiner Meinung fragte.

Doch als Steinhöwel dann nach und nach mit weiteren Einzelheiten seines Vorhabens herausrückte, wich Johannes' anfängliche Begeisterung einer zunehmenden Skepsis. Der deutsche Text sollte jeweils direkt unter dem lateinischen Text stehen, und außerdem wünschte Steinhöwel eine reichhaltige Illustration des Buches mit vielen Holzschnitten.

Johannes gab zu bedenken, dass der Druck sehr, sehr teuer werden würde, vor allem durch die Holzschnitte, die ja alle erst gefertigt werden mussten, doch der Arzt wischte seine Bedenken beiseite.

»Wir werden in dieses Buch sicherlich eine große Summe investieren müssen, aber bedenkt den möglichen Gewinn! Der ›Aesop‹ wird Euer Meisterwerk werden, und danach könnt Ihr Euch vor lauter Aufträgen nicht mehr retten«, prophezeite er mit glühendem Blick.

»Unsere Typen sind aber auch nicht mehr die allerbesten«, wandte Johannes daraufhin ein. »So ein Meisterwerk, wie Ihr es Euch vorstellt, müsste auf jeden Fall mit neuen Typen gedruckt werden.«

»Na und? Dann werden wir eben neue Typen nehmen.«

»Woher?«

»Ich reise nächste Woche nach Augsburg. Dieser Kistler könnte sie für uns machen, oder?«

Johannes nickte resigniert. Gegen Steinhöwels Begeisterung war heute kein Kraut gewachsen, und so beschloss er, die Sache erst einmal auf sich beruhen zu lassen. Vielleicht würde der Arzt von selbst zur Besinnung kommen. Ihm schwindelte jedenfalls bei dem Gedanken, ein solch gigantisches Buch in Angriff zu nehmen.

»Welche Schrift würdet Ihr vorschlagen?« Steinhöwel war immer noch Feuer und Flamme.

»Schwer zu sagen«, gab Johannes zurück. »Vielleicht eine leicht abgewandelte Antiqua. Das Rundliche gefällt mir für die deutsche Sprache einfach besser als die strenge Fraktura.«

»Aber wir haben auch Latein«, gab Steinhöwel zu bedenken.

»Ja, schon, doch ich denke, die meisten Leser werden sich eher für den deutschen Text interessieren. Wir müssen eben auch die speziellen lateinischen Typen mitgießen lassen. Am besten male ich Euch zuerst ein Musteralphabet. Dann könnt Ihr entscheiden, ob es Euch gefällt«, schlug Johannes vor.

Steinhöwel war einverstanden, und Johannes versprach, sich in der Offizin sofort an die Arbeit zu machen, was er auch tat.

Als er schon am nächsten Tag mit seinem Muster wieder bei Steinhöwel war, zeigte sich dieser hochzufrieden. Er behielt den sorgfältig gearbeiteten Entwurf, um ihn mit nach Augsburg zu nehmen, und gab Johannes den Auftrag, sich bis zu seiner Rückkehr nach geeigneten Reißern und Formschneidern umzusehen, die die Holzschnitte zur Illustration anfertigen könnten.

Während Steinhöwels vierwöchiger Abwesenheit hatten Johannes und Conrad alle Hände voll zu tun. Aus dem Dominikanerkloster war nun doch wieder ein neuer Auftrag gekommen, eine weitere Schrift von Thomas de Aquino, und Johannes fand einfach keine Zeit, sich um die Formschneider zu bemühen. Er hoffte außerdem insgeheim immer noch, dass Steinhöwel es sich anders überlegen würde.

Doch der Stadtarzt machte diese Hoffnung gleich am Tag seiner Ankunft in Ulm zunichte. Er schickte sofort nach Johannes und berichtete diesem aufgeregt, dass Sixt Sauerloch bereits mit der Herstellung der Patrizen fertig war und nun am Guss der Typen arbeitete. Bis zu seiner nächsten Reise nach Augsburg im August würden die Lettern auf jeden Fall fertig werden.

Als Johannes dann wahrheitsgemäß gestand, noch keinen einzigen Holzschneider gefunden zu haben, was er mit der vielen Arbeit in der Offizin entschuldigte, versprach Steinhöwel, sich selbst darum zu kümmern. Seine Übersetzung hatte er in Augsburg vollendet und nun die nötige Zeit, um mit einigen Ulmer Formschneidern zu verhandeln. Er hatte bereits ein Auge auf Jörg Syrlin geworfen, der maßgeblichen Anteil an den Schnitzereien für das Chorgestühl des Münsters gehabt hatte, zumal ja ein weiteres Problem darin bestand, dass es für die Illustrationen noch keine Vorlagen gab. Sie mussten zuerst passend zu den Inhalten der Fabeln entworfen und dann in Holz geschnitten werden. Hätte es sich lediglich um Kopien gehandelt, wäre die Sache wesentlich einfacher gewesen – und auch billiger, wie Johannes anmerkte. Ihm wurde immer mulmiger bei der ganzen Sache, doch er bemühte sich, dies Steinhöwel nicht merken zu lassen. Conrad hatte er bisher noch überhaupt nichts vom »Aesop« erzählt.

Anfang September waren alle Vorbereitungen abgeschlossen. Sixt Sauerlochs neue Typen lagen in mehreren Setzkästen bereit, Jörg Syrlin hatte mit den Entwürfen für die Holzschnitte begonnen und sich bereit erklärt, alle Illustrationen zu liefern, unter der Bedingung, dass er einen Teil der Schnitte auch von anderen Formschneidern fertigen lassen durfte. Steinhöwel hatte einen Lohn von einem Gulden je Holzschnitt vereinbart, einschließlich aller Entwürfe, so dass sich bei rund zweihundert Holzschnitten bereits Kosten von zweihundert Gulden alleine für die Illustrationen ergaben.

Johannes hatte es inzwischen aufgegeben, Steinhöwel zu verschiedenen Alternativen überreden zu wollen, die billiger gewesen wären. Der Stadtarzt war fest entschlossen, mit »Vita et Fabulae« des Aesop ein unübertreffliches Meisterwerk schaffen zu lassen, egal, was es kostete. Der einzige Trost für Johannes bestand darin, dass er selbst kein finanzielles Wagnis einging. Steinhöwel würde alle Kosten aus eigener Tasche bezahlen und erst bei der jährlichen Abrechnung geltend machen. So blieben Johannes wenigstens die mühsam ersparten Gulden erhalten, die er jeden Monat von seinem Lohn beiseite legte.

Es dauerte einige Zeit, bis Johannes sich mit der neuen Schrift vertraut gemacht hatte, da die Lettern selbst etwas kleiner als bei den beiden anderen Typen waren, aber nach vier Wochen hielt er den ersten perfekten Probedruck in der Hand. Steinhöwel war begeistert, lobte Johannes und auch Conrad für die gute Arbeit und äußerte die Hoffnung, dass der Druck bis Weihnachten abgeschlossen sein würde. Doch die erste Verzögerung ließ nicht lange auf sich warten. Jörg Syrlin lieferte die bestellten Holzschnitte immer langsamer und geriet auch mit seinen Entwürfen mehr und mehr ins Hintertreffen. Johannes beklagte sich mehrere Male bei Steinhöwel, doch der Stadtarzt war ebenso machtlos wie er selbst. Syrlin hatte stets Ausflüchte parat, schob die Schuld auf andere und machte so weiter, wie es ihm passte. Es war zum Verrücktwerden, aber nicht zu ändern. Bis Weihnachten wurde nicht einmal die Hälfte der Druckbogen fertig.

# 1476

Das Pech verfolgte Johannes auch im neuen Jahr. Gleich im Januar ging plötzlich das Papier aus, da eine längst bestellte Lieferung aus Reutlingen immer noch nicht eingetroffen war. Dann wurde Conrad krank und fiel volle zwei Wochen aus. Steinhöwels Gelassenheit wich einer zunehmenden Verbitterung, und das Klima in der Offizin war alles andere als angenehm. Das Schlimmste aus Johannes' Sicht war die Tatsache, dass er bereits mehrere andere Aufträge des Dominikanerklosters hatte ablehnen müssen, da der Aesop absoluten Vorrang hatte und Steinhöwel Johannes strikt untersagt hatte, etwas anderes zu drucken, solange die Fabeln nicht fertig waren.

Im März brach die Spindel der Druckpresse, und Meister Hartkorn benötigte fast drei Wochen, bis er den Schaden behoben und eine neu angefertigte Spindel eingebaut hatte. Johannes und Conrad arbeiteten anschließend wie besessen, um die verlorene Zeit wieder hereinzuholen, doch der von Steinhöwel inzwischen geplante Erscheinungstermin zu Ostern konnte ebenfalls nicht eingehalten werden. Die Offizin quoll fast über, und jeder verfügbare Fleck war zugedeckt von Holzschnitt-Tafeln, bereits fertig gedruckten Bogen und vorbereiteten Sätzen, so dass Johannes mehr als ein Mal fast den Überblick verlor und viel Zeit damit vergeudete, in dem ganzen Durcheinander etwas Bestimmtes zu finden, das er gerade benötigte.

Kurz nach Ostern stand eines Morgens Steinhöwel in der Werkstatt. Er wartete ungeduldig, bis Johannes den Bogen fertig gedruckt hatte, der gerade in der Presse lag.

»Wie weit seid Ihr?«, wollte er wissen.

»Es sind noch sieben Bogen«, gab Johannes kurz zurück und legte bereits das nächste Blatt auf das Satzschiff.

»Ich fahre nächste Woche nach Augsburg. Bis dahin brauche ich unbedingt zwanzig fertige Exemplare«, verkündete Steinhöwel in barschem Ton.

Johannes überlegte rasch und kam zu dem Schluss, dass das kaum zu schaffen war.

»Ich glaube nicht, dass das geht«, stellte er fest.

»Es muss.«

»Mein werter Medicus«, begann Johannes, der diese Anrede nur äußerst selten benutzte, »wir beide arbeiten von früh bis spät und tun wirklich, was wir können. Und wenn ich sage, dass es wahrscheinlich nicht geht, dann könnt auch Ihr nichts daran ändern.« Sein Tonfall verriet nur allzu deutlich, wie verärgert er war.

Steinhöwel straffte sich und maß Johannes mit feindseligen Blicken.

»Ich verlange – «, fing er an, doch er kam nicht weit.

»Ihr habt nichts zu verlangen. Ihr könnt uns vielleicht bitten, vielleicht«, unterbrach ihn Johannes erregt.

»Ihr scheint zu vergessen, wer Euch bezahlt, Meister Zainer! Noch ist es meine Offizin!«

Steinhöwel war deutlich lauter geworden.

Johannes sah ihm direkt in die Augen und hielt seinem zornigen Blick nicht lange stand. Er war zu ausgelaugt und zu erschöpft, den Streit weiter auszufechten. Es würde ohnehin nicht viel bringen. Der Stadtarzt hatte Recht.

So gab er schließlich klein bei.

»Wann wollt Ihr fahren?«, fragte er resigniert.

»Am Dienstag. Meinetwegen auch erst am Mittwoch«, antwortete Steinhöwel.

»Gut. Am Mittwoch bekommt Ihr zwanzig Stück. Und jetzt lasst uns weitermachen.«

Johannes wandte sich wieder dem Satzschiff zu. Erst als Steinhöwel ohne ein weiteres Wort gegangen war, fragte er Conrad: »Kann ich mich auf dich verlassen?«

Dinckmut nickte.

»Ja. Wir werden es irgendwie schaffen, Meister Johannes – und wenn wir die halbe Nacht durcharbeiten.«

Die folgenden sechs Tage wurden dann tatsächlich der reinste Alptraum. Die Presse war fast pausenlos in Bewegung. Conrad stapelte die fertigen Bogen notgedrungen nun schon in den beiden oberen Kammern, weil in der Offizin kein Platz mehr war. Er schlief auch in der Werkstatt, jede Nacht nur ein paar Stunden, ebenso wie Johannes, der sich spät am Abend auf seine Bettstatt fallen ließ und bereits beim ersten Morgengrauen wieder auf den Beinen war.

Am Sonntag vollendete Johannes den Satz des letzten Bogens. Das Hauptproblem bestand darin, dass er in der Offizin nur über vier Satzschiffe verfügte. Steinhöwels Ultimatum hatte ihn gezwungen, sich für eine von zwei Alternativen zu entscheiden. Entweder er druckte von jeder Seite nur die ersten zwanzig Bogen, die der Arzt dringend benötigte und setzte dann sofort neu, oder es wurden alle 250 Bogen für die geplante Gesamtauflage fertig gedruckt und der Satz erst dann zerlegt. Johannes hatte sich für die zweite Möglichkeit entschieden, um sich die doppelte Arbeit zu ersparen, alles nochmals neu setzen zu müssen. Die Zeit war knapp, äußerst knapp, doch er hatte sich ausgerechnet, dass es zu schaffen sein würde.

Die letzten Bogen trockneten in der Nacht von Sonntag auf Montag, und am Dienstagabend waren die von Steinhöwel geforderten zwanzig Exemplare tatsächlich fertig – sortiert, gefaltet und fein säuberlich übereinander gestapelt. Das Binden der schweren Werke würde erst in Augsburg erfolgen.

»Ich hätte wirklich nicht gedacht, dass wir es rechtzeitig fertig bringen«, stöhnte Conrad und ließ sich erschöpft auf einen Schemel fallen.

»Gewettet hätte ich jedenfalls auch nicht darauf«, pflichtete Johannes ihm bei. Ihm tat jeder einzelne Knochen weh, und doch erfüllte ihn ein übermächtiger Stolz auf das Erreichte.

»Du kannst nach Hause gehen«, sagte er zu seinem Gehilfen, »und morgen brauche ich dich auch nicht. Schlaf dich erst einmal gründlich aus, dann machen wir am Donnerstag weiter.«

Conrad nickte nur matt, stand ächzend auf und ging. Johannes war zu müde, um noch irgendetwas zu tun, und schleppte sich nach oben in seine Kammer.

Am nächsten Morgen weckte ihn das energische Klopfen Steinhöwels, der reisefertig mit seinem Pferdegespann unten vor dem Haus stand. Johannes ließ ihn herein, und der Stadtarzt steuerte sofort auf den großen Stapel zu, um sich das erste Exemplar anzusehen. Da er den Werdegang des Buches genau verfolgt hatte, interessierten ihn vor allem die zuletzt gedruckten Seiten. Offensichtlich war er damit zufrieden, da er immer wieder beifällig nickte. Er klappte die Bogen wieder zusammen und wandte sich an Johannes.

»Ich muss sagen, Ihr habt Euch selbst übertroffen«, stellte er fest. »Ihr seid nicht nur pünktlich fertig geworden, sondern Ihr habt auch ganz hervorragend gearbeitet.«

Das wohlverdiente Lob tat gut. Johannes konnte sich trotzdem nicht verkneifen, zu sagen: »Ihr hattet Euch bei Eurem letzten Besuch ja unmissverständlich ausgedrückt.«

Dann deutete er mit dem Finger auf den Stapel.

»Soll ich Euch beim Aufladen helfen?«

»Ja, das wäre sehr gut. Ich will so schnell wie möglich aufbrechen.«

Johannes packte die noch ungebundenen Bücher in vier Kisten und trug diese zusammen mit Steinhöwel zu dessen Pferdegespann.

»Wann werdet Ihr zurück sein?«, wollte er wissen, als der Stadtarzt auf den Kutschbock geklettert war.

»Wahrscheinlich schon nächste Woche. Ich lasse die Bücher bei meinem Schwiegervater. Er ist schon sehr gespannt darauf und wird dafür sorgen, dass sie bald ihre Abnehmer finden.«

»Wir arbeiten inzwischen weiter, aber nicht mehr Tag und Nacht«, versprach Johannes und wünschte Steinhöwel noch eine gute Reise, bevor er in die Offizin zurückging.

Bis Freitagabend hatten er und Conrad vier weitere Bücherstapel fertig. Johannes zählte 48 Exemplare und schlug Conrad vor, in das »Goldene Rad« zu gehen, eine für ihre gute Küche bekannte Ulmer Schänke.

»Was ist in Euch gefahren?«, fragte Conrad daraufhin verwundert. Johannes war bekannt dafür, dass er normalerweise nicht in Wirtshäusern verkehrte und lieber jeden Pfennig sparte.

»Ich denke, wir haben uns eine kleine Feier verdient, nach all der Plackerei in den vergangenen Wochen.«

»Das kann man wohl sagen. Eigentlich müsste uns ja Steinhöwel einladen«, stellte Conrad fest.

»Ja, eigentlich schon. Aber da er in Augsburg ist, werde ich das übernehmen.«

Johannes streifte seine schwarz verschmierte Schürze ab.

»Genug für heute. Lass uns gehen.«

Conrad staunte nicht schlecht, als Johannes eine halbe Stunde später im »Goldenen Rad« die feinsten Sachen bestellte, die die Küche zu bieten hatte. Es gab frischen Donauwaller, dann Wildbret, Gesottenes vom Schwein und sogar süße Ausgezogene, ein köstliches Schmalzgebäck, fingerdick mit Marmelade bestrichen. Dazu floss der Wein in Strömen, besonders bei Johannes.

Mit einem kräftigen Rülpser schob er die Schüssel mit den Schmalzkrapfen von sich.

»Jetzt platze ich jeden Moment«, stöhnte er.

»Ich auch. Lasst uns einen Branntwein trinken«, schlug Conrad vor, und danach fühlten sich beide etwas besser.

Johannes wurde, vielleicht auch durch den Wein, für seine Verhältnisse recht gesprächig und erzählte dem jungen Dinckmut von seiner Zeit in Straßburg und Augsburg. Er machte auch keinen Hehl aus seiner Verbitterung, dass er es trotz der vielen Jahre harter Arbeit immer noch nicht zu einer eigenen Offizin gebracht hatte.

Conrad gab zum ersten Mal zu, dass er sich schon seit längerem wunderte, welche Stellung Johannes in der Offizin eigentlich innehatte, da Steinhöwel bei Meinungsverschiedenheiten immer das letzte Wort hatte.

Daraufhin erzählte Johannes ihm von der Vereinbarung, die er mit dem Stadtarzt getroffen hatte.

»Der Aesop ist meine letzte Hoffnung. In diesem Druck steckt eine wirklich große Summe Geld«, stellte er schließlich fest und dachte daran, wie sehr sich die ursprünglich veranschlagten Kosten inzwischen erhöht hatten. Jörg Syrlin wollte und bekam mehr für seine Holzschnitte, als vereinbart worden war, da er damit gedroht hatte, sonst einen besser bezahlten Auftrag anzunehmen, und alleine die Reparatur der Druckpresse hatte 25 Gulden gekostet.

»Trinken wir darauf, dass sich die Fabeln gut verkaufen«, rief Conrad und hob seinen Weinbecher.

»Ja, auf die Fabeln!«, stimmte Johannes ein und stieß mit seinem Gehilfen an.

Der Trinkspruch schien nicht die gewünschte Wirkung zu haben. Steinhöwel berichtete nach seiner Rückkehr aus Augsburg, dass das Interesse am Aesop zwar groß gewesen sei, der von ihm verlangte Preis von zehn Gulden jedoch die meisten möglichen Käufer abgeschreckt hatte. Johannes und Conrad hatten inzwischen die gesamte Auflage fertig, die sich in der ganzen Offizin stapelte, und auf Steinhöwels Geheiß setzte Johannes rasch eine eigene Bücheranzeige für die Aesop-Fabeln, die sogar mit einem der Original-Holzschnitte versehen war. Darin wurde das Werk in den höchsten Tönen angepriesen, und Steinhöwel sorgte dafür, dass das Blatt über verschiedene Kuriere in den größeren Handelsstädten verteilt wurde. Auch einige durchreisende Buchführer erhielten die Bücheranzeige sowie ein Exemplar des Buches, um damit auf ihren nächsten Stationen dafür zu werben.

Johannes versuchte, Steinhöwel von einem niedrigeren Verkaufspreis zu überzeugen, doch der Stadtarzt blieb zunächst stur. Erst als auch nach drei Monaten noch keine nennenswerten Verkaufszahlen vorlagen, setzte er den Preis auf neun Gulden herunter – immer noch eine stolze Summe, wenn Johannes sie mit seinem eigenen Monatslohn von acht Gulden verglich. Er war dann froh über zwei kleinere Aufträge aus dem Dominikanerkloster, damit er und sein Gehilfe wenigstens wieder etwas zu tun hatten. Steinhöwel selbst wollte bis auf weiteres kein neues Buch herausbringen. Offensichtlich waren auch seine Geldmittel nicht unbegrenzt.

Lustlos saß Johannes an einem trüben, verregneten Augusttag an seinem Arbeitstisch und setzte eine Seite der liturgischen Schrift für Prior Ludwig, während Conrad an der Druckpresse herumhantierte. Es klopfte, und als Johannes zur Tür ging, stand draußen ein Mönch. Er erkannte die Kutte auf den ersten Blick – unter der tief herabgezogenen Kapuze konnte sich nur ein Zisterzienser verbergen. Der Anblick war nicht weiter verwunderlich. Ulms Stadtmauern beherbergten etliche Klosterhöfe, die als Zufluchtsstätten für durchreisende Ordensbrüder und auch als Stützpunkte der jeweiligen Klöster dienten. Dort wurden die fälligen Naturalzinsen der Klöster gelagert und an die Stadtbeauftragten übergeben. Mit dem geistlichen Leben der Stadt hatte ein Klosterhof jedoch in der Regel nichts zu schaffen.

»Womit kann ich Euch dienen, Bruder?«, fragte Johannes den unerwarteten Besucher.

»Johannes? Bist du es wirklich?«, fragte der Mönch fassungslos und schlug die Kapuze zurück.

Dunkelbraune Augen in einem Gewirr aus buschigen Augenbrauen sahen Johannes aufmerksam an. Dieser konnte sich beim besten Willen nicht erinnern, den Mönch mit dem mächtigen schwarzen Vollbart jemals zuvor gesehen zu haben, und fragte irritiert: »Müsste ich Euch kennen?«

»Wenn ich es recht überlege – eigentlich nicht. Dafür hat sich mein Aussehen doch zu sehr verändert«, lachte der Mönch, der das Rätselraten um seine Person offensichtlich genoss.

»Ihr seid jedenfalls ein Zisterzienser«, stellte Johannes fest.

»Richtig.«

»Aus Bebenhausen?« Johannes versuchte, sich heranzutasten.

Der Mönch nickte.

»Eigentlich aus Reutlingen«, ergänzte er, wobei sich seine Lippen unter dem Bartgestrüpp wieder zu einem Lächeln verzogen.

»Es ist wohl der Bart«, sagte er dann, als er Johannes' immer noch ratlosen Blick sah. »Sonst hättest du deinen alten Freund Balthasar wohl längst erkannt.«

Johannes stand mit offenem Mund da, als hätte ihn der Schlag getroffen. Balthasar! Er konnte es fast nicht glauben.

»Willst du mich nicht endlich hereinlassen, bei diesem Sauwetter?«

»Ich – ja – natürlich – komm rein!«, stammelte Johannes verlegen.

Er führte den Mönch in die Offizin, und auch Conrad blickte erstaunt auf, als er den Besucher sah.

»Conrad, darf ich dir einen alten Freund aus längst vergangenen Tagen vorstellen? Bruder Balthasar aus dem Kloster Bebenhausen.«

»Einen Freund? Aus Bebenhausen?« Conrad schien sich über das eine ebenso zu wundern wie über das andere.

»Ja. Du weißt es ja nicht, aber ich war einige Jahre dort. Bei den Mönchen habe ich fast alles gelernt, was ich weiß«, erklärte Johannes und dachte dabei zurück an die Zeiten, als er und Balthasar sich noch auf das bevorstehende Gelübde vorbereitet hatten.

Dann wandte er sich wieder seinem Gast zu.

»Was führt dich ausgerechnet zu mir?«, wollte er wissen.

»Ich soll zwei Exemplare des ›Aesop‹ erwerben, für die Klosterbibliothek«, antwortete Balthasar.

»Dann hat sich unser neues Werk schon bis nach Bebenhausen herumgesprochen?«

»Ja, und sein Verfasser genießt einen ausgezeichneten Ruf.«

»Steinhöwel?« Johannes war verblüfft, da ihm die eher ablehnende Haltung der Kirche gegenüber dem humanistischen Gedankengut bestens bekannt war, mit dem sich der Stadtarzt hauptsächlich beschäftigte. Die meist aus Italien stammenden lateinischen Werke, die Steinhöwel bislang übersetzt und gedruckt veröffentlicht hatte, kreisten um den Menschen als Mittelpunkt, sein Leben und Streben nach Vollkommenheit, wie es die griechische und römische Antike kannte.

Und diese Denkweise stand doch in krassem Gegensatz zur katholischen Kirche, in der alles Heil nur bei Gott zu finden war.

»Es mag dich wundern, aber wir sind in diesen Dingen wesentlich offener als die Hohe Geistlichkeit«, erklärte Balthasar mit einem Augenzwinkern.

»Darf ich das Werk sehen?«, bat er dann, und Johannes gab ihm ein Exemplar von einem der vielen Stapel, die sich immer noch in der Werkstatt türmten. Er wartete gespannt, während Balthasar das Buch durchblätterte.

»Wahrlich meisterhaft!« Die Begeisterung des Mönchs klang absolut aufrichtig. »Aber eigentlich kein Wunder, jetzt, wo ich weiß, dass du es gedruckt hast.«

Er erzählte Johannes, dass der »Aesop«, ebenso wie einige andere Werke aus der Offizin, die er kannte, stets nur mit dem Namen Steinhöwel in Verbindung gebracht wurden. Die Ulmer Druckwerkstatt war zwar ein Begriff geworden, jedoch nur unter dessen Namen. Damit erklärte sich auch Balthasars Überraschung, als Johannes ihm die Tür geöffnet hatte.

Die beiden wickelten rasch den geschäftlichen Teil des Besuches ab und erzählten sich dann gegenseitig, wie es ihnen ergangen war. Balthasar, jetzt Bibliothekar von Bebenhausen, war sichtlich beeindruckt, als Johannes ihm vorschwärmte, dass er damit rechnete, die Offizin bald unter seinem Namen zu führen. Das sei immer noch sein größter Traum, für den er jetzt schon so viele Jahre gearbeitet hatte und der kurz vor seiner Erfüllung stand.

Der Mönch wusste einige Neuigkeiten aus dem Kloster zu erzählen und versprach dann, Johannes wieder einmal zu besuchen, wenn ihn seine Wege nach Ulm führten. Schließlich verabschiedete er sich und nahm die beiden Bücher mit, für die er anstandslos sofort den Preis von je neun Gulden bezahlte.

Als er gegangen war, hatte Johannes erhebliche Schwierigkeiten, sich wieder auf die vor ihm liegende Arbeit zu konzentrieren. Seine Gedanken schweiften immer wieder zurück in die Vergangenheit. Das Leben im Kloster, das er längst vergessen zu haben glaubte, stand plötzlich wieder vor seinem geistigen Auge. Bruder Anselm, Bruder Gisbert, aber auch Bruder Nikolaus, der mürrische Cellerar, sie alle waren damals in irgendeiner Weise daran beteiligt gewesen, dass er sich zu dem Menschen entwickelt hatte, der er nun war. Und auch abends, vor dem Einschlafen, verfolgten ihn lange die Erinnerungen an seine unbeschwerte Jugendzeit in Bebenhausen, bis zum verhängnisvollen Tod seiner Mutter. Ob wohl Maria, seine Schwester, noch lebte?

Drei Wochen später schickte Steinhöwel nach ihm. Auf dem kurzen Weg in die Herdbruckergasse fragte er sich, was der Arzt wohl wollte. Er hatte sich schon einige Zeit nicht mehr in der Offizin sehen lassen. Offensichtlich war er mit seinen ärztlichen Pflichten mehr als beschäftigt. Johannes und Conrad arbeiteten inzwischen schon wieder an einem neuen Auftrag für die Dominikaner.

Steinhöwel empfing ihn mit sorgenvoller Miene in seiner Bibliothek. Er forderte Johannes auf, sich zu setzen, und kam sogleich zur Sache.

»Wie Ihr wisst, geht der Verkauf des ›Aesop‹ nur sehr mühsam voran. Deshalb muss ich mit Euch reden.«

»Worüber?«

»Über die Offizin.«

Johannes hatte plötzlich Herzklopfen. Der Tonfall von Steinhöwels Stimme verhieß nichts Gutes.

»Was ist mit der Offizin?«, fragte er zögernd.

»Ich fürchte, ich muss mich zurückziehen.«

»Zurückziehen? Aber warum?«

Steinhöwel stand von seinem Schreibtisch auf und fing an, im Zimmer umherzugehen. Erst nach einer längeren Pause redete er weiter.

»Sagen wir einfach, ich habe anderweitige finanzielle Verpflichtungen. Die Belastung durch die Offizin wird mir zu groß.«

Johannes wusste von Sixt Sauerloch, dass Anastasia Egen eine hervorragende Partie gewesen war. Ihr Vater gehörte zu den wohlhabendsten Männern Augsburgs. Welche finanziellen Probleme mochte der Stadtarzt also haben? Doch er wagte es nicht, diese Frage zu stellen. Dazu war das Verhältnis zwischen ihnen in den letzten Monaten zu stark abgekühlt.

Da Steinhöwel offensichtlich auf eine Reaktion wartete, sagte Johannes: »Es liegt also nur am ›Aesop‹, nicht an mir?«

Das klang nicht wie eine Frage, sondern mehr wie eine Feststellung.

»Ja.«

»Was ist, wenn wir das Buch nochmals verbilligen?«

»Ich glaube nicht, dass das viel bringt. Außerdem müssen die Unkosten berücksichtigt werden«, meinte der Arzt und rechnete Johannes kurzerhand vor, dass diese Unkosten für den Druck sich auf weit über fünfhundert Gulden beliefen.

Diese Zahl kam Johannes sehr stark übertrieben vor, doch Steinhöwel belehrte ihn rasch eines Besseren, da ja auch Mietzins, Löhne und all die Kleinigkeiten dazugezählt werden mussten – nicht nur Papier und Druckerschwärze.

»Was genau habt Ihr vor?«, fragte Johannes, als er schließlich die Kostenaufstellung akzeptiert hatte.

»Ihr könntet die Offizin übernehmen.«

Damit hatte er nun überhaupt nicht gerechnet.

»Ich?«, rief er verblüfft.

»Ja. Wer denn sonst?«

Geduldig erklärte Steinhöwel nun, wie er sich die Sache vorgestellt hatte. Nach einer endgültigen Aufstellung des Betrags, der noch von Steinhöwel in der Offizin steckte, sollte Johannes die Werkstatt für einen noch festzulegenden Kaufpreis übernehmen, einschließlich aller vorhandenen Bücher. Dieser Kaufpreis würde auch die Investitionen des Arztes enthalten und in Raten bezahlt werden. Sobald der letzte Gulden beglichen war, gehörte die Offizin mit allem, was sich darin befand, Johannes. Er würde dann auch alle Erlöse für die bislang nicht verkauften Bücher behalten können.

Im ersten Moment klang dieses Angebot sehr verlockend.

»Was schätzt Ihr – wie hoch wird der Kaufpreis sein?«, fragte er zögernd.

»Ich habe es noch nicht genau ausgerechnet, aber irgendwo zwischen vier- und fünfhundert Gulden«, antwortete Steinhöwel.

Als Johannes diese Summe hörte, die er würde aufbringen müssen, schüttelte er den Kopf.

»Ich fürchte, das ist zu viel für meine bescheidenen Mittel«, sagte er niedergeschlagen.

»Und die Bücher? Es liegt nur an Euch, sie zu verkaufen«, entgegnete Steinhöwel. »Die Preise könntet Ihr in diesem Fall natürlich nach Eurem eigenen Gutdünken festsetzen.«

Da Johannes schwieg, fügte er hinzu: »Es ist nur ein Vorschlag. Ihr könnt ihn Euch in aller Ruhe überlegen. Vielleicht fällt Euch ja noch eine andere Lösung ein.«

»Ihr wollt die Offizin in jedem Fall loswerden?«

»Ja. Der ›Aesop‹ war für mich eine Art Höhepunkt, leider in zweifacher Hinsicht«, stellte Steinhöwel fest. »Es ist das Beste, was Ihr je gedruckt habt, aber bisher auch das am wenigsten Erfolgreiche. Außerdem muss ich mich wieder mehr um meine Patienten kümmern.«

»Gut. Ich werde es mir überlegen.«

Johannes stand auf und verließ die Bibliothek mit hängenden Schultern.

Conrad schien ihm bei seiner Rückkehr in die Offizin wohl anzumerken, dass bei Steinhöwel etwas Besonderes vorgefallen war, und er brauchte nicht lange zu drängen, bis Johannes ihm die ganze Geschichte erzählte.

»Was werdet Ihr machen?«, fragte er seinen Meister sichtlich besorgt.

»Ich weiß es beim besten Willen nicht. Es geht schließlich um ein paar Hundert Gulden«, antwortete Johannes.

An Arbeit war nicht mehr zu denken. Er schickte Conrad nach Hause und ging nach oben in seine Kammer, wo er seinen gesamten Besitz gut versteckt verwahrte. Obwohl er weiß Gott sparsam gelebt und gewirtschaftet hatte, verfügte er nur über insgesamt 110 Gulden. Was sollte er tun? Er war jetzt 31 Jahre alt und hatte fast zwanzig Jahre nur gerackert und geschuftet, wenn er die letzten Jahre in Bebenhausen dazuzählte. Mehr als diese 110 Gulden hatte ihm das nicht eingebracht. Sollte er wirklich nochmals von vorne anfangen? Mit einem Riesenberg von Schulden? Ihn schauderte schon allein bei dem Gedanken daran.

Lustlos und zerstreut quälte er sich die folgenden Tage durch die anstehenden Arbeiten für das Dominikanerkloster. Steinhöwel hatte ihm zwei Wochen Zeit gelassen, sich die Sache zu überlegen, da er wieder einmal nach Augsburg reisen musste. Doch er schob die Entscheidung von einem Tag zum nächsten vor sich her. Jedes Mal, wenn er die Stapel der Aesop-Bücher sah, fuhr es ihm wie ein Stich durchs Herz. In dieses Werk hatte er wirklich all seine Kunst gelegt, Seite um Seite immer wieder geprüft und geändert, bis das Ergebnis perfekt gewesen war – und nun fanden sich keine Käufer dafür. Seit Balthasars Besuch war kein einziger weiterer Interessent aufgetaucht, obwohl die Buchanzeige nun schon seit Wochen in nah und fern aushängen musste.

Johannes war überzeugt, dass hauptsächlich der horrende Preis daran Schuld war. Bei vier oder fünf Gulden würde es sicherlich anders aussehen, doch eine Garantie gab es auch dafür nicht. Er sprach mit niemandem über sein Problem, nicht einmal mit Conrad, obwohl dieser mehrfach zu verstehen gegeben hatte, dass ihm sehr daran gelegen war, in der Offizin weiterarbeiten zu können.

Zwei Tage vor Steinhöwels Rückkehr traf ein Brief ein, adressiert an Johannes Zainer zu Ulm. Johannes wunderte sich sehr. Ein Brief war ein höchst seltenes Ereignis und kündete in den allermeisten Fällen schlechte Neuigkeiten an. Mit zitternden Fingern zerbrach Johannes das Siegel und begann zu lesen.

*Werter Meister Johannes!*

*Wir bitten Euch, Uns die Ehre zu erweisen und Uns im Kloster Bebenhausen zu besuchen. Wir möchten Euch ein Angebot machen. Bringt weitere drei Exemplare der »Vita et Fabulae« des Aesop mit.*

*Gezeichnet*
*Bernhard Rockenbuch von Magstatt*
*Abt im Kloster zu Bebenhausen*

Er ließ die Hand langsam sinken, und der Brief glitt ihm aus den Fingern. Bebenhausen. Was um alles in der Welt hatte das zu bedeuten? Ein neuer Auftrag? Oder hing es mit dem Aesop zusammen? Er sollte drei weitere Exemplare bringen. Das war jedenfalls eine gute Nachricht! Johannes beschloss, so bald wie möglich aufzubrechen. Steinhöwels Angebot musste warten. Außerdem war nicht sicher, ob er pünktlich zurückkehren würde, denn gerade seine Besuche in Augsburg dauerten oftmals länger als geplant.

Johannes nahm einen Bogen Papier und schrieb rasch eine Nachricht für Steinhöwel, in der er ihm von der Bestellung aus Bebenhausen berichtete, versiegelte den Bogen und gab ihn Conrad mit dem Auftrag, ihn Steinhöwel nach dessen Rückkehr auszuhändigen. Er erzählte seinem Gehilfen nichts von dem geheimnisvollen Angebot, das ihn erwartete. Dann packte er in seiner Kammer ein kleines Bündel, schob ein paar Gulden für die Reise ein und legte seine Geldkatze wieder sorgfältig in ihr Versteck zurück. Er schlug die drei Bücher in mehrere Lagen grobes Leinen ein und verließ kurz darauf die Offizin in Richtung Mietstall, um sich ein Pferd zu besorgen.

Da er Ulm erst um die Mittagszeit verlassen hatte, erreichte er an diesem Tag nur noch Blaubeuren. Am anderen Morgen brach er in aller Frühe auf, und nachdem der Anstieg auf die Schwäbische Alb geschafft war, ließ er sein Pferd in flottem Tempo über die karge Landschaft mit ihren ausgedehnten Wacholderheiden traben. Es hatte offensichtlich auch hier schon seit einigen Wochen nicht mehr geregnet. Das Pferd wirbelte mit seinen Hufen eine ansehnliche Staubwolke auf, und wenn ihm ab und zu ein anderer Reiter begegnete, musste Johannes dessen Staub schlucken. Erschöpft kam er gegen Abend in Urach an, seinem heutigen Ziel, und als er eine Herberge gefunden und sein Pferd versorgt hatte, fiel er nach einem kurzen Abendessen todmüde auf die Bettstatt.

Mit einem ordentlichen Muskelkater wachte er am nächsten Tag auf. Es war Jahre her, seit er zum letzten Mal auf einem Pferderücken gesessen hatte, und es kostete ihn einige Mühe, wieder in den Sattel zu steigen. Doch da er unbedingt noch am gleichen Tag Bebenhausen erreichen wollte, biss er die Zähne zusammen und ritt los. Am Nachmittag kam er durch Reutlingen, hatte aber keine Zeit für eine Rast. Die Tage waren jetzt, Ende September, schon wieder sehr kurz, und er musste sich beeilen, wenn er noch vor Einbruch der Dämmerung im Kloster sein wollte.

Endlich kam die ersehnte Abzweigung nach Bebenhausen. Johannes konnte sich kaum noch an den Weg durch das Goldersbachtal erinnern, den er vor vielen Jahren einige Male zu Fuß gegangen war. Er lenkte das Pferd nach rechts und spornte es mit leichtem Schenkeldruck nochmals an. Die Sonne war bereits hinter dem Schönbuch verschwunden, und es dämmerte rasch.

Plötzlich scheute das Pferd und stieg mit den Vorderhufen hoch. Johannes hatte die Zügel nur nachlässig in der Hand gehabt und war völlig unvorbereitet. Er spürte noch, wie er aus dem Sattel rutschte und herabfiel. Ein stechender Schmerz fuhr durch sein linkes Bein. Dann schlug etwas gegen seinen Hinterkopf, und er verlor das Bewusstsein.

Als er wieder zu sich kam, konnte er sich an nichts mehr erinnern. Es war dunkel. Er lag neben dem Waldweg in einem flachen Graben. Sein linkes Bein tat höllisch weh, ebenso wie sein Kopf. Vorsichtig tastete er mit der Hand nach hinten und fühlte eine klebrige Kruste. Das Pferd war verschwunden, und er dachte sofort an die Bücher, die er hinter dem Sattel festgebunden hatte. Dann stellte er fest, dass auch der Lederbeutel mit seinem Geld weg war, den er um den Hals getragen hatte, und nach und nach kam ihm die Erkenntnis, dass er offensichtlich überfallen worden war. Er versuchte, aufzustehen, doch als er das linke Bein belastete, schrie er laut auf und knickte wieder um. Durch die Baumwipfel schien der Mond, und Johannes fand, nachdem er auf dem rechten Bein und beiden Armen wie ein Käfer durch den Wald gekrochen war, nach ein paar Minuten endlich einen kräftigen Ast, auf den er sich stützen konnte. Es konnte nicht mehr weit bis zum Kloster sein, und mit Hilfe seiner behelfsmäßigen Krücke humpelte er den Weg entlang.

Der letzte Anstieg ging fast über seine Kräfte, doch dann stand er endlich an der Klosterpforte. Er hielt sich mit einer Hand fest und schlug mit der anderen den Ast etliche Male an das Tor. Da er nicht wusste, wie spät es war, wartete er geduldig eine Weile und klopfte dann nochmals an. Irgendwann würde ihn einer der Mönche schon hören.

Doch in dieser Nacht schienen die Brüder ausnahmslos tief und fest zu schlafen. Das Klopfen blieb erfolglos. Johannes gab nach einigen Versuchen auf und ließ sich auf den Boden sinken. Trotz brennendem Durst und den heftigen Schmerzen dämmerte er in eine Art Halbschlaf hinüber, aus dem er immer wieder aufschreckte.

»He, Ihr da! Was ist mit Euch geschehen? Seid Ihr etwa betrunken?«

Undeutlich bahnten sich diese Worte in Johannes' Bewusstsein, und gleichzeitig spürte er, wie ihn jemand unsanft an der Schulter rüttelte. Als er die Augen öffnete, sah er das besorgte Gesicht eines Mönchs über sich.

»Na endlich! Was ist mit Euch los? Seit wann liegt Ihr hier vor der Pforte?«

Der Mönch hatte aufgehört, Johannes zu schütteln und sah ihn erwartungsvoll an.

»Ich – ich habe geklopft«, stammelte Johannes. Die Zunge klebte ihm beim Sprechen fast am Gaumen fest.

»Wann?«

»Ich weiß nicht genau. Heute Nacht.«

»Und warum?«

»Ich wurde überfallen.«

Der Mönch erschrak.

»Überfallen? Von wem? Und wo?«, wollte er wissen.

Johannes setzte sich mühsam auf. Er hatte keine Lust, sich von diesem Mönch noch weiter verhören zu lassen.

»Holt Bruder Balthasar!«, befahl er und riss sich dabei zusammen, um seine Stimme so forsch wie möglich klingen zu lassen.

»Ihr kennt ihn? Wer seid Ihr?«

»Fragt nicht so viel. Holt ihn einfach her und sagt ihm, Johannes sei hier«, fuhr er den neugierigen Bruder an.

Das wirkte. Der Mönch verschwand augenblicklich in der Pforte und kam wenige Minuten später mit Balthasar zurück.

»Johannes!«, rief dieser bestürzt, als er den vermeintlichen Landstreicher entdeckte, den ihm sein Mitbruder beschrieben hatte.

»Gott sei Dank, dass du endlich kommst«, seufzte Johannes erleichtert.

Die beiden Mönche halfen ihm beim Aufstehen und geleiteten ihn durch die Pforte in den Klosterhof. Balthasar ließ den anderen Mönch sogleich Wasser holen, das Johannes gierig trank, und als er sich etwas besser fühlte, berichtete er, was sich seiner Vermutung nach zugetragen hatte.

»Du bist nicht der Erste, dem so etwas zugestoßen ist«, meinte Balthasar mit sorgenvoller Miene. »In letzter Zeit treibt sich allerhand Gesindel im Schönbuch herum, und die Burschen werden immer dreister. Du kannst von Glück sagen, dass du noch lebst.«

Als Johannes erzählte, dass sein Pferd und damit auch die Bücher gestohlen worden waren, ließ sich Balthasar die Stelle so genau wie möglich beschreiben und schickte dann zwei kräftige Mönche los, die Umgebung abzusuchen. Am helllichten Tag ließen sich die Wegelagerer normalerweise nicht sehen, und vielleicht hatten sie die Bücher einfach weggeworfen, nachdem sie sie entdeckt und festgestellt hatten, dass sie damit nichts anfangen konnten.

Dann holte Balthasar einen anderen Mitbruder namens Bernhard, der sich Johannes' Verletzungen ansah und erleichtert aufatmete, als sich herausstellte, dass das Bein nicht gebrochen war.

»Ihr werdet trotzdem einige Tage liegen müssen. Bei Eurem Sturz vom Pferd habt Ihr Euch den Knöchel kräftig verstaucht, und es wäre besser, ihn absolut ruhig zu stellen«, meinte Bernhard, der sich als Infirmarius um die Kranken im Kloster zu kümmern hatte.

»Und mein Kopf?«, fragte Johannes.

»Nur eine Platzwunde. Ich werde sie säubern und verbinden. Aber erst, wenn Ihr ein Bad genommen habt.«

Johannes nickte. Er konnte es dem Mönch an der Pforte nicht verübeln, dass dieser ihn zuerst für einen dahergelaufenen Vagabunden gehalten hatte. Sein Wams war zerrissen, ebenso wie sein Beinkleid, und eine dicke Staubschicht bedeckte ihn von oben bis unten.

Eine Stunde später fühlte er sich wie neu geboren. Frisch gebadet und von Bruder Bernhard sorgfältig verarztet saß er in einer geliehenen Mönchskutte im Kapitelsaal, während die Mönche zur Sext beim Gebet versammelt waren. Er wunderte sich, warum er diese stille Atmosphäre, die das ganze Kloster zu durchdringen schien, so wohltuend empfand. Wieder stiegen Erinnerungen an seine Jugendzeit in ihm auf. Damals war ihm der strenge Tagesablauf oft wie eine Zwangsjacke vorgekommen, aus der es kein Entrinnen gab, doch jetzt, als er schwach das gleichförmige Gemurmel der Mönche hörte, fühlt er sich irgendwie geborgen.

Nach dem Gottesdienst kamen alle Mönche schweigend aus der Kirche. Balthasar bedeutete ihm mit einem Kopfnicken, ihnen ins Refektorium zu folgen, wo in aller Stille das Mittagessen eingenommen wurde. Johannes musterte die um den Tisch versammelten Brüder. Die Gesichter waren ihm fremd. Er hatte Hunger wie ein Wolf, und erst, als ihn ein missbilligender Blick Balthasars traf, mäßigte er das Tempo, mit dem er den wohlschmeckenden Gemüseeintopf in sich hineingeschlungen hatte. Ein Dankgebet beschloss die Mahlzeit, und Johannes humpelte auf den Krücken, die ihm Bruder Bernhard gegeben hatte, hinter Balthasar nach draußen. Erst im Klosterhof durfte wieder gesprochen werden.

»Der Abt möchte dich sehen«, sagte Balthasar sogleich.

»Was ist mit den Büchern?«, fragte Johannes. Er hatte die beiden Mönche, die in den Wald geschickt worden waren, beim Mittagessen am Tisch sitzen sehen.

»Sie sind bereits bei Abt Bernhard.«

»Und das Pferd?«

»Das wirst du vermutlich nicht wiedersehen. Also gehen wir. Der Abt erwartet dich schon.«

»Weißt du, was er von mir will?« Johannes sah Balthasar erwartungsvoll an.

»Das wirst du bald erfahren.«

»Hat es etwas mit den Büchern zu tun?«

»Kann sein. Er wird es dir erzählen.«

Sie waren beim Abtshaus angelangt. Balthasar half ihm die Treppe hoch und führte ihn in das Gastzimmer.

»Er wird gleich kommen. Ich muss zur Arbeit«, erklärte Balthasar dann und ging hinaus.

Unmittelbar danach wurde die Tür wieder geöffnet und ein großer, kräftig gebauter Mönch kam herein.

»Seid willkommen, Meister Zainer!«, begrüßte er Johannes mit tiefer, klarer Stimme.

»Ich freue mich, dass Ihr meiner Einladung so schnell gefolgt seid, wenngleich ich das Missgeschick zutiefst bedaure, das Euch widerfahren ist.«

»Ich danke Euch für Eure Anteilnahme, Ehrwürdiger Vater«, antwortete Johannes.

Der Abt geleitete ihn in sein Arbeitszimmer und forderte ihn auf, sich zu setzen, nachdem er selbst an seinem Schreibtisch Platz genommen hatte. Johannes hatte beim Betreten des Zimmers sofort die drei Bücher entdeckt, die auf dem Tisch lagen.

»Ich bin ja so froh, dass die Bücher wieder da sind!«, rief er aus.

»Ja, ich auch«, pflichtete der Abt ihm bei, in ganz normalem Ton.

Er nahm das oberste Buch vom Stapel und schlug es auf. Nachdem er einige Seiten durchgeblättert hatte, ließ er es offen vor sich liegen und sah Johannes direkt an.

»Ihr habt ein Meisterwerk geschaffen«, stellte er fest, und dann begann er, Johannes nach allen möglichen Dingen zu fragen. Der Abt wusste sicherlich von Balthasar, dass sein Gegenüber einstmals Novize in Bebenhausen gewesen war, erwähnte dies jedoch mit keiner Silbe. Ihn interessierte vor allem die Ulmer Offizin, und Johannes musste in allen Einzelheiten die Einrichtung der Werkstatt beschreiben, ebenso wie den Druck des »Aesop«. Dabei wunderte er sich insgeheim immer wieder, worauf der Abt hinauswollte.

Als dessen Fragen allmählich zu versiegen begannen, fasste er sich ein Herz und stellte nun seinerseits die Frage, die ihn beschäftigte, seit er den Brief gelesen hatte: »Was ist das für ein Angebot, das Ihr mir machen wollt?«

Der Abt rieb sich bedächtig das Kinn zwischen den Fingern, und nach einer kurzen Pause sagte er: »Ich wollte Euch bitten, uns beim

Aufbau einer eigenen Druckwerkstatt hier in Bebenhausen behilflich zu sein. Nach allem, was ich gehört habe und was Ihr mir soeben erzählt habt, scheint Ihr mir der richtige Mann für diese Aufgabe zu sein.«

Johannes verschlug es die Sprache. Damit hatte er überhaupt nicht gerechnet, und das Angebot des Abts traf ihn völlig unvorbereitet.

»Nun, was haltet Ihr davon?«, wollte sein Gegenüber wissen, nachdem Johannes minutenlang geschwiegen hatte.

»Ich – ich – es ist – es – kommt völlig unerwartet«, stammelte dieser schließlich unbeholfen. »Euer Ansinnen ist mir eine Ehre, doch ich weiß im Moment nicht, was ich dazu sagen soll.«

»Dann überlegt es Euch. Bruder Balthasar kann Euch weitere Fragen beantworten«, meinte Abt Bernhard. »Wie mir unser Infirmarius Benedikt berichtete, seid Ihr wohl noch nicht in der Lage, Eure Rückreise nach Ulm anzutreten. Seid unser Gast, solange Ihr wollt, und wenn Ihr Euch entschieden habt, dann lasst es mich wissen.«

Damit schien die Unterredung beendet zu sein. Der Abt stand auf und brachte Johannes zur Tür.

»Ihr findet Balthasar in der Bibliothek. Ich denke, Ihr wisst noch, wo sie ist.«

Balthasar stand an seinem Schreibpult und war so in die Abschrift eines schweren Foliobands vertieft, dass er Johannes nicht kommen hörte. Erst als dieser sich vernehmlich räusperte, fuhr er erschrocken zusammen und drehte sich um.

»Ach, du bist es«, begrüßte er seinen alten Gefährten.

Als er Johannes' finstere Miene sah, fügte er hinzu: »Du bist offenbar nicht begeistert von dem Vorschlag unseres Abts.«

»Nein, ganz und gar nicht«, antwortete Johannes.

Balthasar legte die Schreibfeder beiseite.

»Schade. Ich hatte wirklich gehofft, du würdest mir helfen.«

Er ließ seinen Blick über die zahlreichen Bücherregale schweifen, die sich unter der Last der schweren Handschriften nach unten bogen.

»Weißt du«, sagte er nachdenklich, »ich glaube, die Zeit für diese Art von Büchern ist endgültig vorbei. Es werden immer mehr, und es ist unmöglich, sie alle von Hand zu kopieren.«

Johannes nickte.

»Das ist wohl wahr. Aber ich kann nicht hierher kommen. Ich habe andere Verpflichtungen.«

Dann erzählte er Balthasar von seinem Dilemma in Steinhöwels Offizin und von dessen Angebot, wobei er nicht verschwieg, dass er die Entscheidung noch nicht getroffen hatte. Sein größtes Problem waren die Schulden, die er auf sich nehmen würde, wenn er die Offizin weiterführen wollte.

»Weißt du, eine eigene Druckwerkstatt war schon immer mein Traum. Seit damals in Straßburg habe ich nur dieses eine Ziel vor Augen gehabt. Jetzt bin ich so nahe daran wie nie zuvor, und ich glaube, ich werde die Schulden in Kauf nehmen, dafür endlich mein eigener Herr zu sein«, erklärte er.

»Ich kann nur versuchen, dich zu verstehen«, meinte Balthasar. »Das ist nicht meine Welt. Über Geld und Schulden muss ich mir hier keine Gedanken zu machen. Der Herr gibt uns durch unserer Hände Arbeit alles, was wir brauchen. Aber das müsstest du ja noch wissen.«

Johannes dachte über diese Worte nach. Balthasar hatte von seinem Standpunkt aus Recht, doch hier im Kloster, das war in der Tat eine andere Welt. Eine Welt, aus der sich Johannes vor langer Zeit verabschiedet hatte.

»Es tut mir Leid«, sagte er schließlich, »aber es geht wirklich nicht. Ich muss zurück nach Ulm, sobald ich wieder einigermaßen gehen kann.«

In den folgenden Tagen verbrachte er die meiste Zeit in der Bibliothek und half Balthasar bei seiner Arbeit, die dieser immer wieder zu den verschiedenen Gebeten und Gottesdiensten unterbrach. Die beiden redeten nicht viel miteinander, und wenn, dann wurde das Angebot des Abts mit keiner Silbe mehr erwähnt. Johannes ging davon aus, dass Balthasar dem Abt längst von der Unterhaltung zwischen ihnen beiden berichtet hatte. Bald fühlte er sich wieder soweit gesund, dass er an die Heimreise nach Ulm dachte. Die Frage war nur, wie er sie bewerkstelligen sollte – ohne Pferd und ohne einen Pfennig Geld. Als er Balthasar vorsichtig darauf ansprach, meinte dieser: »Ich werde dich mit unserem Gespann selbst nach Hause bringen. Ich habe ohnehin etwas in Ulm zu erledigen.«

»Wann können wir fahren?«

»Du hast es offenbar eilig«, stellte Balthasar fest.

»Ja, eigentlich schon. Bestimmt wartet Steinhöwel bereits auf mich, abgesehen von meiner Arbeit in der Offizin.«

»Gut, dann werden wir morgen aufbrechen.«

»Vergiss nicht, dass Abt Bernhard immer noch auf deine Antwort auf sein Angebot wartet«, erinnerte ihn Balthasar.

»Hast du es ihm nicht schon längst gesagt?«

»Nein. Das ist deine Sache, deine Entscheidung, und ich hoffe immer noch, dass du es dir vielleicht anders überlegt hast.«

Johannes schüttelte den Kopf.

»Es bleibt dabei. Mein Platz ist in Ulm.«

Draußen rief die Glocke zum Gebet, und Balthasar musste gehen. An der Tür drehte er sich nochmals um und sagte: »Wirklich schade.«

Johannes ging zum Schreibpult, nahm die Feder und schrieb dort weiter, wo Balthasar aufgehört hatte.

Plötzlich vernahm er ein leises, rhythmisches Klopfen. Er drehte sich um und erkannte Bruder Anselm, der einen Stock in der Hand hielt, mit dem er sich langsam den Weg ertastete. Wie ein Schlag traf ihn die Erkenntnis, dass der Mönch offenbar blind war. Da Johannes im Gästehaus schlief, sich tagsüber in der Bibliothek aufhielt und die anderen Mönche nur während den gemeinsamen, schweigend eingenommenen Mahlzeiten zu Gesicht bekam, hatte er Anselm nur ein paar Mal von weitem gesehen.

»Johannes?«

Die vertraute Stimme klang leicht brüchig. Johannes überlegte kurz. Sein früherer Mentor musste inzwischen schon fast siebzig Jahre alt sein.

»Ja, Bruder Anselm?«

»Du kennst mich also noch.«

»Aber gewiss.«

»Ich hatte schon gedacht, du hättest mich vergessen. Immerhin bist du ja nun schon fast zwei Wochen hier, oder?«

»Ja«, antwortete Johannes beschämt.

»Wie du siehst, hat mir der Herr mein Augenlicht genommen, doch ansonsten fehlt mir nichts. Wie geht es dir? Ich hörte, man hat dich überfallen.«

»Es geht mir gut. Eure Brüder haben sich vorbildlich um mich gekümmert.«

»Und sonst? Was ist aus dir geworden?«

Johannes wunderte sich ein wenig über diese Frage. Anselm tat so, als wüsste er nicht über alle Vorkommnisse innerhalb der Klostermauern bestens Bescheid. Er musste lächeln. Das Schweigegelübde wurde offenbar nach wie vor nicht konsequent befolgt.

So antwortete er: »Das wisst Ihr doch längst.«

»Bist du glücklich da draußen?«, fragte Anselm unvermittelt.

»Also nicht«, fuhr er fort, nachdem von Johannes keine Antwort kam.

»Doch, eigentlich schon«, entgegnete dieser daraufhin hastig.

»Was heißt ›eigentlich‹? Ja oder nein?«

Johannes wusste beim besten Willen nicht, was er darauf sagen sollte. War er glücklich? Wenn er ehrlich sein wollte, müsste er diese Frage verneinen.

Anselm schien das zu spüren.

»Du jagst da draußen in der Welt immer noch deinem vermeintlichen Glück hinterher. In Wahrheit hast du es bis heute nicht gefunden, oder?«

»Vielleicht habt Ihr Recht«, gab Johannes zu.

Plötzlich sprudelte es nur so aus ihm heraus. Er erzählte seinem alten Lehrer von Straßburg, von Susanne, die er geliebt und dann verloren hatte, von Günther und dessen schäbigen Betrügereien und schließlich von Steinhöwel, der ihn zuletzt ebenfalls enttäuscht hatte.

Anselm hörte geduldig zu, ohne ihn auch nur ein einziges Mal zu unterbrechen.

»Weißt du noch, was ich damals in Reutlingen zu dir sagte?«, fragte er dann, als Johannes fertig war.

»Nein.« Johannes hatte es tatsächlich vergessen.

»Dein Platz ist hier. Wenn du bereit bist, bist du jederzeit willkommen.«

Johannes musste schlucken. Jetzt sah er die Abschiedsszene damals im Hause von Meister Ensslin plötzlich wieder klar vor sich.

»Bist du bereit?«, fragte Anselm leise.

»Ich – ich – «, stotterte Johannes hilflos.

»Ja oder nein. Bist du bereit? Oder willst du weiterhin da draußen deinem Traum nachjagen? Du wirst niemals glücklich werden, glaube mir.«

Johannes sprang auf und stakste auf seinen Krücken aus der Bibliothek, so schnell er konnte. Ihm war, als würde ihm jemand den Hals abschnüren. Fast wäre er auf der Treppe gestürzt, und dann hastete er über den Klosterhof zum Gästehaus und in sein Zimmer. Mit klopfendem Herzen warf er sich auf die Bettstatt und versuchte, die Gedanken zur Ruhe zu bringen, die in seinem Kopf durcheinander wirbelten. Was hatte er Anselm alles erzählt? Hatte der blinde Mönch nicht doch Recht? War er bereit? Und war sein Platz wirklich hier?

Allmählich beruhigte er sich wieder und begann, seine Situation nüchtern zu überdenken. Ulm, das war gleichbedeutend mit Schulden, mit Unsicherheit und ungewisser Zukunft. Bebenhausen stand im Gegensatz dazu für Geborgenheit und die Gewissheit, sich frei von materiellen Zwängen an die Druckpresse oder den Setzkasten stellen zu können. Das tun zu können, was er wirklich wollte und auch konnte.

Tief in seinem Inneren spürte er, dass die Entscheidung ganz einfach war. Er stand auf und humpelte zum Abtshaus hinüber. Die Krücken brauchte er nicht mehr.

Am anderen Morgen half er Balthasar beim Anschirren des Pferdegespanns, und kurze Zeit später machten sich die beiden auf den Weg nach Ulm. Johannes tastete unter der Mönchskutte nach dem Lederbeutel, den ihm der Abt am Vortag gegeben hatte und der den Kaufpreis für die drei Bücher sowie eine großzügige Entschädigung für das Pferd und den Verlust seines eigenen Gelds bei dem Überfall enthielt. Die Kutte hatte er anbehalten, da seine eigenen Kleidungsstücke nicht mehr zu gebrauchen waren.

Balthasar war während der gesamten Fahrt recht schweigsam, was Johannes nicht ungelegen kam, der immer noch nicht genau wusste, was er Steinhöwel sagen würde. Die beiden Zugpferde waren jung und kräftig, und so erreichten die beiden Mönche drei Tage später Ulm. Vom Klosterhof in der Kramgasse war es nicht weit in die Herdbruckergasse, und Johannes machte sich unverzüglich auf den Weg zu Steinhöwels Haus.

Der Diener, der ihm öffnete, musterte verwundert seine Kutte, führte ihn jedoch sogleich in Steinhöwels Bibliothek.

Als der Stadtarzt kam, sah er Johannes verblüfft an.

»Was treibt Ihr für einen Mummenschanz?«, fragte er ohne Umschweife.

»Das werdet Ihr erfahren. Ich bringe Euch einige Neuigkeiten«, antwortete Johannes ruhig und gelassen.

»Setzt Euch doch! Ich bin sehr erleichtert, Euch wiederzusehen. Wir dachten schon, es sei Euch etwas zugestoßen«, sagte Steinhöwel, ohne ein weiteres Wort über den seltsamen Aufzug seines Druckers zu verlieren.

»Ich bin in der Tat überfallen worden«, begann Johannes, nachdem er sich auf den angebotenen Stuhl gesetzt hatte. Dann erzählte er in kurzen Worten, was ihm widerfahren war, und zog anschließend den Lederbeutel mit dem Geld des Abts unter der Kutte hervor.

Steinhöwel nahm die 27 Gulden erfreut in Empfang und ließ sie in seinem Schreibtisch verschwinden.

»Wart Ihr schon in der Offizin?«, wollte er wissen.

»Nein, ich bin sofort zu Euch gekommen. Warum?«

»Conrad ist sehr in Sorge um Euch«, antwortete Steinhöwel. »Und außerdem wartet jede Menge Arbeit auf Euch.«

»Ich fürchte, sie wartet vergeblich.«

»Was sagt Ihr da?« Steinhöwel sah ihn ungläubig an.

»Die Arbeit wartet vergeblich. Ich habe mir Euer Angebot reiflich überlegt, und ich werde es nicht annehmen«, sagte Johannes ganz ruhig.

»Seid Ihr verrückt geworden?«

»Nein, ganz gewiss nicht. Ich bin mir lediglich darüber klar geworden, was ich eigentlich will«, gab Johannes zurück.

»Der Schlag auf den Kopf hat Euch doch mehr geschadet, als Ihr glaubt«, sagte Steinhöwel fassungslos.

»Das mag sein. Vielleicht hat er mir auch nur die Augen geöffnet. Ich werde jedenfalls nach Bebenhausen gehen.«

»Wann?«

»Sobald wie möglich. Wenn es Euch recht ist, können wir unseren Handel gleich jetzt abschließen.«

»Handel? Welchen Handel?«

»Nun, auch ich habe einiges in die Offizin eingebracht, was mir gehört. Zum Beispiel meine Typen«, stellte Johannes sachlich fest.

»Und was wollt Ihr damit?«

»Mitnehmen.«

»Auf keinen Fall!«, rief Steinhöwel entrüstet.

»Darf ich Euch an die Sache in Augsburg erinnern? Mit Günther?«

»Aber das war doch etwas ganz anderes!«

»Nein, das war genau das Gleiche. Die Typen gehörten und gehören immer noch mir. Ich brauche sie in Bebenhausen.«

»In Bebenhausen? Wollt Ihr etwa – ?«

»Ja. Ich werde dort eine Druckwerkstatt aufbauen. Mit Gottes Hilfe, und mit meinen Typen. Nichts und niemand wird mich daran hindern.«

Steinhöwel wurde plötzlich aschfahl im Gesicht.

»Ihr meint es wirklich ernst«, stieß er hervor.

»Wir müssen auch noch ein paar andere Dinge klären«, fuhr Johannes fort, ohne sich um Steinhöwels Reaktion zu kümmern. »Ich würde gerne jeweils ein Exemplar der Bücher mitnehmen, die ich hier in Ulm gedruckt habe.«

»Was? Wozu?«

»Für die Bibliothek in Bebenhausen.«

Steinhöwel starrte ihn an, als sei er ein Gespenst. Er schien immer noch nicht zu begreifen, was plötzlich in Johannes gefahren war.

»Wollt Ihr Euch die ganze Sache nicht nochmals überlegen?«, fragte er und bemühte sich dabei, seine Stimme versöhnlich klingen zu lassen. »Vielleicht finden wir eine andere Lösung, was die Offizin betrifft.«

Johannes schüttelte vehement den Kopf.

»Ich würde Euch einen wirklich guten Preis machen. Sagen wir zweihundert Gulden, dann gehört die Werkstatt Euch. Mit allem, was darin ist.«

»Es ist zu spät. Ich habe mich längst entschieden. Bekomme ich nun die Bücher?«

»Zum Teufel mit den Büchern!«, schrie Steinhöwel. »Zum Teufel mit Euch!«

Er starrte Johannes wütend an.

»Könnt Ihr mir wenigstens sagen, woher Euer plötzlicher Sinneswandel kommt? Was wollt Ihr denn im Kloster, bei diesen Bettelmönchen?«

»Dort komme ich her, und dort gehöre ich hin«, antwortete Johannes ruhig und gefasst. »Ich habe genug von der ständigen Hetze und Plackerei, genug von dieser scheinheiligen Welt. Immer dreht sich alles nur um Geld und Profit. Ich dachte, Ihr wäret anders als mein Bruder, aber genau genommen macht es keinen Unterschied. Ich weiß, dass das undankbar klingt, denn ohne Euch gäbe es die Offizin hier nicht. Doch was hat sie mir gebracht, mir selbst? Ein paar Jahre Arbeit, ein paar Gulden Lohn, und dann Euer großzügiges Angebot, mich in Schulden zu stürzen, nur weil Ihr Euch verrechnet habt.«

Steinhöwel schwieg betroffen.

Johannes erhob sich von seinem Stuhl und sagte: »Ich werde jetzt in die Offizin gehen und meine wenigen Habseligkeiten packen. Morgen früh hole ich dann die Bücher und die Typen.«

»Ich werde dort sein«, antwortete Steinhöwel und blieb völlig apathisch und niedergeschlagen sitzen.

Conrad Dinckmut war nicht weniger überrascht, als Johannes in seiner Mönchskutte in der Offizin auftauchte und ihm eröffnete, dass er am nächsten Tag Ulm für immer verlassen wollte. Doch er zeigte wesentlich mehr Verständnis für seine Beweggründe als Steinhöwel und half ihm sogar beim Packen.

»Eigentlich könntest du ja die Offizin weiterführen«, meinte Johannes, als er fertig war.

»Ich?«

»Warum nicht? Rede morgen mit Steinhöwel, wenn ich weg bin. Er hat mir soeben die komplette Werkstatt für zweihundert Gulden angeboten. Du würdest sicherlich kein schlechtes Geschäft machen.«

»Ihr habt dieses Angebot wirklich ausgeschlagen?«

»Meine Zeit hier ist abgelaufen. Ich habe mir alles reiflich überlegt«, gab Johannes zurück.

»Ich glaube Euch. Wenn ich es vielleicht auch nicht verstehe«, meinte Conrad, und damit war das Thema beendet.

Johannes überprüfte die Setzkästen mit den Antiqua-Typen, holte sich jeweils eines der Werke, die er in den letzten Jahren hier gedruckt hatte, und stapelte die Bücher ordentlich neben den Setzkästen auf. Falls Steinhöwel darauf bestand, würde er ihm die Bücher von seinen Ersparnissen abkaufen.

Am nächsten Morgen fuhr er auf dem Pferdegespann zusammen mit Balthasar vom Klosterhof, in dem die beiden übernachtet hatten, direkt in die Krongasse.

Conrad und auch Steinhöwel waren bereits da und erwarteten ihn in der Offizin.

Nach einer kurzen, frostigen Begrüßung fragte Johannes den Stadtarzt, ob er ihm etwas für die Bücher würde bezahlen müssen, doch Steinhöwel winkte ab.

»Nehmt sie mit und betrachtet sie als Geschenk an das Kloster.«

»Danke. Ich werde dem Abt von Eurer Großzügigkeit berichten«, sagte Johannes.

Rasch hatte er mit Balthasars und Conrads Hilfe die Bücher und Setzkästen aufgeladen. Balthasar stieg auf den Kutschbock, während Johannes nochmals in die Offizin zurückging.

Er trat auf Steinhöwel zu und streckte ihm die rechte Hand hin.

»Ich möchte mich bei Euch bedanken. Ihr wart stets großzügig, und ich wünsche Euch alles Gute für die Zukunft.«

Steinhöwel nahm die angebotene Hand und drückte sie.

»Lebt wohl. Und nehmt auch meine aufrichtigen Wünsche für eine glückliche Zukunft in Bebenhausen mit. Möge der Herr Euch beschützen«, erwiderte er.

Johannes wandte sich an Conrad und fragte: »Hast du mit ihm gesprochen?«, wobei er mit einem Kopfnicken auf Steinhöwel deutete.

»Ja. Ich werde Eure Offizin übernehmen«, antwortete er.

»Gut. Dann weiß ich, dass sie in den besten Händen ist«, stellte Johannes fest. Er ließ seine Blicke nochmals durch die Werkstatt schweifen. Dann drehte er sich um und ging ohne ein weiteres Wort hinaus.

Zum ersten Mal in seinem Leben fühlte er sich wirklich frei.

# 1477

Ein eisiger Wind fegte durch den Innenhof des Klosters Bebenhausen, als sich Johannes schweigend mit den anderen Mönchen zur Prim, dem Morgengottesdienst, begab. Es war noch dunkel, und bei diesem Wetter würde sich wohl auch heute die Sonne nicht blicken lassen. Doch das war nicht weiter schlimm. Jetzt, Ende Februar, würde der Winter wohl bald zu Ende gehen.

Fast ein halbes Jahr war seit seiner Rückkehr nach Bebenhausen vergangen. Nach der vom Abt erbetenen Bedenkzeit hatte sich Johannes drei Wochen später entschlossen, sich nochmals auf sein Gelübde vorzubereiten und ein vollwertiges Mitglied der Ordensgemeinschaft zu werden. Seine Ersparnisse, die nun dem Kloster zugefallen waren, hatte der Abt auf seinen Wunsch dazu verwendet, die für eine Druckwerkstatt noch benötigten Gerätschaften zu besorgen. In den folgenden beiden Monaten hatte er sich wieder in das Klosterleben eingewöhnt und kurz vor Weihnachten vor dem Konvent aller Bebenhäuser Mönche sein feierliches Gelübde abgelegt.

Er musste sich während des Gottesdienstes immer wieder auf das Gebet konzentrieren, um seine Gedanken daran zu hindern, bereits in die Offizin vorauszueilen. Endlich war Abt Bernhard fertig, und Johannes ging mit raschen Schritten wie so oft als einer der ersten Mönche aus der Kirche.

In der Offizin war es bitterkalt. Mit geübten Handgriffen legte er einige Holzscheite auf die fast erloschene Glut und brachte sie durch kräftiges Anpusten zum Brennen. Danach nahm er einen Kienspan, hielt ihn ins Feuer und entzündete damit die im ganzen Raum verteilten Talglampen. Es konnte losgehen.

Er nahm das Satzschiff, das er am Vortag noch fertig gestellt hatte, schob es unter die umgebaute Weinpresse, die er sich in Tübingen bei einem Küfer besorgt hatte, rieb die Lettern mit Druckerschwärze ein, legte einen Papierbogen darauf und drehte dann bedächtig die Spindel nach unten. Keine zwei Minuten später zog er das fertig bedruckte Papier heraus, prüfte es mit kritischem Blick und legte es zum Trocknen beiseite, bevor die ganze Prozedur von vorne begann. Bald würde das erste Buch fertig sein.

Als die Kirchenglocke durch das Heulen des Windes drang, unterbrach er seine Arbeit und folgte dem Ruf zur Prim, dem nächsten Gottesdienst. »Ora et labora«, bete und arbeite. Die erste Regel der Zisterzienser. Er hatte sich endlich dazu verpflichtet, sie zu befolgen, und sie war für ihn kein Zwang mehr, sondern die Erfüllung.

# Die erste Blütezeit des Buchdrucks

Natürlich ist der Buchdruck mit beweglichen Lettern grundsätzlich mit dem Namen Gutenberg verknüpft. Johannes Gensfleisch zum Gutenberg, so sein vollständiger Name, war eine Person, deren Biografie noch heute über etliche Jahre hinweg Lücken aufweist. Fest steht nur, dass spätestens im Frühsommer 1456 seine in Mainz entstandene 42-zeilige Bibel in gedruckter Form vorlag.

Die Historiker streiten ebenfalls über das genaue Datum der Erfindung des Buchdrucks. Sie sind darin übereingekommen, das Jahr 1440 als »fiktives Jahr der Erfindung des Buchdrucks« zu akzeptieren; Gutenberg selbst hielt sich in dieser Zeit nachweislich in Straßburg auf.

Die in diesem Roman genannten Personen sind nicht alle historisch belegt und auch viele Handlungsabläufe frei erfunden. Die Hauptfiguren haben jedoch tatsächlich gelebt, und einige Daten und Fakten aus deren Leben werden nachfolgend kurz umrissen – unter ähnlichen Vorbehalten, wie sie für Gutenbergs biografische Angaben gelten.

**Johannes Zainer** wird erstmals 1465 als Mitglied der Straßburger Malerzunft erwähnt. Sein Geburtsdatum ist unbekannt, und als Geburtsort wird in den älteren und neueren Nachschlagewerken Reutlingen genannt; ob und wie er mit Günther Zainer verwandt war, ist unklar. So sind seine Jugendjahre in Reutlingen und im **Zisterzienserkloster Bebenhausen** im Roman frei erfunden. Auch die Rückkehr Zainers nach Bebenhausen am Ende der Geschichte entstammt der Feder des Autors.

Sicher belegt ist dagegen seine Heirat mit **Susanne Zuckswert**, der Tochter eines Straßburger Maurers.

**Straßburg** war eines der ersten Zentren des Buchdrucks und **Johannes Mentelin** seit 1447 Straßburger Bürger. Er beschäftigte sich seit etwa 1458 mit dem Drucken und war ein wohlhabender und angesehener Bürger. Sein ältestes Werk ist eine 49-zeilige, zweibändige Bibel, die spätestens 1460 gedruckt vorlag. Mit der so genannten »Mentelin-Bibel« von 1466 legte er die erste gedruckte Bibel in einer Volkssprache und zugleich eines der ersten gedruckten Bücher in deutscher Sprache überhaupt vor.

Der in **Reutlingen** geborene **Günther Zainer** erlernte das Buchdruckerhandwerk in Straßburg, wohl bei Mentelin, und ging dann nach **Augsburg**, wo er 1467 die erste Druckerei der Stadt einrichtete und 1468 das erste Werk aus seiner Offizin veröffentlichte. Auch Johannes Zainer kam schließlich nach Augsburg und arbeitete in der Offizin von Günther Zainer mit.

Dort ließ der um 1412 in Weil der Stadt geborene **Heinrich Steinhöwel**, der nach etlichen Studienjahren in Padua Stadtarzt von **Ulm** geworden war, einige der von ihm selbst übersetzten Werke italienischer Humanisten drucken.

Steinhöwel, verheiratet mit **Anastasia Egen**, einer Augsburger Patriziertochter, überredete dann offensichtlich Johannes Zainer, zu ihm nach Ulm zu kommen. Mit seiner finanziellen Unterstützung richtete Zainer die erste Ulmer Druckwerkstatt ein, und das von Steinhöwel verfasste »Pestbüchlein« war 1473 das erste Werk, das die Zainer'sche Offizin verließ.

Steinhöwel war auch der Geldgeber für die Fabeln des Äsop, wohl Zainers berühmtesten Druck, der 1476 erschien. Als der Stadtarzt 1478 (nach anderen Quellen auch einige Jahre später) starb, ging es mit Zainers Offizin bergab, und an seine Stelle traten andere Ulmer Drucker wie der erwähnte **Conrad Dinckmut** oder auch Lienhart Holl, dessen 1482 erschienene »Cosmographia« der erste gedruckte Atlas seiner Zeit war.

Johannes Zainer wird 1493 wieder in Augsburg erwähnt, nachdem er in Ulm nur knapp dem Schuldturm entronnen war. Über sein weiteres Schicksal ist nichts bekannt.